Illustration de couverture : Olivier Fréchet

L'ENFANT DES COMBRAILLES

DU MÊME AUTEUR :

L'Enclume et le gouyat
Le Chant du diable
Editions De Borée

La Terre des Charrières
Editions Lucien Souny

Jean-Marc Dété

L'ENFANT DES COMBRAILLES

Lucien Souny

Editions Lucien Souny, 2003
Les Allois • 87400 La Geneytouse

ANGÉLIQUE

— Julie, Julie, viens vite ! C'est la Toinette, elle va faire son petit.

Essoufflée, émue, Suzie s'appuya sur le bord de la table, à demi courbée pour mieux reprendre un rythme respiratoire normal. Elle inspirait largement et soufflait non moins bruyamment, évitant ainsi d'avoir à en rajouter pour faire se presser Julie, qui faisait office de sage-femme au village de Bardane.

— Où qu'elle en est ?

— Je ne sais pas vraiment. Elle gueule. Elle crie de toutes ses forces.

— Sa mère, l'Adeline, est-elle près d'elle ?

— Oui, oui, bien sûr, mais la mère n'est pas très habile.

— Ça, on ne peut pas dire qu'elle ait inventé le fil à couper le beurre, la mère Terrage ! Et lui, il n'est pas là au moins ?

— Non, je ne crois pas.

— Parce que s'il y est, moi je m'en vais ; j'ai vu la dernière fois que je m'y suis rendue chez les Terrage : il m'a couru après comme un coq derrière une poule.

— Il n'est pas là, Julie.

— Bon, n'aie crainte ma fille, ne t'en fais pas, tu en verras d'autres. Ta cousine est de bonne constitution, ça va bien se passer.

Deux ombres traversèrent bientôt le hameau en courant dans leurs longs vêtements sombres, prenant l'aspect de deux spectres mus par une force invisible dans la pénombre d'un soir d'automne.

Des grands arbres, un souffle saccadé détachait quelques feuilles qui planaient doucement jusqu'au sol. Le coup de gueule aigu d'un chien déchira le silence. Julie laissa échapper quelques paroles balbutiées. Le ciel charriait de gros nuages oppressants. Il ne pleuvait pas encore.

Antoinette pleurait, ses convulsions semblaient rythmer un inquiétant sabbat. Le silence pesait autour de l'énigme qui se dénouait sur la table où elle était allongée, nue, le ventre immodérément gonflé. Adeline regardait sa fille, sans savoir lui apporter l'aide maternelle qu'elle réclamait. Elle se contentait de tenir pudiquement sa main et d'éponger de temps en temps son front brûlant.

— Mets-lui une couverture sur les épaules, bon sang. Elle va attraper la mort dans cet état. Pourquoi la laisses-tu toute nue ? Elle va se meurtrir les chairs sur ce bois dur !

— Laisse faire. Moi, c'est comme ça que je l'ai eue, ma fille. C'est les gens de dans le temps qui disaient qu'il fallait que ça se passe comme ça. Il savait bien des choses, le Ragoutin.

— L'autre vieux sorcier, tu parles ! Un vieux dégoûtant, oui. Il n'avait que l'envie de se rincer l'œil. Il portait bien son sobriquet celui-là.

— Il savait des choses qu'on ne saura jamais. La preuve, c'est que pour la Toinette, ça s'est bien passé.

— Si chez toi c'est bien allé, chez d'autres, le drame était souvent au rendez-vous ; et tout Ragoutin qu'il était, il n'y faisait pas plus qu'un autre.

— C'est à voir ! Ne fais pas la sotte, tu sais mieux que les autres qu'on ne sait pas tout de la nature et du bon Dieu, et même d'autres, qu'il ne convient pas de nommer pour pas les attirer.

— C'est ça.

Un cri d'effroi vint interrompre le dialogue venimeux. Antoinette se tordait de douleur à une contraction plus vive. Suzie s'empressa de couvrir sa cousine d'un drap épais qu'elle avait pris soin de doubler tant il était large. Avant de protéger Antoinette, elle marqua une hésitation et parcourut du regard, une dernière fois, les courbes de ce corps moite qu'elle trouvait beau.

— Couvre-la, couvre-la ! Ça n'est pas loin, allez me chercher de l'eau chaude !

Quelques instants plus tard, la naissance s'accomplissait. Etre hirsute émergeant des confins du mystère de la vie, Angélique poussa son premier gémissement de désarroi, de crainte, de peur, de lutte, de révolte : un cri merveilleux qui concrétisait une nouvelle victoire sur l'obsession du néant.

Après avoir séparé l'enfant de la mère, sans grande précaution, Julie brandit la petite au bout de ses bras tendus vers le ciel, vers quelque chose qu'elle soupçonnait être, qu'elle vénérait sans doute. Instantanément, Adeline se signa plusieurs fois, puis fit mine de saisir sa petite fille.

— Laisse-moi faire, c'est mon rôle de nettoyer tout ça. Non mais ! Regardez-moi ce petit bout de chou qui se trémousse déjà comme une anguille !

La lourde porte s'ouvrit sans que les femmes y prêtent attention. Jérôme, époux légitime d'Antoinette, digne géniteur du bébé, fit une timide entrée, attitude qui ne lui ressemblait guère au demeurant. On feignit de l'ignorer, lui-même s'écarta de l'agitation ambiante en se réfugiant près dc l'âtre tout en restant silencieux.

Après avoir lavé l'enfant, Julie l'emmaillota avec l'adresse de l'habitude. Elle présenta la petite à sa mère. Le visage d'Antoinette avait repris aspect humain : un doux sourire l'illuminait. Un léger spasme compléta sa gaieté d'un semblant de rire aux grimaces convulsives du morceau de vie qu'elle venait d'engendrer. Emerveillée, la mère accueillit l'enfant dans ses bras, qui savaient déjà le geste maternel, empreint d'amour, de délicatesse et d'infinie tendresse. L'homme toussota dans son coin.

— Voilà qu'il se réveille, le gredin !

— Ne sois pas injuste, Julie. Il est le père.

— Et alors ? Il n'a pas trop forcé, le malin, jusque-là. Et comme on le connaît, il ne faut pas trop compter qu'il se mette à s'occuper de sa fille !

— Julie !

— C'est la vérité ! C'est un coureur, le Jérôme, et il faudra bien qu'il se rentre dans la tête que ce n'est pas moi qui vais avoir peur de lui !

Elle s'adressait au bonhomme, par personne interposée, criant presque, bravant et menaçant pour mieux conjurer son angoisse.

— Je t'aurai bien, un de ces jours, grande « échâle » !

Adeline s'interposa naturellement et sans heurt. Chacun connaissait l'inimitié qui opposait ces deux-là depuis toujours, et personne n'en faisait plus cas.

— Viens donc, mon gars, approche voir ta petite fille.

Il suivit sa belle-mère sans broncher, se pencha vers le bébé, sembla songeur, se redressa.

— C'est pas un gars ?

Julie émit un son rauque pour marquer son mépris à l'inconvenante remarque. Suzie s'assit sur le bord du lit et prit la main de sa cousine, qu'elle serra entre les siennes. Les deux jeunes femmes échangèrent un sourire complice, sourire qui enveloppa innocemment, d'un bonheur partagé, la volupté de l'instant.

— Tu l'appelles Angélique ?

— Oui, Suzie. Comme on a dit.

Jérôme se considéra enfin concerné : c'était lui qui irait déclarer l'enfant à l'état civil, dès le lendemain, et qui annoncerait donc son prénom.

— Angélique ! Ce n'est pas très commun ça. C'est l'idée de qui, d'abord ? Moi, j'aurais préféré Marie, comme la grand-mère, pour ne pas perdre la tradition.

— C'est mon idée à moi, Jérôme. Tu diras au maire que c'est Angélique.

Le ton était ferme, déterminé. La mère avait parlé, et bien qu'elle n'eût pas grande autorité par ailleurs, sa résolution ne souffrait pas la contradiction. Après tout, Jérôme s'en moquait bien de ce prénom puisque ce n'était pas un garçon. Il abdiqua sans plus insister, et jeta un œil mauvais et inquisiteur sur Julie avant de sortir du logis en sifflotant négligemment. Le silence s'installa et Adeline s'occupa à quelques tâches ménagères. Julie vérifia la bonne santé du bébé. Antoinette lui adressa le doux regard de l'être épuisé, anéanti par l'effort trop intense, soulagé au relâchement des sens.

— Repose-toi, ma chérie. Si tu as besoin, tu me fais appeler. J'espère que tu n'auras pas pris froid.

— C'est sûr ! Toute nue sur la table !

— Ça l'a peut-être aidée, après tout ? Enfin, ce qui compte, c'est que tout se soit bien passé, n'est-ce pas ?

— Bien sûr, bien sûr.

— Allez viens, on s'en va. Sors avec moi, je ne veux pas tomber toute seule sur l'autre abruti.

— Mais arrête ! Si tu n'y pensais pas tout le temps ! Il ne t'a jamais rien fait quand même !

— Jamais rien fait, jamais rien fait ! Ça se voit que tu ne le connais pas, l'animal ! Tout le temps en rut : une bête, rien d'autre, et ce n'est pas la Toinette qui va lui suffire.

— Mais pourquoi tu dis ça ? A moi, il ne m'a jamais rien fait, ni même rien dit.

— Toi, tu as ton Désiré : il aurait vite fait de lui casser la gueule, s'il savait quelque chose. Moi, ce n'est pas pareil, il faut que je me défende toute seule.

— Allez les filles, allez donc bavarder dehors. Vous aurez tout le temps de parler en chemin. Merci encore mille fois ma Julie ; tu as le don du bon Dieu pour faire venir les enfants en bonne santé, comme l'avait ta mère. Tu es une brave fille. Il faudra songer à te marier un jour ou l'autre.

— C'est trop tard, j'ai passé l'âge. Me voilà pas loin de la trentaine, ce n'est pas maintenant que je vais avoir besoin d'un goujat.

— Allez, allez, on en causera une autre fois, calme-toi donc.

— Au revoir Adeline, prends soin d'elles et, s'il y a besoin, fais moi chercher.

— C'est ça, ma fille.

Julie sortit la première et Adeline retint Suzie par le bras :

— N'écoute pas trop ce qu'elle dit sur le Jérôme, c'est bien vrai qu'il est chaud, le gaillard, comme tous les gars de vingt-cinq ans, pardi ; mais il ne veut pas la toucher.

— Elle en a pourtant peur.

— A ce que je sais, il l'a seulement embrassée une fois, par surprise, quand ils étaient tout gamins. Elle ne pardonne pas facilement, cette tête de mule !

— Je l'aime bien, Julie.

— Moi aussi, va. Allez, adieu ma fille.

A l'aube du jour suivant, débonnaire, Jérôme marchait, les mains dans les poches de son pantalon. Il allait lentement sur le chemin qui traversait le village, longeant un mur de pierres sèches, s'arrêtant devant une porte fermée, apercevant ici ou là un voisin affairé, échangeant un son grossier en guise de bonjour. Serein, il n'éprouvait aucune envie de communiquer et d'annoncer la nouvelle. Il pensait que c'était plutôt là, une histoire de bonnes femmes. Si son enfant avait été un garçon, il aurait peut-être adopté une attitude différente, mais c'était une fille, une petite femelle, une Angélique. Non, vraiment, à ses oreilles, à sa conscience, ce prénom sonnait mal, chantait faux, avait quelque chose d'indéfinissable qu'il jugeait futile ou ridicule. Et puis, l'insouciance s'imposa inévitablement dans son esprit étroit. L'air pur et frais dissipa les doutes ; le temps reprenait son rythme obligé.

— C'est toi, Jérôme ?

— Tu vois bien, Félix.

— Ah ! tu t'es fait beau ce matin. Qu'est-ce qui me vaut l'honneur ?

— Ce n'est pas toi que je viens voir, c'est le maire que je veux.

— Il n'est pas là, le maire, monsieur ! Et si tu veux le voir, il faudra attendre ce soir.

— Bon Dieu !

— Pas de blasphème à la mairie, mon vieux !

— On n'est pas à l'église, que je sache ? Là, on est chez nous : tous ceux de la commune de Biaule sont chez eux dans ta mairie.

— C'est ça. N'empêche que tu n'as pas à dire des insanités.

— Des « sanités » mon cul, oui ! Bon, je viens déclarer à l'état civil que ma femme, la Toinette, a eu son premier hier au soir.

— C'est un gars ?

— Non, une femelle. Elle a dit, la Toinette, de l'appeler Angélique. A moi, ça ne me plaît pas ce nom de paradis, mais c'est sa mère.

— C'est très beau, Angélique. Moi ça me va. Allez, au boulot : le registre des naissances !

Félix, le secrétaire de mairie, était aussi instituteur à Biaule. Il remplissait ses fonctions au service de la municipalité chaque matin de bonne heure, et souvent tard le soir.

— Alors donc, Angélique Terrage, née le 13 novembre 1909 à Biaule, au village de Bardane, à... A quelle heure, à peu près ?

— A sept heures du soir ; ou à six heures et demie plutôt !

— La mère et la gamine vont bien ?

— Ça va, ça va, rien à dire côté santé. La Toinette, elle a gueulé comme c'est pas permis ; je l'écoutais depuis les écuries. Et puis, elle l'a fait quand même.

— Ben tiens ! C'est comme ça tout le temps, surtout pour le premier.

— Ouais. Bon, allez, maintenant que la paperasse est faite, on va aller boire un canon. Tu viens ?

— Non, tu es bien franc l'ami, mais la classe commence dans un quart d'heure, et j'ai encore à faire. On aura bien d'autres occasions, va.

— Alors, salut.

Jérôme remonta le bourg. Sur la place de l'église, deux gamins se chamaillaient, l'un poursuivant l'autre. Ils croisèrent leur course devant lui sans même le remarquer. Surpris et tout autant agacé, notre homme les apostropha durement :

— Et alors ! Ce n'est peut être pas l'heure de l'école, mes gaillards ! Pour faire les cons, toujours les premiers. Allez les feignants, au boulot, et tenez-vous à carreau, le père Félix n'est pas de bonne humeur ce matin !

Les enfants n'avaient pas bronché. Henri, le plus jeune, baissait la tête et croisait ses mains où les doigts s'entortillaient. Il prit la direction de l'école. Jean, alerte et sans complexes, continua un moment sa course, s'arrêtant plus loin pour échapper à l'autorité de l'adulte. Malin plus qu'un autre, il avait bien pressenti que cette brute en mal de boisson ne déployait tant d'arrogance que pour affirmer sa supériorité, par une sorte de jeu cynique et pédant. Il n'attendit point d'autres invectives et rattrapa bien vite son camarade, le rassurant à voix basse :

— C'est le « bonhoume » de Bardane ; il est con comme ses pieds, écoute-le pas ! Allez, amène-toi, on continue la « rattrapade ».

Les maudissant toujours, Jérôme glissa entre ses dents :

— C'est ça, mes couillons ! Foutez le camp au diable, petits crétins.

— Qu'est-ce que tu marmonnes là, Jérôme ?

— Oh, ces petits vauriens, ça se croit tout permis. Le Félix va te les mettre dans l'ordre, t'en fais pas ! Je suis allé l'agacer ce matin, il ne sera pas bien plaisant.

— Notre Félix, c'est la crème des hommes, et qu'est-ce que tu lui as donc dit pour l'emmerder déjà du matin ?

— Je lui ai déclaré la fille de l'Antoinette Terrage, née pas plus tard que hier au soir.

— Ah ! bon Dieu ! C'est pas un gars ?

— Une pucelle, et qui s'appellera Angélique. Tu m'entends bien : Angélique. Un nom de bonne sœur !

— Oh, pour une fille, ça fera bien l'affaire.

— Faudra. C'est dit, alors !

— Eh, gars, ça s'arrose ça. Une fille, ça s'arrose au p'tit gris du pays !

— Allez, viens donc mon Fernand, on va trinquer.

Fernand posa sa fourche près de l'entrée du débit ; il poussa la lourde porte.

— Vas-y, passe, entre au chaud.

Le poêle ronflait avec une ardeur étonnante. Le café était désert à cette heure matinale. La froideur des lieux agressa les deux acolytes, tant par la fraîcheur de la grande pièce que par l'impression de grande solitude qui les oppressa dès leur entrée hésitante. Lessivé de frais, le sol de tommette défraîchie conservait une humidité qui s'effaçait doucement. A la cuisine, des gamelles s'entrechoquaient dans une résonance cristalline. La Denise fit irruption dans le bar, cheveux hirsutes emmêlés, visage bougon du front au menton, en passant par un œil sévère qui en disait plus que n'importe quelle confidence sur le déroulement d'une nuit blanche ou d'un éveil contrarié. Devant un tel déploiement de bienséance, Fernand n'eut d'autre répartie que : « Deux gris ! » La patronne fit claquer le cul des verres sur le comptoir et servit prestement ces messieurs. Denise était frêle, et ses deux petites mains aux doigts contractés durent s'allier pour maintenir la bouteille. Cet effort, tout anodin ou habituel qu'il pût être, fut sans doute salutaire à un retour au calme obligé de l'être rasséréné par un peu d'humilité. Jérôme, qui ne la quittait pas du regard, perçut cette infime faiblesse. Il connaissait bien la femme et la savait aussi prompte à la colère excessive qu'au pardon et à la tolérance la plus exubérante. Il avait parfaitement observé ce début de renoncement, et sut saisir l'opportunité dans un sourire de circonstance :

— Ma femme a mis bas, Denise.

— Tu la prends pour une vache ?

La voix était étonnement aiguë, mais sans agressivité.

— C'est manière de dire. Nous autres, à la campagne, on dit d'une naissance comme quelque chose qui arrive à tomber ici-bas.

— C'est comme qui dirait le curé dans sa messe : « Ici-bas… »

L'œil de Denise fusilla Fernand, empêtré dans la mièvrerie de sa remarque imbécile ; et puis elle triompha, comme à l'accoutumée. Maintenant bien éveillée, gouailleuse à souhait, elle était prête à affronter la longue journée, durant laquelle elle aurait à en découdre avec une clientèle des plus hétéroclites.

— Une femme qui met un enfant au monde, ça se respecte. Eh ! n'oubliez pas, les gars, que c'est une supériorité des femmes que de pouvoir faire des enfants. Sans nous, les femmes, pas de gamins, pas de descendance, pas de bras pour aider aux champs.

— A bien fallu que le Jérôme y mette sa graine !

Elle fixa à nouveau le bavard, dodelina de la tête, trépigna et lança, provocante :

— Sa graine, sa graine…

— Tiens, remets-nous donc ça, Denise, pour la route. Il faut que j'y retourne à Bardane. La femme a peut-être besoin.

— Voilà ! Un peu de considération et tout va mieux. Quand les hommes comprennent les femmes, le monde tourne rond. Tu vois, Fernand, pourquoi tu n'en as pas trouvé de femme, toi.

— J'en avais bien une…

— Ah oui ! et tu te l'es faite piquer !

Octave, qui entrait à l'instant, suivi de son vieil ami Blaise, avait lancé la réplique à la cantonade, saisissant une chaise qu'il fit grincer sur le sol réticent. Surpris par la voix tonitruante qui apostrophait sa bonne foi, Fernand s'entêta maladroitement dans sa naïve sincérité :

— Ce n'est pas de ma faute s'il a fallu aller au service.

— Eh oui ! mon pauvre gars. Et quand tu es revenu, elle s'était envolée.

— Oh, pas envolée, elle n'avait même pas bougé. Elle habitait toujours au même endroit, chez ses parents : le père et la mère Bignet, à La Chapelle-d'en-Haut. Elle ne s'était pas envolée, pour sûr, mais elle ne pensait plus au Fernand, quand je suis revenu. Elle en avait un autre dans la tête. Ça ne lui a pas réussi. Eh bien, c'est bien fait pour elle, la garce.

— Ne dis pas les choses comme ça, Fernand. Tu es un bon gars, au fond, même un peu trop bon. Ce sont les choses de la vie, ça. A tout prendre, tu es peut-être mieux comme ça. Tu es libre, toi. Tu n'as pas de femme et de gamins à soigner. Tiens, viens donc t'asseoir avec le Blaise et moi, je te paie un canon ! Ton copain Jérôme, il faut qu'il rejoigne sa femme et sa petite maintenant.

— Tu as su ?

— C'est Félix qui m'a prévenu, tout à l'heure : les nouvelles vont vite, mon garçon.

— C'est une fille qu'elle a eu la Toinette ? Ah ben ça alors, je n'aurais pas cru. Elle a bien caché son jeu, la maline. Ah ben, elle le portait si haut, son petit, qu'on aurait toutes dit que ce serait un garçon.

— Il faut croire que toutes se sont trompées. Il n'y a pas de doute, c'est une fille ! Elle me l'a faite appeler Angélique.

— C'est beau, c'est un joli prénom : comme la grand-mère à la Manille. Tu te rappelles, Blaise, la grand-mère Manille ?

— Oh ! si je me rappelle de l'Angélique !

— Bon, allez, grand couillon, il faut que tu ailles rejoindre ta famille. C'est du sérieux.

— J'y vais, Denise. Il y a aussi les vaches qui m'attendent. Allez, salut la compagnie !

— Salut mon gars.

— Quand même : une fille ! Une petite Angélique… Ah ben, je suis contente pour eux ; surtout pour la Toinette.

— Surtout la Toinette, parce que le Jérôme, je suis bien sûr qu'il aurait préféré un gars. C'est ce que vous lui aviez mis dans la tête aussi, vous les bonnes femmes, à toujours prétendre tout savoir d'avance !

— Ouh ! le garçon, ce sera le prochain ; ils sont jeunes et pleins de vigueur. Ils auront tout le temps de le faire, ce fameux gars.

Sur l'escalier du débit de boissons, Jérôme fut saisi par le harcèlement de la bise automnale, un petit vent d'est vif et mordant. Il releva le col de sa veste, baissa la tête pour mieux s'engoncer. Il s'éloignait déjà lorsqu'il perçut les protestations de Fernand :

— Où que t'as mis ma fourche, bon Dieu ?

Jérôme se retourna et fit un geste du bras pour exprimer son ignorance. Fernand hurla de plus belle :

— Ah, salaud ! Qui c'est qui a fait ce coup-là ? Ce n'est pas toi ! C'est Blaise, ça, c'est sûr que c'est lui, ah !

Et il montrait l'outil perché dans les branches hautes du pommier d'un jardin voisin.

— Comment que je vais faire ? Ah çà ! je vais le chercher le vieux, et il y montera !

Octave avait pointé son nez au dehors et, de sa voix de ténor, conseilla, pour tenter d'atténuer la colère du malheureux dupe :

— Ce n'est pas le Blaise qui a fait cette connerie, il n'aurait plus la force, même s'il a le vice. Et puis, j'étais avec lui.

— Alors c'est toi !

— Non plus. Oh, et puis, va la chercher tout seul, ta fourche ! Ou bien attend que le vent te la fasse rendre, et puis arrête de gueuler : tu vas ameuter tout le bourg. Ça ne sert à rien, qu'à te faire moquer encore un peu plus.

La bise, ou le vieil arbre fruitier lui-même, ou eux deux à l'unisson, eurent-ils la bonne intuition de provoquer la chute de l'outil ? Quoi qu'il en fût, celui-ci dégringola discrètement, sous l'œil ahuri de son propriétaire excité, qui s'en saisit promptement et déguerpit sans autre façon.

Antoinette changeait les langes de son bébé. Elle dispensa une application minutieuse à cette tâche nécessaire. La petite gesticulait en saccades hasardeuses de ses membres malhabiles. Elle émettait très sporadiquement de petits cris que sa mère jugeait amoureusement, bien qu'ils ne fussent que l'éveil difficile de sa voix, des grincements anarchiques de ses cordes vocales en genèse. Et Antoinette fondait en tendresse infinie, repoussant les limites de ses sentiments au paroxysme de la conscience. Ses mains chaudes caressaient chaque pli de la peau trop douce de sa fille, et l'onde de sa vie propageait son intimité affective aux fibres sensibles et innocentes du petit être qu'elle étreignait, recréant l'immuable lien, un instant mis en doute par le brutal accouchement, la douloureuse délivrance. Elle lâcha, amusée, d'une voix dont la faiblesse la surprit :

— Mon amour…

— Ne la laisse pas trop longtemps comme ça. Il faudra accomplir tes relevailles.

— Laisse-moi au moins reprendre des forces.

— Tu en auras bien assez. Les autres vont rappliquer sans précautions, il faut y aller avant.

— Qui veux-tu qui vienne ?

— Tout le village va défiler ; je les connais trop ! C'est la curiosité, l'envie et la méchanceté qui mènent le monde d'aujourd'hui.

— Ça a sûrement toujours été comme ça.

— Oh, que non ! De mon temps, tout le monde s'entendait bien.

Adeline s'était arrêtée net. Quelques images qui lui revenaient en mémoire lui disaient que sa fille avait pourtant raison. Elle ne lui en dit mot.

— Bon, je te laisse un moment avec ta poupée, j'ai à faire une lessive. Oh, ce n'est pas rien, par ce temps !

— Ça fait froid ?

— Ça pleut comme vache qui pisse depuis tout à l'heure ; tu n'as pas pu te rendre compte, toi, avec tes misères.

— Ce ne sont pas des misères, j'ai le plus beau bébé du monde ! Ecoute, elle chante déjà.

— Ne dis pas de sornettes, tu vas nous porter malheur.

— Quoi ?

— Et si elle se mettait vraiment à chanter, à gueuler avec les voix infernales, tu ferais moins la maline.

— Mais, maman…

— Je te rappelle, ma fille, qu'il ne faut pas provoquer les bizarreries, il y en a bien assez comme ça.

— Comme quoi ?

— Comme ça. Je t'ai dit de ne pas en parler, tu ne comprends rien. Tu veux vraiment avoir des problèmes avec le ciel ou l'enfer ?

— Calme-toi, maman. Je disais seulement qu'Angélique poussait des petits gémissements charmants à l'oreille de sa mère, c'est tout.

— Bon, bon... Cette fois, j'y vais. Recouche-la donc, ton ange, et pense à aller voir le curé, tu as bien des choses à lui dire.

— J'irai cet après-midi, quand tu pourras surveiller la petite.

— C'est sage, ma fille. Tu feras tes relevailles ce tantôt, juste après le goûter. Il n'y aura pas trop de monde dehors, à cette heure-là. Et n'aie pas peur de tout dire au bon Dieu : plus tu lui diras la vérité, mieux ça se passera. C'est le salut de ton âme et de celle de ta fille qui est en jeu. Il ne faut pas rigoler.

Sur ces bien solennelles recommandations, Adeline quitta les lieux, laissant sa fille et sa petite fille à leurs songes, l'une se demandant pourquoi ces devoirs astreignants, l'autre ignorant tout de l'avilissement des femmes et des hommes à leurs curieuses croyances.

Nourrie, lavée, Angélique se réfugia dans un profond sommeil. Après avoir vaqué à quelques tâches anodines, sa mère s'était assise sur une petite chaise, dans un coin de la grande pièce sombre qui servait tout à la fois de cuisine, de salle à manger et de séjour. Ses mains jointes sur son ventre, son corps comme vaincu, abandonné, son esprit résigné puis décontenancé, perdu entre désolation et solitude, un immense désarroi la tenaillait. Sa chair s'était ouverte, déchirée, scindée en une terrible métamorphose, laissant échapper ce qu'elle avait conçu dans la sublime intimité et qui maintenant était autre. Peur, dégoût, voire folie, envahissaient l'âme vulnérable. Antoinette aurait voulu crier son tourment pour exorciser la fatalité. Elle se leva, respirant fort, pressant de ses mains convulsives ses tempes oppressées. Une plainte discrète, qui en appelait d'autres, la soulagea quelque peu. A cet instant, Jérôme fit irruption dans la salle, enlaçant instantanément la malheureuse qui fondit en larmes. Ses sanglots incontrôlés émurent de prime abord notre homme, toutefois bien vite gêné par ces simagrées féminines qu'il renonçait déjà à tenter de comprendre. Il saisit Antoinette par les bras et la secoua sans ménagement :

— Qu'est-ce que tu as ? Eh bien, dis-le ! Qu'est-ce qu'il y a ? Tu as mal ? C'est la gamine ? Mais qu'est-ce que tu as ? Parle !

— Rien, rien.

Elle ne put en ajouter et se réfugia dans la chambre, près du petit lit où sommeillait le chérubin.

Plus tard, Adeline eut quelques mots qui se voulaient rassurants :

— Ne t'en fais pas ma fille, c'est tout le temps comme ça, c'est la nature. Il faut savoir surpasser sa peine. Personne ne peut le faire à ta place. Et puis va voir le curé, je lui ai fait dire. Il t'attend. Après, ça ira mieux, crois-moi.

La jeune femme obtempéra. Légèrement courbée sous l'effet de sa détresse, le visage défait par trop de larmes, silencieuse par résignation, elle enfila une grosse veste de laine, passa un terne fichu sur sa tête et pressa le pas vers son désir soudain impérieux d'absolution.

Le père Sébastien était curé à Biaule. Il avait bien, en son temps, défrayé la chronique de la petite communauté limousine. Son tort avait été d'être bel homme, et jeune de surcroît, quand il fut nommé ici par l'évêché de Guéret. Ayant pour seule ambition de partager sa foi avec l'humanité, être un humble curé de campagne avait été son plus cher désir.

Bien que chacun fût très respectueux de la religion chrétienne, du moins en était-il ainsi de coutume, ensemble, les indigènes fomentèrent quelques rumeurs. Oh, bien sûr, rien ne fut dit ouvertement, mais une parole hasardeuse ici et là, un sous-entendu, une remarque faussement naïve, un sourire d'ironie, un rictus de méchanceté, un zeste d'imbécillité, et tout ça réuni alimenta le sacro-saint qu'en-dira-t-on. Notre abbé jeune et beau obnubilait innocemment la gent féminine des environs et exaspérait les hommes de la paroisse. Fort heureusement, le comportement irréprochable du saint homme, sa façon d'être, de dispenser sans compter les bons sentiments de sincérité et d'amitié, permirent de lever peu à peu le doute insidieux. Le père Sébastien vécut enfin sa vie de prêtre dans tous ses états, et ses ouailles purent profiter pleinement de sa prodigalité religieuse.

Ainsi, ce jour-là, Antoinette pressait le pas sans crainte aucune vers le bourg de Biaule, vers l'église où elle espérait recevoir un ultime réconfort. L'abbé s'affairait à l'entretien du jardin du presbytère lorsqu'il aperçut la jeune femme, qui se hâtait dans les secrètes pérégrinations de ses relevailles. Elle se douta bien que le curé l'avait remarquée, et elle se dirigea de suite vers le confessionnal. Installée depuis quelques minutes, elle entendit le prêtre prendre place à son tour. Le clapet s'ouvrit. Le père Sébastien fut un peu étonné d'entendre les sanglots étouffés de sa dévote. Il prit alors la parole :

— Bonjour, mon enfant. Je suis bien content que tu sois ici aujourd'hui, près de Dieu, ton protecteur.

Antoinette était subjuguée. Elle avait bien pensé au père Sébastien en arrivant là, à son charme masculin, à sa personnalité rassurante, à son regard profond, à sa gentillesse. Mais cette voix, cette voix qu'elle écoutait maintenant, ce son divin qui enveloppait sa conscience, transportait mélodieusement sa sensibilité. Etait-ce le fait de l'hommc ou de son Dieu ? Et la voix continuait, sublimant l'instant :

— Je te connais bien, tu sais, et le Tout-Puissant t'accorde miséricorde. Je t'ai baptisée, communiée, mariée aussi, alors nous pouvons tout entendre de toi. Tu es la fille de Notre-Seigneur, parmi tous ses enfants. Parle, maintenant, nous t'écoutons.

— Mon père, j'ai fait un enfant. C'est une petite fille, elle est bien belle, et bien portante. Elle est innocente.

— Nous la baptiserons bientôt pour la laver du péché originel et purifier son âme. Parle-moi de sa conception, du père de ton enfant.

— C'est Jérôme, mon père. Il n'y a pas de doute, je n'ai jamais fauté.

Un long silence plana sur la confession. Les sens d'Antoinette scrutaient ce vide obsédant, amplifié par le volume du bâtiment. L'atmosphère était glaciale, lugubre, inquiétante. La jeune mère éprouva la solitude, son enfant lui manquait. Elle aurait voulu l'avoir dans ses bras, le serrer contre son sein, l'envelopper de chaleur et d'amour. Elle pensa au soleil du dehors, au vent, à la lumière, à la vie.

— Mon père, est-ce un péché que de désirer chérir son enfant ?

L'abbé, qui s'était laissé aller à trop de rigueur dans son discours, fut tout à coup attendri, ressentant toute la pesanteur de sa condition d'homme, fraternelle et paternelle. Le sourire d'un ange avait traversé les consciences.

— Non, ma fille. L'amour est la confession de Dieu, qui est amour. En son nom, je te donne l'absolution. Va en paix, va vite rejoindre le petit être qui réclame ta présence.

Il ajouta quelques paroles chrétiennes avant de se retirer. Pieusement, Antoinette rejoignit un banc de l'édifice désert. Elle murmura une prière, agenouillée, le regard rivé au sol grisâtre. Puis, ressentant un bien-être immense, une purification sans doute, elle osa regarder la clarté diffuse, artificiellement nuancée par le verre teinté des vitraux. Elle croisa le regard bienveillant de l'adorable mère qui portait, en ses bras, son enfant. Elle crut bien voir là un signe divin, car elle prit enfin toute la mesure de sa maternité. Elle put alors retourner vers Angélique, l'âme rassérénée. C'était ce qu'elle éprouvait, une conviction que rien ne viendrait jamais ébranler : Dieu et Marie étaient à ses côtés dans l'épreuve de la vie.

Angélique dormait, alors qu'Antoinette préparait le déjeuner et que son homme était occupé dehors. Adeline rentra une brassée de bois, referma vivement la lourde porte du logis à l'aide de son pied, comme pour mieux repousser le froid du dehors. Novembre rugissait aux vitres de l'humble demeure, son souffle menaçait à chaque instant de s'engouffrer par quelque brèche encore insoupçonnée. La cheminée grondait à l'impétuosité de la bise. Adeline alimenta le foyer, tisonnant le feu pour raviver sa flamme un moment alanguie sur ses braises rougeoyantes. Le bois crépita, Antoinette leva les yeux vers l'âtre et contempla le spectacle. Ses songes planaient, apostrophant à peine sa raison. Elle éprouvait simplement le bonheur d'être mère, de vivre dans cette maison, à l'abri, au chaud, protégée. Sans chercher à comprendre, elle savourait l'instant : l'impression doucereuse suffisait, elle s'y complaisait.

Jérôme curait l'étable, et ses trois vaches s'alimentaient calmement du foin qu'il venait de leur distribuer.

— La vieille a rentré du bois ; il faudra que je lui en fende d'autre, sinon elle va encore trouver prétexte à ronchonner. Allez, la Rousse, pousse-toi de là, allez.

Souvent seul dans l'accomplissement de ses travaux, il lui arrivait de tenir grande conversation, à voix basse, sur un ton monocorde qui évitait d'épancher les émotions par soucis de retenue, de normalité vis-à-vis d'un éventuel intrus.

Le village était composé d'une dizaine de bâtisses abritant autant de familles qui ne manquaient jamais d'épier les voisins, par habitude sans doute, par curiosité certainement. Tous se connaissaient forcément, parfois trop ; les rapports humains n'étaient pas unanimement sereins. Jérôme jetait souvent un œil inquisiteur alentour, apercevant de temps à autre une silhouette furtive, devinant l'activité d'ici et de là-bas. Tous vivotaient sur une petite exploitation agricole : quelques hectares de terre, trois ou quatre vaches, quelques porcs, des chèvres, une basse-cour plus ou moins abondante. L'argent était rare, il servait surtout à régler la location des terres à leur propriétaire. Jacques de Gourgaud possédait plusieurs domaines importants, il en consentait la location sous forme de métayages. La majeure partie des terres de Bardane et de Biaule lui appartenaient. Au village, seuls les Cussejat et les Mégnan possédaient quelques terrains qu'ils cultivaient ; les autres étaient métayers de monsieur Jacques. Les de Gourgaud résidaient au château des Aubrelles, une grosse maison bourgeoise aux allures de forteresse mais à laquelle il manquait l'authenticité historique. Le père de monsieur Jacques l'avait faite construire à quelques décennies de là. Prétentieuse parodie des vestiges aristocratiques, elle n'en était pas moins un imposant bâtiment qui inspirait respect et révérence. La famille du nobliau avait fait fortune dans l'industrie de l'acier, à ce qu'on racontait, et avait acquis sa particule sans grand mérite ancestral. D'autres avertis prétendaient que l'identité, loin d'être usurpée, remontait à la nuit des temps ; ils s'aventuraient même à citer quelques aïeux preux chevaliers.

Jérôme se moquait bien de leurs origines douteuses. Il savait seulement qu'ils possédaient les terres qu'il exploitait tant bien que mal, et qu'il devait s'acquitter d'un loyer bien difficile à honorer. Il passa le reste de la matinée à creuser un fossé destiné à l'évacuation d'un purin nauséabond. L'heure avançant, il rejoignit bientôt le logis, après s'être rapidement rincé les mains dans l'eau d'un seau qu'il avait tiré du puits le matin même, pour abreuver ses bêtes. Le liquide glacial permit d'évacuer l'essentiel des souillures. Il battit énergiquement des bras pour s'égoutter. Enfin, il pénétra dans son foyer où régnait une suave odeur de cuisine. Le couvert était dressé, on l'attendait. Une soupe grasse, épaisse, fumante, trônait au beau milieu de la grande table. L'homme fit grincer le banc sur le sol irrégulier; il s'assit. Antoinette le servit à l'aide d'une grande louche, puis elle remplit le bol que lui tendait sa mère, ensuite seulement le sien. Elle regagna sa place, près d'Adeline, près du feu, ceignant le récipient à la chaleur réconfortante de ses deux mains, trop blanches pour sembler celles d'une paysanne, trop fines pour les durs travaux ménagers. Les mains d'Adeline enserraient aussi leur bol, ses doigts étaient tors, énormes, leur peau épaisse s'apparentait à l'écorce rugueuse des chênes du pays.

Le regard de Jérôme se perdait en songes obsessionnels; il aspirait machinalement le liquide nourricier. Antoinette le regardait, fixant son visage, ses yeux ronds, grands ouverts. Y décelait-elle quelque expression, quelque intelligence? Adeline haussa les épaules pour mieux exprimer la dérision de l'expression de ce rapport que sa fille aurait sans doute voulu télépathique. L'homme reposa sa cuillère dans un claquement sec. Il prit le pain, son couteau, tailla une tranche dans la miche ferme, libérant un parfum agréable de levain. Il coupa un morceau de fromage de chèvre qu'il croqua sans ménagement. L'homme était au centre de l'intérêt collectif. Il représentait la force, et il décidait de l'avenir du foyer. Il était le chef de famille, reconnu par la société menée par d'autres hommes; il trônait au milieu de sa cuisine, et ses gestes anodins prenaient l'apparence de ceux d'un monarque absolu, d'un souverain incontesté, voire admiré. Conscient de sa situation privilégiée, il semblait insister sur sa gestuelle, et les femmes, de leur côté, compatissaient, l'encourageaient même par leur soumission, leur abnégation affichée.

Antoinette sursauta quand son mari lâcha, d'une voix grave et imposante:

— Au château, la dame a eu son enfant.

— Comment t'as su?

— Les nouvelles vont vite.

— C'est un garçon?

— Oui, ils ont eu de la chance, eux.

— Ça s'est bien passé?

— Il faut croire.

— Il n'aura que quelques jours de différence avec notre fille.

— Et alors ? Qu'est-ce que tu t'imagines ?

— Rien, bien sûr. Je disais ça comme ça, parce que c'est la vérité, c'est tout.

— La vérité, la vérité c'est que notre gamine, tu lui feras garder les cochons, et que le fils du château, il deviendra un monsieur !

Adeline ne supporta pas plus longtemps la suffisance de son gendre, craignant aussi qu'il hausse le ton à l'encontre de la famille de Gourgaud :

— Ça, c'est ce qui est écrit d'avance. Les aristocrates et les bourgeois ont la bonne place et la gardent. Mais attention, il arrive quelquefois…

— Qu'est-cc que tu dis là, et quoi donc ?

— Les chemins tout tracés buttent dans les ornières du hasard. Ou bien, ceux qu'on croyait destinés à la porcherie, eh bien ils prennent un autre chemin, leur chemin, dont personne ne peut les faire dévier, pas même leurs parents, tout malins qu'ils se prétendent.

— Ça ferait beau voir que cette petite bestiole-là conteste mon autorité !

Il avait dit ça sur le ton de l'ironie, imaginant le petit être qui dormait à proximité, entrevoyant une gamine frêle et sale, une sauvageonne des Combrailles, supposant enfin une grande jeune fille timide, rougissant au regard soutenu d'un prétendant. Comment soupçonner même qu'il puisse en être autrement ? Il souriait, narquois, au regard dur de sa belle-mère qui s'en référa inévitablement à la toute-puissance divine :

— C'est le bon Dieu qui décidera de leur avenir aux loupiots ! Mais sache que quelquefois, ici ou là, naissent des enfants qui n'en font qu'à leur tête. Ce serait vain et inutile d'essayer de les en dissuader.

— Oh, ça va, tu ne serais pas en train de lui jeter un sort, à la gamine, des fois ?

— Imbécile !

L'un vexé, l'autre butée, n'eurent d'autre répartie à leur mauvaise humeur, qui s'épancha en un silence paradoxal. Antoinette éprouvait elle aussi un certain malaise aux propos d'Adeline. Elle admettait bien les choses comme Jérôme les avait exprimées, avec un brin de romantisme en sus, un peu de gaieté, d'enthousiasme. Elle voyait sa fille grandir, s'émanciper, se marier, fonder une famille avec un garçon charmant, un garçon du pays. Mais tout ça paraissait bien prématuré.

— Bon, assez raconté d'âneries de bonnes femmes. Allez, j'ai du boulot, moi !

Il avait parlé fort, et Angélique n'apprécia guère ses vociférations. Le bébé, à son tour, cria à pleins poumons.

— Nom de Dieu, elle a de la voix !

Antoinette battit des bras pour montrer sa résignation à aller la consoler de son mieux, tandis qu'un rictus étrange tiraillait les lèvres d'Adeline.

LES AUBRELLES

Un fiacre traversait le village, tracté par deux chevaux de belle prestance : une paire de trotteurs harmonieusement choisis et tout à fait complices dans l'accomplissement de leur tâche sentencieuse. La voiture allait bon train dans la fraîcheur hivernale. Le cocher, en habit noir, une peau de bête posée sur ses jambes, stoppa bientôt l'attelage, tirant sur les rênes et dialoguant avec ses animaux. Antoinette s'était précipitée à la fenêtre de son logis, tandis que sa mère, inquiète, continuait son ouvrage. Le conducteur restait sur son siège, les chevaux soufflaient fort, trépignant pour stabiliser leur aplomb. Enfin, la petite porte de la voiture s'ouvrit, et un bourgeois emmitouflé descendit. Ce ne pouvait être que monsieur Jacques. Il cogna à la porte de l'humble demeure, la poussant dans le même geste et pénétrant sans avoir pris soin d'attendre l'invitation qu'il considérait comme évidente. Son entrée brutale relevait plus de la propulsion énergique que des bonnes manières habituelles à son rang, mais il faisait froid au dehors, et puis les habitants de céans étaient de vieilles connaissances, soumises et dévouées, des gens avec qui les égards pouvaient être considérés comme inutiles. Antoinette s'empressa donc, tendant les mains pour prendre le pardessus du visiteur, ou son haut de forme. Il lui tendit sa canne, dont elle se saisit sans trop savoir qu'en faire. Il prit un temps cérémonieux à retirer ses gants de cuir, quand son regard imprécis croisa celui d'Adeline, assise, là, au bout de la table, trônant en quelque sorte devant ce grand homme. L'expression de la femme trahissait une infinie tendresse ; celle de l'homme feignait la dureté pour dissimuler sans doute son émoi.

— Bonjour Jacques.

— Monsieur Jacques !

Il fit un brusque signe du menton en direction d'Antoinette qui détourna instantanément son attention.

— Monsieur Jacques, vous voilà nous visitant, par ce mauvais temps.

Un peu gêné, il fit quelques pas, puis releva ses yeux vers la jeune femme pour l'impressionner, la convaincre ou la contraindre.

— Je serai bref et discret. Antoinette, j'ai su que tu venais d'enfanter, d'une fille, je crois.

— Oui, monsieur Jacques, c'est une petite fille. Je l'ai appelée Angélique et nous la baptiserons bientôt.

— Le plus tôt sera le mieux.

— Je sais monsieur Jacques, j'ai déjà averti notre curé.

— Bien, bien, c'est d'elle et de toi qu'il est question.

Il marqua un long silence, puis, pesant ses mots :

— Ma fille a accouché, la semaine dernière, d'un garçon. Ça ne s'est pas très bien passé.

Il fixait encore Adeline qui lui gardait le même regard compatissant, lui parlait avec ses grands yeux sombres qui effaçaient le temps, la peine, et ne retenaient que l'amour, la passion d'un instant de vie, il y avait de cela longtemps. Il baissa la tête, reprenant le cours de la réalité.

— Ma fille est alitée depuis sa délivrance. Elle a perdu beaucoup de forces qu'elle peine à recouvrer. Et son petit réclame sa présence maternelle.

— Vous avez vu le médecin ?

— Bien sûr, ma fille. Le docteur Montfort prétend que l'état d'Isabelle risque de durer, et il… il a prescrit du lait de chèvre pour l'enfant.

— Il s'appelle comment ?

Il la fixa, presque offusqué du peu de pertinence de la question face à la gravité de son propos, mais il lui répondit tout de même, reprenant un peu d'assurance :

— Alban, c'est son premier prénom. Mais là n'est pas la question, ni la solution à notre problème.

— Nous avons quatre chèvres et du bon lait tous les jours, si vous avez besoin…

— Oui, oui, je me doute bien. Mais comprends-moi, ma fille, notre médecin est savant et compétent, je n'en doute point, mais du lait de chèvre, bien que sa composition soit certainement adaptée à la nourriture d'un nourrisson, c'est pour les chevreaux, la nature est ainsi faite. Pour mon petit-fils, il faut du lait de femme.

Médusée, Antoinette ne broncha pas, écarquillant les yeux en face du bourgeois, tentant désespérément de remettre de l'ordre dans ses idées, focalisant ses doutes sur la sensation tout à coup oppressante de sa poitrine, somme toute opulente. Adeline, toujours muette, semblant amusée par la situation saugrenue, portait maintenant son attention sur sa fille, sondant peut-être ses possibilités d'allaitement. Antoinette s'énervait. Elle aurait bien souhaité une intervention de sa mère pour y trouver quelque soutien et tenter d'amorcer une défense qu'elle supposait légitime eu égard à son premier devoir d'assumer sa maternité envers son propre enfant. De Gourgaud se voulut paternel :

— Sais-tu, Antoinette, que beaucoup de jeunes mères ont été nourrices ? Elles vendaient leur lait, donc leurs services à des gens dans le besoin, comme nous aujourd'hui. Cette pratique n'a peut-être plus cours par ici, mais dans les régions plus pauvres, elle continue, je te l'assure. Combien d'exemples de jeunes femmes donnant le sein, offrant une nourriture généreuse et salvatrice à des enfants des grandes villes dont les mères sont très souvent sèches, il faut le dire, et pour diverses raisons.

— Je sais bien, monsieur Jacques, la Madeleine Beauvais des Jaux, elle est nourrice à Limoges. Il n'y en a peut-être plus beaucoup de nourrices, mais il en existe encore, je le sais bien.

— Ah ! tu vois !

— Oui, mais je n'ai pas la constitution pour allaiter deux enfants. Angélique me prend tout.

— Blablabla. Plus on tire de lait, et ce n'est pas ta mère qui dira le contraire, plus il en vient. Ne t'inquiète pas pour ça. Il n'y a qu'à te regarder pour savoir.

La jeune femme rougit d'une oreille à l'autre et ne sut que répondre.

— Bon, écoute, ma fille, je ne veux pas te bousculer. Le petit Alban avalera bien son lait de bique pendant encore un ou deux jours. Viens nous voir au château dès que tu seras décidée, je t'attends. Et puis viens avec ton mari, j'ai pour lui aussi des projets très sérieux. Je ne t'en dis pas plus, mais sache que je mets ma confiance en toi. Ne me déçois pas, et à votre tour, vous verrez comme la vie peut-être meilleure. M'as-tu compris, ma fille ?

— Oui, monsieur Jacques.

Elle avait pris une voix de petite fille obéissante qui rassura définitivement notre homme, content et fier de lui, suffisant. Il aurait sans doute pu affirmer avoir entendu de cette bouche servante : « Oui, notre bon maître ! »

Monsieur Jacques était satisfait. Il quitta seulement son sourire un peu niais pour adresser un discret au revoir à Adeline, qui resta de marbre.

— Ah çà ! qu'est-ce qu'on va faire ? Qu'est-ce qu'on va devenir ?

Agacée, désorientée, Antoinette gesticulait sans savoir vraiment pourquoi. L'inconnu qui se profilait à l'horizon la troublait au point de lui faire perdre momentanément la raison. Elle lançait quelques regards furtifs à sa mère qui restait là, sans réaction. La jeune femme allait à la fenêtre, à la porte, revenait vers la table, s'y appuyait, et reprenait son manège désordonné.

— Cesse ces gamineries, ma fille. C'est un signe du destin. On n'échappe pas à son destin ! Vous irez au château.

— Mais pourquoi ? Mais quoi faire là-bas ? Et Jérôme, qu'est-ce qu'il va dire ?

— Bien trop content, celui-là. Ne t'en fais pas de ce côté-là, tout va s'arranger pour le mieux.

Tout était peut-être dit ; les femmes s'étaient tues. Pourtant, un peu plus tard, la sensibilité d'Antoinette en appela à sa pudeur :

— Je ne veux pas que ce fils de bourgeois me tète. C'est mon corps et mon lait pour ma petite.

— Tiens donc ! Ne fais pas tant la fière. il y en a bien d'autres qui le téteront ton sein, et pas toujours pour ton lait !

— Mère !

— Un sacré chaud lapin, le Jacques !

— Mère !

— Oh ! tu verras, les hommes sont tous les mêmes. Et quand la tendresse s'en mêle…

— Je n'irai pas !

A cet instant, Jérôme fit irruption dans la pièce où le doute sordide triturait la conscience innocente de sa femme.

— Qu'est-ce qui se passe ? Désiré m'a dit que le Gourgaud était venu chez nous ?

— Il veut que vous alliez le voir au château. C'est par rapport à sa fille qui a fait un petit et qui n'a pas de lait pour le nourrir.

— Quoi ? Le bourgeois, qu'est-ce qu'il veut ?

— Il veut que je nourrisse son petit-fils en même temps que l'Angélique.

— Ah ben ! nom de Dieu ! Si je m'attendais !

— Il a dit de venir aussi, il veut te faire une proposition.

— Bon Dieu de merde ! Il ne peut pas nous foutre la paix, on n'a pas assez de misère comme ça. ?

— Ne crache pas dans la soupe, grand nigaud. Attends de voir ce qu'il veut te confier. D'après ce qu'il en disait, ce serait peut-être avantageux.

Les Terrage discutèrent longtemps, tournant, retournant le problème, pour toujours arriver à la seule solution raisonnable : obéir. On irait donc au château.

Jérôme décida de ne point faire attendre monsieur Jacques. Après tout, qu'avait-il à perdre ? Antoinette, pour sa part, en restait à cette impression contraignante de devoir livrer une partie de son intimité à un étranger, fut-ce un nouveau-né. En fait, elle ne pensait guère au bébé, mais plutôt à cet homme qui, tout à l'heure, avait spéculé sur sa capacité nourricière, sur la rondeur et l'opulence de sa poitrine. Elle se sentait quasiment en instance d'être violée, incapable de trouver la parade à l'agression qu'elle allait subir. Devant la décision de son époux et la soumission affichée de sa mère, elle admit enfin devoir se résigner. Et cette attitude la laissait nuc, sans défense.

Quand Angélique, à quelques heures de là, réclama pitance, Antoinette lui ouvrit son corsage, éprouvant alors un étrange plaisir à offrir son sein. Demain prenait des allures de troublante tentation.

Le château des Aubrelles imposait sa stature au bout d'une longue allée de sable fin, bordée de majestueux platanes. Un vieil homme s'appliquait à ramasser les feuilles dans le parc arboré.

— Salut, Jeannot !

— Tiens, la famille Terrage. Monsieur ne vous attendait pas aujourd'hui.

— Il n'est pas là ?

— Il est parti tôt ce matin, mais madame saura bien vous recevoir.

— Ça m'ennuie, ça.

— Faut pas. Vous ne pouvez pas tout savoir sur les gens d'ici.

Il s'était rapproché et étouffa quelque peu sa voix :

— C'est elle qui commande. Lui, il est aux petits soins ; un brave homme que ce serait le Jacques, sans la bourgeoise. Elle l'aiguillonne sans arrêt. La fille, l'Isabelle, elle lui ressemble au fond, à sa mère, mais en plus sournoise. Le gendre, je n'en parle pas : un notaire, un gratte-papier, mou comme une chique et blanc comme une merde de laitier ! Vous n'avez pas votre petite ?

— Non.

— Vous la faudra bien.

— Oui, sans doute, mais il faut d'abord trouver une entente.

— Oh ! tiens donc ; mais c'est tout entendu, et c'est la dame qui a tout combiné. Tiens, on dirait qu'on vous a remarqués.

Là-bas, sur le perron, se dressait la silhouette imposante de la maîtresse des lieux. Les deux jeunes gens pressèrent le pas. Jeannot s'amusa de les voir faire des courbettes devant la très digne Elisabeth de Gourgaud.

— Bien, commençons par le plus simple : Jérôme, vous allez prendre la tête du domaine du Ballou ; comme ça, vous habiterez près de notre demeure, dans les communs du haut.

— Pardon madame, avec tout le respect… Mais c'est Eugène Couturier qui…

— Eugène part avec sa famille à la fin du mois. Vous le remplacerez. Rassurez-vous, c'est de son plein gré qu'il déménage.

— Mais, ils vont où ?

— Peu importe, je vous dis qu'il n'y a pas d'embrouille. Mon mari, monsieur Jacques, est très pointilleux sur le respect d'autrui. Et si cela est nécessaire, je vous assure que les Couturier ne sont pas lésés dans l'affaire. Bon, ceci étant précisé, vous vous installerez donc dès le premier décembre, dans deux semaines. Ça vous laissera le temps d'organiser le déplacement de vos affaires et de vos bêtes. Mais toi, Antoinette, il conviendrait que tu nous rejoignes le plus tôt possible. Il y a une pièce réservée pour toi et ta fille.

— Bien madame.

— Très bien ; Jérôme, vous verrez le détail avec monsieur, dès son retour. Demain matin, si vous voulez bien.

— Je serai là de bonne heure.

— C'est cela. Monsieur Jacques se lève à l'aube. Tous les matins il fait un tour d'inspection, une promenade à cheval. Il vous expliquera ; c'est vous qui serez chargé de veiller à ce que tout soit prêt, chaque jour. En plus de vos bêtes, vous aurez la charge des écuries. Nous avons huit chevaux. Mais vous verrez avec monsieur, demain matin. Bien, avez-vous des questions ?

— Moi, madame…

— Viens demain matin également. Prends tes affaires et ta petite, tu t'installeras de suite. Et si tu fais l'affaire, mais il n'y a pas de raison, tu seras chambrière, et nourrice, ça va de soi. Ah, Jérôme, vos terres de Bardane seront reprises par François Rougeon de l'Ayard. Il est au courant. Ta belle-mère peut garder la maison au village. Elle s'occupera bien avec ses chèvres et sa volaille.

— Très bien madame.

Elisabeth était bien la maîtresse dans toute l'acception du terme. Elle avait tout réglé dans le moindre détail. Les Terrage comprirent qu'ils n'étaient que de simples pions aux ordres de madame. Impériale, Elisabeth triomphait. Grande, affichant une maigreur accentuée par une charpente osseuse imposante, elle n'avait jamais été belle. Aujourd'hui, le temps avait prononcé non sa laideur mais le manque d'harmonie de sa personne. De la froideur de son être émanait une tendance prétentieuse à gouverner. Elle cultivait son intolérance et sa propension à refuser toute contradiction. On se pliait à ses ordres.

Navrant tableau que celui d'une famille véhiculant sa misère, émouvante situation que celle de la pauvreté affichée, dérisoire tentative de la considération d'un bien réduit à quelques objets insignifiants. Ce fut ainsi qu'Antoinette et Jérôme apparurent à l'entrée du parc des Aubrelles. Lui dirigeant une frêle charrette tirée par un bœuf placide, elle suivant le convoi, son enfant emmaillotée dans ses bras. Tous les deux perdus dans ce décor pourtant familier, inquiets, hésitants… L'un tenant fermement le licol de la bête de trait, l'autre concentrant son attention sur son bébé pour échapper quelque peu à une dérangeante sensation de grande solitude.

Une heure plus tard, Jacques de Gourgaud apparut, chevauchant un animal superbe. Il apostropha Jérôme :

— Alors, l'ami, un peu de nerf, ce n'est pas en traînant un fardeau qu'on aborde l'avenir. Dépêchons, que tout soit bientôt en ordre. Viens attacher mon cheval, tu l'étrilleras, il est trempé. Et toi, ma belle, allez, allez, le goinfre réclame pitance. Tu aurais pu te passer d'accompagner le déménagement. Ça ne mène à rien ces sentiments de bonne femme.

— Monsieur Jacques, il fallait bien que je ramasse nos affaires, nous avons si peu.

— Justement, donzelle. Assez palabré, Alban réclame ton sein. Ne le fais pas attendre, il enragerait à t'arracher les tétons, le vorace !

Antoinette pressa le pas vers la grande demeure dont l'austérité l'agressa plus qu'à l'habitude. Dans la grisaille hivernale, cette imposante bâtisse avait quelque chose d'obsédant, dégageait plus d'inquiétude qu'elle n'inspirait de sympathie.

A la vue d'Isabelle, vêtue d'une épaisse robe de chambre, le cheveux défait, la mine sombre, le regard menaçant, Antoinette baissa le sien et accéléra encore le rythme de ses pas dont elle avait certainement raccourci l'amplitude puisqu'elle ne prenait guère d'avance dans ses mimiques zélées.

— Alors, Antoinette, enfin ! Je n'ai pas fermé l'œil depuis minuit. Ce n'est plus possible ! Mais, écoute-le… Allez, vite, vite, donne-moi ta petite et va le soulager immédiatement. Te rends-tu compte ? Ta fille, elle, n'a pas de soucis, mais mon petit, mon enfant, il a faim.

— Je ne crois pas, madame ; il est bien nourri, vous savez, et il ne devait prendre sa tétée que dans une heure environ. Angélique n'a pas pris non plus, je vous assure. Je crois que c'est seulement qu'il est habitué à nous, votre Alban, et que si on le laisse, eh bien il pleure.

— Oui, c'est cela, mais on en reparlera. De toute manière, c'est la même chose. Mais fais-le taire, je t'en conjure !

— Oui madame, j'y vais.

Dès qu'Antoinette eut pris le garçon dans ses bras, il se cramponna à son habit, à son odeur, à sa présence rassurante, et se calma instantanément.

— Bon, voyons cela, Jérôme Terrage ! J'ai fait rédiger un nouveau contrat de métayage. Tu te rendras vite compte de ton bon choix. Les terres sont riches de ce côté-là, tu n'auras plus de problèmes. D'ailleurs, si tu t'y prends bien, ta vie va changer du tout au tout. De simple fermier, tu vas devenir, petit à petit, mon interlocuteur privilégié auprès des diverses métairies.

Devant l'air ahuri de son sbire, monsieur Jacques crut bon devoir nuancer quelque peu son propos, arrondir les angles du plan machiavélique qu'il lui exposait sans détours. De Gourgaud forçait le geste ; Terrage écoutait, opinait du chef, obtempérait. La voix du maître résonna sous les futaies, puis se perdit bientôt dans la banalité du quotidien du petit monde des Aubrelles.

Pour sa part, Antoinette avait pris son rôle très au sérieux. Tant elle portait d'amour à sa fille, tant elle prenait plaisir à communiquer tendresse et attention au fils de ses maîtres. Elle avait sans doute des prédispositions pour se montrer maternelle. La naissance d'Angélique l'avait conditionnée, puis affirmée dans cette voie, donnant un sens précis à sa vie, à son rang dans l'organisation familiale. Enfin, la proposition des de Gourgaud l'avait définitivement convaincue d'accepter cette orientation comme celle de sa propre destinée. Des hasards de la vie, elle avait extrait matière à passion, allant jusqu'à considérer la logique de son cheminement social comme naturel et inéluctable. En regardant les deux nourrissons, elle éprouvait des moments de bonheur, de bonheur véritable, sans penser au lendemain, sans chercher à comprendre, se délectant simplement du présent. Et les bébés évoluaient dans cette ambiance édénique où une bonne fée veillait constamment sur eux, les nourrissant, les dorlotant, les choyant sans défaillance. Isabelle, mère légitime du jeune Alban, se préoccupait très sérieusement de la garde de son enfant. Elle omettait seulement d'assumer par elle-même certains actes d'intimité envers le garçon, qui auraient suffi sans aucun doute à créer les liens indispensables entre une mère et sa progéniture. C'était ainsi, sans doute pour cause de bienséance, de conformisme en quelque sorte. Au contraire d'une Antoinette, modeste fille de ferme, servante réservée à la fonction de nourrice, qui ne cherchait pas à dissocier l'enfant de sa propre chair, une Isabelle, petite bourgeoise provinciale, aux airs de grande dame, avait définitivement considéré son fils comme une personne différente de la sienne. A la maternité débordante s'opposait un conventionnalisme austère. Alban s'attachait par nécessité à sa mère adoptive et nourricière. Et Isabelle acceptait cette situation, qui la comblait, en fait, étant par ailleurs tout à fait consciente de sa supériorité morale. Ce qui lui permettrait de récupérer la maîtrise de l'éducation du fils prodigue dès qu'elle le jugerait utile et nécessaire.

Elisabeth n'avait rien à reprocher à sa servante. Si son tempérament le lui avait permis, elle aurait même pu se laisser aller à en faire des éloges. Mais son caractère, d'un naturel sévère et rigide, ne l'autorisait à aucun débordement, qui plus est en faveur d'une employée de maison. Même satisfaite, elle restait de marbre, hautaine et grave. Antoinette s'était habituée au personnage ; elle lui prêtait une grande tristesse qu'elle opposait à la tendance joviale de son époux. Jacques de Gourgaud n'exprimait pourtant aucune exubérance en compagnie de ces dames. Mais sa physionomie, l'intonation de sa voix, l'expression de son regard, tout en lui concourait à trahir une propension à l'oisiveté, au partage des plaisirs futiles. S'il ne donnait pas cours d'ordinaire à l'expression des fantasmes qu'inspirait son apparence, c'était sans aucun doute par respect d'autrui, de ses proches en l'occurrence, mais aussi certainement par crainte de ces mêmes personnes. Nonobstant la tenue indéniable de son rang en bonne compagnie, il était l'objet d'une réputation quasi légendaire. Comme toujours en pareil cas, la rumeur était chargée d'une exagération instiguée par la jalousie à peine refoulée de ses rapporteurs, mais elle était forcément fondée sur quelque extravagance surprise un jour, au détour de ses indiscrétions. On le disait coureur, du moins l'avait-il été. On le disait noceur, buveur, braillard, impudique même. Quelle vérité dans tout cela ? Peut-être celle que laissaient supposer les silences d'Elisabeth ? Enfin, au château des Aubrelles vivait un quatrième personnage, qu'on eût pu non pas oublier mais passer sous silence tant il s'évertuait à ne point troubler l'ordre établi. C'était Julien, époux légitime d'Isabelle et père d'Alban de la Martinière. Bien qu'issu d'une lignée incontestable, le jeune père ne se prévalait guère de sa noblesse. Il portait le nom de sa famille et s'en complaisait simplement. Bien entendu, Jacques, pour sa part, tirait vanité et fierté de cette alliance pompeuse. Il n'était donc point du caractère de Julien d'imposer sa personnalité et d'en faire cas. Il avait pourtant une belle situation de notaire à Chambon, bourgade creusoise où, là comme ailleurs, on considérait le maître garant de la propriété. Il était bien marié, à une épouse que l'on qualifiait d'élégante, pour ne point dire belle. Harmonieux de corps, lui-même présentait une prestance remarquable. Paré de ces atouts ou qualités, il avait paradoxalement une curieuse tendance à l'effacement. Antoinette constatait qu'il déployait gentillesse, discrétion et obéissance sans doute pour ne pas déplaire. Souvent, en croisant son sourire furtif, elle avait pensé qu'il cachait bien son jeu et dissimulait sous ses apparences benoîtes une intelligence beaucoup plus subtile que celle épanchée par son entourage.

Composé d'une vingtaine de pièces de bonnes dimensions, le château était vaste. La maîtrise d'un ménage complet et bien fait relevait d'une entreprise considérable. Outre Antoinette, trois femmes étaient employées à demeure. L'une assumait la fonction de cuisinière, maître queux et économe de confiance, pour le bien être de ces dames et de ces messieurs. Les deux autres assuraient l'entretien et le ménage. Méticuleuses et zélées, elles excellaient dans l'accomplissement de leur tâche. Si Antoinette était principalement nourrice, Elisabeth avait prévu, pour son avenir, de la former au rôle de chambrière. Il lui était donc dévolu de porter assistance à Marie et Mathilde, les deux expertes, dès que les bébés ne réclamaient pas ses soins. Enfin, la corvée de lessive était assurée par des laveuses, servantes occasionnelles qui se rendaient régulièrement aux Aubrelles. Elles travaillaient à la buanderie, au rez-de-chaussée du bâtiment, où elles disposaient de larges bacs de pierre et d'une chaufferie qui leur permettait de mettre à bouillir, dans de grandes lessiveuses, l'eau tirée du puits. Les laveuses étaient des femmes de constitution solide. A les voir tordre les grands draps de lin on pouvait aisément mesurer leur puissance musculaire. A les surprendre au casse-croûte qui suivait le rinçage du linge au lavoir et l'étendage de ces mêmes effets, on constatait leur rusticité, et on devinait l'âpreté de leur labeur.

Au château, Antoinette avait été confrontée à un mode de vie bien différent de celui qu'elle avait connu jusqu'alors. Ainsi se déroulait la nouvelle existence de la jeune femme, près de son village natal et si loin de sa condition initiale, à laquelle elle pensait souvent comme à une autre vie. Comment évoquer la coexistence de masures insalubres, où s'entassaient deux ou trois générations d'une même famille, et de demeures gigantesques et confortables, où la plupart des pièces étaient inutilisées ? Elle pensait aussi à sa mère qui devait ronger sa solitude ; sans doute souvent, trop souvent égrener le chapelet d'une vie ingrate et pénible, sans grande joie, une vie de misère trop vite précipitée au rythme d'un travail harassant, épuisant, obsédant.

En dehors de ses occupations, toutes nouvelles pour elle, le bâtiment en lui-même et son organisation intérieure avaient bouleversé la naïve imagination de la jeune paysanne. Ici tout était démesuré : le volume des pièces, la hauteur des plafonds, la largeur de l'escalier principal.

A son arrivée, après une rapide visite des lieux, elle avait cru ne jamais retrouver le fil de cette architecture sophistiquée. Le rez-de-chaussée était occupé par la buanderie et plusieurs salles de rangement, la cuisine et l'office, d'où partait l'escalier de service, un bûcher et une salle de détente et de loisir, qu'Elisabeth lui avait indiquée comme telle et dont elle n'avait pas saisi l'utilité. Le premier étage était le lieu de vie de la famille de Gourgaud : dans l'aile ouest, les appartements d'Elisabeth et Jacques, dans l'aile opposée, ceux d'Isabelle et Julien. Entre les deux parties réservées étaient aménagées une importante bibliothèque et une salle de musique où se trouvaient réunis plusieurs instruments, étranges de structure, admirables d'harmonie et d'aspect. A ce niveau se situait également la grande entrée qui donnait sur le perron ; face à la grande porte, au fond de la pièce d'accueil, apparaissait l'escalier monumental de dimension et de sculpture, qui conduisait à l'étage supérieur où se trouvaient plusieurs chambres réservées aux invités. Les chambres du personnel étaient aménagées en soupente au dernier étage de la bâtisse. Antoinette disposait d'une de ces petites pièces qu'elle occupait tant que de besoin. Elle y dormait rarement, rejoignant ordinairement Jérôme, le soir, après avoir couché Alban et à la condition que celui-ci ne réclamât pas de soins particuliers durant la nuit.

Pour Jérôme, la nouvelle organisation de sa vie n'était pas évidente. De prime abord, il avait ressenti une grande frustration à ne plus vraiment maîtriser l'harmonie du couple et à ne pas pouvoir réaliser sa paternité. Quoique plutôt rustre et peu enclin à l'expression de ses sentiments, il aurait bien aimé pouvoir profiter un peu de son enfant, du moins avait-il quelques pensées intimes qui lui dictaient ces états d'âme. Mais sa toute nouvelle vie professionnelle était aussi perturbante. Jérôme se retrouvait bel et bien régisseur, garde particulier et, plus encore, homme de confiance, très proche de monsieur Jacques, qui le traitait sur un ton bonhomme et paternel. Cette considération particulière éveillait en son esprit simplet un profond respect envers celui qui semblait lui accorder toute sa considération.

Très vite, Jérôme abandonna sa fonction de métayer, laissant le soin de ses quelques vaches à Hubert, le fils de Jeannot. Jean Blondon, dit Jeannot, avait été régisseur en son temps. Vieillissant et ne pouvant plus assumer ses fonctions, il avait imploré ses maîtres de lui confier l'entretien du parc du château, arguant de son honnêteté, de sa compétence, également du fait qu'il était veuf depuis peu et père d'un garçon immature et benêt. Les de Gourgaud eurent-ils un élan d'attendrissement, de reconnaissance ? Ou bien, pressentirent-ils là quelque avantage ? Sans doute comprirent-ils simplement leur intérêt à rendre un service et à en recevoir un en contrepartie. Ils condescendirent donc à la demande de Jean.

Le fils Blondon était courageux et obéissant. Peu enclin à prendre des initiatives, il convenait de lui communiquer des ordres clairs et précis, et d'encadrer ses actes. Jérôme eut tôt fait de cerner la psychologie du personnage, et sut tirer partie de ses qualités tout en contenant l'expression de ses défauts. Chacun y trouva d'ailleurs son compte, Hubert ayant dès lors une occupation saine à laquelle il pouvait se dévouer, et Jérôme délaissant sa fonction agricole à laquelle il n'avait quasiment plus de temps à consacrer. Il convint d'un accord, sur un salaire de misère, avec son vacher. Mais l'homme n'était pas regardant, et puis sans doute n'avait-il jamais espéré pareille aubaine que de pouvoir enfin s'affirmer dans un travail respectable.

La vie de Jérôme Terrage avait changé, et ses rapports avec les gens du pays avaient forcément été influencés par sa nouvelle condition. A Biaule, lorsqu'il rendait visite au maréchal-ferrant, y conduisant un des chevaux des Aubrelles, ses anciens amis l'évitaient plutôt, non par ressentiment, mais peut-être par pudeur. Il restait alors avec l'homme de l'art, parlant peu, observant le travail, aidant à l'occasion, puis s'en retournant sans visiter le café, où il se serait rendu auparavant pour trinquer et participer à quelques discussions amicales. Un jour pourtant, alors qu'il commandait quelques planches à Paul, le menuisier du village, vint à passer Fernand qui, tout à ses pensées macabres, n'eut que peu d'égards à l'encontre du client qui le précédait.

— Salut la compagnie. Je viens commander le cercueil pour le père.

— Le Gabriel est mort ?

— Non, pas encore, mais il n'est pas bien vaillant.

— Il sera toujours temps…

— C'est lui qui demande, il veut du bois spécial… Ah ben, t'es là, toi ?

— Salut l'ami !

— L'ami, l'ami… C'est que tu n'es plus vraiment des nôtres.

— Ah ! et pourquoi ça, Fernand ?

— Eh ! parce que tu es du château !

— Du château ? J'habite les communs, et je suis employé.

— Tu ne parles même plus comme avant. Rappelle-toi, bon Dieu, comment que tu disais des bourgeois ? Tous des…

— Je sais bien, mais qui n'aurait pas profité de l'aubaine ? Tu vois, ma condition s'est améliorée, c'est sûr, mais il y a aussi le revers de la médaille. Je suis bien obligé de l'écouter, le bourgeois, et de lui obéir. D'un autre côté, je m'occupe des chevaux, et j'aime ça.

— Et la Toinette, ta femme, il paraît qu'elle habite au château, elle !

— C'est un peu ça. Elle est nourrice. Il faut comprendre.

— C'est quand même pas une vie, cette vie-là. A Bardane, même si ce n'était pas le luxe, vous viviez comme nous autres. Maintenant…

— Allez Fernand, laisse-le donc. C'est deux mondes différents, une autre façon de vivre… Allez, venez donc jusque chez la Denise, on va s'en jeter un petit de derrière les fagots. Ça réchauffera les cœurs. Pour moi, Fernand, le Jérôme, il est toujours le Jérôme Terrage. Il a changé un peu, c'est sûr, mais plutôt en bien. Il est devenu sérieux, comme qui dirait.

— Ah !

Les trois compères rejoignirent le débit où une chaude ambiance animait les conversations. Unanimement et sans réticence, on serra la main de Jérôme, un enfant du pays, un ami qui s'était un peu éloigné et qui revenait. Il était régisseur au château, et chacun avait eu le temps de se faire à l'idée, comme il était d'usage de considérer. La rumeur avait bien titillé les imaginations et éveillé les doutes, supposé les compromis des plus saugrenus, mais la rumeur, ce matin-là, se fit oublier, s'effaça spontanément. Jérôme était, en quelque sorte, de retour parmi les siens, de son plein gré, et ces derniers s'en réjouissaient tout en lui montrant grossièrement qu'ils comprenaient et acceptaient son nouveau rang dans la société locale.

Jérôme buvait son verre de vin blanc, à petites gorgées, se délectant du breuvage tout autant que du moment de saine camaraderie. On parlait beaucoup autour de lui et il restait, pour sa part, peu loquace. Les autres questionnaient et répondaient tout à la fois. Les plaisanteries, les grivoiseries s'estompèrent d'elles-mêmes ; une discussion prit peu à peu le ton sur les autres. Octave élevait la voix. Il était assis à une table, en compagnie de Félix et de Blaise. Agacé, énervé, sa face rougie d'émotion, il tapa même du poing pour appuyer son propos :

— Jaurès a raison !

— Et qu'est-ce qu'il dit, ton Jaurès ?

— Sois respectueux envers ce grand homme, ce n'est pas mon Jaurès, c'est Jaurès ! C'est surtout celui qui croit en l'homme, qui croit que les peuples du monde, réunis et fraternels, sauront déjouer les pièges que la grande bourgeoisie leur tend.

— Moi, ce que j'en disais ! Je ne le connais pas le bonhomme, et ce n'est pas lui qui nous donnera des leçons de révolutionnaires.

— Tu aurais dû venir l'écouter à Commentry, ça valait le détour. Si tu l'avais écouté, tu ne dirais plus pareil.

— Peut-être, mais Commentry, ce n'est pas la porte à côté.

— Il a dit des choses qui t'auraient plu, Félix.

— Si tu le dis !

— Il a parlé d'égalité, de fraternité, de solidarité…

— Je m'en doute bien. Mais il venait surtout pour soutenir la candidature de son copain Thivrier.

— Bien sûr, mais quand même.

D'autres s'en mêlèrent :

— Je me suis laissé dire qu'il avait de drôles d'idées sur l'Alsace et la Lorraine.

— Ce qu'il dit Jaurès, ses idées ? C'est pourtant simple, qu'est-ce que vous croyez tous ? Que les petites gens, les gens du pays comptent pour ceux du gouvernement ? Mais vous rêvez. L'Alsace et la Lorraine, mais c'est une affaire de gros sous ! Ce sont les industriels français qui poussent à la guerre. Et qui c'est qui se fera tuer pour la soi-disant patrie ?

— Eh là ! Je t'interdis de parler comme ça devant moi, Octave, je t'interdis ! Les Alsaciens et les Lorrains, ils sont français. On ne va pas les laisser tomber comme ça. On n'est pas des lâches !

— Qui te parle de ça ? Mais, réfléchis deux minutes…

— C'est tout réfléchi.

On gueula de part et d'autre. Finalement, Denise dut intervenir d'une voix criarde qui surprit, émergeant des mâles invectives qu'on n'hésitait plus à proférer. Plantée au beau milieu de son bistrot, ébouriffée comme une poule qui défend ses poussins, grognant, apostrophant, remettant en place, elle réussit à rétablir le calme. Certains bougons se détournèrent pour ne point perdre complètement la face et éviter le regard des autres. On but. Quelques-uns sortirent, et Jérôme en profita pour s'excuser. Il devait rentrer aux Aubrelles où on l'attendait. Se voulant sans doute spirituel, Fernand lui lança :

— Va rejoindre ta Toinette !

Son sourire niais persista quand Jérôme se retourna et le fixa longuement.

— Sa Toinette, elle a d'autres chats à fouetter !

— Qu'est-ce que tu entends par là ?

— Qu'elle a du travail au château, c'est tout.

— Les gens causent, garçon. Les mâles des Aubrelles défendent bien leur réputation !

— C'est ça, parlez bien dans notre dos. Allez-y, racontez vos salades ; je m'en fiche comme de l'an 40, et la Toinette de même !

— Allez, ne te fâche pas. Tu sais bien ce que c'est. Tu étais moins fier avant de fréquenter le beau monde.

— Ça va, j'en ai assez entendu, salut la compagnie, et sans rancune. A bientôt… Ah, dites-le aux langues bien pendues : la Toinette, c'est avec moi qu'elle couche tous les soirs !

Après ces querelles, on but à nouveau. Certains partirent, d'autres arrivèrent. Un instant de silence laissa place à des conciliabules, puis des discussions, le ton monta et le brouhaha reprit ses droits. Jérôme n'avait jamais été tendre avec ses semblables ; ils le lui rendaient bien, et tout venait de rentrer dans l'ordre, après la trêve provoquée par sa récente métamorphose sociale.

L'esprit bousculé par l'agressivité des propos, le jeune homme pressait le pas. Presque inconsciemment, il ressassait les échanges verbaux. La mine rougeaude d'Octave s'imposait : Jaurès, l'Alsace et la Lorraine. Qu'est-ce que tout cela signifiait ? Y avait-il un fondement aux inquiétudes des uns, au pessimisme des autres ? La fibre patriotique vibrait dans la conscience du jeune homme. S'il fallait reprendre les deux provinces françaises, il en serait ! Il ne chercha pas à comprendre la cause de sa réaction spontanée. C'était pour lui l'évidence, la voie de sa fierté, de son sens de l'honneur. Il ne fit pas la relation entre son choix et le véritable endoctrinement qu'il avait reçu durant sa scolarité. Ils avaient été des milliers à ingurgiter comme lui la bonne parole, sans jamais soupçonner la supercherie. Ils seraient bientôt des millions de morts au champ d'horreur.

Il faisait chaud, et Antoinette s'occupait à lustrer l'argenterie de madame Elisabeth. Les deux bambins avaient maintenant neufs mois. Installé dans un parc à barreaux de bois blanc, Alban tentait sans cesse de prendre une position verticale, s'aidant des prises que lui offraient les parois de sa cage, retombant invariablement sur ses fesses ; Angélique, assise au beau milieu de la place, vociférait une mélopée de sa composition, un chant guerrier, sans aucun doute, alternant les contraltos ténébreux et les aigus les plus perçants. La matinée s'achevait doucement. Antoinette se sentait bien, son esprit vagabondait. Elle imaginait Jérôme sur le chemin du retour : il était allé, tôt ce matin, visiter le métayer d'un domaine de monsieur Jacques situé près de Gouzon, à une bonne dizaine de kilomètres de là. La perception d'un bruit sourd lui rappela que Mathilde et Marie préparaient la chambre bleue pour les parents de Julien, qui arrivaient le soir même pour un court séjour. Elisabeth n'avait pas de gouvernante, elle assurait elle-même cette tâche. Elle organisait, et supervisait à tout moment le travail accompli par les servantes. Isabelle se bornait au second rôle de maîtresse des lieux, mais elle était tout autant redoutée que sa mère. Si Elisabeth était dure, rigide, elle avait la qualité d'être franche et juste. Isabelle, pour sa part, pouvait être qualifiée de sournoise, recherchant le même but que sa mère, mais utilisant pièges et compromis pour réaliser ses désirs.

Antoinette souriait aux enfants qui semblaient toujours exiger sa présence, surveillant, épiant ses faits et gestes, tout en lui communiquant une connivence à toute épreuve. Elle ne fut guère surprise de percevoir un pas discret, ne doutant pas qu'il s'agissait là de la mère ou de la grand-mère d'Alban. Elle s'étonna enfin de voir Julien planté devant elle, bras ballants, regard fixe, gêné peut-être, embarrassé sûrement.

— Monsieur Julien ! Vous voulez voir votre fils ? Il est là. Il manifeste une grande volonté à essayer de se mettre debout. Dès qu'il en aura la force, il marchera, et ça ne saurait tarder. Ma petite est moins pressée, elle est plutôt portée sur la parole, ou sur la chanson, enfin vous l'écoutez !

— C'est toi que je viens voir, Toinette.

La réplique heurta le bon déroulement de la logique ambiante. Les quelques mots ici prononcés résonneraient longtemps à l'oreille de la jeune femme, qui ne comprit pas tout de suite l'ambiguïté du propos. Qu'attendait-on d'elle ? Son regard interrogea celui de l'homme qui lui laissa deviner trop clairement une envie insolente et perverse. Le trouble médusa Antoinette, qui recula de deux pas, avouant sa faiblesse et sa déconvenue. Elle jeta un œil aux enfants. Sans inquiétude apparente, ils continuaient leurs jeux puérils. Les intonations du solo d'Angélique s'étaient attendries, modelées peut-être à l'atmosphère idyllique qui envahissait l'instant. Il tendit sa main vers Antoinette, qui leva les siennes vers sa bouche en ultime défense, pour se protéger le visage ou taire une parole maladroite. Il s'avança si vite qu'elle n'osa fuir, se laissant enlacer. Les yeux dans les yeux, les corps enserrés, les lèvres s'effleurèrent et Antoinette défaillit, s'abandonnant à l'étreinte envoûtante. Quand enfin elle réagit, il la laissa s'échapper. Il la savait captive, résolument dépendante de sa tâche à garder les nourrissons. Elle comprit sa vulnérabilité et apprécia les limites annihilantes de son champ d'action : impossible de s'évader sans abandonner les chérubins et donc déshonorer sa fonction. Quand il avança à nouveau, elle recula franchement. Il ne voulait pas l'apeurer, désirant entretenir l'équilibre précaire qui avait permis leur rapprochement.

— Toinette, ne t'envole pas. Je ne veux pas te faire de mal, j'ai pour toi des sentiments sincères.

— Monsieur Julien, vous voulez profiter de ma personne en sachant bien qu'il ne m'est pas possible de vous déplaire. Mais, qu'est-ce que je vais devenir ?

L'argument était sincère et empreint d'un profond désarroi. Il se fit rassurant :

— Tu n'as rien à craindre de moi, je te le répète. Je suis honnête.

— Mais, madame Isabelle ? Et votre fils qui vous regarde !

— Que voit-il, mon amour ? Il voit sa véritable maman embrasser son père, cette tendresse ne peut lui déplaire.

— Mais, je ne suis pas sa mère !

— Il a tété ton sein, respiré ta sueur, pris un peu de toi. Qui est donc Isabelle pour lui ? Peut-être une préceptrice, quelque chose du genre !

— C'est elle, sa vraie mère, et c'est votre femme.

— Eh oui, hélas ! Depuis qu'il est né, elle se refuse à moi, et ça risque de durer.

— Alors, vous vous êtes dit…

— Oui, je me suis dit que tu ferais bien l'affaire. Je me suis dit que tu valais bien le détour, et que j'étais le dernier des imbéciles à côtoyer une aussi belle fleur sans savoir la cueillir.

— Ce n'est pas aussi simple, je ne suis pas qu'une fleur.

— Oh si !

Il l'avait rattrapée et, l'empoignant, comprima son corps contre son dos, embrassant son cou dénudé, offert, promenant sa main sur son ventre. A nouveau, la jeune femme glissa tout entière dans la volupté d'un rapport impromptu et bestial. Donnant libre cours à ses instincts, qui étouffèrent sa raison dans un ultime sursaut d'abandon, son corps se cambra, épousa celui qui harcelait sa pudeur, libéra une force insoupçonnée à la conquête du plaisir total. Julien accepta cette lutte endiablée et les corps s'allongèrent, toujours enlacés, ondulant leur joute charnelle. D'un geste brusque, il retroussa ses vêtements, découvrant sa peau douce et brûlante. En soubresauts enflammés, elle offrit sa chair écartelée. Après l'étreinte, il se retira bien vite, la laissant seule avec sa déconvenue, ses regrets ou ses remords. Après tout, elle n'était qu'une servante et lui un maître. Tant de fois, tel acte avait dû, ici et là, se répéter, tant de fois les pauvres filles avaient dû accepter leur condition, après l'euphorie, la débauche illusoire. Les tempes d'Antoinette étaient en feu, elle soufflait fort, assise, appuyée au mur, jambes écartées sous ses jupes encore relevées. Elle fit un effort conséquent pour reprendre le contrôle de son corps, de ses sens. Les deux bébés donnaient quelques signes d'impatience. Leurs voix emplirent à nouveau, peu à peu, l'univers de la jeune femme qui, arc-boutée sur le pourtour du parc, versa quelques larmes, en proie à sa faiblesse. Elle souleva enfin sa fille, la serra dans ses bras et l'embrassa de tout son amour. La petite frotta sa joue contre l'humidité de celle de sa mère, se retira quelque peu, puis, de sa petite main, sembla effacer un chagrin inopportun.

Durant les jours qui suivirent, Elisabeth vint à s'interroger sur la tristesse affichée de la nourrice, son abattement soudain, sa perte d'enthousiasme et peut-être d'énergie.

— Qu'y a-t-il, Toinette ?

— Rien madame.

— Ne mens pas ! Ne me cache rien ! Tu sais bien qu'ici c'est mon domaine, et que tout ce qui s'y passe, tout ce qui s'y fomente, doit m'être connu. Parle, petite sotte, vide ton sac, ça ira mieux après, tu verras. Allons, parle !

— Je ne sais pas, madame, je suis déboussolée en ce moment. C'est cette nouvelle vie. Avant, tout était simple.

— Allons donc, serais-tu niaise à ce point ? Tout était simple ! Et la simplicité, ça nourrit son homme, ça nourrit son enfant, la simplicité ? Reprends-toi, ma fille.

— Oui madame.

— Et je ne veux plus voir ce vilain visage affligé. Les enfants ont besoin de gaieté. Jusque-là tout s'est bien passé. J'exige que ça continue !

— Bien madame.

Elisabeth était maîtresse de céans, jusqu'à la direction des humeurs de chacun.

Quand Antoinette, promenant les enfants dans les allées du parc, croisa Julien qui rentrait de son office, celui-ci détourna à peine le regard, caressant tout de même le visage de son enfant, exprimant, comme à son habitude, son sentiment paternel avec une extrême pudeur, une extrême retenue. Antoinette le fixait ; il n'eut d'yeux que pour son fils. En repartant, il questionna tout de même :

— Sais-tu où est Isabelle ?

Ce fut un peu comme s'il avait, sans retenue, giflé la jeune femme. Accusant le coup, elle s'éloigna rapidement, tirant énergiquement la poussette, au grand enchantement du garçon, un instant étonné, puis riant franchement à ce jeu cahotant. Dans les bras de sa mère, Angélique s'accrocha à son cou, puis, elle-même secouée de belle manière, partagea la joie de son complice hilare. Reprenant ses esprits, retrouvant son équilibre moral obligé, puisant le retour à la sérénité dans la sincérité de ses sentiments envers les enfants, Antoinette accepta la situation telle qu'elle était et dont elle était en partie responsable. Julien semblait vouloir oublier l'événement, ou bien l'abstraire habilement du quotidien des Aubrelles. Il avait ouvert une parenthèse, et il la refermait sur leurs secrètes pulsions à tous les deux. Antoinette se rangea à cette attitude, servante docile et attentionnée, elle serait occasionnellement amante soumise et complice. Ainsi fut le caprice de Julien de la Martinière ; ainsi vécut Antoinette, sans révolte et remisant les grands sentiments qui couvaient désormais en elle au rang d'un onirisme édénique.

Depuis le départ de sa fille et de son gendre, Adeline s'était retrouvée bien seule. Des voisines la visitaient souvent, et la vie du village occupait l'actualité de chaque jour. Les soirées, les veillées, les nuits s'acharnaient pourtant à mesurer la détresse de l'absence. En réalité, Adeline ne regrettait pas vraiment de ne plus cohabiter avec les deux jeunes gens, consciente du fait que la promiscuité de générations différentes était souvent source de problèmes affectifs. Mais elle aurait voulu voir plus souvent sa petite-fille. Un besoin de maternité, longtemps remisé au rang du souvenir, submergeait sa conscience de grand-mère. Quand elle pensait à Angélique, elle se faisait tendresse infinie, un sourire se figeait sur son visage ingrat où toutes ses rides semblaient attendre une manifestation du destin. Antoinette se rendait de temps en temps à Bardane. Sa mère feignait tout d'abord l'étonnement outrancier, puis laissait très vite déborder un enthousiasme exacerbé. Ce rituel avait pour conséquence inévitable d'énerver la jeune femme, pourtant bien peu prompte à manifester quelque mouvement d'humeur. Elle supportait mal l'exubérance de sa mère. Mais il y avait Angélique. Adorable bébé, enjouée à la reconnaissance de la voix éraillée de sa grand-mère, de l'odeur caractéristique du logis exigu, empreinte d'émanations du feu de bois, de relents de graisse de cuisine, de mille autres choses sans doute, qui identifiaient un remugle unique. Et l'enfant semblait se prêter à la comédie de cette cabotine improvisée, dont le sourire édenté, les caresses rugueuses, les mimiques burlesques n'avaient point de pareils.

— Alors, ma titite, comment tu es grande, dis voir ! Qu'elle est belle ma doudoune ! Viens, viens avec ta mémé, viens vite dans mes bras. Mais ma titite, c'est qu'elle a profité !

Et cela durait, et la gamine vocalisait de plus belle à chaque exclamation de son admiratrice. Antoinette fronçait les sourcils, mais laissait Adeline saisir sa fille et la serrer contre sa poitrine. Il lui était pourtant difficile de soutenir la scène qu'elle jugeait grotesque. Mais que faire, sinon aller d'un coin à l'autre de la pièce, énergiquement, en voulant montrer sa désapprobation, en attendant que cessent les calembredaines. Quand s'estompaient enfin les effusions, Antoinette pouvait engager la conversation sur tel ou tel sujet, tel ou tel événement local. Adeline reprenait alors le ton sentencieux qu'elle employait d'ordinaire pour exposer ses commérages. La jeune femme participait naturellement à l'occupation du moment. Cet après-midi, les deux femmes, assises devant la grosse table de chêne, écossaient des petits pois fraîchement cueillis. Les graines vert pâle remplissaient un récipient de bois clair. Assise sur le sol dallé de grandes pierres sombres et lisses, Angélique jouait avec un morceau de bois, tirant d'une main, résistant de l'autre. Elle modulait des sons, et sa voix surprenait par l'harmonie naissante de ses vocalises.

— On dirait qu'elle va nous chanter une chansonnette !

— Elle fait tout le temps ça.

— Une chanson du diable avec des mots de l'enfer…

— Maman, tu ne vas pas recommencer avec ces croyances d'un autre temps ?

— Le Ragoutin, quand j'étais gamine, il disait tout le temps des paroles que personne ne comprenait. C'étaient des mots des évangiles récités à l'envers. Si ce n'étaient pas des voix de l'enfer, ça !

— Des souvenirs de l'enfance, avec tout ce que les gens disaient de ce vieil homme, tu aurais bien pu croire n'importe quelle histoire sur son compte.

— C'est ça, je te reconnais bien là. Tu ferais mieux de m'écouter, parfois.

— Mais écoute plutôt notre Angélique, c'est un chant du paradis maintenant.

— Les mots sont les mêmes, et cette façon de regarder !

— Tu es folle, maman, complètement folle. Tout à l'heure, tu l'embrassais, tu jouais avec elle, et maintenant tu la prends pour un démon ! C'est de rester toute seule qui te rend comme ça ?

— Hum…

Le silence se fit tout à coup. La gamine souriait, mais ne chantait plus. Diabolique, angélique, son expression ne traduisait-elle pas seulement l'épanouissement de son intelligence ? Bien avant que la raison, inculquée par d'autres, ait atrophié sa personnalité, celle-ci disait son immense plaisir de découverte et de partage.

Soudain, Antoinette rompit le silence ambiant :

— Les gens parlent de nous ?

— Oh ! pas devant moi. Mais il y a toujours une langue assez bien pendue pour répéter et amplifier ce qu'elle sait par les autres. Il faut dire que vous avez fait des envieux. Ce qu'ils voudraient bien savoir, c'est ce qui a motivé le Gourgaud dans son choix : toi comme nourrice et le Jérôme comme régisseur. Ce n'est pas banal, tu ne crois pas, toi ?

— Ben, c'est parce que je venais d'avoir ma petite qu'il m'a proposée. Tu étais bien là ?

— Justement…

— Justement quoi ? C'est bien comme ça, et seulement comme ça que ça s'est passé. On a eu de la chance qu'Angélique soit née en même temps qu'Alban, et que madame Isabelle ait répugné à nourrir son garçon.

— Sur ce dernier point, d'accord. L'Isabelle est une belle catin qui ne vaut pas cher ; même pas capable de s'occuper de son enfant ! Enfin, ça a fait ta fortune, ma belle.

— Ma fortune ?

— Tu comprends bien ce que je veux dire. Et en plus, pour Jérôme, devenir le bras droit du comte, ça, c'est quelque chose ! Un vrai signe du ciel ! Lui qui critiquait tant les nobles, les bourgeois, le Gourgaud, et qui se retrouve enrôlé, en voilà une sacrée revanche du destin. Ce qui rend les gens acariâtres, c'est le besoin et l'envie.

— Tu t'égares, mère. Où voulais-tu en venir avec tes allusions, tout à l'heure ?

— Je peux bien te l'avouer, maintenant que tu es une femme accomplie. Tu as bien dû déjà écouter parler de moi et des gens du château ? Oh, c'est une bien vieille histoire… Une bien belle histoire d'une fille qui était jeune et belle et sans le sou, et d'un riche monsieur, fier comme un prince. Ça ne finit bien que dans les contes de fées.

— Tu veux dire que…

— Je veux dire que j'ai bien connu le Jacques, dans le temps, il y a un bail. On était jeunes, et puis voilà. Oh, pas une véritable liaison, comme dans le grand monde ; juste une fois ! Pour lui, ça n'a sans doute pas beaucoup compté. Moi, j'ai cru que c'était ça l'amour. Je ne connaissais pas encore ton père, à l'époque. Je l'ai connu juste après.

— Ah !

— Tu sais qu'on raconte les mêmes choses sur toi, aujourd'hui, ma fille. Sur toi et lc notaire, le Julien.

— Une rumeur colportée par des envieux ! Et la rumeur, ce n'est qu'un tissu de mensonges.

— La rumeur ? C'est vrai qu'il y a du faux dans la rumeur. C'est un peu comme la fumée, ça naît ici ou là, et ça disparaît. Mais s'il y a de la fumée, il y a forcément du feu.

Un long silence suivit ces aveux, ces confidences entre mère et fille. Certains prétendent que dans ces moments sans bruit, un ange passe, un peu comme s'il avait surpris quelque secret et l'emmenait maintenant en paradis. D'autres disent que certains silences parlent mieux que de longs discours, comme si de ne rien ajouter à une conversation trop intime, laissait à l'imagination la subtilité de l'intelligence.

Antoinette regardait autour d'elle, se surprenant à découvrir la simplicité du lieu, sa pauvreté même, son inconfort, de grisaille en froidure, de vétusté en désolation. Elle ne put s'empêcher de comparer cet espace rudimentaire et maussade aux fastes de l'intérieur du château. Il lui était presque difficile de penser avoir passé ici pratiquement toute sa vie, sans jamais rien remarquer du dénuement excessif, et puis d'avoir pénétré et accepté aussi facilement l'univers du luxe. Quand elle prit congé pour rejoindre les Aubrelles, elle ne douta pas un instant qu'elle rentrait chez elle. Ce paradoxe la troubla. Au fond de sa conscience, elle pensa avoir toujours vécu ailleurs, peut-être un ailleurs imaginaire fabriqué pour échapper à la misère obsédante.

Jérôme appréciait sa nouvelle condition. Pour lui, tout avait été bouleversé en un rien de temps, et ce avec le concours efficace d'un Jacques de Gourgaud qui savait, à l'occasion, déplacer des montagnes. En l'occurrence, il décidait de la destinée de ceux de son entourage et veillait à ce que sa volonté s'accomplisse. Tout ceci ne relevait évidemment pas de la soudaine manifestation d'un sentiment de bonté et de bienfaisance. En lui, l'intérêt prévalait en toute circonstance, et en particulier son intérêt personnel. Il avait assurément vu dans le métayer celui qui pourrait, d'une part l'assister sans défaillance, et d'autre part se plier à ses moindres désirs sans contestation et en déployant un dévouement à toute épreuve. Il aurait pu trouver un autre homme tout aussi approprié au rôle défini, mais si son choix s'était orienté vers Jérôme, c'était peut-être en définitive à cause d'une faiblesse que Jacques éprouvait quelquefois, un peu comme une blessure qui ne cicatriserait jamais, le souvenir d'un moment d'égarement aventureux dans les bras d'une jeune paysanne. Il y avait de cela bien longtemps, mais de Gourgaud, sans avoir en tête de réparer quoi que ce fût, fléchissait tout de même lorsqu'une certaine nostalgie de sa jeunesse tiraillait ses sentiments. L'occasion se présentant, il avait tout de suite pensé à la famille Terrage de Bardane. Sortir les enfants du gouffre de leur situation sociale, c'était faire montre de son bon cœur tout en s'offrant l'opportunité de trouver là un honnête régisseur. Et puis, monsieur Jacques se complaisait en compromission. Il adulait sa propre personne, et surtout son image, sa mâle réputation. Il ne savait que trop bien ce que l'on avait raconté sur lui et sa liaison avec Adeline. Certains en étaient même arrivés à supposer qu'Antoinette était sa fille. Il n'en était rien, mais il savourait déjà les délicieux ragots que l'on ferait dans son dos sur ses prouesses génitrices, ravivant dans la mémoire collective la flamme depuis longtemps soufflée. Quel beau roman que celui d'un noble fautif réparant ses erreurs en reconnaissant son enfant, en lui donnant une nouvelle chance, tout en supportant jusqu'à son dernier souffle le poids du terrible secret.

Le temps passerait, annihilant les passions, dispersant la rumeur, avivant la mélancolie des amours à jamais perdues.

Comme chaque matin, Jacques de Gourgaud, droit sur sa noble monture, était fier de lui-même. Après avoir accompli le tour de sa propriété, il rentrait au trot rythmé de son cheval complice. Jérôme, tout en s'occupant aux écuries, attendait son retour, prêt à prendre soin de l'animal.

— Bouchonne-le, garçon, et puis tu distribueras les rations d'orge. Viens me rejoindre ensuite, nous avons à nous entretenir à propos de la métairie des Trasses. Tu me feras ton rapport. A tout de suite.

Jérôme assumait un rôle qui pouvait être qualifié d'ingrat compte tenu de son ancienne condition de métayer. Les terres appartenaient à une richissime famille bourgeoise, en l'occurrence les de Gourgaud des Aubrelles, et étaient mises en valeur par des métayers. Ces derniers avaient des compétences certaines pour le travail de la terre que leur propriétaire ignorait par négligence. Jacques n'avait d'ailleurs jamais éprouvé quelque attirance pour l'agriculture. Et pourtant, il lui fallait gérer ses fermes et les rendements réalisés par leurs exploitants. Tout concourait donc logiquement à s'attacher les services d'un homme de terrain alliant dévouement, confiance et compétence. Jérôme était donc cet homme. Après ses premières réticences, seulement liées à son étonnement, au demeurant très naturel, le jeune homme avait vite saisi l'importance de sa tâche et compris l'intérêt qu'il pouvait retirer de la situation avantageuse qu'on lui avait imposée. Pour l'avoir pratiqué et vu pratiquer par son père et son grand-père, Jérôme avait conscience du travail que nécessitait la bonne tenue d'une ferme. Il connaissait également la plupart des métayers des de Gourgaud. Il savait que Lucien de la Souvole était courageux et honnête, que François de l'Ayard chercherait à le tromper sur la quantité de ses récoltes, que Charles du Verriot n'était pas assez rigoureux sur ses dépenses, que Marcelin du Tiercelet n'était pas très adroit dans l'exercice de sa profession, et ainsi de suite. De Gourgaud possédait treize domaines donnés en métayage, dont celui du Ballou, exploité par Jérôme lui-même et son aide précieux et plus que serviable, le prénommé Hubert. Ce dernier dispensait beaucoup de passion à sa fonction, se persuadant sans doute que la terre qu'il remuait sans cesse était plus à lui qui en appréciait les moindres particularités qu'au propriétaire qui semblait la dédaigner, ou même au régisseur qui ne lui prêtait pas suffisamment d'attention. Le benêt pressentait bien une certaine ambiguïté dans leur relation à tous les trois, eu égard à leurs rôles respectifs dans l'affaire, mais il pensait aussi qu'il appartenait à chacun de tenir sa place, et que la sienne était au service de Jérôme. Ce dernier l'exploitait, certes, mais il lui faisait aussi le plus beau cadeau qu'on eût pu lui offrir : la confiance. Ce grand sentiment, associé au caractère valorisant conféré par l'accomplissement d'un métier, suffisait à un esprit simple pour qu'il donnât le meilleur de lui-même au service des autres, sans penser spéculer sur le mérite de sa tâche. Hubert se hissait ainsi, du moins sociologiquement, au même rang que les autres métayers répondant de la productivité de leur ferme devant Jérôme Terrage, digne représentant du maître. Et Jérôme négociait de son mieux, armé de sa compétence en matière agricole et de l'assurance conférée par son titre, pour établir la valeur du métayage dû à de Gourgaud, se payant lui-même largement au passage, avec la bénédiction du propriétaire. La fonction de régisseur était lucrative, à la mesure de sa perversité, immorale et parasitaire envers celui qui travaillait à valoriser le bien appartenant à autrui. Elle était enfin parfaitement exécrée par ces mêmes métayers, exploités sans ménagement.

— Mon bon Jérôme, approche, va. Alors, qu'est-ce qui se passe aux Trasses ? Je te prie de croire que je n'aime pas du tout ce qui me vient aux oreilles, ici et là, sur ce fameux Chabassière !

— Il est près de ses sous.

— Allons donc ! Il se croit tout permis, oui !

— Ce qu'il en est réellement, c'est qu'il prend la lecture de votre contrat de métayage au pied de la lettre, si je puis dire.

— Explique-toi.

— Eh bien, il définit certaines dispositions pour les tourner à son avantage. Si on le suit, la part de production qu'il vous doit est réduite à pas grand chose.

— Et par quels prodiges en arrive-t-il à de telles aberrations ?

— Il travaille bien, et c'est sa force. Il est sérieux et très habile : il a réalisé des recettes plus que correctes.

— Alors ?

— Il estime que vous devez prendre en charge une partie plus importante de ses dépenses liées à l'exploitation, en gros c'est cela.

— Ah, ah ! le gaillard !

— Il a acheté du matériel et des engrais.

— Ça va, ça va, ça suffit. Dis moi ce que tu crois pouvoir en tirer.

— Rien de plus que ce qu'il a décidé, pour le moment. Il engage un bras de fer avec vous, et il peut gagner. Vous savez sans doute, d'après la rumeur, qu'il milite pour la reconsidération du statut des métayers. Ils sont de plus en plus nombreux à contester les contrats, sous l'impulsion de gens comme Chabassière.

— Des syndicats, des syndicats de bouseux ! Je vais me charger de lui. Son bras de fer, je vais le réduire en miettes, pour l'exemple !

— Dans l'immédiat ?

— Dans l'immédiat, tu lui transmets seulement qu'il me doit la somme écrite au contrat, c'est-à-dire la moitié de la valeur de sa production, et je ne veux pas en écouter davantage. Il n'est en aucun cas prévu de comptabiliser des dépenses qui valorisent sa ferme. Il ne manquerait plus que ça ! Mais, de qui se moque-t-on ? A croire qu'il se considère maître sur mes terres ! C'est tout bonnement intolérable.

— Bon, je vais lui transmettre.

— Fais-lui bien comprendre qu'il n'a pas le choix, vu ?

— Vu, monsieur.

— Je compte aussi sur toi pour me trouver un nouveau métayer pour les Trasses.

— Même s'il paie ? Si je peux me permettre, comme je vous le disais à l'instant, c'est un des meilleurs.

— Je m'en moque, et je t'interdis de t'immiscer dans ces relations-là. Je choisis qui je veux, quand je veux, vu ?

— Vu, monsieur. Pour quand voulez-vous un candidat pour les Trasses ?

— Le plus tôt possible. Dès la levée de sa récolte de pommes de terre, je vire Chabassière. Je le lui ferai savoir en temps utile. Je veux un homme pour la fin octobre.

— Bien, monsieur.

— Très bien, mon brave, tu peux disposer. As-tu vérifié les fers de Dartagnan ?

— Oui, monsieur, ils sont en état. J'y veille.

Ainsi, le propriétaire des terres avait tous les droits sur celui qui les exploitait, les mettait en valeur, produisait. Le métayage était injuste envers l'agriculteur, qui se voyait systématiquement spolié d'une partie importante du fruit de son travail, sans que le bailleur accepte de prendre en charge les pertes d'exploitation. Certains protestaient, mais leur combat restait vain car isolé. Les militants syndicaux les plus convaincus en arrivaient à se démobiliser devant l'injustice de la société bourgeoise, mais aussi devant la passivité et la résignation des métayers eux-mêmes.

1914

Le temps passait, les destins se forgeaient au rythme lent et imperturbable de la vie des campagnes reculées des Combrailles et d'ailleurs. A Bardane, à Biaule, rien ne semblait pouvoir perturber l'organisation de la vie rurale. Quelques péripéties bien anodines animaient de temps à autre la routine quotidienne. La société locale évoluait naturellement. Un partait, un autre arrivait, le travail continuait. Ici, la mort prenait une âme vénérable, là renaissait la vie. On se mariait aussi. Les femmes et les hommes survivaient pour la plupart, bravant leur condition miséreuse, espérant un avenir meilleur et entrevoyant quelques bribes de bonheur dans leur humble condition. Pourtant, l'histoire était en marche. Son ciel chargé de lourds nuages prévenait d'une apocalypse prochaine. Loin d'ici, à la tête du pays de France, on fomentait l'inéluctable revanche sur l'Allemagne voisine. Depuis quarante ans, on s'était appliqué à sauvegarder la paix entre les peuples d'Europe. Mais, depuis tant d'années aussi, le mal nationaliste minait les mentalités dans les moindres recoins de la fameuse patrie. Quelques sursauts d'intelligence émergeaient ici et là, prônant le pacifisme à contre courant. On traitait alors allègrement les meneurs de lâches ou de traîtres, et l'affaire était jouée. L'opinion replongeait sa tête dans les ténèbres de l'obscurantisme, conditionnée qu'elle était depuis plusieurs générations dans la seule perspective de la fatalité de la guerre.

Un soir d'été, comme très souvent, Adeline se reposait, assise dans une sorte de large chaise d'osier habillée de plusieurs couches de tissus usagés. Elle ne faisait rien que penser, les yeux rivés au dehors, vers les cieux constellés de mille astres étincelants, ouverts sur la profondeur du néant. Elle n'était point triste. Elle savait que ses amies arriveraient très bientôt, au gré de leur volonté, de leur disponibilité aussi, et on parlerait de choses et d'autres. Julie fut la plus prompte à rejoindre la rêveuse qui semblait somnoler.

— Alors, Adeline, le sommeil te prend ?

— Oh oui, ma fille. On se laisserait facilement aller, après une bien longue journée. Ce n'est pas le travail qui me reste qui va me fatiguer, mais tu sais ce que c'est : on se lève tôt à la campagne, c'est l'habitude.

— On va parler, ça te réveillera.

— C'est ça, ma fille.

— Tu as des nouvelles de ton Antoinette et de son Angélique ?

— Elle est venue pas plus tard qu'hier. Elle a même parlé de toi. Elle m'a dit de te porter le bonjour, à l'occasion.

— C'est gentil de sa part.

— C'est toi qui a aidé sa petite à venir au monde.

— Ce n'est tout de même pas…

— Si, si, c'est important pour elle, tu penses : sa fille !

Julie avait pris place sur un autre siège, elle regardait Adeline qui scrutait les nues. La femme était sèche, éternellement vêtue d'habits noirs. Portait-elle ainsi le deuil de son défunt mari, parti sans prévenir, un soir comme celui-là, un soir où la vie avait quitté son corps ? A défaut de comprendre cette réalité, Adeline s'en remettait au ciel.

Arriva bientôt Marceline, une voisine qui vivait seule elle aussi depuis bien des années. Enfin, Mathilde et Alice, deux autres femmes du village, vinrent se joindre à la veillée après avoir laissé leurs époux au bercail. Sans manières et sans hésitation, chacune prit place pour former un cercle enchanteur.

— Les hommes parlent de la guerre. Ils disent que c'est pour bientôt.

— Tu dirais bien qu'ils ne peuvent pas s'en passer, de se battre, ces imbéciles !

— Des grands gamins, comme dans la cour de l'école.

— On n'a pas connu ça, la guerre, mais ça ne sera pas beau à voir.

— N'empêche que ça ne serait pas étonnant, avec tout le mauvais acier qui est fondu à Saint-Jacques, à Montluçon ! C'est le Maurice de la Berthe qui en a parlé. Il y travaille, lui, à Montluçon.

— Dans les usines, le travail ne manque pas à ce qu'il paraît.

— Ils fabriquent des canons et des obus à ne plus savoir qu'en faire !

— Ils sauront bien se les envoyer sur la gueule !

— Ben tiens, et ça fera des veuves et des orphelins. Et pourquoi ? Pour qui ?

— Toujours pour le profit des mêmes, va, pour ceux qui les décident, les guerres, et qui ne les font pas.

— Ah çà ! les courageux, c'est toujours dans le peuple. Et dire que l'histoire de France ne parlera jamais que des commandants comme des héros ! Et ceux qui seront morts, eh bien, tant pis pour eux !

— Et leurs femmes et leurs enfants, tu y penses ? Ce sont eux qui porteront le malheur. Et le travail à la maison et aux champs, qui c'est qui le fera ?

— Faudra qu'elles en trouvent un autre.

— Pas si facile, quand on est veuve, surtout après la guerre. Les morts à la guerre, ça laisse des traces. Je me rappelle la grand-mère Célestine ; son mari, je ne l'ai pas connu, il est mort à la guerre contre les Prussiens. Elle n'a jamais pu trouver quelqu'un d'autre. Elle a porté le deuil toute sa vie. Ça fait deux vies de foutues en l'air, ça.

— Moi, mon homme n'est pas parti à la guerre, et pourtant je suis bien restée toute seule avec la Toinette.

— C'est pourtant pas les prétendants qui t'auraient manqué.

— Oh non, pour ça, il y avait du monde au portillon. Mais la mort, des fois, ça fait des cicatrices profondes, un peu comme si le fantôme du défunt était toujours à tes côtés.

— Ne parlez pas de choses comme ça. C'est bien naturel, quand on a aimé un homme et qu'il n'est plus là, de toujours penser à lui et de ne pas pouvoir refaire sa vie. L'homme qui convient n'est déjà pas facile à trouver, alors pensez bien qu'il n'est pas aisé de le remplacer. La guerre, c'est à nos enfants que ça fait penser. Ce sont eux qui partiront, et avec l'envie d'y aller, en plus, vous verrez.

— C'est vrai que quand on les écoute parler de ça, on dirait qu'ils ne sont pas conscients du danger. Pourtant, ce n'est pas difficile à imaginer que ce ne sera pas une partie de rigolade !

— Les hommes, ce sont tous les mêmes : quand ils sont tous ensemble, c'est au plus fanfaron, alors, le danger de mourir… Ils font les braves, bien plus qu'ils ne le sont en réalité. Il faut les avoir au lit après, quand ça les empêche de s'endormir et qu'ils se mettent à causer. Oh ! pas besoin d'en rajouter, ils font les demandes et les réponses. Et moi, ça me glace les sangs la voix du Tonin qui résonne dans la nuit pour dire des étrangetés. Ce qui me fait le plus peur, c'est de les savoir mourir loin de chez nous. C'est idiot, mais je ne trouve pas ça naturel, ça dépasse l'entendement.

— Oh, tu sais, la guerre, ce n'est pas naturel, alors…

— La guerre, il va bien falloir la faire pour claquer le bec aux Prussiens.

— Encore eux ! A ce qu'il paraît, ils sont tous fanatiques ; leurs mots, c'est de dire qu'ils sont supérieurs : une race supérieure aux autres.

— Pauvres cons ! On est tous de la même race. Il faut donc bien être bête pour croire le contraire.

— Tu crois qu'on est comme eux ?

— Ben tiens, il n'y a que le parler qui est différent, le reste c'est tout pareil : le même corps, la même tête, les mêmes pensées et les mêmes soucis. Qu'est-ce que vous croyez donc ? Que de passer une frontière, et il n'y a plus de bourgeois, plus d'ouvriers, plus de paysans ? Plus de misère et plus de ceux qui profitent des autres ? Allons donc !

— Octave Doucet, il dit, lui, que c'est possible que tous les ouvriers d'Europe se regroupent pour faire comprendre aux gouvernements qu'il ne faut pas faire la guerre.

— S'ils étaient capables de se regrouper, peut-être, mais c'est à voir.

— De toute façon, ça c'est de la politique. Et la politique, de quelque bord que ce soit, ça ramène toujours à l'intérêt, et aujourd'hui, l'intérêt des riches c'est de faire faire la guerre aux pauvres gars qui iront se massacrer. C'est l'intérêt de reprendre l'Alsace et la Lorraine, mais ça va aussi bien plus loin que ça : c'est l'intérêt des alliances avec d'autres pays, pour en ruiner certains et devenir encore plus puissants. Alors nous, là-dedans !

— Nous, on n'aura que nos deux yeux pour pleurer ceux qui ne reviendront pas.

— Ma pauvre Julie, tu n'es pas près de trouver un homme.

— Quand il n'y en aura plus qu'un, ce sera plus facile de choisir.

— Ne plaisante pas avec ça, ma grande.

— On peut bien en rire, pour l'instant. Elle n'aura peut-être pas lieu cette guerre.

— Tu parles, c'est sûr, j'ai écouté de Gourgaud en parler l'autre soir avec le maire et quelques autres. Ils se sont retrouvés chez Forichon, le pharmacien, où je fais le ménage. Eh bien les filles, vous me croirez si vous voulez, mais le bourgeois, il pavoise, et ça y va de la patrie et des Français. Pour lui, il n'y a que Poincaré qui compte, et l'armée, les trois ans de service militaire, et les canons de 75, et en veux-tu, en voilà ! Ce qui est certain, c'est que la guerre va éclater sans tarder.

— Eh bien, nous voilà bien !

— C'est qu'il a des relations le Jacques, c'est un monsieur ! Tu l'as bien connu, toi, Adeline, quand tu étais jeune…

— Ne remue pas cette boue. Regarde le vieux croûton que je suis devenue.

— Il a changé aussi.

— Ah çà ! il était bel homme : élégant, propre, fier, et sa façon de parler, ça pouvait impressionner.

— Ne fais pas la maline, on a toutes nos mauvaises histoires en souvenir. Ça ne sert à rien d'en reparler, que de remuer de la boue, je te dis !

— Et toi, Mathilde, qu'est-ce que tu en penses de tout ça ? On ne t'entend pas beaucoup !

— Moi, j'ai quatre garçons qui sont en âge de partir se battre. J'aimerais bien que l'Octave et son Jaurès aient raison dans tout ça.

— Jaurès, qui c'est celui-là encore ? Un qui parle ?

— Ah çà ! avec la langue, ils sont bons… Mais tout le monde se fiche de lui, de ce Jaurès.

— Pas tant que ça, mais il faut bien dire qu'il défend une cause perdue d'avance.

— Tes gars, Mathilde, ils iront la fleur au fusil affronter les Teutons.

— C'est bien ce qui m'effraie, ma pauvre. Les jeunes, ça ne sait pas. Mais moi, leur mère, de les imaginer s'en aller si loin, et pour faire la guerre. Oh ! ce mot me fait peur, j'ai la peur au ventre ! Ce serait si bien la vie, même avec le peu de moyens qu'on a, même à brasser notre misère, ce serait si bien de voir vieillir ses enfants au pays.

— Arrête tes jérémiades. Qu'est-ce que ça changera, de toute manière ?

— Rien, je sais bien, mais quand même.

— Ce n'est pas bien gai tout ça, les filles, et il se fait tard…

Des ombres disparurent bientôt dans la nuit, chacune retournant à la grande solitude des songes douloureux. La voûte des cieux se voulut rassurante, imperturbable, immuable, sereine en quelque sorte. Alors, Adeline referma toute sa déconvenue derrière la lourde porte de son humble demeure.

Au château des Aubrelles, on allait passer à table ; Elisabeth avait rassemblé ses troupes. Elle ne transigeait guère sur l'organisation de la maisonnée : on mangeait à heures fixes. Elle prévint laconiquement Jeannette, la cuisinière, qui préparait les plats avant de les confier à Marie, qui assurait le service ce soir-là. Antoinette prenait congé, rejoignant son logis. Angélique l'accompagnait, marchant à ses côtés, sa petite main dans la sienne. L'enfant avait maintenant cinq ans. La jeune femme échangea un sourire furtif avec Julien, avant de lancer un bonsoir à ces dames et à ces messieurs. Sa fille se fit l'écho de sa politesse.

— Passons à table. Mon cher Julien, comment la trouvez-vous cette Antoinette, un peu volage, peut-être ?

— Non, je ne crois pas, père. Les filles de la campagne ont toutes un brin d'expression délurée, mais au fond, leurs convictions religieuses les tiennent dans l'honnêteté et la droiture.

Jacques eut, à son tour, un sourire bienveillant.

— Je vous assure de toute ma confiance envers la donzelle.

— Je n'en doute pas. Elle est très bien cette petite, n'est-ce pas Isabelle ?

— Elle a nourri Alban. Et mon fils est le plus beau petit garçon du monde. Regardez, père.

— Allez, Alban, à ta place. Tu es grand maintenant, et tu dois obéir à grand-mère Elisabeth !

Le gamin ne se le fit pas répéter ; il s'assit prestement, plaça sa serviette dans la boutonnière de sa chemise et posa docilement ses mains de chaque côté de son assiette.

— C'est très bien, garçon. Un vrai petit homme, un vrai de la Martinière !

On terminait les agapes quand Marie annonça : monsieur Montfort et monsieur le curé. De Gourgaud se leva pour accueillir ses invités. Aujourd'hui était le jour anniversaire de la naissance d'Isabelle, et ces dames avaient tenu à convier les deux notables de la société villageoise à partager le dessert et le café. Bien que l'usage en fût peu répandu à cette époque, les de Gourgaud avaient pris goût aux infusions de graines torréfiées, et ils se targuaient de pouvoir apprécier le café en bonne compagnie.

— Comment allez-vous, mon cher ?

— Aussi bien qu'il est permis, merci mon ami. A force de voir des moribonds, la maladie me révulse et je l'évite avec une habileté sans égale !

— Et vous, mon père, comment va ?

— Aussi bien que notre père à tous le permet !

— Sacré curé, toujours la subtilité au bout des lèvres !

— Voyons Jacques, un peu d'égards envers nos convives, ces messieurs nous font grand honneur…

— Merci Elisabeth, tant de déférence nous touche profondément.

— Prenez place avec nous. Marie va nous servir le gâteau d'anniversaire. C'est Jeannette qui nous l'a préparé, tout exprès.

— Ah !

La servante pénétrait à l'instant dans la salle à manger, à pas mesurés, portant une magnifique pâtisserie, une crème onctueuse et mordorée qu'une flamme bleutée enrobait d'une danse veloutée. Elle présenta l'ouvrage, puis se retira sous les acclamations du public intéressé. Elle allait maintenant découper et servir les parts du dessert. De Gourgaud fit sauter le bouchon d'une bouteille de champagne, qu'il annonça divin, ou quasiment, sans vouloir pour autant éveiller quelque susceptibilité chez l'homme d'Eglise.

— Alors, cher ami, quoi de neuf au pays ?

— Oh, pas grand chose à raconter : une rougeole, une grippe, des oreillons, la routine pensez-vous !

— Nos ouailles sont plutôt calmes. Comme tout un chacun, en France, ils sont dans l'attente du verdict.

— On ne va tout de même pas laisser le crime impuni !

— Certes. Depuis longtemps déjà, on a bien compris que tout serait prétexte à déclencher les hostilités. L'Europe est une poudrière. La mèche attend qu'on l'allume, et voilà tout.

— La guerre est incontournable, tout le monde le sait, tout le monde l'a compris.

— Les socialistes font front.

— Oui, oui, je sais bien cela. Mais c'est surtout Jaurès, il a le don de remuer le cœur des foules. Qu'il se taise et ses admirateurs les plus fanatiques rentreront au bercail et prendront les armes. Je vous le dis : c'est inéluctable, c'est écrit.

— La guerre est une histoire d'hommes. N'y mêlons pas Notre-Seigneur.

— C'est pourtant bien sa volonté ! Tout concorde pour que la France relève le défi de la liberté et de la démocratie. Aucun peuple n'a le droit de s'arroger la souveraineté des races. Dieu a créé l'homme, il n'a pas créé le Français ou l'Allemand.

— Et les frères vont se déchirer.

— Quoi de plus naturel ?

— Quoi de plus historique ?

— Que Dieu, s'il daigne nous entendre, fasse que le conflit soit de courte durée, et le moins sanglant possible.

— Là, c'est une affaire de force de frappe. Notre pays a su relever la tête en rallongeant la période de service militaire ; il a ainsi permis d'avoir suffisamment de soldats.

— En parlant du fameux Jaurès, avez-vous analysé sa conception des unités de levées populaires ?

— Il n'a rien inventé : c'est le système militaire suisse. C'est une autre conception de l'armée. Ce n'est pas sot, mais qu'est-ce qui vaut le mieux ? Nous avons notre propre organisation : les trois années de service militaire sont beaucoup plus adaptées, à mon avis, à l'esprit français. Les recrues deviennent de vrais soldats. Pendant trois ans, il n'y a plus que ça, que l'armée. Le dépaysement est de nature à provoquer l'onde de choc nécessaire à la prise de conscience collective. Je suis catégorique : c'est beaucoup mieux que des unités composées de civils appelés à devenir des soldats du jour au lendemain.

— Ce n'est pas tout à fait ça, tout de même. Les civils en question sont régulièrement rappelés et entraînés. C'est une autre façon de faire, qui n'est pas inintéressante. Jaurès est dans l'opposition, il a son audience ; je comprends parfaitement que, sans s'opposer à la notion d'armée nationale, il profite de sa position pour faire des contre-propositions. C'est naturel et de bonne guerre, si je puis me permettre.

— Il y a des mots qui reviennent sur toutes les bouches. Il va bien falloir la faire cette guerre, il y a bien trop longtemps que ça dure. Aujourd'hui, il paraît complètement utopique de vouloir encore tenter de sauver la paix.

— Et puis, la guerre n'a pas que de mauvais côtés. Bien sûr, il y a conflit, état d'urgence, des morts aussi, mais on ne fait pas d'omelette sans casser des œufs, n'est-ce pas ? Il faut bien être conscient du fait que la guerre est comme une sorte de purge naturelle de la société. Après avoir pleuré les morts, vient le temps du réconfort. C'est de voir mourir les autres qui fait aimer la vie, qui fait réagir à la morosité de l'uniformité. Combien prennent alors conscience de leur valeur, et surtout de la valeur de la vie ? L'humanité est bien plus malléable après la purge ! Personne n'est vraiment content, c'est certain, surtout que tout le monde peut être touché par le drame, mais au fond, tout le monde s'y retrouve.

Les autres acquiescèrent à ces propos outranciers. Une bien malveillante ambiance régnait aux Aubrelles, entre bourgeois hautains et présomptueux, comme un peu partout en France, et sans doute même en Europe. Trop nombreux étaient ceux qui avaient décrété le conflit comme fatal, incontournable, cherchant dès lors, opiniâtrement, à se persuader du bien-fondé de ce choix hasardeux et peut-être suicidaire.

Près du château, la petite famille Terrage s'était réunie autour de la table, comme tous les soirs. Le bouillon fumait en ondes de douceur, de rondeur, présageant de la subtile saveur de ses composants. Depuis qu'ils habitaient les communs des Aubrelles, Antoinette prenait ses dîners avec son mari et sa fille, réfutant le traditionnel second rôle de l'épouse modèle. Jérôme n'avait rien trouvé à redire à cette situation qu'il acceptait comme logique, et même pratique. Tous les deux se voyaient peu, eu égard à leurs nouvelles fonctions, et ce repas pris en commun était l'occasion d'entretenir le lien familial. Il avait suffi d'en prendre l'habitude. Par ailleurs, le jeune homme avait apprécié l'évolution de la personnalité de sa femme, qui avait mûri, qui, sans tomber dans l'excès, manifestait quelques coquetteries bien agréables à son goût. Angélique était adorable. Chaque jour, elle repoussait les limites de sa propre individualité, en fonction de ce que son entourage lui permettait. Petite femme de caractère, elle évitait de trop se faire remarquer, mangeait en silence, embrassait papa, maman, et gagnait son lit. Elle savait que ses parents, l'un après l'autre, viendraient l'embrasser discrètement. Souvent assoupie, elle n'en attendait pas moins ce témoignage d'attention avant de rejoindre définitivement le monde des rêves. L'enfant était bien jeune et n'avait pas encore fréquenté l'école, pourtant elle présentait de singulières capacités qui inquiétaient même sa mère. Antoinette n'en parlait à personne. Toutefois, monsieur le curé fut le témoin d'une scène curieuse lors d'une de ses fréquentes visites au château. Le père Sébastien était arrivé, un après-midi, sans avoir prévenu Elisabeth ; il était de passage, d'humeur cordiale, et avait pensé pouvoir porter le bonjour à ses amis. Il ne doutait pas que cette visite impromptue ferait plaisir aux nobliaux. Dans le parc, il croisa Hubert qui menait une chèvre à l'aide d'une longue et souple baguette de noisetier. L'animal avançait par à-coups, bêlant chaque fois que le morceau de bois lui touchait le dos, et repartant énergiquement avant de s'arrêter quelques mètres plus loin.

— Alors, mon bon Hubert, tu promènes ta bique ?

— Je la mène au bouc. Elle a ses chaleurs, elle est gourmande, la garce !

— Un peu de retenue, mon brave, c'est la nature après tout. Ne sommes-nous pas tous à la merci de nos envies ? Heureusement, le Seigneur nous a dotés de l'intelligence, ce qui nous permet de maîtriser nos pulsions. Ce n'est pas pareil pour les animaux.

— Tout le monde n'est pas comme vous et Notre-Seigneur ! J'en connais, là-haut, au château, qui ne sont pas plus sages que la biquette.

— Allons, Hubert, tais-toi.

Il s'éloignait déjà, pensant que le Seigneur n'avait pas dû pouvoir dispenser la fameuse intelligence à tous dans la même mesure. Sur le perron, son oreille fut tout à coup charmée par une musique étrange, suave, presque paradisiaque. Il osa pénétrer sans qu'on l'y invitât, autorisé simplement par ses bonnes intentions et son honnêteté irréprochable. Se remémorant pourtant la remarque désobligeante du benêt, il resta très discret, de peur de surprendre l'intimité des gens d'ici. Dirigé par le son languissant, il regarda par l'entrebâillement de la porte de la salle de musique. Angélique était assise sur le tabouret du grand piano à queue, elle semblait s'appliquer à jouer de l'instrument. Se reculant subitement, l'homme d'Eglise n'en crut pas ses oreilles. Sans doute quelqu'un d'autre jouait du piano droit, là-bas, à l'opposé, où il n'avait pas regardé, et la petite singeait habilement, et sans même effleurer les touches, le musicien chevronné qui faisait chanter les muses. Un instant pétrifié, yeux exorbités, cheveux hérissés par un frisson d'angoisse, paralysé par le doute, monsieur le curé se décontracta enfin quand la musique cessa. Il fit quelques pas en arrière, décidant de feindre une arrivée annoncée. Il allait crier, comme c'est l'usage: « Il y a quelqu'un? », quand la voix aiguë d'Angélique emplit les lieux d'une résonance extraordinaire, au timbre cristallin. C'était l'air du piano sublimé par la voix. L'harmonie parfaite, se dit-il, à nouveau médusé.

— Oh! monsieur le curé.

— Eh bien, où cours-tu comme ça? On dit bonjour, non? Je ne suis pas le démon, que je sache!

— Oh, non, monsieur le curé.

La gamine se précipita et embrassa la joue offerte du père Sébastien.

— Voilà qui me plaît mieux. Tu sais, la politesse!

— Oui, monsieur le curé, je voulais dire à maman que vous étiez venu.

— Charmante enfant. Tu as dit bonjour, maintenant tu peux aller prévenir ta mère. Mais dis-moi, qui donc était avec toi, dans la salle de musique?

Prise au dépourvu, comprenant peut-être qu'il n'était pas bien de jouer seule du piano, sans autorisation et sans accompagnement, la petite répondit, en rougissant:

— C'était monsieur Chopin !

Une calèche arrivait à l'instant même, Elisabeth en descendit prestement.

— Monsieur le curé Sébastien, mais qu'est-ce qui nous vaut l'honneur ?

C'est ainsi que quelqu'un avait surpris la manifestation des talents musicaux précoces d'Angélique. Elle n'avait pas souvent la possibilité d'approcher du piano. On ne le lui permettait pas ordinairement, personne ne se doutant de sa singularité. Elle allait à la salle de musique uniquement quand sa mère restait seule dans la grande demeure. Ces moments-là étaient peu fréquents ; mais lorsque la situation se présentait, Antoinette disait à sa fille :

— J'ai à faire à la chambre bleue. Toi, reste ici, ne monte sous aucun prétexte. Tu peux aller jouer du piano ou de la harpe. Joue, et si quelqu'un arrive, tu cesses de jouer, ce sera notre signal secret, d'accord ?

— D'accord, maman.

Angélique avait vu et écouté jouer les adultes lors de récitals improvisés auxquels se livrait parfois quelque invité des de Gourgaud. Elle restait avec Alban, qui réclamait sa présence. Isabelle s'essayait également, de temps à autres, à la musique. Alban et Angélique accouraient dès qu'ils percevaient les sons, pas toujours dispensés avec harmonie. Isabelle pensait que son fils prendrait peut-être ainsi goût à l'expression artistique ; elle appréciait sa présence et tolérait celle de son amie qui, pour elle, ne pouvait comprendre. Elle considérait seulement que la petite roturière, comme tous les gens simples, était charmée par ce qui était inconnu, original et inaccessible à sa pauvre condition. Pourtant, ce que ne pouvait supposer la bien prétentieuse Isabelle de la Martinière, c'était qu'Angélique, à seulement écouter les notes dévoiler leurs intonations, enregistrait mille choses que jamais la noble dame ne soupçonnerait. A l'oreille de l'enfant, la gamme déployait sa formidable capacité à traduire l'émotion par le son. L'esprit d'Angélique avait quelque chose d'exceptionnel.

Angélique avait tiré le drap de lin sur sa tête, comme pour mieux s'enfouir dans un sommeil réparateur après une longue journée éreintante. Elle ne dormit pas de suite, attentive qu'elle était au discours des adultes qui avaient un peu haussé le ton :

— Tu crois qu'il y aura la guerre avec les Prussiens ?

— C'est ce qui se dit.

— Mais toi, tu partiras ?

— Il faudra bien.

— Mais, sans toi, qu'est-ce qu'on deviendra ?

— Tu as ton salaire au château, vous ne manquerez de rien.

— Mais, ce n'est pas possible.

— Tais toi, femme, et remercie le bon Dieu de n'être qu'une femme, et de ne pas avoir à aller te battre. Avec tes jérémiades, ce serait un coup à te faire tuer la première.

— Tu me fais peur. La guerre, c'est la mort.

— On ne laissera pas faire les Boches ; on les matera. Rassure-toi, ça ne durera pas plus qu'à la Noël. Quelques mois, ce n'est rien dans une vie. C'est la dignité de notre mère patrie qui est en jeu ! J'irai faire la guerre aux Prussiens, et j'en suis fier.

— Le notaire ira sans doute aussi, vous n'avez qu'un an d'écart.

— Le bourgeois ! Ça m'étonnerait qu'il ait le courage, pâle comme un anémié, un poil dans la main aussi gros qu'un pieu, un gratte-papier, un inutile. Il saura bien se planquer, ton notaire.

— Tu crois ça !

— Et quand bien même, tu t'y intéresses bien à ton Julien de machin chose. Tu sais qu'on parle au pays.

— C'est bien de ça qu'il est question ! Laisse causer les imbéciles, je ne suis qu'une servante, et les femmes du château sont tout le temps là, alors ça ne risque rien. Je te parle de la guerre, Jérôme.

— Suffit, tu me fatigues. On va empêcher la gamine de dormir. Je suis fourbu, et demain je me lève à l'aube.

Il se retira, sortit un instant prendre la fraîcheur de la soirée d'été. Les cieux étoilés inspiraient une grande sérénité. Le calme régnait sur la campagne, à peine dérangé par le chuintement d'un rapace nocturne. Jérôme pensait au monde rural besogneux, au foin engrangé depuis peu, à la moisson prochaine, au blé mûr, au grand soleil de ce bel été de l'année 1914.

Jérôme descendait le chemin du Triolet, son pas rapide sonnait sur la rocaille. Il était allé jusqu'au plateau du Garitou pour constater l'avancée de la maturité d'une parcelle de blé. On le héla :

— Alors, garçon, on a le feu aux fesses ?

— Non pas, Octave, mais la pente me donne des ailes. J'étais moins vaillant tout à l'heure, à la montée.

— Oh, à ton âge, ça ne doit pas te faire peiner !

— Quand même, ça fait sacrément chaud.

— Et le blé, où qu'il en est ?

— Ça mûrit, va. On moissonnera à la Sainte-Hélène, comme d'habitude, et ce sera une bonne année.

— C'est bien, c'est toujours ça !

— Ouais, c'est ça.

— Oh ! écoute ! Ecoute, bon Dieu de merde ! Les cloches ! Ah, nom de Dieu, qu'est-ce qui se passe ?

Un instant, le doute s'installa, l'émotion traversa les corps frissonnants.

— C'est la guerre.

— Ça devait arriver.

— Je ne serai plus là pour la moisson.

— Nous les vieux, on sera là, et puis avec les femmes.

— Je vais courir jusqu'à Biaule pour prendre des nouvelles. Tu viens avec moi ?

— Passe devant, je n'ai plus les jambes pour te suivre, mon gars. Ne m'attends pas, vas-y, je te rejoins dès que je peux.

A Biaule, comme partout en France, on colporta la mobilisation générale. Tous les hommes vaillants étaient réquisitionnés par leur patrie qu'on agressait. Un sentiment très fort de respect de la justice, de soif de vengeance, de volonté d'imposer le droit à un peuple provocateur et avide de conquêtes, envahit les français d'un seul et même élan. On allait bouffer du Boche (l'expression trouvait son origine dans l'argot où les Allemands étaient appelés Alboches, comme on disait la Bastoche pour la Bastille). Sans doute les Prussiens avaient-ils leurs propres expressions pour désigner l'ennemi quasi héréditaire qui les narguait aujourd'hui. Persuadés du bien-fondé de leur action, d'un côté comme de l'autre du Rhin, les belligérants étaient prêts à en découdre.

— Ça devait arriver !

— Oh, ben, il y a quarante ans que ça couve, alors.

— Il va peut-être y avoir des morts.

— On les dressera sous peu, les casques à pointe !

— Ah, ben, çà ! en voilà une affaire. Les jeunes vont tous partir, et qui c'est qui va rester pour le travail ? Ce ne sont pas les bourgeois qui vont relever les manches. Il ne restera que les femmes et les enfants pour remplacer les hommes, et puis peut-être que les vieux devront remettre la main à la pâte ?

— Ceux qui ne partiront pas ! La mobilisation générale, ça s'adresse à tous, à tout le monde.

— Mais qu'est-ce qu'on va devenir ? Quelle misère va encore nous tomber dessus ? On n'en avait pas assez comme ça !

Partout les discussions fatalistes allaient bon train. Peu importait, le sort en était jeté : la guerre était là. La mort veillait maintenant, en futur vainqueur absolu.

— Comment que tu vas faire ?

— Dès demain matin, on va à la gendarmerie de Chambon. Ils nous diront ce qu'il faut faire.

— Il faudra prendre des sous.

— Qu'est-ce que tu veux que j'en fasse ? Garde-les plutôt, vous allez en avoir besoin, avec la gamine. Economise sur tout.

— J'ai l'habitude.

— Je te fais confiance.

— Mais, qu'est-ce qui va se passer ?

— Demain, je pars ; toi, tu vas au château, tu continues la vie, voilà tout.

Tout était donc dit. La nuit fut longue, silencieuse, angoissante, terrible dans ses allures de néant, d'inconnu, d'apocalypse annoncée.

Antoinette aurait voulu l'embrasser, le serrer dans ses bras, peut-être le retenir dans un ultime élan d'amour. Jérôme la saisit par ses bras soudain impuissants, la toisa et appliqua un baiser furtif sur son front. Il la quitta avec un regard glacial où la peur avait fait place au sentiment de sacrifice des héros fanatiques. Il alla vers sa fille, la souleva de terre, la serra contre lui, puis la reposa délicatement, sans dire un mot, le regard toujours perdu vers son utopie.

Sa silhouette disparut et cette dernière image se grava dans la mémoire d'Antoinette qui pleurait silencieusement. Angélique vint lui prendre la main, peut-être pour la rappeler à la réalité.

— Oh ! mon amour, ma chérie !

— On va chez Alban, aujourd'hui ?

— Oui, bien sûr, comme d'habitude, mon ange. Préparons-nous, il est temps.

Julien partait à son tour quand Antoinette et sa fille arrivèrent au château. Il embrassa sa belle-mère, son épouse, son enfant, serra bravement la main de son beau-père, tourna les talons. Il releva enfin son regard vers la jeune servante désappointée, immobile, figée dans son immense désarroi. Un instant d'éternité, les yeux dans les yeux, ils se dirent adieu. Se détournant enfin, rompant l'émotion incohérente, renonçant à l'impossible évidence, il disparut à l'horizon de la détresse infinie. Jacques de Gourgaud laissa longtemps traîner un regard admiratif sur l'élan patriotique en marche. Elisabeth raidit son grand corps austère et Isabelle ravala ses sanglots dans un effort expressif. Les deux femmes, ce jour-là, retinrent leur agressivité bouillonnante envers Antoinette, qui affichait maintenant une piteuse mine de femme abandonnée, d'être délaissé, perdue dans un labyrinthe émotionnel insupportable. Cet état révoltait d'autant plus les bourgeoises qu'elles réalisaient leur incapacité à atteindre une telle sensibilité. Leur vengeance serait à la mesure de leur déconvenue. Pour l'heure, il convenait de se reprendre, de dominer la situation, de maîtriser le drame qui venait tout juste de bouleverser les consciences les plus dures. Sans vraiment pouvoir stabiliser la confusion de ses idées, Elisabeth ressentait sournoisement que la rupture brutale avec Antoinette pourrait laisser planer un doute insidieux sur la personnalité, l'honnêteté même de son gendre. Il lui fallait un peu de temps pour prendre une décision intelligente. Isabelle avait reçu une flèche empoisonnée en plein cœur ; elle n'arrivait pas à admettre qu'il y ait eu un lien émotionnel entre deux êtres aussi différents qu'Antoinette et Julien. Pourtant, l'évidence revenait sans cesse fouetter son assurance, comme un courant d'air insolent aurait souffleté son visage découvert. Elle pensait à son fils, à son équilibre mental qui reposait depuis la plus tendre enfance sur la présence d'Angélique à ses côtés. Il faudrait bien, néanmoins, que le garçon trouve à rompre cette complicité un jour ou l'autre. N'était-ce pas là le moment favorable ? N'était-ce pas l'occasion de régulariser une situation ambiguë entre gens qui n'avaient rien à faire ensemble ? Elle en référerait à sa mère, qui saurait bien dénouer l'imbroglio des doutes qui répandait une atmosphère chimérique sur cette période déjà soumise à l'émoi le plus déstabilisant.

Les jours passèrent et la vie s'organisa. Les bras d'hommes jeunes et vigoureux manquaient, mais il faisait très chaud, et les travaux des champs attendraient. Par ailleurs, Hubert n'avait pas été mobilisé. On l'avait jugé inapte ; il n'en avait pas fait grand cas, désirant plus que tout rester dans son milieu, près de sa terre qu'il vénérait à sa façon. Si on l'avait souvent ignoré, ou même dénigré, aujourd'hui plus d'un regard bienveillant se tournait vers lui. On l'apostrophait pour entretenir une certaine sympathie, inopinée certes, mais que le simplet recevait comme une bien douce attention.

Certains affichaient une expression très digne, ne commentant guère les événements ; graves et révérencieux, ils avaient conscience de la guerre qui se déroulait loin d'ici. D'autres s'empressaient d'échanger les informations collectées ici ou là sur l'évolution des hostilités. Entre renseignements, propagande, effets de leur propre imagination, dans une tendance néfaste, mais tellement humaine, à vouloir devancer les faits, ils refaisaient sans cesse l'histoire, sans entrevoir d'issue au conflit qui les avait rejetés de sa réalité obsédante et démentielle. D'autres étaient profondément tristes, d'une affliction terrible et résignée ; le temps avait figé sur leurs regards la détresse infinie ressentie au moment du départ de l'être cher. Antoinette était désemparée, mais les enfants sollicitaient son attention. Elle travaillait dur, et l'accomplissement de ce labeur lui permettait paradoxalement d'oublier un peu le présent. Elle remarqua, dans les jours qui suivirent le départ des soldats, l'hostilité que ses employeurs manifestaient à son égard. Elle se doutait bien, désormais, qu'à la moindre occasion, on risquait de la congédier. Elle se confia à sa mère lors d'une visite à Bardane. Adeline réfléchit quelque peu, mais conclut bien vite, comme Antoinette le pensait, qu'on ne supporterait plus longtemps sa présence au château.

— Je crois qu'elles attendent seulement de trouver quelqu'un pour te remplacer.

— Tu crois donc qu'elles vont oser me congédier, après tout ce que j'ai fait pour eux, et pour le gamin surtout.

— Elles vont hésiter, tiens ! Mais tu es plus naïve que le benêt, ma fille. Quelle idée aussi, de t'enticher du notaire !

— Je n'ai fait que le regarder partir.

— Hum, il faut croire qu'il y a des regards qui en disent long.

— Je serai obligée de revenir habiter chez toi.

— Ta place est prête.

— Je te remercie, mère.

— Est-ce que j'ai le choix ?

— Pourvu que leur venin ne les pousse pas à me poursuivre jusque ici !

— Trop contente, la sévère, si elle pouvait ! Mais le Jacques ne me laissera pas tomber. La maison est à lui, c'est notre chance.

— Espérons-le.

— C'est ça, c'est l'espoir qui fait vivre.

Loin de leurs Combrailles natales, loin de leur famille, de tout ce qui avait concouru à édifier leur vie jusqu'alors, loin de leur enfant, deux hommes étaient propulsés dans la tourmente. Leur destin se précipitait dans le labyrinthe de l'infortune et du hasard.

— Caporal de la Martinière ?

— C'est moi, mon lieutenant.

— Approchez, le commandant vous fait demander.

— J'arrive mon lieutenant.

— Là-bas, au poste de commandement.

— Bien mon lieutenant, à vos ordres mon lieutenant.

Julien avait un bel uniforme, il était affecté dans l'armée d'Alsace, sous les ordres du général Pau.

— Mon commandant ?

— De la Martinière ? Bonjour mon brave. Je pressens que le prochain affrontement sera rude, beaucoup plus que ce que l'on a vu jusqu'alors. Je veux conserver certains de mes soldats intacts ; vous avez le privilège d'être de ceux-ci. Vous prendrez vos fonctions dans un escadron spécial chargé de la communication directe de mes ordres. C'est un rôle de confiance que je ne peux accorder à n'importe quel soldat. Je compte sur vous.

— Vous ne serez pas déçu mon commandant.

— C'est bien, disposez. Le lieutenant Sage va vous indiquer vos nouveaux quartiers.

— Tu es d'où, toi ?

— Je suis Creusois, et toi ?

— Creusois ? C'est où, ça, la Creuse, déjà ?

— Oh, quelque part vers le centre du pays. Tu ne sais pas ça ?

— Au centre ? Ah, moi j'aurais dit plutôt au sud qu'au centre.

— Si tu veux, c'est en Creuse, voilà tout, et toi, de quelle planète tu débarques ?

— Je suis d'un petit village, du côté de Versailles, tu sais…

— Oui, oui, je suis doué en géographie. Je ne suis pas allé longtemps à l'école, mais la géographie me plaisait plus que le calcul ou les dictées.

— Tu parles !

— Alors, de Versailles, tu dois connaître le château des rois.

— Forcément ! Si tu voyais les bâtiments, et le domaine ! Impressionnant, ah, oui, impressionnant, mon vieux !

— Chez moi, à Biaule, c'est au sud du département, à la frontière de l'Allier et du Puy-de-Dôme, il y en a un de château. Un petit château bourgeois, les Aubrelles qu'il s'appelle. Ma femme y travaille comme chambrière.

— Ah, tu as une femme, et peut-être aussi des enfants ?

— J'ai une fille de cinq ans.

— Une gamine et pas de gars ?

— Seulement une gamine.

— Et ta femme travaille chez les bourgeois ? Et toi, qu'est-ce que tu fais comme métier, tu es un gars de la terre, non ?

— Je suis régisseur au château, une sacrée bonne place, j'ai eu une chance inouïe.

— Eh oui, avec ta femme qui y travaille, au château.

— Ça s'est fait en même temps. Le bourgeois avait des accointances, comme on pourrait dire, avec la mère de ma femme. C'est ce qui a dû influencer son choix.

— Les bourgeois de province, ils ont tous des histoires avec les villageoises. Enfin, toi, ça t'aura profité, c'est un juste retour des choses, si on peut dire.

— C'est ça, et toi, c'est quoi ton métier, l'artiste ?

— Artiste ? Un peu. Je suis sabotier, et j'aime mon métier. Ça m'a vraiment fait peine de le laisser. Enfin, il fallait bien venir défendre la patrie !

A peine les hommes avaient-ils fait connaissance avec leurs compagnons d'armes, qu'on fit manœuvrer les troupes, puis tout s'accéléra. Vinrent les premiers coups de canon, la mitraille, les cris des blessés. La guerre commençait.

Des hommes tombèrent par centaines. Jérôme sentit à peine une brûlure à sa poitrine où se contracta un dernier sursaut de vie. Sa course s'arrêta net, et son corps bascula dans l'oubli. Julien fut projeté brutalement au sol, en même temps que s'effondrait sa monture. Dans un nuage de poussière, au milieu d'une averse d'obus meurtriers, les chevaux culbutèrent, les cavaliers roulèrent à terre. Le jeune homme voulut se relever quand, dans une terrible douleur, il soupçonna l'éclatement de son crâne. Ses mains se levèrent dans un dernier réflexe protecteur, mais son corps convulsé s'écroula, absorbé par le néant.

Le facteur de Biaule eut la très lourde tâche de porter aux Aubrelles, le même jour, deux enveloppes cernées de noir. Au château, les deux veuves ne purent contenir leurs larmes. Elisabeth resta de marbre. Jacques de Gourgaud enfourcha un grand cheval gris qu'il lança au galop à travers la campagne. Les cloches des églises de Biaule et de Chambon sonnèrent un morne écho de détresse, et Hubert, qui perçut ce message macabre, se signa, ôtant son béret en signe de profond respect. Il aperçut Antoinette qui fuyait les Aubrelles, sa fille à ses côtés, comme poursuivie par cette vengeance venimeuse qui avait hanté, depuis trop longtemps, les murs de la grande bâtisse grise.

Quatre années passèrent, quatre années pendant lesquelles on apprit à vivre ou à revivre, avec la réalité obsédante d'une guerre meurtrière qui se déroulait loin d'ici. La plaie béante des chairs meurtries de la nation malmenée saignait trop souvent, jusque dans ses campagnes profondes. La liste des morts au combat, des héros de la patrie, s'allongeait de jour en jour. Il était difficile, pour ceux qui étaient restés au pays, d'évoquer la guerre. Malgré ce silence pudique, ils pensaient forcément au conflit qui faisait rage. Dans chaque conscience, des images revenaient régulièrement, des images que chacun avait fabriquées pour évoquer intimement ce que ses yeux n'avaient pu constater. Ça ressemblait à l'enfer.

Antoinette, comme Isabelle et tant d'autres, allait tout de noir vêtue. Elle était veuve de guerre et respectée comme telle. Elle ne travaillait plus au château et vivait avec sa fille chez Adeline, dans la maison de son enfance. Elisabeth aurait préféré la voir partir très loin, peut-être même la chasser définitivement. Mais, comme l'avait prédit Adeline, Jacques de Gourgaud s'était apitoyé sur le sort des deux femmes et de l'enfant. Puis, se ressaisissant, avait évoqué une grave décision à prendre. Enfin, il avait tout de même consenti à leur laisser la possibilité de continuer d'habiter à Bardane, monsieur le maire ou monsieur le curé lui ayant fait comprendre qu'il aurait été particulièrement inopportun de jeter dehors une veuve de héros. Il avait donc décidé de remettre sa fameuse grave décision à plus tard.

Pour sa part, Adeline n'avait guère été perturbée par le déclenchement des hostilités. Sans doute avait-elle été étonnée par l'annonce de la mobilisation générale et avait-elle regretté le départ de son gendre. A l'annonce de sa disparition, elle s'en était remise au destin. Elle restait étrangère à cette guerre qui se déroulait si loin, pour des intérêts qui lui paraissaient si flous. Elle ne savait plus que répéter que la guerre était une affaire d'hommes.

Antoinette, quant à elle, qui avait perdu son époux et son amant, n'éprouvait plus vraiment d'enthousiasme à désirer toujours découvrir un jour nouveau. Elle se plaignait souvent du sort que la vie lui avait réservé. Elle disait avoir besoin de son homme. Les femmes qui l'écoutaient la comprenaient. Il arrivait que quelques-uns raillent son attitude d'abandonnée des bonnes grâces de Cupidon, mais jamais en sa présence, seulement entre mâles farceurs et quelque peu frondeurs. Les simagrées des délaissées par force de guerre avaient le don de contrarier ceux qui survivaient par absence d'engagement au combat ou par chance face au danger.

Angélique grandissait. Souvent, elle aurait voulu consoler sa mère qui épanchait brutalement son chagrin inextinguible. L'enfant savait de son père ce qu'on avait bien voulu lui en dire. Elle avait tendance à idolâtrer ce cher disparu dont on vantait le courage et le sens du devoir, tant à la maison qu'à l'école. Quand elle entonnait *la Marseillaise,* que mademoiselle Jeanne se faisait un devoir solennel d'apprendre à ses élèves, son petit cœur battait plus fort, battait la chamade pour le héros dont elle portait les gènes.

La gamine avait sept ans. Insouciante, elle jouait à la marelle avec Louise et Eugénie. Suzie arrivait par là, son pas pressé résonnait sur la terre battue du chemin.

— Suzie, Suzie !

— Ma belle, alors qui c'est qui gagne ?

— Oh, je ne sais pas, ça n'a pas bien d'importance : on joue.

— C'est bien, mes enfants ; ta mère est là ?

— Oui, oui.

Angélique s'était précipitée à l'intérieur. Un instant surprise, Suzie regarda les deux autres fillettes.

— Je vous la renvoie de suite. En voilà des manières, laisser tomber les copines, non mais !

L'enfant se doutait que sa mère, réfugiée dans un coin sombre de sa demeure, profitait de l'absence d'Adeline pour mieux cultiver sa peine, la choyer, l'entretenir, la transcender et la traduire enfin en pleurs immodérés. Elle l'enlaça et lui parla doucement :

— Maman, maman, c'est Suzie qui est là. Je t'en supplie, ne pleure plus.

La gamine restait plantée là, devant sa mère gémissante qui semblait ravaler un à un les sanglots qu'elle n'avait pu retenir depuis l'arrivée d'Angélique. Dans son empressement, la fillette essuya grossièrement, de ses petites mains, les joues humides de sa mère.

— Antoinette, tu es là ? Antoinette ?

— Elle est là, maman.

— Entre, va.

— Ah, demoiselle, les amies t'attendent. C'est à ton tour de lancer le palet.

— Oui, j'y vais, Suzie. Merci Suzie.

— Mais de rien, ma chérie ; donne un baiser. Allez, va vite, j'ai des choses de grandes personnes à dire à ta maman. Allez, file dehors !

Et l'enfant s'engouffra dans la rayonnante lumière du jour qui inondait la porte d'entrée de l'antre des Terrage.

— Antoinette, ça va ?

— Oui, maintenant. Merci. Mais tu sais, dès que je suis seule, je ne peux m'empêcher de penser à Jérôme.

— Oui, tu devais l'aimer beaucoup !

— Je l'aime toujours.

— Bien sûr, bien sûr, mais tu te fais du mal ! Tu es encore jeune, et sans vouloir te blesser, je pense que tu devrais réagir.

— Non, jamais, jamais je ne l'oublierai.

— Qui te parle de ça ? La vie continue pour toi, ma grande, et si tu t'obstines à vouloir l'ignorer, elle te laissera dans cet ailleurs où tu t'enfermes toi-même. En faisant de la sorte, tu ne fais du mal qu'à toi, et le reste du monde s'en moque, tu me comprends ?

— Si je te comprends ? Oui, j'ai mal agi et le bon Dieu m'a punie.

— Mais non, tu n'as rien fait de mal. L'amour, ce n'est pas mal.

— J'ai trompé.

— Et alors ? Et puis quand bien même. Si la personne trompée ne le sait pas, où est le mal ?

— Dieu sait tout.

— Oui, mais qu'est-ce qu'il vient faire là-dedans ? C'est toi qui sais, et ce que tu sais, c'est le souvenir, ça n'a plus d'influence sur la vie d'aujourd'hui. Alors, reprends le rythme de la réalité, je t'en supplie ma chérie.

Avait-elle gagné la partie ? Avait-elle frappé là où il fallait dans la conscience égarée de sa cousine ? Le silence d'Antoinette était-il le gage d'un début de réaction à son renoncement, à sa tragédie ? Avant même qu'elle pût amorcer une réponse, Suzie continua, pensant enfoncer le clou de la persuasion.

— Et ta fille, ta petite fille, tu l'as vue se précipiter pour m'annoncer, et surtout te prévenir de ne pas pleurer devant moi ? Ça ne te fait rien, ça ? Ça ne t'oblige pas à te reprendre, à te secouer ?

— Ce n'est pas facile. Mais j'essaierai, c'est promis.

— Promis, juré ? C'est bien. On a bien dit que réagir ne veut pas dire oublier, ça signifie seulement s'habituer et continuer de vivre.

— C'est ça : vivre ! Je te remercie de prendre soin de ma santé mentale.

— Je vais faire mieux. Je suis venue te dire que je vais aller en ville, pour y travailler.

— Toi ? Toi, travailler en ville ! Mais, ça, alors ! Et qu'est-ce que tu feras ?

— Désiré est toujours à la guerre, et j'ai besoin d'argent. Je suis embauchée au Faux Col, à la chemiserie de Montluçon.

— A Montluçon ! Mais, c'est loin, c'est grand. Comment vas-tu faire ? Il faudra te loger, te nourrir, comment…

— Comme les autres, tiens donc ! Je ne suis pas plus sotte qu'une autre ! Ça ne me fait pas peur, je verrai bien.

— Partir comme ça, moi, ça m'embêterait.

— Justement, je suis venue te dire comment j'ai procédé pour décrocher le gros lot.

— Le gros lot ! Tu vas vite en besogne, et si demain tu n'avais plus de travail en ville ?

— Je reviendrais à Bardane, qu'est-ce que ça change ?

— Ça change qu'à Bardane tu n'auras pas plus à faire.

— Il y a bien toujours des oies à garder !

Le ton sérieux de la réponse dérisoire et ironique souleva enfin le rire d'Antoinette, que l'intérêt pour l'aventure de son amie avait extirpée de ses angoisses.

— Bon, eh bien, va travailler dans la ville de Montluçon. Moi, je reste là.

— Et veux-tu bien me dire de quoi tu vis, là ?

— J'ai une rente de veuve.

— Avec ça, ma pauvre, et en plus, cette rente, c'est un boulet de galérien en permanence accroché à tes basques.

— J'en ai bien besoin, avec Angélique qui va à l'école. Ce n'est pas très important, mais quand même.

— Voilà, tu vivotes ici avec maman et fifille, et ta rente de reconnaissance nationale. Alors que si tu viens avec moi à la chemiserie, plus de rente, mais la rémunération de ton travail. Un salaire mérité, ça n'a pas de prix !

— Et tu es sûre et certaine qu'ils vont te prendre à l'usine ?

— Oui, je te dis. Mais regarde ce qui se passe autour de nous : il n'y a plus d'hommes jeunes et entreprenants, je m'entends, plus de main d'œuvre qualifiée. On fait bien venir, ici et là, des étrangers, mais ça ne suffira jamais. En définitive, c'est terrible cette pénurie de jeunes hommes.

— Des jeunes, il y en a bien, et de très jeunes. Je me suis laissée dire, c'est la Francine qui l'a vu, que l'Isabelle des Aubrelles a domestiqué deux jeunots, pas plus de seize ans à ce qu'elle a dit. Et hop, que je te couche avec l'un, et hop avec l'autre !

— Il ne faut peut-être pas croire tout ce qui se raconte. Rappelle-toi, quand tu étais au château, ça y allait, les ragots. Oh, et puis si les jeunots se farcissent la comtesse, c'est tant mieux pour ses fesses. En voilà au moins une qui sait où les mettre ses souvenirs de notaire !

— Arrête, arrête ! Tu exagères et tu me fais mal.

— Bon, j'aimerais que tu penses à ce que je t'ai proposé. Si tu veux, tu viens t'embaucher avec moi. On louera un appartement en ville et on gagnera notre vie avec le travail de nos mains, comme ont toujours fait les travailleurs de la terre et d'ailleurs.

— Je ne ferai jamais ça.

— Et pourquoi donc ? Je ne te demande pas une réponse aujourd'hui. Je repasserai demain.

— Tu es incorrigible, Suzie. Allez, laisse-moi avec mes fantômes.

— Ah, non !

— Mais je plaisantais, pour une fois. J'ai de l'ouvrage à terminer.

— Bon, à demain, ma chérie.

— C'est ça, à demain.

— Et, bien le bonjour à Adeline dès que tu la verras.

— Oui, bien sûr, je n'y manquerai pas !

Les femmes s'émancipaient par nécessité. Leur rôle dans la

société était en pleine mutation. Ouvrières, elles allaient forcément devoir défendre un jour leurs emplois, leurs salaires, négocier avec les patrons eux-mêmes : une véritable révolution des mentalités. Certaines pourraient devenir cadres, et peut-être se retrouver à la direction d'entreprises. Le monde continuait sa marche vers l'avant, vers le progrès scientifique mais aussi vers le progrès social.

Suzie accomplit son choix et elle ne revint pas vers sa cousine pour lui demander de suivre son exemple. Sans doute avait-elle définitivement admis et compris qu'Antoinette ne la suivrait pas dans cette direction-là.

BARDANE

Le village de Bardane était calme. Angélique et Eugénie, assises sur un muret, regardaient arriver une silhouette familière : Marien, le facteur, qui terminait sa tournée.

— C'est Marien, regarde.

— Tu crois qu'il a des lettres, aujourd'hui ?

— Des lettres, certainement. Mais j'espère qu'il n'a pas de télégrammes.

— Comme celui qui a annoncé la mort de nos pères ?

— J'espère qu'il n'en a pas ; il y a encore des hommes du pays à la guerre.

— Ça fait drôle, cette guerre, quand même ! Ici, tout est calme.

— On écoute même grincer le vélo de Marien.

— Il est tellement gros, il écrase la selle !

— Il doit manger du cochon à longueur de journée pour être aussi gros.

— Ma mère dit que quand il scie son bois, il matouille un morceau de lard qui lui sert aussi à aiguiser la lame, même que après avoir graissé l'outil, il remet le lard dans sa bouche.

— C'est dégueulasse !

— Ah oui, carrément dégoûtant. Quand maman dit ça, ça me donne envie de vomir.

— Il s'arrête chez le Simon.

— Son fils est à la guerre.

— Je crois bien qu'il est déjà mort.

— Ah bon ! Alors, il lui amène une lettre.

— Ou un journal ; il est abonné au journal de la paroisse.

— Monsieur le curé, il a dit, l'autre dimanche, à la messe, que nos pères nous regardaient depuis le paradis où ils sont.

— Je crois bien que mon père ne peut pas être au paradis.

— Qu'est-ce que tu peux en savoir ?

— C'est à cause de ce que j'ai entendu dire, pas à moi directement, mais ce que les gens disent entre eux.

— Et qu'est-ce qu'ils disent ?

— Ils disent que le Jérôme, c'était un drôle de gars. Il était employé au château et servait monsieur Jacques. C'était son bras droit.

— Rien de mal à ça !

— Oh si, d'après les gens, mon père n'était pas gentil avec les métayers du comte, il était même très injuste.

— Bien sûr, mais ce sont les envieux et les pauvres qui disent ça.

— Ils disent sûrement la vérité. Pourquoi voudrais-tu qu'ils mentent ? En tout cas, mon père n'avait pas bonne réputation.

— Le mien, il doit y être, au paradis, parce que tout le monde l'aimait bien, il rendait service à tous.

— Forcément, un employé de la commune.

— Tu t'en rappelles, toi, de ton père ?

— Non, pas bien, et toi ?

— Presque pas, un tout petit peu, par moment, mais ce n'est pas net. Ce sont seulement des images, des impressions.

— Ouais, j'espère qu'il est au paradis, ton père.

— Alors les filles, on se met au soleil comme les lézards ?

— Oui. Vous avez une lettre pour nous ?

— De quoi je me mêle ? Dites donc, vous n'avez rien de mieux à faire que de jouer les grandes dames ? Ce n'est pas vrai, ça ! Ça a tout juste du poil sous les bras que ça voudrait tout régenter, non mais !

Le détail tenant au développement hypothétique de leur système pileux fit frémir de révolte les fillettes. Vexées et fort mécontentes, elles déguerpirent instantanément et coururent jusqu'à la sortie du village. Arrêtant enfin leur débandade, elles scrutèrent les environs, pour repérer à nouveau le porteur de courrier, goujat à ses heures. Elles soufflaient bruyamment.

— Qu'est-ce qu'on fait ?

— Je ne sais pas, je n'ai pas d'idée.

Le village s'étalait devant elles, offrant une vue agréable du site. La sérénité semblait y régner. Un chien aboya, et cet aboiement couvrit la contrée d'un écho surprenant.

La maison de Simon était modeste, construite un peu à l'écart des autres. Elle dénotait une pâle blancheur qui contrastait avec l'imposant corps de bâtiment de la ferme des Mégnan, lequel paraissait construit de matériaux lourds et sombres. Un volumineux tas de fumier s'étalait devant les étables, dispensant une légère vapeur qui ondoyait au rythme de la lente transformation naturelle des matières fécales animales. Jouxtant la ferme, on devinait l'humble demeure des Vergne, deux personnes très âgées qui semblaient survivre indéfiniment. Elles avaient cette particularité de ne pas cohabiter avec leur descendance, alors que dans chaque autre maison du village s'entassaient deux ou trois générations d'une même famille. Suivait le bloc compact de plusieurs habitations accolées, séparées chacune par une grange ou des écuries. Il y en avait quatre, et les enfants appréciaient particulièrement leurs greniers qui communiquaient entre eux et formaient ainsi un lieu de refuge ou d'exploration, au gré de leur humeur ou de leur imagination. Le bas du village présentait encore six logis répartis en deux ensembles, disposés de chaque côté du chemin et se tournant façade. Les trois maisons exposées au nord-est s'ouvraient sur des bâtiments agricoles et diverses remises qui les protégeaient un peu des intempéries. Les trois autres, recevant le soleil du matin au soir, étaient prolongées d'un véritable dédale de constructions hétéroclites à usages variés, allant du four à pain au bûcher, en passant par le logement des animaux fermiers. Les Terrage habitaient une de ces petites maisons, alors qu'Eugénie était la fille des Mégnan. Enfin, un peu plus loin, une dernière demeure bien modeste ponctuait le village de Bardane. Cette petite bâtisse, construite à l'écart et qui inspirait le mystère, c'était celle du Ragoutin, un être redouté communément qualifié de sorcier. Le Ragoutin, le vrai, comme disaient les gens d'ici, était mort depuis une dizaine d'années. Un matin d'hiver glacial, on avait retrouvé son corps recroquevillé au beau milieu du chemin. Bien entendu, les plus sordides suppositions sur les circonstances étranges de son décès furent évoquées. On parla du diable, du démon, de la bête, des esprits ou d'autres puissances infernales, dont les noms furent balbutiés, voire seulement suggérés, tant leur intervention néfaste inspirait la crainte et la peur. Aujourd'hui, la maison du sorcier était habitée par un homme tout aussi original, qu'on prétendait être son propre fils. On ne lui définissait point d'âge. Toujours en vadrouille par monts et par vaux, il vivotait du produit de son jardin, du lait de ses deux chèvres et de la chair de sa modeste basse-cour. De l'avis unanime, et du sien également, il n'avait point hérité des dons et pouvoirs de son supposé père. On ne le craignait donc pas et on l'ignorait autant que possible. Il était, en quelque sorte, considéré comme un ermite, peut-être philosophe, en tout cas rejeté par ses semblables qui pensaient n'avoir aucun intérêt à retirer de sa compagnie. Adepte de la liberté en toute circonstance, il s'accommodait parfaitement de cette situation. Ne lui connaissant pas d'identité, les gens d'ici l'appelaient Ragoutin, du surnom de son soi-disant géniteur, peut-être pour conjurer la frayeur autrefois inspirée par la seule évocation du sobriquet du sournois personnage qui le portait. Désormais, et par justice divine certainement, le jeteur de sorts aux multiples charmes, le Ragoutin, était devenu un être errant, anodin, inoffensif, presque sympathique. Pourtant, on le raillait très rarement. On préférait le méconnaître et l'oublier. Un doute insidieux sur sa véritable personnalité perdurait.

Les deux fillettes avaient regardé un moment leur village baigné de soleil printanier. Les cheminées fumaient d'un gaz blanchâtre qui s'élevait verticalement vers l'azur. On chauffait encore l'intérieur des maisons, et les ménagères n'avaient, par ailleurs, d'autre source d'énergie, pour faire cuire la nourriture ou chauffer l'eau, que la combustion du bois dans l'âtre que comportait chaque logis. Elles aperçurent un petit groupe d'enfants qui déambulaient un peu plus loin.

— On y va ?

— C'est Marc, Maurice et Perrine !

— Ouais, allons les rejoindre.

Leur course effrénée les amena bien vite vers leurs camarades.

— Eh, les filles, où vous allez comme ça ?

— On vous a vus depuis les quatre chemins. On a décidé de vous rejoindre.

— On va cueillir des cerises dans l'ouche à Bigouret, vous venez ? Eugénie, tu me feras la courte-échelle, comme l'autre jour, chez la Germaine ?

— Qu'est-ce que vous avez trouvé, chez la Germaine ?

— Rien d'intéressant, ou plutôt si : des couteaux et des fourchettes en argent. Ça a de la valeur, hein !

— Et des cuillères aussi. Oh oui, ça doit coûter cher.

— C'est tout ? Et les couverts, vous les avez laissés, au moins ?

— Bien sûr, qu'est-ce que tu veux qu'on en fasse ? J'avais bien pensé que la Denise, du bistrot de Biaule, pourrait nous les racheter. Mais si jamais elle se demandait où je les avais pris et qu'elle les reconnaisse, c'était les gendarmes et la prison assurée, alors…

— De toute façon, maintenant qu'elle est morte, la Germaine, elle n'a plus besoin de rien.

— Ce n'est pas une raison pour voler.

— Non, bien sûr, mais c'est bête de laisser les affaires qui restent. Il paraît qu'elle n'a même pas d'héritiers.

— Eh bien oui, avec son homme qui est mort à la guerre, ça fait le quatrième du village qui meurt à la guerre.

— Oh, çà ! il en reste encore, des hommes.

— Quand même, il aurait peut-être mieux valu qu'il n'y en ait pas de guerre.

— Pour vous deux, vous auriez toujours vos pères.

— Moi, j'ai encore le mien, et il ne partira pas, il a été réformé. Alors, pas de guerre pour lui. Hier soir, il m'a engueulée et il m'a passé une gifle sur le crâne.

— Ouais, quand on a un père, on ne peut pas faire tout ce qu'on veut.

— C'est normal, mais le père, il gagne des sous, alors c'est bien commode quand même.

— Tu parles, ton père, il travaillait au château, et toi tu y allais tous les jours.

— Dans ce temps-là, ma mère aussi, elle travaillait au château, elle était nourrice.

— C'est quoi nourrice ? Qu'est-ce qu'elle faisait comme travail ?

— Elle nourrissait le fils de madame Isabelle, en même temps que moi.

— Il tétait ta mère !

— Oui, je crois bien.

— Ah ben, ça alors !

— Arrête de faire la mijaurée, Perrine. Tout le monde le sait que la Toinette était nourrice au château.

— Oui, je le savais bien, mais je ne comprenais pas ce que ça voulait dire.

— C'est ça, fais la bête !

— Je ne fais pas la bête, et puis avec vous, c'est tout le temps pareil !

— Eh, oh ! chut ! On va aux cerises.

— On va avec vous.

— Le panier sera plus vite plein, la mère Bigouret a dit qu'elle nous ferait une tarte, si on lui ramenait le panier plein.

Un énorme cerisier imposait sa stature de colosse au beau milieu de l'ouche, le terrain contigu à la petite ferme des Bigouret. Ses fruits juteux étaient d'un rouge très foncé, presque noir. La Mélie Bigouret avait deux fils, dont un célibataire, qui ne daignaient pas perdre leur temps à cueillir des cerises tant l'exploitation de la terre réclamait leurs bras. Trop âgés pour partir au front, ils atteignaient allègrement la cinquantaine, ils faisaient partie des quelques hommes valides du village et de la commune, et étaient donc très sollicités pour effectuer la besogne rurale. Travaillant d'abord leur propre métairie, bien entendu, on les appelait ici et là pour aider à tous les travaux des champs, pénibles pour les femmes et les enfants, voire impossibles à mener à bien. Ils apportaient leurs services sans espoir de retour, par solidarité, par nécessité, presque naturellement. Ils faisaient, comme quelques autres dans leur situation, tout ce qu'ils pouvaient. Et le foin était rentré, le blé fauché puis battu, le bois coupé, et la vie continuait, cahin-caha. On subsistait à Bardane, comme partout ailleurs dans la campagne française.

Pris d'assaut, l'arbre généreux était maintenant occupé par les lutins gourmands et affairés. Perrine et Eugénie étaient restées à terre, cueillant les fruits des basses branches. Les deux garçons et Angélique avaient grimpé dans les frondaisons ; Angélique limitant toutefois son ascension aux premières grosses branches, alors que Marc et Maurice atteignaient des altitudes vertigineuses. Chacun y mettant du sien, le panier fut vite rempli. On s'attardait maintenant, dégustant, prenant plaisir dans l'abondance offerte, se délectant de la prodigalité d'un printemps fécond et porteur d'espérance.

— Ohé, ohé ! vous avez vu comme je suis haut ?

— Descends, avant de te casser la figure. Si la Mélie te voit, elle va te caresser les fesses avec les orties !

— Ça fait circuler le sang !

— Fais le malin !

— Tu montes, Maurice ? De là, on voit jusqu'à Paris, même jusqu'à Verdun.

— Quoi ?

— Je vois de la fumée à l'horizon, c'est sûrement de la fumée de canons.

— Tu es fou !

— Non, non, je te jure !

— Tu dis n'importe quoi !

— N'empêche que ça fume drôlement. Si j'avais une longue vue de pirate, je pourrais voir les combats.

— Arrête avec tes histoires, ça m'énerve de tout le temps parler de la guerre.

— Eh, je vois le Ragoutin !

— Qu'est-ce qu'il fait ? Il jette un sort à la mère Mégnan ?

— Non, il pisse. Ah, le salaud, il pisse en marchant.

— Tu dis encore n'importe quoi, ce n'est pas possible de pisser en marchant !

— Lui, il sait. Il sait plein de choses, le Ragoutin. Ah, ah, ah ! il me fait rire. Il marche tout de travers ce vieux dégingandé.

— Bon, les garçons, il est temps de rapporter les cerises à la Mélie.

— Qu'est-ce que tu fais, Maurice ? Mais arrête de grimper, l'autre grand zigoto va te faire tomber !

— Vas-y petit, viens te caler entre les deux branches, là, tu ne peux pas tomber, tiens-toi bien.

— Bon, puisque c'est ça, nous, on s'en va !

— Allez-y toutes seules, on vous rejoindra plus tard, on a des choses à voir.

— Qu'est-ce que tu surveilles encore ?

— Ça ne te regarde pas, minuscule terrienne, tu es toute petite.

Nous, c'est le ciel qui nous appartient. On est les habitants du ciel ! Regarde, là-haut, derrière le nuage blanc, je crois bien que j'ai vu le bon Dieu.

— Ça, je le répéterai au curé Sébastien.

— Ferme-la, Perrine, et va voir la grand-mère. Si tu dis ça au curé, il va croire que tu dis des mensonges, et c'est toi qui seras punie : deux « je vous salue, Marie » à réciter tout bas, agenouillée dans l'église !

— Mais, arrête, hein, c'est toi le menteur !

— Viens, Perrine. Laisse-les dans leur arbre, avec leurs histoires à dormir debout. On va aller porter notre récolte à la Mélie, je suis sûre qu'elle nous offrira un verre de lait sucré.

— Oh oui, alors !

Amélie Bigouret était une brave femme. Usée à la tâche, elle ne quittait guère son univers, qui se limitait à sa petite maison, sa cour et son jardin. Elle allait aussi quotidiennement jusqu'à l'étable, pour traire la Frisée, son unique vache, très bonne laitière, réputée pour son calme et sa générosité, à l'image de sa maîtresse. La Frisée faisait partie intégrante du groupe familial, comme le chien ou le chat de la maison. La grand-mère Bigouret avait une voix suave, monocorde mais très douce, et le verbe affable. Elle accueillit les trois fillettes à bras grands ouverts :

— Vous avez bien travaillé, mes mignonnes, venez donc par là que je vous récompense. Vous boirez bien un verre de lait de la Frisée ?

Toutes les trois souriaient, complices, prévenues de ce rituel agréable, savourant déjà le liquide onctueux tout autant que les compliments et la gentillesse simple et sincère de leur hôtesse.

— Alors mes petites, qu'est-ce que vous avez fait de vos deux camarades ? Je vous ai bien vus, tout à l'heure, quand vous partiez chercher les cerises, et je crois qu'il y avait les deux garnements de chez Cussejat avec vous !

— Ils sont restés sur l'arbre !

— Oui, mais seulement un petit moment de plus ; là, ils sont partis. Leur mère, la Marcelle, leur a dit de revenir pour l'aider à faner le pré des Fourches

— C'est bien, ils sont bien un peu voyous, ces deux-là, mais ils sont courageux aussi.

— Marc, le plus grand, il n'est pas comme les autres garçons.

— Voyez-vous ça !

— Non, il ne parle pas pareil, il dit les choses autrement.

— Mon Dieu, mon Dieu ! C'est beau la jeunesse ! Tu as raison mon Angélique, ce sont deux bons garçons au fond, les Cussejat. La mère est brave et honnête.

La fillette resta muette aux remarques de la vieille femme, qui savait sans doute ce qu'elle voulait dire mais que l'enfant ne comprenait pas vraiment. Marc ne se bornait pas à dire ce qu'il pensait, ce qu'il voyait, comme tout un chacun, de façon primaire et de la manière la plus explicite possible ; il y ajoutait une touche de poésie, d'humour, d'intelligence peut-être. Angélique était fascinée par la spontanéité avec laquelle il imageait son propos. Ne venait-il pas d'apercevoir un gros nuage boudiné qu'il avait supposé être Dieu lui-même ?

Les deux frères vivaient avec leur mère et leur grand-père. Leur père était maçon, un véritable maçon creusois dans toute la noblesse du métier. Il partait chaque année vers les villes et leurs chantiers de construction. Il avait gagné ainsi de quoi améliorer les finances familiales, des plus restreintes à exploiter ordinairement les trois hectares de leur petite ferme. Mais un jour, il ne daigna pas revenir et se contenta d'envoyer une lettre. Marien la remit solennellement à Marcelle, dont les mains tremblaient déjà. Le facteur attendit un instant, la mine grave, l'air circonspect, comme devinant l'inéluctable dénouement. Elle appela Marc, qui avait alors une dizaine d'années :

— Marc, mon garçon, tu veux bien lire la lettre de ton papa, je n'ai pas le courage.

Elle lui tendit la missive ; le gamin la lut comme s'il avait récité une leçon à l'école, sans bégayer, calmement, sans émotion non plus. Le texte, d'une écriture simple et directe, se terminait par un adieu déchirant. Joseph ne reviendrait pas, la vie le retenait ailleurs, auprès d'une autre femme. Marcelle s'assit, se crispa, contint son immense désarroi dans la contraction de tout son corps, de tous ses muscles, de toute sa déconvenue. Les larmes ne purent expulser sa peine ; une grande tristesse figea son doux visage de femme encore jeune. Marc s'approcha, posa une main ferme sur son épaule :

— Ne t'en fais pas maman, je suis là.

Elle le fixa, et vit dans ses yeux le miroir de tout l'amour qu'elle portait en elle. Maurice, qui était resté à l'écart, solidaire indéfectible de son frère, ajouta simplement :

— On est là !

De quatre ans son cadet, Marc était pour lui l'exemple à suivre, son héros, tout autant que son alter ego.

Plus d'homme, trahie, déshonorée aussi, Marcelle aurait voulu mourir, ou plutôt disparaître sans bruit, sans extravagance, s'effacer du monde. Mais les garçons Cussejat étaient là et bien là. Bien que cette famille, plus qu'une autre, vécût avec très peu de moyens, elle réussissait, par sa volonté et son abnégation, à ne jamais manquer de l'essentiel. Marc était fort, Maurice était dur ; bien que très jeunes encore, ils surent redonner courage à leur mère. Le père de Marcelle n'était plus très jeune. Il était veuf depuis la naissance de son unique fille, qu'il avait élevée seul. Après le départ de son gendre, il courba un peu plus l'échine et s'arc-bouta contre cette vie qui ne l'avait jamais épargné. Soudés par le besoin et le désir de survie, les Cussejat résistèrent et surmontèrent ensemble les épreuves quotidiennes.

Aujourd'hui, Marc avait quatorze ans. Il louait ses services dans toutes les fermes des alentours. Le sachant compétent et vaillant, on lui proposait du travail sans hésitation. Il n'avait pas voulu s'engager à l'année auprès d'un agriculteur pour pouvoir, à sa guise, seconder sa mère et son grand-père. Son aide était précieuse à la maison. Il gagnait un peu d'argent par son travail et éprouvait une immense fierté quand on disait de lui : « C'est le fils de la Marcelle. » Ça voulait dire que cette femme-là était respectable et respectée. Et Marc se redressait, ému sans vouloir le montrer. Il était le fils de la Marcelle, qu'il aimait tendrement et qu'il embrasserait tout à l'heure, en rentrant au bercail, d'un air de lui dire encore et toujours : « Ne t'en fais pas maman, je suis là. »

Amélie offrit une grosse poignée de fruits rouges aux trois filles, en leur interdisant d'en manger en route et en leur demandant de les porter à leurs mères respectives pour faire le « miyas ».

Il était tard et Angélique déchiffrait son livre de lecture. Elle apostropha Adeline :

— Mémé, tu crois qu'on peut voir le bon Dieu en regardant au ciel ?

— Mais non, ma petite, le bon Dieu n'est pas un être comme nous. C'est son fils Jésus-Christ, qu'il a envoyé sur terre pour sauver les hommes, qui nous ressemblait.

— Ah bon ! tu en as déjà vu, toi, des pirates ?

— Qu'est-ce que tu me chantes là ? Tu n'aurais pas encore traîné avec ces vauriens de Cussejat ? Tu sais que ta mère t'a interdit de courir avec les gars !

— Non, mémé, on était juste avec Eugénie et Perrine, tu peux demander à la Mélie.

— Je lui demanderai, pas plus tard que demain matin, en allant au lavoir. On verra ça. Tu comprends, ma petite, il ne faut pas parler du bon Dieu comme on parle des autres choses de la vie. Le bon Dieu, c'est extraordinaire. C'est lui qui peut tout quand nous on ne peut rien, ou pas grand chose.

— Si il existe le bon Dieu, alors pourquoi papa est mort à la guerre ?

— Ton père n'était pas un saint ma petite. Et puis, les soldats, il y en a toujours eu qui sont morts, et le bon Dieu est toujours là.

Antoinette entra à ce moment-là, et sa fille se précipita dans ses bras. Mais Antoinette l'embrassa sans grand empressement, repoussant même ses manifestations excessives de tendresse.

— Laisse-moi maintenant, Angélique. Tu as fini tes devoirs ?

— Oui maman, je relisais la lecture pour demain.

— C'est bien, mais si tu as fini, il faut ranger tout ça dans ton sac. Et n'oublie pas l'ardoise, elle est sur la chaise. Tu vois, quand on ne met pas les choses à leur place, c'est là qu'on risque de les oublier ou de les égarer. L'ardoise, tu en auras besoin demain.

— Oui maman.

— Avec tes jérémiades, tu lui en mets des belles dans la tête à la gamine.

— Quoi encore ? Je suis lasse, je suis fatiguée ce soir. La vieille Mégnan va m'user. La pauvre, elle ne peut même plus marcher. Et les hommes, là-bas, ils entrent avec leurs bottes pleines de fumier !

— C'est la campagne ; chez eux, ce n'est pas chez les bourgeois.

— C'est vrai, mais la Lucie, elle veut que ça soit propre. Alors, qui c'est qui balaie ? Et c'est comme ça, cinq ou six fois par jour !

— Ça te fait un peu de travail ; de quoi te plains-tu ? N'empêche que l'Angélique, le catéchisme lui fera le plus grand bien. Elle t'écoute et elle se met à blasphémer, à supposer que Dieu n'existe pas.

— Allons, ma chérie, je t'ai bien déjà expliqué, tu sais, la belle histoire.

— Oui maman chérie, mais pourquoi il est mort, papa ?

La récréation battait son plein, les multiples voix avaient monté crescendo jusqu'à ne faire plus qu'un cri énorme, extraordinaire, inimaginable. Et ça courait dans tous les sens, ça se bousculait tout autant que ça se congratulait. La cloche impérative arrêta net le mouvement anarchique qui se transforma en une ruée magistrale vers le rang, devant la porte des classes, les filles dans leur cour et les garçons dans la leur. Rondouillard, Félix inspecta rapidement ses élèves encore essoufflés. Tapant ses deux grosses mains l'une contre l'autre dans un claquement surprenant, il les autorisa à entrer en classe. Svelte et très stricte, mademoiselle Jeanne fut plus attentionnée à la propreté des mains et à l'ajustage des habits ; elle tapa, à son tour, des mains, sans faire grand bruit, mais obtenant l'obéissance désirée. Ce matin-là, Angélique regardait la maîtresse avec une certaine curiosité. Elle lui trouvait un charme certain, enserrée dans son tailleur gris clair, bien moulant ; elle la jugeait belle et admirait sa prestance.

— Alors, Angélique, tu bâilles aux corneilles, aujourd'hui ? Qu'est-ce qui t'arrive ? C'est un peu trop souvent que tu rêvasses de la sorte !

La petite baissa les yeux sur le texte de sciences naturelles qu'il convenait de lire. Un grand silence régnait dans la salle où les cerveaux juvéniles étaient en ébullition sur une étude générale de la dentition des animaux. On y présentait la gueule énorme d'un poisson aux deux rangées de dents acérées, les squelettes faciaux d'un cheval, d'un porc et d'un homme. De la comparaison devait naître la déduction logique et donc la compréhension.

— Alors, Angélique Terrage, que peux-tu nous dire de l'appareil dentaire du cheval, par exemple ? Que doit-on remarquer de particulier dans cette dentition-là ?

Angélique hésita quelques secondes, avant de répondre, très sûre d'elle :

— Il n'y a pas de crocs !

— Ah ! et ces crocs, comme tu dis, ça porte un nom : lequel ? Chez le chien ou les félins, on dit bien croc, mais plus précisément, qu'est-ce donc que le croc ? Bon, récite-moi ta leçon : les quatre sortes de dents ?

La fillette balbutia quelques mots, puis se tut, perdue dans la valse des expressions nouvelles, des squelettes souriants, des grosses et des petites dents, des pointues, des compactes.

— Alors ? Mais ce n'est pas possible ! Tu le fais exprès ou quoi ? Eugénie, aide-la.

Eugénie récita et désigna les crocs, comme il se doit, comme étant les canines, très connues des enfants, surtout dans la gueule du loup !

— Tu vois, Angélique, rien de difficile dans tout ça. Il faut seulement suivre et apprendre les leçons. Qu'as-tu à me dire à ce sujet ?

— J'ai bien appris la leçon de sciences, mais je ne savais plus le nom des crocs, ça ne voulait pas sortir.

— Tu m'exaspères, enfin, fini ! Je ne veux plus jamais écouter que les mots ne sortent pas. Prenez vos cahiers du jour, et on écrit : mardi 17 février 1917.

La journée fut rude. Elle n'avait pas commencé sous les meilleurs auspices et Angélique dut faire preuve d'un zèle inhabituel pour reconquérir la confiance de l'enseignante. En fin d'après-midi, mademoiselle Jeanne prévint qu'on allait apprendre une nouvelle chanson, en l'honneur des valeureux héros de la guerre qui faisait encore rage dans l'est de la France. A l'aide d'un guide-chant, sorte de piano portable, tout en métal et dont le couvercle se renversait vers l'arrière, l'enseignante annonça l'air de la ritournelle, entonnant du même coup les premières paroles :

Pour le repos du plaisir militaire
Il est là-bas
A deux pas de la forêt.

Elle fit répéter la chanson, et la prime cacophonie s'harmonisa quelque peu. Alors Jeanne, dans un élan patriotique, redoubla de hargne sur l'instrument rudimentaire qui n'en rendait pas moins l'air tonitruant de la gloire à Madelon : « Madelon, Madelon, Madelon ! » Les gamins médusés tout autant qu'amusés en restèrent coi.

— Allez, la classe est terminée, rangez tout et à demain : bon pied, bon œil !

Le brouhaha du départ précipité fit bientôt place à un silence rédempteur. Jeanne regardait les cahiers que chaque élève avait déposé sur son bureau avant de sortir. Un petite voix très féminine la fit sursauter

— Mademoiselle, s'il vous plaît.

— Mais, qu'est-ce que tu fais là ? Tu n'as pas compris : la classe est finie pour aujourd'hui. Tu n'es pourtant pas la dernière à partir, d'habitude ! Bon, qu'est-ce que tu veux ? Eh bien, dis-le ou déguerpis !

— Mademoiselle, s'il vous plaît, est-ce que je pourrais jouer du piano ?

— Mais quel toupet, en voilà des façons ! Mais, qu'est-ce qui te prend ?

— Quand maman travaillait au château, dans le temps, des fois, avec Alban, on avait le droit de jouer du piano.

— A vos âges ! De qui te moques-tu ? Et en plus, tu oses mentir ! C'est un caprice, ça, ma fille, et la vie ne s'accorde guère de ce genre de choses. Vraiment, tu me déçois aujourd'hui. Allez, rentre chez toi et va aider ta mère, elle a certainement besoin de toi, allez, oust !

Trop d'injustice anéantit l'être qui subit l'affront. Dans le cœur d'une petite fille, trop de sensibilité rassemblée et bafouée par l'incompréhension collective fait s'écrouler le monde des illusions. Et qu'est-ce que ce monde, sans les illusions ? En cet instant de sévérité excessive, Angélique prit conscience de la disparition de son père, de la piètre condition de l'existence, du mépris de ceux qui détenaient pouvoir et moyens. Et cette insupportable réalité foudroya sa conscience puérile, trop naïve, trop vulnérable. Quel étrange sentiment éveillèrent en Jeanne, la stricte et rigoureuse demoiselle de l'école primaire de Biaule, l'inflexible et impitoyable maîtresse, les pleurs désespérés d'une enfant en pleine solitude ? Cette désespérance soudaine, arrachée des fibres intimes d'une fillette de sept ans, souleva l'enseignante de son siège despotique, guida ses deux mains sur les épaules de la petite, fit son regard s'emplir d'humilité devant les yeux mouillés de celle qui, de petite effrontée, devenait sa protégée. La voix de l'adulte fut étonnamment douce et rassurante, chaude et forte, plus forte que la fatalité.

— Je te crois maintenant. Je veux bien croire que tu veux jouer du piano, mais, tu sais, ce n'est pas vraiment un piano.

Elle sécha les larmes qui roulaient encore sur les joues fraîches de l'enfant à l'aide d'un mouchoir très blanc, constellé de petites fleurs roses. Ce détail émut Angélique à la rendre muette. De son regard perdu, elle dit son abnégation à la passion musicale. Jeanne se redressa, lui laissant prendre sa place devant son bureau, devant le guide-chant. Elle contourna le meuble et fit basculer le couvercle de l'instrument. Depuis deux années déjà, Angélique n'avait plus touché à un clavier: depuis que les de Gourgaud avaient congédié Antoinette. Pourtant, chaque nuit, ses doigts s'étaient promenés sur les touches d'un rêve d'harmonie. Son esprit tout entier se focalisa sur la musique qu'elle tira bientôt du fameux instrument. Gommant les imperfections, synthétisant les limites musicales, miraculeusement peut-être, elle composa intuitivement une mélodie qui fit chavirer ses sens, la réconciliant instantanément avec la vie, l'insouciance, la légèreté. En se promenant sur les touches, ses doigts jouaient l'évasion que son esprit, tout à l'heure égaré, réclamait. Elle arrêta toutefois bien vite, consciente de l'extravagance de sa témérité. Elle referma minutieusement l'instrument, se précipita vers Jeanne pour lui offrir un baiser sec et pudique. Courant vers la porte, attrapant son sac au passage, elle déguerpit sans plus attendre. L'enseignante se raidit tout à coup, reprenant sa posture rigide et convenable. Elle s'assit à son bureau, regarda un instant le vil sujet de sa faiblesse accidentelle, hésitant encore une fois entre tendresse et rigueur. Ce fut cette dernière qui s'imposa définitivement. Elle remisa le guide-chant dans un placard, à l'endroit de son rangement habituel. Une légère poussière, dont les fines particules volèrent à son dépôt, virevolta comme des notes ouatées d'une discrétion correcte et obligée.

Angélique n'avait plus ses entrées aux Aubrelles. Elle eut quelquefois l'occasion de passer à proximité du château. Apercevant la grande bâtisse au bout d'une allée large et entretenue, son cœur se serrait un peu. Eprouvait-elle une certaine nostalgie ? Du moins percevait-elle une impression de ce sentiment ordinairement réservé aux adultes, à ceux qui ont vécu et regrettent ? Elle observait le parc et le bâtiment ; elle pensait à Alban et souriait à cette réminiscence. D'une brume opaque et volatile émanait un flou hasardeux, inondé d'une étrange clarté où apparaissait le visage du garçon, rigolard et amusant. Mais le temps passait, imperturbable, et l'époque de la fréquentation des gens des Aubrelles s'éloignait. Comme cet autre monde paraissait loin, et maintenant inaccessible à la fillette !

Il faisait beau, juin épanchait sa tiède générosité sur la campagne où le foin mûrissait. Une fauvette à tête noire dispensait son chant mélodieux. Quatre gamines jouaient à la marelle, sans grande passion, seulement pour s'occuper un moment et pouvoir partager un peu d'amitié.

— A toi, Eugénie, et ne triche pas, tu en es au trois.

— Je ne triche pas ! Ah ! encore raté ! Mais ça vient de ce palet, il est trop léger. J'en ai marre !

— A moi, alors.

— Vas-y, Louise, montre-nous ce que tu sais faire !

— Tu parles, si je vous montrais tout ce que je sais, vous deviendriez rouges comme les cerises de la Mélie.

Aucune n'en rajouta à ces mystérieuses suppositions, laissant planer un doute qui prenait des allures de complicité, et peut-être d'admiration.

— Eh oui, les filles, moi je sais comment on fait les enfants !

— Nous aussi !

— Ah ! alors dis-le !

— Toi d'abord, puisque c'est toi qui en as parlé.

— D'accord. L'autre matin, je me suis cachée dans le grenier, quand le Fernand a amené son étalon à la Java, la jument grise ; elle voulait le mâle, à ce qu'il paraît.

— Et alors, quoi de mal à ça ?

— Je n'ai pas fait de bruit ; si je m'étais faite prendre, je ne vous dis pas la raclée ! Le cheval, il a sorti une queue comme ça, au moins un mètre de long, et la jument qui se baissait presque pour que ça se passe mieux. J'ai tout vu et je vous jure que l'étalon en a mis un sacré coup !

— Et alors, qu'est-ce qu'il y a de drôle ? Tous les animaux font pareil : mon chien avec la chienne de chez toi, Eugénie.

— Même une fois avec la mienne, elle avait fait deux petits, la Fanfare. Ils étaient beaux !

— Ouais, ou les lapins du Ragoutin. Il a un gros mâle tout blanc, il faut voir comme il grogne après les lapines quand le vieux les met ensemble !

— Ça ne nous dit pas comment les femmes et les hommes font les enfants.

— Eh bien, comme les autres, pardi, qu'est-cc quc tu crois ? On est aussi des animaux.

— Le Ragoutin, il n'a pas de femme.

— On ne te parle pas de celui-là. Mais, les autres, ils font ça la nuit, dans leur lit. Le père rentre sa queue dans le ventre de la mère, comme dans la Java, et il y met une graine.

— C'est dégueulasse ! Moi, je ne me laisserai jamais faire ça par un homme.

— Toi, toi, tu feras comme les autres, ou alors tu n'auras pas d'enfant.

— De toute façon, ce n'est pas vrai, ce que tu dis, Louise.

— Alors là.

— Les animaux, ils font ça par derrière, et les gens c'est par devant ! Un jour, moi, j'ai vu le Pierre des Vergnes, il était couché dans le foin avec la dame du château. Elle était venue toute seule pour le loyer, chez nous, en plein après-midi. Mon père et ma mère étaient au champ, et le Pierre réparait quelque chose dans l'étable. Elle est allée le voir directement. Peut-être qu'elle avait entendu du bruit ? Moi, je l'avais vue arriver avec sa carriole. Je me suis dépêchée pour venir la rencontrer et, arrivée à la cour, il y avait la carriole avec son cheval mais plus d'Isabelle ! Je suis allée voir à la maison, c'est tout le temps ouvert, mais rien ! Alors, je suis allée voir Pierre pour lui demander s'il ne l'avait pas vue. J'ai entendu des drôles de bruits, comme des plaintes, j'ai cru qu'il s'était fait mal. J'avais peur qu'il ait du sang, alors j'ai regardé à travers les trous de la porte de la grange et je les ai vus. Il était sur elle, mais par devant. Il avait baissé son pantalon, et elle, elle était toute nue, et les jambes écartées !

— Arrêtez de parler de ça, on a compris.

— Oh, toi, tu sais toujours tout d'avance.

— Non, mais je n'aime pas qu'on parle d'elle. Ça me fait penser à mon père, quand on habitait là-bas.

— Tiens, regardez qui vient ?

— Alors, les pucelles d'Orléans, on joue à des jeux de filles ?

— On est des filles.

— J'avais remarqué ! Et vous faites quoi ?

— On parle.

— De quoi ?

— De trucs de filles.

— Oh, ça va ! On joue à cache-cache, vous venez ?

— Oui alors !

— Pas moi ; à ce jeu idiot, c'est tout le temps les garçons qui gagnent, ou alors ils s'amusent à faire peur aux filles !

— Surtout s'ils les trouvent cachées dans le foin.

Elles se regardèrent dans un même mouvement. Maurice avait-il écouté leur conversation ? Ou bien avait-il déjà surpris Mélanie dans le foin ? De là à imaginer quelques galipettes… Non, peut-être pas, tout de même ! Ces choses-là étaient réservées aux adultes.

— Tu ne joues pas, si tu ne veux pas, personne ne te force. Mais ne viens pas dire, après ça, que les autres ne veulent pas s'amuser avec toi.

— Bon, j'y vais. Mais tu promets de ne pas me faire peur.

— Je ne te promets rien, tu as toujours peur de n'importe quoi, même des araignées !

— Voilà, tu recommences…

— Arrêtez ! Allez, viens avec nous, Mélanie. On se cachera toutes les deux, ça sera rigolo !

— Allez, venez, on va rejoindre les autres. Il y a Marc, Pierre et Jean qui nous attendent sous le tilleul des quatre chemins. C'est moi qui commencerai à chercher les autres. Mais vous êtes prévenues : dès que je vous vois, vous êtes fichues.

— Ah non, c'est le premier qui touche le tilleul qui gagne.

— Bon, on fera comme les grands diront ; s'ils veulent toujours jouer avec nous, surtout avec des filles.

— Oh ! lala ! ces garçons !

— Les grands voudront bien de nous, surtout pour jouer à se cacher.

— Dans le foin.

— Ah non, ne recommencez pas !

— La voilà qui continue son manège ! Mais non, ma belle, on arrête.

Maurice, le visage collé au tronc du tilleul, compta jusqu'à cent avant de se lancer à la recherche de ses camarades. Tous s'étaient précipités vers une cachette improvisée. Le village, dans sa diversité, présentait mille endroits pour pouvoir se dérober à la vue de celui à qui incombait la tâche de trouver les autres. Angélique avait couru un moment, talonnée par Mélanie.

— On va où ?

— Je ne sais pas, dépêche-toi, viens vite.

Et la course reprit. Les mille endroits paraissaient tous trop évidents aux enfants qui devaient pourtant se presser. Elles atteignaient l'extrémité du village.

— Ça y est, j'ai trouvé ! Arrive par là.

— Chut, tais-toi, il va nous entendre. Et si le Ragoutin est par là ?

— Pas de danger. A cette heure-ci, il est en vadrouille. Et quand bien même, on ne fait pas de mal.

Elles se précipitèrent vers une petite cabane édifiée à proximité de la maison du fameux Ragoutin. Elles pénétrèrent à l'intérieur avec précaution, Mélanie serrant fort la main de son amie, qui lui adressa un sourire de connivence. Angélique s'accroupit tout au fond, Mélanie l'imita, et, silencieusement, elles attendirent. Une grosse poule rousse, étalée dans un nid douillet, émettait des râles langoureux.

— Elle couve, il ne faut pas lui faire peur.

— Ça ne craint rien, elle nous connaît, tu parles ! Et puis, quand ça couve, une poule, c'est tout endormie. Regarde-la, comme elle est somnolente.

— Elle grogne.
— Elle glousse.
— Elle va avoir des poussins ?
— Sans doute bientôt…
— Chut ! J'entends des pas.

A l'instant même, une ombre immense se pencha à l'entrée, un être fantastique, monstrueux, démoniaque, un spectre impressionnant : le Ragoutin dans toute sa splendeur !

La peur donne des ailes, à ce qu'on dit, et c'est bien ce qui dut permettre à Mélanie, après une seconde de surprise paralysante, de s'éjecter promptement de l'habitacle et de fuir en poussant des cris aigus et désordonnés.

— Ah ben, bon Dieu, qu'est-ce que c'est que cette bête-là ? Une bête faramine qui se sauve ! Et toi, ma petite, tu n'as pas peur au moins ? Attention, tu effraierais la Rousse, et elle ne voudrait plus de ses œufs, ce serait dommage, crois-moi. Allez, va, sors doucement.

Un peu honteuse, prise au piège, Angélique, baissant les yeux et le visage tout entier, obtempéra à l'invitation de l'homme qui, bien qu'original, ne paraissait pas du tout agressif. Il tenta, tout naturellement, de la prendre par la main, pour la guider dehors. Elle l'évita dans un brusque recul.

— Eh ! petite sauvageonne, n'aie pas peur d'un vieil imbécile comme moi. Je t'assure que si je ne porte que bien peu d'estime à mes semblables, je n'ai jamais fait de mal à un enfant, d'autant plus à une gamine aussi mignonne. Pas vrai, Chopine ?

Il prenait à témoin sa chienne, qui ne le quittait pas lors de ses investigations, curieuse, elle aussi, de rencontrer l'enfant qui n'avait pas l'habitude de fréquenter les lieux.

— Tu vois, la Chopine, elle ne te dit rien. Ça veut bien dire que tu n'es pas une voleuse de poule.
— Non monsieur, je voulais juste me cacher.
— Te cacher, mais de qui ?
— On joue.
— Ah ! sacrés gamins ! Et moi, je n'ai rien compris du tout. Mais avoue que ta cachette n'est pas très singulière ; ils risquent de te trouver facilement, les autres.

— Bof, ça ne fait rien.

— Tu veux que je te montre d'autres endroits ?

Elle recula à nouveau, intriguée par le personnage, mais aussi très prudente.

— Non, merci.

— Ne crains rien. Bon, va-t'en si tu veux, mais... Mais, reviens quand tu veux. Tiens, quand les poussins seront nés, tu pourras venir les voir.

— Oui, quand ils seront nés, si la Rousse veut bien me les montrer.

— Ah çà ! on lui en parlera gentiment. Allez, file maintenant, ta copine doit être loin, à l'allure qu'elle a plié bagage. Le feu aux fesses qu'elle avait, la maline ! C'est la fille de la grosse Marie Tarasson ?

— Non monsieur, elle, c'est la fille de la Félicie Chanteau. La fille Tarasson, c'est la Louise.

— Tu m'en diras tant ! Allez oust, la poule veut du calme et de la sérénité !

La fillette s'en alla sans hâte, dansant d'un pied sur l'autre. Il lui lança encore :

— Et n'oublie pas de revenir voir les poussins.

Il regarda un moment la gamine s'éloigner, puis s'en retourna à ses occupations, chantonnant machinalement sa bonne humeur :

Son amant vint à passer
Avec un bouquet de roses
Et l'odeur de son bouquet
Y avait fait ouvrir sa porte
Ah ! j'ai vu la la la la la la
Ah ! j'ai vu la marmotte !

On parlait moins de la guerre, on s'était habitué. Les drames des morts des premiers combats avaient endormi les esprits au point de leur faire accepter la fatalité. De Bardane, il restait plusieurs jeunes hommes encore mobilisés dont on n'avait plus vraiment de nouvelles mais qu'on espérait voir revenir un jour. Lucien Micheau avait écrit et adressé sa dernière lettre depuis le front, à

Armentières, il y avait un bon mois de cela. Jean Debord n'avait plus donné signe de vie, quant à lui, depuis environ trois mois. Aux dernières nouvelles, d'après les dires de Lucien Péjaudier, ramené chez lui à la suite d'une grave blessure, Jean était en bonne santé et combattait du côté de Peronne. Marien Troubat n'écrivait jamais, mais on avait su que lui aussi devait avoir survécu, et qu'il se trouvait en garnison près de Reims. D'autres, on n'avait plus de nouvelles, et on se résignait à les considérer comme disparus. De quelques-uns encore on entendait parler à l'occasion du retour d'un permissionnaire ou d'un réformé. Le maire avait dénombré treize morts officiels, une bonne quinzaine de disparus et une vingtaine de supposés vivants. Les morts avaient définitivement acquis le titre sublime de héros ; les disparus hésitaient entre le statut d'enfants de la patrie et l'oubli le plus ténébreux. Quant aux vivants, ils portaient en eux l'espoir du retour au pays. Dans ce fameux territoire originel, trop nombreuses étaient les jeunes femmes seules. Elles travaillaient dur, assumaient l'essentiel pour garantir la survie de la famille. Certaines affichaient une fidélité respectable à l'homme-soldat ou à sa mémoire. Quelques-unes, peu scrupuleuses et sans doute menées par des pulsions naturelles et sincères, n'hésitaient pas à continuer leur vie sexuelle avec le premier homme valide qui leur tombait sous la main. D'autres enfin faisaient quelques entorses à la probité du couple légitime, mais avec une grande discrétion et peut-être une certaine pudeur. De celles-ci on ne parlait pas ou très peu. Et puis cette secrète attitude dans leur vie privée permettait le doute, lequel arrivait à bon escient pour excuser l'ignorance concertée d'une situation qui était certainement sans conséquence et ne méritait pas qu'on lui accordât un vil intérêt.

Ce jour-là, Antoinette labourait le petit champ des Sauzes. Depuis l'annonce de la mort de son mari, ayant surmonté l'épreuve du chagrin, elle avait dû mener un combat quotidien contre le renoncement et la misère. Labourer puis cultiver le blé, l'orge, les pommes de terre, étaient des actes essentiels à la survie. Le grain assurait la subsistance de la basse-cour, la fabrication de la farine et donc du pain ; les pommes de terre représentaient la base alimentaire de la famille. Ces constantes ne supportaient point la contradiction. Antoinette se trouva fort dépourvue quand cette évidence l'accabla, n'ayant pas les capacités physiques pour assumer la tâche, ne possédant pas l'animal capable de tracter la herse ou la charrue. De pensées en suppositions constructives, elle se hasarda à quémander le concours d'Hubert, qui avait plus que loyalement servi Jérôme, en son temps. Celui qu'on surnommait le benêt travaillait toujours au service de monsieur Jacques, sous le contrôle de son nouveau régisseur. Esclave de la terre, séduit par l'opportunité de pouvoir continuer d'aider son ami Jérôme au delà du trépas, et par là même sa veuve, belle et vulnérable, mais aussi courageuse et méritante, Hubert avait accédé avec enthousiasme, et sans demander de contrepartie, à la prière de la jeune femme. Le régisseur, avec l'assentiment tacite de Jacques de Gourgaud, l'avait laissé faire, exigeant seulement que l'affaire ne soit pas de nature à perturber la bonne marche de sa propre exploitation agricole. Costaud et volontaire, Hubert avait relevé le défi, dès lors contraint d'accomplir deux rudes journées en une lorsqu'il prêtait main-forte à la veuve Terrage qu'il connaissait depuis sa tendre enfance.

Antoinette menait la charrue tractée par Jupiter, puissant percheron de l'écurie de monsieur Jacques. Elle tenait à accomplir sa part de travail quand ses capacités physiques le lui permettaient. Ainsi, Hubert prenait quelque répit, avalant à l'instant une bonne rasade de vin du pays, se délectant de ce breuvage divin qui redonnait force et courage. Le tâcheron avait l'impression surprenante que le liquide traversait son corps tout entier, diffusant au travers de ses fibres profondes, contractées par de trop grands efforts, harmonisant sa vitalité et garantissant sa santé physique. Il était persuadé, preuve à l'appui, que le vin était le remède efficace par excellence. Personne ne s'avisa jamais de l'en dissuader. Il convenait toutefois de surveiller qu'il n'en eût pas à volonté mais une dose respectable à satiété, afin d'éviter simplement qu'il ne s'enivre et perde ses facultés mentales élémentaires comme il est de circonstance en pareil cas. On l'avait vu saoul une seule fois, et cela avait suffi à ses employeurs pour être persuadés qu'il était indispensable d'éviter que l'accident ne se reproduise. Ce jour-là, pris d'hystérie puis de folie furieuse sous l'emprise de l'alcool, il gesticulait tant au milieu des champs qu'on eût dit un épouvantail soumis à un vent déchaîné, s'acharnant sur le spectre vivant, le tourmentant à l'arracher à sa piètre condition, le dispersant dans une course éperdue, une fuite démoniaque. On ne le revit qu'après trois longs jours, dans un état lamentable qui nécessita l'intervention efficace du docteur Montfort, qui prévint qu'une rechute risquait bien d'avoir des conséquences fatales.

Tout ragaillardi, Hubert allait prendre la place d'Antoinette qui donnait quelques signes de fatigue à maintenir l'engin qui retournait une terre grasse et généreuse, onctueuse et odorante, sous l'impulsion de Jupiter, imperturbable dans sa progression. Il perçut le son des cloches de Biaule et s'en étonna, d'autant qu'à l'unisson répondirent celles de Chambon, de Lussat, d'Evaux, d'ailleurs, de plus loin aussi encore. Cherchant le regard d'Antoinette, qui avait lâché les bras de l'outil et levait les yeux vers le ciel immense, Hubert eut un cri, puis un rire franc. La jeune femme se précipita vers lui, lui prit les mains. Allaient-ils entamer un pas de danse ? Le percheron délaissé avait cessé son ouvrage, attendant patiemment qu'on y retourne. Aux cris de liesse s'ajoutaient au village les voix qui claironnaient : « La guerre est finie, la guerre est finie ! »

Toute la communauté se retrouva vers l'église de Biaule. On se congratula. Le maire et le curé dirent leur mot, rapide et chargé d'émotion sincère. La Denise offrit une tournée générale. Tout à coup, la voix tonitruante d'Hubert couvrit le tumulte : « Jupiter, je l'ai oublié ! J'ai oublié de dételer ! Ah, bon Dieu ! » Il se précipita au dehors et courut à perdre haleine jusqu'à Bardane, jusqu'au champ des Sauzes. Il s'arrêta net quand il aperçut Antoinette courbée sur la charrue, terminant enfin le dur labeur. Il approcha, penaud, et ne sut que faire. La jeune femme pleurait des larmes de rage et de désespoir. Apercevant le benêt empêtré dans tant de sentiments contradictoires, elle ne put qu'articuler : « Jérôme », avant de s'agenouiller, résignée à la trop dure fatalité qui triomphait à nouveau de son abnégation à vouloir surmonter la réalité et continuer envers et contre tout. Hubert prit Jupiter en charge, termina bien vite le travail avant de s'éloigner sans mot dire. Angélique et Louise, qui passaient par là, ne comprirent pas de suite la tristesse affichée du laboureur; elles se précipitèrent vers Antoinette qui s'appuya sur les épaules de sa fille pour rentrer au village. Elle ne pleurait plus, mais son visage défait lançait un regard désespéré vers l'horizon serein, vers cet ailleurs indéfinissable où l'amour l'avait abandonnée. L'armistice franco-allemand ferait date. Dans les jours qui suivirent le 11 novembre 1918, l'été de la Saint-Martin se prolongea allègrement : il faisait très doux, comme si le temps marquait à sa manière la fin des terribles hostilités. Le dénombrement des morts pour la France et des morts pour l'Allemagne fut hallucinant. Il était bien tard pour comprendre l'aberration, l'absurdité du conflit. Se consolait-on de tant de maux dans la dérisoire illusion de la devise catégorique du « plus jamais ça » ? Pour sa part, Jacques de Gourgaud était fier de son pays, fier de la victoire retentissante, de la vengeance assouvie, de la reconquête des provinces d'Alsace et de Lorraine. Il était fier à se chauffer les sangs par l'accélération émotive de son rythme cardiaque. Gonflé de gloire, dressé d'orgueil, il se rendit chez le maire pour lui annoncer solennellement qu'il donnerait une fête au château des Aubrelles, le dimanche suivant, pour la Saint-Elisabeth et en l'honneur des faits d'armes héroïques des enfants de Biaule et de leur beau pays de France. L'édile ne devait pas manquer l'occasion d'honorer le souvenir de tous ceux qui ne reviendraient pas, de saluer le triomphe de l'armée française. Toute la population de la commune était invitée pour l'occasion. Le curé Sébastien célébrerait une messe à la chapelle des Aubrelles ; ensuite, un immense apéritif offert par les châtelains réunirait les autochtones. Monsieur Jacques annonçait la présence de plusieurs officiers ayant participé à la victoire et s'étant illustrés dans des épisodes héroïques de la Grande Guerre. Le sentiment patriotique, celui-là même qui avait fait brandir les armes et partir dans la joie, vers une mort aussi certaine qu'insensée, des millions d'hommes jeunes, était intact dans les esprits étroits de ceux qui se réclamaient aujourd'hui des vainqueurs. Ils brandissaient à leur tour l'icône de leurs martyrs, des jeunes gens de bonne famille disparus là-bas, au champ d'horreur qu'ils baptisaient d'honneur pour la circonstance. Ils adulaient les généraux, artisans de l'issue de la guerre ; eux qui avaient commandé les assauts, qui avaient joué avec la mort durant quatre longues années, eux qui étaient responsables du dramatique génocide d'une génération d'êtres humains. Mais ceux qui n'avaient pas pris part directement au conflit, qui avaient sciemment désiré l'affrontement, suivi son évolution, puis s'étaient accommodés de son insupportable durée, de son terrible enlisement, de son infernale atrocité, enfin délivrés du poids d'une culpabilité complice, se devaient sans doute d'affirmer leur irréfragable dévotion à la mère patrie, leur quasi fanatisme qui pouvait seul expliquer le silence, l'absence de révolte. Ainsi, en ce dimanche de novembre où un timide soleil épanchait sa lumière sur la campagne limousine engourdie dans la fraîcheur automnale, tout le monde ou presque se rendit au château. A l'annonce de la grand-messe, la dévotion s'imposa. Le ton révérencieux était de bon augure : les vilains répondaient avec soumission et respect à l'invitation du suzerain.

Plus tard, autour d'une table garnie d'agapes alléchantes, après les premières gorgées d'alcool, les langues se délieraient, et la bonne ambiance villageoise se répandrait.

— Maman, maman, on va au château ?

— Non !

— Maman, s'il te plaît ; tout le monde y va.

— Je t'en supplie, Angélique, laisse-moi. Tu ne peux pas comprendre : tu es trop jeune.

— Grand-mère.

— Non, mon enfant. Moi, j'irais bien avec toi, mais je suis une vieille peau qui n'a plus rien à faire avec les bourgeois. Et puis, je ne laisserai jamais ta mère toute seule. Le poids du souvenir est bien trop lourd pour elle. Rassure-toi, je veille sur elle. Tiens, viens par là.

— Oui, grand-mère.

— C'est bien, ma petite fille, tu es très belle, tu sais, comme ta maman quand elle avait ton âge.

— Elle est encore belle, maman.

— Oh, c'est une fleur fanée, ta mère, son chagrin a flétri sa jeunesse ; et les fleurs, quand c'est fané, ça meurt doucement.

— C'est triste ce que tu dis.

— Approche, on va peigner tes cheveux d'or et débarbouiller ton minois de petite fée.

— Alors, je peux y aller ?

— On va demander à Antoinette, mais il faudrait quelqu'un pour t'accompagner.

— Marc et Maurice m'attendent dehors.

— Ma chérie, je veux bien que tu y ailles, mais avec ces deux garnements, pas question !

— Arrange-la un peu, je reviens.

Ayant enfilé une grosse laine et ajusté un fichu sur sa tête, Adeline se hâta. Elle revint très vite, poussant Julie devant elle.

— Je t'ai trouvé une marraine.

— Julie !

— Ma gamine, c'est bien vrai que tu as grandi. Tu es une demoiselle maintenant. Viens avec moi, on va récupérer les deux zigotos qui font le poireau au coin de la cabane à poules.

— C'est Marc et Maurice.

— Tes deux anges gardiens !

— Mes deux copains.

— Bon. Mais attention, il faudra savoir vous tenir. Je ne veux pas que vous me fassiez honte.

— Non.

— Julie, s'ils te demandent pourquoi on n'est pas venues, tu leur diras…

— Je leur dirai, compte sur moi.

— Brave fille.

— Allez, en route, mauvaise troupe !

La chapelle était bondée ; Julie et les trois enfants restèrent dehors, pendant l'office, apercevant vaguement son déroulement et percevant non moins approximativement les paroles du prêtre. Les deux frères étaient endimanchés et leur accoutrement amusait fort la fillette qui remarquait, avec une certaine tendresse, la gêne indéfinissable qu'ils éprouvaient tous les deux à paraître dans ces beaux habits mal ajustés. Les tenues avaient dû appartenir à quelque oncle ou parent d'une génération passée. Angélique était parée de sa robe réservée à la messe du dimanche, qu'elle portait admirablement. Son corps, qui dessinait déjà la silhouette d'une jeune fille, présageait d'une prédisposition à mettre en valeur quelque toilette que ce soit. Maurice n'avait d'yeux que pour elle, et Marc se voulait son protecteur.

D'abord hésitants, les gens faisaient mine de se rencontrer après une longue absence. Dans les conversations, on abordait des sujets d'ordre général qui faisaient l'unanimité ; les discussions rapprochaient les villageois qui arrivaient à faire un peu comme chez eux. Bien vite, l'entente cordiale et les palabres dispensées ennuyèrent les plus jeunes qui considéraient l'hypocrisie des propos comme bien agaçante, vaine et ridicule. Sans s'être vraiment concertés, les frères Cussejat restaient dans l'expectative, réfléchissant à l'intérêt qu'ils pouvaient trouver dans cette situation inédite où ils se retrouvaient sur le territoire ordinairement inaccessible des Aubrelles. Maurice s'évertuait à se souvenir des propos d'Hubert, quand celui-ci cherchait à les étonner sur ce qui se passait par ici. Son frère et lui, de concert, s'éloignèrent discrètement des adultes, qui n'y prirent garde.

— Qu'est-ce qu'on fait ?

— Viens, on va chercher le souterrain. D'après ce que j'en sais, on doit pouvoir trouver l'entrée dans une cave.

— Il suffit de trouver la cave, maintenant.

— On aurait peut-être dû demander à Angélique, elle sait peut-être où ça se situe ?

— Laisse-la, les filles c'est toutes les mêmes. Elle ne lâche pas la main de la Julie. Elle est fascinée par la bourgeoisie.

— La bourgeoisie, ça m'étonnerait. C'est son copain d'avant, l'Alban, qu'elle veut voir.

— Ça, c'est moi que ça étonnerait. Elle m'a dit qu'elle ne pensait plus à lui depuis longtemps.

— Elle t'a dit ça ?

— Oui, parfaitement !

— Les filles, c'est toutes les mêmes !

Ils observèrent un moment le théâtre qui se donnait en spectacle devant leurs yeux méprisants. Elisabeth, de marbre, tenait le bras de son époux, lui-même condescendant à l'égard de la populace gauche et servile. Son outrecuidance quasi maladive lui interdisait de supposer que ses invités fussent ici pour autre chose que serrer sa main tendue. De Gourgaud ne comprenait les grands sentiments qu'entre gens d'un rang qu'il jugeait supérieur. Il avait, à l'instant, présenté deux militaires, dont il avait tenu à faire l'éloge des prouesses au service de la patrie. Ces personnages, remarquablement habillés d'un uniforme impeccable, inspirant un profond respect, accompagnaient Isabelle, veuve de la Martinière, dans chacun de ses gestes.

— C'est des soldats !

— Des officiers, ceux que le Désiré de la Suzie préfère. J'espère qu'il n'aura pas trop bu et qu'il ne va pas leur dire ce qu'il en pense.

— L'autre soir, je les ai écoutés, avec le grand-père. Ils disaient que des soldats se sont révoltés contre leurs commandants qui voulaient les envoyer se faire tuer. Ils ont tous été fusillés. Et ça, le Désiré, il ne leur pardonnera jamais !

— Quand on est soldat, on doit obéir, même si les ordres paraissent idiots.

— C'est bien pour ça qu'ils les ont fusillés : ils voulaient faire la révolution, tout foutre en l'air, t'imagines ?

— La guerre, il n'y a rien de plus con.

— Il y en a un paquet qui y sont restés.

— Regarde, c'est le benêt.

— Hubert, les mains pleines de bouteilles ; il est avec le boiteux.

— Ah ! celui-là, je ne l'aime pas.

— Il est vicieux, le Gabriel.

— C'est lui qui a remplacé le père d'Angélique aux Aubrelles.

— Ouais, il paraît qu'il est aussi con que le Jérôme.

— C'est ce que le grand-père a dit.

— Là, je crois bien qu'il a raison. Même avant la guerre, ce salaud de Gabriel, un jour, il est allé trouver le Gourgaud pour débiner le frère de l'Octave des Brandes qui braconnait dans les bois d'Evaux. Le frère de l'Octave, il a été renvoyé de son domaine à cause du Gabriel.

— Et c'est Gabriel qui a eu les terres.

— Ben tiens ! Un salaud, je te dis. En plus, il boite. Les boiteux, c'est traître, plus que les autres.

— Il a attrapé ça à la guerre ?

— Tu parles, c'est un cheval qui lui a écrasé les couilles, à ce qu'il paraît !

— Ça ne fait pas boiter d'écraser les couilles !

— Il faut croire que si. Et c'est pour ça qu'il n'est pas allé se faire tuer à Verdun, justement.

— Pour une fois, la guerre aurait eu du bon.

— Ouais, la vie, ce n'est pas toujours juste. Mais le Jérôme ne valait pas mieux, alors…

— Le Gabriel et l'Hubert, c'est de la cave qu'ils venaient.

— Ouais, amène-toi, c'est par là. Fais attention de ne pas te faire repérer, je n'ai pas envie de me ramasser une raclée.

— Le boiteux ne pourrait pas nous attraper.

— Lui, peut-être pas, mais j'ai déjà vu courir le benêt, et là, on n'a pas une chance de s'en tirer.

— Il n'y a qu'à ne pas se faire voir.

Deux ombres glissèrent vers l'antre de l'énorme bâtisse qui n'impressionnait pas le moins du monde ces deux aventuriers ivres de découvertes insolites.

Alban de la Martinière ne quittait pas sa mère, qui ne faisait rien, sinon paraître. Belle, toute de noir vêtue, fière victime indirecte de la guerre, elle campait le rôle de l'amour meurtri, mais aussi de la force de vie accablée sous le lourd fardeau du malheur. En l'observant, Angélique se remémora les révélations d'Eugénie, qui disait avoir vu le Pierre des Vergnes en position compromettante, à cheval sur le corps dénudé d'Isabelle. Il lui fut bien difficile de soutenir l'imagination de pareilles frasques, tant l'attitude de la dame inspirait droiture et fidélité. La mesquinerie et le mensonge étaient peut-être de mise, mais il était tellement rassurant d'évoquer les grands sentiments que la fillette évacua bien vite les sordides ricanements de l'elfe malicieux qui voulait lui souffler la dérision du monde et de ses acteurs si vulnérables. Le garçon ne semblait pas s'ennuyer à devoir assister l'immobilisme de la veuve, sans doute partageait-il son abnégation, sa résignation, sa désespérance ? Angélique aurait voulu pouvoir échanger un regard avec cet ancien compagnon de jeux. Elle en gardait un souvenir agréable, qui évoquait en elle tendresse et complicité.

L'après-midi avançait. Beaucoup de gens étaient déjà partis, et Julie avait annoncé, ici et là, son prochain départ, qu'elle retardait à l'occasion d'une nouvelle conversation avec celui-ci ou celle-là, ayant perdu de vue Maurice et Marc et espérant enfin repérer leur présence à l'écart du rassemblement.

— Ah ! mais c'est la petite Terrage ! Ce qu'elle a grandi, bientôt une femme, c'est la Toinette toute crachée !

— Le temps passe… Dire qu'hier, j'aidais sa mère à accoucher ; et le Jérôme, qui me chahutais tout le temps…

— Le pauvre gars.

— C'est vrai que tous les deux, on ne s'entendait pas bien. Mais quand même, cette guerre ; il ne méritait pas ça, si jeune !

— Il y en a tellement eu, ma pauvre !

— Une trentaine au moins, rien que sur la commune.

— On parle de presque deux millions de morts !

— C'est abominable ! Mais il ne faut pas parler de ça devant la gamine.

— Non.

— Et ta maman, elle n'est donc pas venue ?

— Avec les histoires qu'il y a eu après la mort de monsieur Julien, elle n'aura pas voulu revenir.

— On comprend bien. Et toi, ma fille, tu te rappelles de ce temps-là ? C'est dans la petite maison, là-bas, que tes parents et toi vous habitiez.

Angélique lança un regard rapide, qui se voulait compatissant et curieux. Elle savait bien, mais ne se souvenait plus vraiment. Sa nouvelle condition avait effacé les images de l'ancienne, qui ne lui semblait pas très différente.

— Et monsieur Alban : regardez comme il est beau !

Le garçon s'avançait vers le groupe, fixant Angélique. Julie l'apostropha la première :

— N'avez-vous pas remarqué les deux frères Cussejat, monsieur ?

— Non. Sans doute seront-ils partis plus tôt. Leur singularité ne se prête guère à la mondanité de notre rang. Ils se seront lassés de nos manières trop polies.

— Sans doute, monsieur.

— Je vous enlève Angélique quelques instants, avec votre permission.

— Pas trop longtemps, nous devons rentrer bientôt.

— Quelques minutes seulement. Je voudrais la mener jusqu'à la salle de musique. C'est là que nous passions nos meilleurs moments, avant la guerre.

— Faites, monsieur.

Ravie et émue, la fillette suivit son prince charmant sans réticence, comblée par sa délicate attention et la noblesse de son propos.

— Vous vous souvenez, Angélique ?

— On se tutoyait avant.

— Nous étions enfants. Le vouvoiement est d'usage. Mais vous pouvez me tutoyer si cela vous sied.

— Ça me sied !

— Très bien. Venez, si vous voulez revoir le piano. Maintenant, plus personne ne s'en sert, à part moi. Depuis que père a disparu, on ne joue plus de musique au château, hormis pour mes cours, bien entendu.

— Et moi, je peux ?

— Non.

— Alors ?

— Bon, mais doucement, il ne faudrait pas qu'on nous entende. Je vais fermer la porte.

Angélique avait déjà soulevé la pièce de tissu qui protégeait l'instrument, elle avait pris place sur le tabouret et observait le clavier. Alban disposa une partition sur le pupitre. Elle eut un petit rire charmant, ne sachant pas lire les notes.

— Dis-moi l'air, vas-y.

Etonné, puis amusé, il fredonna tout en suivant les phrases musicales. Elle effleura les touches et, presque instantanément, composa l'air suggéré.

— C'est extraordinaire, mais comment faites-vous ?

— C'est facile !

— Attention, c'est loin d'être parfait ; mais en gros, c'est ça.

Il approcha un siège, se serra contre elle et se lança dans des explications passionnées. Elle écoutait attentivement et tentait de comprendre. Il l'encouragea à jouer pour appuyer ses démonstrations théoriques par la pratique. Ils oublièrent quelque peu le respect du silence que l'on doit aux défunts, fussent-ils disparus bien loin d'ici et depuis déjà quelques années. Monsieur Jacques perçut le premier les extravagantes intonations du piano en délire.

— Ah, les gredins !

D'un pas lourd et décidé, il se dirigea vers l'entrée du château. Marc et Maurice étaient revenus de leurs pérégrinations. Ils avaient à nouveau observé la foule encore présente. Marc avait décidé de s'éclipser sans plus attendre, éprouvant une grande répulsion à la sophistication de ces gens, qu'il jugeait hautains et prétentieux. Maurice, pour sa part, voulait rentrer à la maison en compagnie d'Angélique, et tentait désespérément de l'apercevoir. Quand il vit de Gourgaud s'offusquer, puis se précipiter, il comprit que son amie était en danger, d'autant que la musique dispensée laissait à supposer qu'elle était de la partie. Guidé par les sons exprimés, porté par la souplesse et la vélocité de ses dix ans, il fut vite sur les lieux, faisant bientôt irruption dans la grande salle illuminée.

— Vite, le bourgeois arrive. Il n'a pas l'air content !

— Qui est ce personnage ?

— C'est Maurice !

Elle était déjà aux côtés de son sauveur et ils allaient s'élancer dans l'escalier principal lorsque Alban déclara :

— Par là, vite.

Il leur montrait la sortie de service qui allait leur permettre une fuite discrète. Angélique lui adressa un sourire et un petit geste de la main. Il referma la porte et se hâta de reprendre place devant le piano. Jacques arriva, essoufflé.

— Qu'est-ce que tu fais ? Tu es fou ? Ah ! tu as besoin de deux tabourets, en plus ! Cesse immédiatement.

— C'était l'air préféré de père.

— Suffit ! Referme ça, allez.

La colère tomba, et le silence reprit ses droits.

Parmi ceux qui restaient, aucun ne fit grand cas de la péripétie. Elisabeth elle-même accueillit le retour de son petit-fils avec une certaine tendresse, lançant un regard compréhensif à son époux qui n'en rajouta point. Jacques héla Gabriel pour l'entretenir de ses doutes quant à l'éventuelle errance de quelques garnements dans l'enceinte du parc. Le boiteux partit sur le champ vérifier la tranquillité des lieux.

Angélique et Maurice n'avaient pas demandé leur reste. Personne ne les avait vus, et personne ne pouvait les rattraper ; ils étaient loin des Aubrelles quand Gabriel inspecta les alentours du château.

— Tu me donnes la main ?

— Si tu veux.

— Tu l'aimes bien, le fils des bourgeois ?

— Je te l'ai déjà dit : Alban, c'est mon frère de lait.

— Ton frère, ton frère.

— C'est mon ami, si tu préfères.

— Ah !

— Toi aussi, et Marc, vous êtes mes amis. Il nous a quand même bien aidés, tout à l'heure, le petit bourgeois.

— C'est vrai. Et puis même si je ne le connais pas, je trouve qu'il a l'air gentil.

— Il l'est.

— C'est toi qui jouais du piano ?

— Un peu, mais je ne comprends pas encore tout. Il faudrait que j'apprenne à lire les notes.

— Lui, il sait ?

— Bien sûr.

— Qui c'est qui lui a appris ?

— Son professeur particulier. C'est comme ça chez les riches. Les enfants ne vont pas à l'école, ce sont les maîtres qui viennent leur apprendre toutes les matières, chez eux.

— Moi, mon grand-père, il ne supporterait pas de voir le Félix faire la classe à la maison. Il dit que les instituteurs, c'est tous des feignants comme il n'y en a pas !

— Ils font quand même leur travail.

— Oui, mais mon grand-père, il est comme ça. Il a la tête dure comme une souche d'orme. Et tu peux y aller, même avec la grosse masse et les coins, ce n'est pas facile à casser. Il est têtu comme une mule, et quand il a dit quelque chose, il n'en démord pas, même s'il a tort.

— Ce doit être embêtant.

— Ouais, mais on est habitués. On le laisse dire, et plus personne ne le contredit. A la fin, il s'arrête tout seul de parler ; mais il garde son idée, toujours !

— Bon, on arrive, je te laisse là. Et surtout ne parle à personne de ce qui est arrivé. On ne nous a pas vus : c'est qu'on n'y était pas, d'accord ?

— Compte sur moi : motus et bouche cousue.

Angélique rentra, se demandant tout de même ce qu'allait en

penser Julie, et donc ce qu'elle en dirait à sa mère. Mais les marraines, même occasionnelles, sont souvent plus compréhensives qu'il ne faudrait. Après avoir acquis la certitude que sa protégée était rentrée sans problème, Julie se fit complice de l'aventure.

LE RAGOUTIN

La guerre laissait cette impression obsédante d'un gouffre béant, mais l'humanité qui l'avait évitée ou qui s'en était échappée continuait sa marche en avant.

A Biaule, comme partout en France, on construisit un monument à la gloire des héros disparus aux combats. C'était la reconnaissance de la mère patrie, c'est-à-dire de tous ceux qui vouaient un culte inconditionnel à leur pays et aux valeurs qu'il représentait. C'était dire aux enfants de ce même pays : vous n'êtes pas morts pour rien, votre sacrifice n'a pas été vain. C'était la moindre des choses, ou bien la consécration de la plus ignoble des supercheries. Tous ces hommes jeunes, tous ces noms inscrits en dorure éternelle sur la plaque noire de l'oubli ténébreux, jusqu'à quel point pouvait-on tolérer leur disparition ? L'érection granitique, trop visible, trop propre, trop révérencieuse, ne s'apparentait-elle pas à une grossière et maladroite excuse d'une nation coupable ?

Angélique avait douze ans et elle allait encore à l'école. Ce matin-là, mademoiselle Jeanne écrivait au tableau, calligraphiant les mots tracés à la craie. Les élèves copiaient le texte sur leur cahier, dans un silence raisonnable. L'institutrice se retourna bientôt, toisa sa classe par-dessus ses lunettes :

— Toi, Angélique, ma grande, tu vas lire ce poème à tes camarades.

La fillette s'était levée, elle articulait :

Sur l'onde calme et noire où dorment les étoiles
La blanche Ophélia flotte comme un grand lys,
Flotte très lentement, couchée en ses longs voiles...
On entend dans les bois lointains des hallalis.

— C'est très bien, très bien lu. Bon, assieds-toi.

Mademoiselle Jeanne traversa la salle à pas mesurés, le regard dirigé vers le sol. Se redressant soudain, elle lança :

— Qui peut me dire quel célèbre poète du dix-neuvième siècle a composé ces vers magnifiques ? Alors, qui ? Personne, bien sûr, la poésie n'effleure guère la raison des paysans. Ils préfèrent savoir compter. C'est bien utile de savoir compter, mais la poésie, vous ne croyez pas que…

— Madame, je sais qui a écrit ce poème.

— Toi ? Et qui donc ?

— Monsieur Rimbaud.

— Oui, c'est ça : c'est Arthur Rimbaud qui a écrit « Ophélie ». C'est très bien Angélique. Ce soir, tu diras à ta mère que j'aimerais bien la voir.

— Madame, si c'est pour lui dire que vous voudriez que je continue l'école, elle ne voudra pas.

— Et pourquoi donc ?

— Elle m'a dit que bientôt je serai louée chez des commerçants, à Chambon.

— En ce cas, tu ne lui diras rien.

— Bien madame.

Arthur Rimbaud, Ophélia, les fleuves impassibles, les soleils d'argent, l'aube d'été… Angélique connaissait. Depuis quelque temps, elle avait lié amitié avec le Ragoutin, et ce vieux fou citait Rimbaud à tout bout de champ. Un matin, il avait rattrapé Angélique qui menait ses deux chèvres à paître dans le chemin des Futaines :

— Salut !

— Oh, tu m'as fait peur !

— Allons donc, même tes chèvres n'ont pas peur d'un Ragoutin.

— C'est vrai qu'elles ne se sont même pas étonnées de ton arrivée.

— Elles me connaissent. Elles savent bien que je ne suis pas méchant.

— Ma grand-mère me dit tout le temps de ne pas t'adresser la parole.

— Ah ! elle dit ça !

— Elle le dit. Elle prétend même qu'un homme qui vit seul comme toi, ça n'est pas très normal. Elle ajoute que ce ne serait pas la première fois qu'on en verrait un qui étranglerait une gamine.

— La vieille vipère ! Et toi, qu'est-ce que tu en penses ?

— Tu me surprends quand tu arrives d'un seul coup, sans faire de bruit, mais je n'ai pas peur de toi. Quand tu parles, on sait tout de suite que l'on peut s'entendre. C'est Maurice qui dit ça de toi.

— Et il a bien raison, celui-là. Heureusement qu'il y a les jeunes dans cette saloperie de vie. Avec seulement des vieux, et surtout des vieilles, ça ne vaudrait même plus la peine de continuer. Il ne faudrait pas vieillir en somme.

— Tu es vieux, toi ?

— Comme tu vois. C'est amusant, ça : quel âge tu me donnes, à peu près ?

— Je ne sais pas. Je crois que tu n'as pas d'âge.

— C'est idiot, tout le monde a un âge.

— Non, pas toi.

— Tu me plais, gamine. Ah çà ! les jeunes, la jeunesse, il n'y a que ça de vrai !

Il la dépassa à grandes enjambées et disparut bientôt à l'occasion d'un virage du chemin herbeux. Les chèvres broutaient goulûment. Angélique aimait bien ses trois biquettes, comme elle les avait tendrement surnommées ; elle gardait l'expression de leurs noms véritables pour les occasions où elle avait à hausser le ton, espérant alors les contraindre à l'obéissance. En fait, Blanchette, Roussette et Noiraude étaient comme toutes celles de leur race, quelque peu capricieuses. Elles finissaient toujours par céder aux interventions de leur gardienne, mais à leur gré beaucoup plus qu'à la baguette, pourtant menaçante, de cette dernière. Appuyée sur son bâton de noisetier, la fillette les observait prendre dare-dare leur copieux repas. A nouveau, elle tressauta quand une ombre vint à passer à proximité. C'était la chienne du Ragoutin.

— Chopine ! Viens, viens dire bonjour !

Remuant sa queue pour montrer sa sympathie, Chopine vint quémander quelques caresses amicales. Elle leva bientôt les oreilles, cherchant sans doute à percevoir quelque appel.

— Il est parti par là, ton maître.

Comprit-elle ou savait-elle déjà ? Elle prit la poudre d'escampette et Angélique la vit disparaître à son tour, courant vers son compagnon de tous les instants. La gamine souriait, riait presque d'imaginer la scène théâtrale des retrouvailles entre ces deux êtres inséparables, qui feraient mine de s'être longtemps perdus de vue et se congratuleraient de manière outrancière après que le hasard, qui fait si bien les choses, les eût à nouveau réunis.

Angélique avait la charge des trois chèvres pour toute la matinée. Toujours prête à rendre service, elle aidait sa mère autant que possible. En ce début de printemps, l'herbe était rare dans les prés. Toutefois, les fossés des chemins à l'abri des agressions du vent du nord ou d'est — le vent de la misère, comme disait Adeline — s'étaient épaissis d'une pousse précoce de verdure tendre et fournie. C'était là que Blanchette tendait le cou pour ne rien perdre de cette aubaine nourricière, et que Roussette et Noiraude se gavaient non moins avidement. La fillette les laissait manger à satiété, puis les menait plus loin, là où toutes les quatre s'arrêtaicnt à nouveau un moment. Assis sur une proéminence rocheuse, le Ragoutin semblait contempler le monde alentour.

— Qu'est-ce que tu fais là ? Tu m'attendais ?

— Un peu, oui. Je voulais surveiller qu'un vieux, venant à passer, n'ait pas l'envie de t'étrangler !

— Il n'y a pas de vieux qui soit passé.

— Je n'en ai pas vu non plus, c'est peut-être parce que Chopine et moi étions par là, à te protéger.

— Sans doute ; mais, en vrai, pourquoi tu es là ?

Il la fixa un instant avec beaucoup d'affection. Son innocence et sa franchise le ravissaient, un peu comme l'herbe recroquevillée par les affres d'un hiver persistant se laisse attendrir par l'éveil printanier, quelques gouttes de rosée, un rayon de soleil argenté.

— Regarde.

— Ah, oui ! du cresson !

— Si tu en veux, tu n'as qu'à te servir. Moi, j'ai cueilli le plus beau avant que ces demoiselles arrivent.

— Elles vont bientôt avoir leurs chevreaux, alors elles mangent beaucoup.

— C'est bien normal, mets-toi à leur place.

— Ouais.

— Et le père de la progéniture, c'est le bouc des Mégnan ?

— Eh oui ! c'est pratique, ils sont à côté de chez nous.

— Ma foi ! Alors, tu en veux un peu de ma salade ?
— Je n'ai pas de panier.
— Ce n'est pas grave, en revenant chez toi, tu passeras devant la maison. Arrête-toi, je t'en donnerai une bonne poignée dans une clayette de ma fabrication.
— Un petit panier, quoi ?
— Si tu veux. Je te montrerai comment je les fabrique, avec quelques petites branches de noisetier. C'est facile et drôlement pratique. Bon, les belles n'ont guère envie de bavarder, à ce que je vois.
— Elles sont pressées, je me demande où elles veulent aller ?
— C'est pour se faire remarquer. Tiens, qu'est-ce que je te disais, les voilà qui s'arrêtent, seulement parce qu'on parle d'elles.
— Tu crois qu'elles nous comprennent ?
— Qui sait ?
— Ton nom, c'est Ragoutin ? Je trouve que ce n'est pas très joli. Tout le monde t'appelle comme ça.
— C'est le nom que m'ont donné ceux qui ne m'aiment pas beaucoup. Ils disent que je ressemble à l'ancien sorcier qui s'appelait comme ça.
— Je sais, mais c'est aussi ton nom ? C'était ton vrai père, le Ragoutin de dans le temps ?
— Ça, je ne l'ai jamais su. On sait qui est sa mère, mais son père ?
— Je n'aime pas ce nom, je trouve qu'il ne te va pas bien.
— Mon nom… Mon nom aujourd'hui, c'est Jean du cresson !
— Ah, ah ! tu me fais rire !
— Quoi ? C'est bien plus joli que Jean de la salade, non ?
— Ah, oui alors !
— Et moi, je suis Angélique de l'herbe des talus.
— C'est trop compliqué. Non, toi, tu es une Terrage, de la terre, la bonne vieille terre des Combrailles. Tu es l'enfant des Combrailles.
— Tu l'as connu, mon père ?
— Bien entendu.
— Moi, je ne me rappelle pas bien de lui.
— Normal, tu n'étais pas bien vieille quand l'ogresse l'a dévoré.

— Ne rigole pas avec ça, c'est triste.

— Je ne rigole pas, tu sais. Mais tous ces jeunes qui sont morts à la guerre, c'est un peu comme si une mère indigne les avait vraiment dévorés. Moi, c'est ce que je pense. Leur mère, c'est ce qu'ils appelaient la patrie. Et c'est bien à cause d'elle qu'ils sont partis là-bas. Depuis qu'ils étaient tout gamins, on leur a appris, à l'école, qu'il fallait défendre cette mère universelle, et ils l'ont cru dur comme fer. Il ne faut surtout jamais croire ce qu'on veut t'apprendre à l'école.

— Ah bon, ce n'est pas vrai tout ce que dit la maîtresse ?

— Mais si, bien sûr que si qu'elle dit plein de choses vraies, mais il faut toujours avoir le sens critique sur ce que l'on t'enseigne. Tiens, dis-moi ce que tu as appris, la dernière fois que tu y es allée à l'école.

— Je ne sais plus.

— Réfléchis.

Le soleil s'était élevé dans l'azur, et la douce chaleur qu'il dispensait était particulièrement agréable. Roussette s'était allongée sur le flanc, bercée par la langueur ambiante, Blanchette et Noiraude émettaient quelques béguètements sporadiques et discrets : elles aussi appréciaient la clémence du climat printanier.

— Ah oui, par exemple, un jour, mademoiselle Jeanne nous a dit que la politesse était une vertu, qu'il fallait toujours être poli.

— Là, je suis d'accord avec elle. Elle a mille fois raison, n'est-ce pas ?

— Je suis d'accord aussi.

— La critique n'est pas toujours négative. Voyons : la politesse est une vertu… On se dit bonjour, mais au delà du protocole, demandons-nous ce que ça signifie. Bonjour, ça veut dire : passe une bonne journée, je souhaite que tout aille bien aujourd'hui pour toi. Pas mal, non ? Là, la politesse rejoint la bonté, la tolérance, l'art de savoir bien vivre ensemble.

— Les gens te disent bonjour, à toi ?

— Les femmes, pas souvent, ou alors de loin, et sans que je puisse comprendre ce qu'elles baragouinent ; et les hommes, ils disent : « Salut ! »

— Alors ?

— Alors, tout le monde s'en fiche pas mal que je passe une bonne ou une mauvaise journée.

— Tu n'as pas d'amis ?

— Je n'en cherche pas vraiment. Vois-tu, l'amitié, c'est particulier. Ça ne peut pas se réaliser tout seul, il faut être au moins deux.

— Comme toi et Chopine, par exemple.

— C'est exactement ça. Tu as tout compris.

Il se leva d'un bond :

— Allez, en route, vieille peau !

Guilleret, sa chienne enthousiaste à ses basques, le Ragoutin s'éloigna en chantonnant. Déjà loin, il lança à l'intention de la gamine :

— Et n'oublie pas la salade de Jean du cresson !

Angélique resta encore un moment assise sur le bloc de granit. Elle contempla une alouette grisollant sans cesse dans la pureté du ciel immense. Elle s'amusa de tenter d'imiter les vocalises du passereau euphorique. La gymnastique linguale lui fut vite trop pénible dans cet exercice difficile. L'oreille de l'enfant saisissait la diversité des intonations, et si sa tentative pouvait un instant soutenir la comparaison, elle ne pouvait durer, ses muscles se contractant à l'extrême et perdant rapidement de leur tonicité. Elle scruta longtemps l'azur, puis revint délicatement sur terre. Regardant ses chèvres qui échangeaient, à leur tour, un regard complice, elle les appela bientôt :

— Allez, les biquettes, on va rentrer, il est temps. Allez, venez les toutes belles.

D'un coup de rein énergique, les trois commères, qui depuis un moment se reposaient, se relevèrent et trottinèrent sur le chemin du retour avant de s'arrêter net devant quelques bouchées gourmandes d'herbe tendre. Atteignant enfin le village, Angélique passa discrètement près de la maison du Ragoutin. Accroché à la poignée de sa porte, elle trouva le petit panier rempli de cresson. L'habitant ordinaire des lieux était sans doute reparti ailleurs, en vadrouille, comme disaient vulgairement ses voisins, pour simplement traduire son errance permanente qu'aucun ne s'attardait à tenter de comprendre.

Angélique n'allait plus très souvent à l'école ; de plus en plus, sa mère réclamait son concours aux tâches ménagères et aux travaux du dehors, bien rudes pour une femme seule. Et puis, l'argent manquait terriblement à ce foyer privé d'homme. Alors, comme il était fréquent à l'égard des enfants atteignant une douzaine d'années, Antoinette avait décidé que sa fille louerait ses services auprès d'une famille en quête de servante. Elle avait pensé au château, mais bien vite les chimériques souvenirs avaient annihilé les éventuelles prétentions. Par hasard, à l'occasion d'une des fréquentes visites de Julie, elle avait appris que les Maupignat, épiciers à Chambon, devraient bientôt penser à remplacer leur employée, la Francette, qui allait accoucher de son premier bébé. L'affaire avait été conclue à quelque temps de là, et Angélique prendrait son service dès que la place serait libérée. La petite n'avait pas eu son mot à dire ; sa mère avait décidé pour elle, pour le bien commun et dans la plus pure logique traditionnelle. Angélique savait qu'elle n'avait pas le choix. Peut-être aurait-elle préféré continuer sa scolarité, où elle réussissait relativement bien, mais il en était ainsi. Elle ne songea même pas à contester ce qu'on lui imposait.

Son avenir se voilait d'incertitudes. Elle allait s'émanciper, devenir peu à peu une demoiselle, puis une femme. Dans l'ambiance familiale, à tenter de saisir les non-dits, les suppositions, les doutes émis par Adeline, elle devinait l'accomplissement d'un mystère lié à l'évolution de la féminité au travers de l'adolescence. Ce passage obligé l'attendait et elle s'apprêtait courageusement à l'affronter, mais aussi à le vivre, avec certes un peu d'anxiété, mais aussi une curiosité non dissimulée.

— Angélique.

— Oui maman.

— Laisse donc le linge, je finirai. Les chèvres vont rester à l'ouche, mais il faudrait mener les oies à la font des Frâgnes pour une heure ou deux. Ça les changera, elles adorent l'endroit : c'est plein de bêtes et d'herbe pour leur nourriture. Tu veux bien ?

— Oui, oui, j'y vais tout de suite.

La fillette se précipita jusqu'à la grange, où elle récupéra son bâton de noisetier. De suite, le jars, comprenant sans doute la manœuvre, prévint ses quatre oies qu'on s'intéressait à eux. Il ouvrit les ailes et siffla énergiquement pour bien montrer son caractère belliqueux et déterminer un certain rapport de force entre la gamine et sa troupe en émoi.

— Allez, venez, on va se promener.

A distance, Angélique joua du bâton, et les oies se dirigèrent vers le chemin qu'elle leur suggérait. Dociles, par intérêt surtout, devinant tout à fait le périple de nombreuses fois accompli, les gros oiseaux se dandinaient, progressant rapidement, cacardant de belle manière, se ruant ici et là sur un insecte imprudent, un ver, un escargot, ou simplement sur une végétation abondante et nourricière. Elles se pressèrent enfin de rejoindre le petit plan d'eau que l'on qualifiait de font des Frâgnes, s'ébrouant dans l'eau claire, nageant, se baignant allègrement.

— Alors demoiselle, on s'occupe des oies aujourd'hui ?

— Tu m'as encore surprise, Ragoutin !

— Tu rêves tout le temps. A quoi pensais-tu donc ?

— A rien, aux oiseaux, à mes oies ; aussi à mon prochain métier.

— Ton métier ?

— Oui, ma mère m'a trouvé une place chez Maupignat, à Chambon.

— Tu vas faire la servante ?

— Oui, je crois.

— Ah bon.

— Toi, Ragoutin, tu n'as jamais travaillé ?

— Oh, si tu savais ! J'en ai fait des choses dans ma longue, très longue vie. Mais, j'ai tiré un trait définitif sur tout ça.

— En travaillant, je gagnerai de l'argent.

— Eh ! bien sûr que tu gagneras ton salaire. Tu reviendras peut-être des fois par là ?

— Oui, je crois. Et puis, je remplace seulement Francette pendant qu'elle va accoucher. Quand elle reviendra, ils ne me garderont pas.

— Alors tu iras ailleurs.

— Sans doute. Il faut bien gagner sa vie.

— C'est comme ça qu'il faut faire, à ton âge. De toute façon, c'est que lorsqu'on a fait qu'on peut savoir, si tu vois ce que je veux dire.

— Je te comprends bien.

— Les oies sont grasses.

— Elles aiment bien que je les promène. C'est curieux, elles pourraient venir toutes seules, mais non, elles restent toujours vers la maison et elles ne vont plus loin que si je les emmène.

— Les oies, ça n'a pas une réputation de grande intelligence.

— La maîtresse nous a dit qu'à Rome, les oies avaient prévenu les soldats quand les Gaulois voulaient les attaquer.

— Ah ! les oies du Capitole !

— C'est quoi, ça, le Capitole ?

— C'est une butte, une colline près de Rome. Et il faut croire que les Gaulois les avaient effrayées, leurs oies, pour qu'elles s'agacent après eux et éveillent la garde romaine. Mais c'est de l'histoire ancienne tout ça.

— Tu en sais des choses, toi, Ragoutin, presque autant que la maîtresse.

— Bien plus, bien plus ! C'est vrai que je suis si vieux ! Tu te souviens : je n'ai pas d'âge. Depuis que tu me l'as dit, ça m'a rajeuni, tiens donc !

— L'autre jour, j'ai reconnu « Ophélie », à l'école.

— Et alors ?

— La maîtresse m'a demandé comment je savais. Je lui ai dit que tu connaissais Arthur Rimbaud.

— Tu crois qu'elle t'a crue ?

— Je ne sais pas ; elle n'a rien dit.

— Pauvre ignorante. Les institutrices devraient aller à l'école de la nature. « Ciel, amour, liberté : quel rêve, ô pauvre folle ! » Rimbaud est un génie.

— Mais, tu le connais ou quoi ?

— Ta fameuse maîtresse ne t'a pas dit ? Il est mort à la fin du dix-neuvième siècle, ça fait un bail ! Eh ! regarde tes oies !

— Elles se sont regroupées, elles veulent rentrer. Il faut que j'y aille.

— A la prochaine, alors !

— A la prochaine Ragoutin.

— Jean des oies, des mares et des nénuphars !

— Salut, Jean des mares des Frâgnes !

Ainsi allait la vie d'Angélique, entrecoupée d'épisodes pittoresques où le Ragoutin jouait le rôle du philosophe érudit. Ces deux êtres, fort dissemblables au demeurant, avaient créé entre eux une harmonie qui, à chaque rencontre, renouvelait les germes d'une amitié sans contrainte.

La fillette allait devoir, sous peu, affronter et découvrir un nouveau monde. Elle éprouvait la vague impression d'abandonner quelque chose, ici, sur le sentier du bonheur. Ce quelque chose était indissociable de la personnalité du vieil ermite. Il lui semblait qu'elle allait emprunter une nouvelle direction qui la mènerait vers un ailleurs où elle risquerait de s'égarer à jamais. L'insouciance, la légèreté de l'enfance s'éloignaient.

Depuis l'aube de ce jour de juin, le ciel gris et bas s'épanchait en averses continuelles. Demain, Antoinette conduirait Angélique à Chambon pour prendre son premier emploi, et la gamine, quelque peu angoissée, affichait une mine à l'image du temps maussade. Elle prévint sa grand-mère qu'elle sortait faire un tour.

— Tu as tiré un seau d'eau ?

— Oui, mémé.

— Rentre donc une brassée de petit bois avant d'aller traîner. Et pense à revenir pour préparer la soupe.

— Oui, je ne vais pas loin.

— Et pas avec les Cussejat, ni avec le vieux fou.

Elle ne répondit pas à ces injonctions dont la pertinence lui échappait complètement. Elle n'en fit qu'à sa tête, comme d'habitude, se dirigeant vers les champs, vers ce qui, pour elle, matérialisait la liberté. Mais il pleuvait dru. Et puis, à la sortie du village, un peu en retrait du logis du Ragoutin, une cabane construite à l'image d'une maison semblait offrir sa porte béante à qui voudrait bien s'arrêter, ne serait-ce que pour s'abriter du mauvais temps. C'était le poulailler, comme il y en avait tant parsemés dans la campagne, aux environs de Bardane et dans toute la région des Combrailles. On construisait ces sobres bâtiments pour remiser les poules à proximité des champs de grain qui, après la moisson, assuraient la pitance utile et nécessaire aux gallinacés pendant plusieurs mois. La fillette avança prudemment vers le refuge, afin de ne pas effrayer les oiseaux domestiques qui s'y étaient peut-être repliés. La cabane était vide. Elle pénétra suffisamment pour être protégée de la pluie, s'appuya au mur et observa l'eau qui tombait du ciel. Son esprit, bien vite, vagabonda. Un petit brin de buis, sec et poussiéreux, enfilé dans une fente de la poutre maîtresse, évoqua les croyances, le bon Dieu, la rassurante protection de la puissance divine. Pour elle, toutes ces idées-là se condensaient autour du personnage de sa grand-mère. Adeline possédait, comme toutes les âmes bien nées de la campagne, quelques dons ou secrets liés à des pouvoirs guérisseurs, salvateurs mais aussi quelquefois maléfiques. Elle entourait son savoir occulte d'un profond mystère entretenu par des regards inquiétants, des silences volontaires, des mimiques incohérentes, des prières inaudibles, un comportement inaccessible au profane incrédule. Souvent, Angélique aurait voulu croire en cette magie, ces sortilèges qui fleuraient si bon la tradition, la nature et l'âme de son pays des Combrailles. Mais elle n'avait jamais pu se résigner à la croyance naïve, docile et servile. Si elle constatait le résultat fulgurant d'une incantation énigmatique, elle se persuadait de l'explication de l'événement par l'intervention du hasard ou de la félonie de celui ou celle qui se targuait de posséder des dons surnaturels. Armée de cet état d'esprit, elle ne craignait point les puissances infernales, ordinairement redoutées par ceux de son entourage. Que les poules ne soient pas au poulailler et qu'elles restent à se tremper, que le coq chante à tort et à travers d'une voix qu'on ne lui connaissait pas, tout cela ne l'émouvait pas le moins du monde.

— En voilà une belle poularde à engraisser !

— Tu viens à l'abri ?

— Trempé comme une soupe !

— Je n'ai pas fait peur aux poules.

— Je sais bien. Et puis, elles te connaissent : c'est bien là que tu t'étais réfugiée avec ta copine, pour jouer, la première fois qu'on s'est causé, tu ne te rappelles pas ?

Il s'ébroua, secoua son large chapeau à plusieurs reprises, puis sa veste.

— On est mieux là !

— C'est bien cette petite maison, juste ce qu'il fallait pour échapper à la flotte.

— Tu n'es donc pas à ton nouveau métier ?
— Demain, mais j'ai bien le temps d'y penser.
— Et tu penses à quoi, ce matin ?
— Je pensais au buis qui protège les poulaillers.

Lorgnant vers le fétiche végétal, le grand homme afficha une moue dubitative :

— C'est le Ragoutin qui mettait ces machins dans tous les coins de ces vieux bâtiments.

— Le Ragoutin, c'est toi !
— Pas toujours, petite, pas toujours.
— Tu es fou ?
— Des fois, oui, bien sûr. Mais je te parle du Ragoutin d'avant moi.

— Ton père, quoi ?
— Si tu veux. Tu me fatigues avec tes questions de famille. Tu vois, là-bas, le laurier près de la maison. C'est lui qui l'a planté, pour chasser l'orage. Moi, je crois bien que si j'avais eu l'idée de planter un laurier, ça aurait été dans le souci de procurer un abri aux petits oiseaux, pour l'hiver puisque la plante ne perd pas ses grosses feuilles vertes.

— Ça fait pour les deux.
— C'est ça, c'est ce qu'on pourrait appeler joindre l'utile à l'agréable. Mais, la grand-mère Adeline, elle en connaît un rayon sur les sorts, et aussi sur les plantes.

— La mémé, elle croit en un tas de choses curieuses.
— Il faut que je sorte pisser, attends-moi là si tu veux. On a encore des choses à se dire, non ?

— Oui, oui. J'ai le temps.

Le Ragoutin s'absenta durant un bon quart d'heure. Angélique rêvait, elle pensait à ses amis, à leurs jeux, à Marc qu'elle considérait souvent comme un grand frère, à Maurice qu'elle aimait bien, à Louise, Mélanie et Eugénie qu'elle appréciait toujours autant, et puis à Alban, pour lequel elle conservait un petit morceau secret de son cœur. Tout à coup, Angélique se précipita à l'entrée de son antre et fit mine de scruter les cieux.

— Qu'est-ce que tu regardes, gamine ?
— Oh, rien, je croyais avoir entendu les grues.

— Les grues, au mois de juin ? Ton oreille te trahit.

— Mais non, c'est quand tu essaies de chanter : ça fait le même cri que les grues.

— Dis donc, tu te moques ! Chante donc, pucelle, qu'on écoute ce dont tu es capable.

Reprenant les paroles d'« Ophélie », le poème d'Arthur Rimbaud, elle chanta divinement. Son vieil ami, peut-être charmé, la laissa débiter sa complainte, un sourire complice aux lèvres. Quand elle se tut, il la regarda un moment sourire à son tour. Il sut lire sur le visage de cette sauvageonne la joie, mais aussi la passion. Il soupçonna la beauté.

— Tu es un ange, tu viens tout droit du paradis.

— Qu'est-ce que tu dis ?

— Je dis que tu chantes comme jamais je n'ai entendu chanter. Tu as le don, ma gamine ! Mais, écoute un peu ça : chut !

Il ferma les yeux, fit un large geste de ses grands bras, comme pour écarter le vague ennui du quotidien. Plissant les lèvres, il siffla une mélodie qui se voulait ressembler à celle du rossignol. Etonnée, puis séduite et comblée, l'enfant ferma à son tour les yeux, peut-être pour mieux apprécier, ou bien pour associer la mélodie merveilleuse au passereau virtuose. Il s'arrêta, rompant le charme.

— C'est beau. C'est le sifflet du paradis ?

— Non, c'est seulement le fruit d'un très long entraînement, un apprentissage de toute une vie. J'y arrive presque.

— Tu m'apprendras ?

— Non, c'est toi qui apprendras toute seule. Tu écoutes, tu écoutes encore, et quand tu sens la musique en toi, tu essaies, et tu réessaies, jusqu'à ce que…

— Ça doit quand même être difficile.

— Ça l'est, mais quand tu y arriveras enfin, tu verras, tu seras heureuse. Et puis c'est un défi. Dans la vie, il faut se lancer des défis, tous les jours de nouveaux défis : c'est la seule façon de découvrir le bon côté de l'existence. Ce n'est pas toujours la fête, mais ça fait grand bien de gagner, de triompher.

Un long silence laissa planer la douce euphorie qu'ils venaient de partager.

— La pluie s'est calmée, gamine. Il est peut-être temps de rentrer, les femmes doivent se demander où tu es passée.

— J'y vais.

Passant devant son ami, elle ne put résister à une impulsion : se retournant vers son visage émacié, elle déposa un tendre baiser sur sa barbe hirsute. Surpris, ému sans doute, celui qu'on appelait Ragoutin contint judicieusement un trop brusque réflexe de recul qui aurait pu désoler la fillette. Il la regarda s'éloigner puis se retourner subrepticement :

— A la prochaine, Jean des oiseaux !

Il lui répondit d'un signe de la main.

— Alors, où étais-tu encore ?

— Dans le poulailler du Ragoutin, je me suis mise à l'abri.

— Je t'ai dit mille fois de ne pas aller vers ce vieux curieux.

— Je le connais bien et je l'aime bien. Je te jure qu'il est très gentil.

— Tu dis n'importe quoi. Surtout, n'en parle pas à ta mère, elle, elle ne le supporte pas.

— Mais pourquoi ?

— C'est comme ça. C'est physique. Il est sale et drôle.

— Il a l'air de bien te connaître, toi, mémé. Et toi, tu le connais depuis longtemps ?

— Depuis qu'il est venu à Bardane, depuis que le Ragoutin est mort.

— Ah ?

— Oui, le vieux sorcier, personne ne le fréquentait. On l'a trouvé raide, un jour d'hiver, au milieu du chemin. Il faut croire que le diable était venu chercher son âme, cette nuit-là.

— Je n'aime pas ces histoires de sorcier et de diable. Mais lui, Ragoutin, c'est son vrai nom ?

— Penses-tu ! Mais tout le monde a oublié son vrai nom, ça fait pas loin de quarante ans qu'on l'appelle comme ça.

— Tu ne te rappelles pas du tout ?

— Non.

— Peut-être que son prénom c'est Jean ?

— Je ne sais plus. Mais qu'est-ce que ça peut bien faire, après tout ?

Angélique aida Adeline à éplucher carottes et pommes de terre. Antoinette revint bientôt de chez les Mégnan, où elle travaillait deux matinées par semaine. Elle vaqua à quelques occupations ménagères, puis s'adressa à sa fille :

— Tu n'as pas fait grand chose, ce matin encore.

— J'ai aidé mémé.

— Il va vraiment falloir que tu t'y mettes sérieusement, ma petite. Tu as douze ans, c'est l'âge de travailler. Finis les jeux de gamines ! Et puis, tu traînes toujours avec ce Ragoutin de malheur. Les gens te voient et personne ne peut comprendre ce comportement. Tu n'as rien à faire là-bas, il y a tellement à faire ici. Regarde-moi, je suis fatiguée, j'ai trimé toute la matinée et, arrivée ici, je recommence. Il faut te faire une raison : on n'est pas nées bourgeoises. Le travail du soir au matin, c'est pour nous. Il n'y a pas le choix, pas d'autre solution, tu m'entends bien, ma fille ?

— Oui maman.

— J'espère que tu as compris. Viens m'aider par ici. Demain, je t'emmène chez Maupignat. Surtout, mets-toi courageusement au travail, fais tout ce que ta patronne te dira de faire. Surtout, ne me fais pas honte.

— Je ferai comme il faut, maman.

Chambon était un gros bourg d'environ mille cinq cents habitants, connu plus particulièrement pour son église dédiée à sainte Valérie, la martyrisée. Angélique, pour sa part, voyait la bourgade au travers d'un roman de George Sand que mademoiselle Jeanne lui avait prêté, *Le Marquis de Villemer,* et notamment cette évocation qui lui revenait souvent à l'esprit : « C'est un pays d'herbe et de feuilles, un continuel berceau de verdure. Ici, la nature s'en donne à cœur joie de s'y faire belle et sauvage. » Sans doute l'impression qu'Angélique retirait de ce tableau était-elle exhaustive, mais elle imageait parfaitement l'ambiance bucolique des lieux où Tardes et Voueize mélangeaient leurs eaux, où la vallée profonde s'épanouissait sur la blanche et rose Chambon, ville tranquille à tendance cléricale et bourgeoise.

Le couple Maupignat tenait boutique au centre du bourg, à

proximité de la grande église. La gamine était toujours très impressionnée par l'architecture imposante du bâtiment, mais tout ici l'étonnait: l'activité de la rue, les nombreux commerces, les gens qu'elle ne connaissait pas, un ensemble de choses qui, au fond, la ravissait, elle qui jusqu'alors n'avait connu que la vie de sauvageonne entre bois et chemins, prés et rivières, son village et sa campagne.

Monsieur Maupignat, l'épicier, était petit et râblé, le crâne dégarni, un crayon en permanence sur l'oreille. Energique, toujours en mouvement, il avait pris, après une bonne vingtaine d'années de service, la physionomie adaptée à la disposition de la clientèle. Aussi curieux que cela puisse paraître, ses mimiques, ses politesses, sa façon de se déplacer, de courir ici, de se pencher là, de se dresser plus loin, son empressement du moment comme sa nonchalance de l'autre, tout chez lui respirait l'art et la manière du commerce de détail. Madame Maupignat était grande, grosse et forte. Elle imposait sa stature au centre de son magasin; incontournable tour de Babel, omniprésente, affable avec ses fidèles clientes, retenue et circonspecte avec celles de ces dames qu'elle jugeait ne pas voir assez souvent lui faire commerce.

Antoinette avait toiletté sa fille. Solennellement, elle l'avait prise par la main et l'avait entraînée à sa suite. Marchant vite et restant muettes, elles avaient atteint Chambon en une petite heure. La mère filait, droit au but; la demoiselle ne se lassait de regarder, de repérer les lieux. Elles furent bientôt devant la boutique. L'épicière, à sa porte, les toisa un court instant puis réagit:

— Voilà ma pensionnaire ! Entrez donc, allez, allez, ne faites pas de manières. Jules, Jules, la petite est là, je m'occupe des formalités. Tu t'occupes du magasin.

— J'arrive.

Il arriva, gesticulant comme s'il eût proposé des fruits ou des fromages.

— Alors les petites dames, on a fait bonne route? Par ce beau temps, c'est un plaisir de marcher, n'est-ce pas? Allez-y, entrez, entrez jusqu'à l'arrière-boutique. Paulette va vous avertir de tout.

L'esprit d'Angélique chavirait, tout allait déjà si vite. Elle assista, sage et patiente, aux discussions entre les deux femmes et à la mise au point de l'accord verbal sur lequel reposait son emploi. Elle n'y accorda que peu d'attention, rêvassant déjà, sans toutefois se poser vraiment de questions sur son avenir immédiat. Elle avait en tête une seule idée directrice : obéir. Elle ferait ce qu'on lui dirait, sans rechigner, de son mieux et avec dévouement.

— Venez, on va monter jusqu'à ses quartiers, à la petite. On lui réserve une chambre de bonne. C'est coquet et confortable. Elle sera bien pour pouvoir se reposer après le travail et reprendre des forces. Elle prendra ses repas en même temps que moi. Avec Jules, on se relaie même pour se nourrir, pour éviter de fermer la boutique, vous comprenez ?

— Bien sûr, bien sûr, vous avez une activité très prenante.

— Vous ne pouvez pas savoir, et les clients sont exigeants ! Enfin, le client est roi, comme on dit.

— Je vais devoir vous laisser, madame Maupignat. J'espère que tout se passera bien. Mais, avant de partir, je vais faire quelques commissions.

— Faites donc ; et toi, petite, viens par là, je vais te montrer la maison en vitesse. C'est simple, tu t'y feras vite : il y a la petite et la grande réserves, où l'on entrepose la marchandise, le grenier, la cave et le magasin, et nos appartements, bien sûr. Je t'expliquerai ton travail au fur et à mesure, pour ne pas trop t'embrouiller du départ. Mais tu vas voir, d'ici trois ou quatre jours, tu n'auras même plus à demander, tu te débrouilleras toute seule. Bon, suis-moi, il y a du nettoyage à faire par là.

Ainsi débuta la nouvelle vie d'Angélique Terrage, la gardienne de chèvres et d'oies, fille de la campagne qui découvrait la ville, fille de pauvres qui allait devoir gagner sa vie, fillette encore et déjà femme de ménage, servante. Elle ne manifesta aucun état d'âme : elle obéissait. Il lui paraissait désormais que chaque minute de la journée était programmée à l'accomplissement d'une tâche précise. Il y avait toujours à faire ; elle travaillait de son mieux, ne lambinait pas, et sa patronne était satisfaite sans toutefois le lui montrer. Le soir, après un bref dîner, elle rejoignait sa chambre et, bien vite, plongeait dans un profond sommeil réparateur. A l'aube, tout recommençait. Eux-mêmes courageux et très actifs, les Maupignat donnaient le rythme. Ils employaient une vendeuse : Marie Darbon, que les clients appelaient la Marie à l'occasion de l'échange d'une anodine plaisanterie qu'elle recevait avec bonne humeur. Réservant son sourire aux consommateurs, elle traitait Angélique avec dédain, étant certainement persuadée qu'une vendeuse devait entretenir une certaine apathie vis-à-vis d'une servante. Son intelligence avait donc des limites apparentes, au delà desquelles sa méchanceté n'avait d'égale que la bêtise avec laquelle elle la dispensait. La fillette la redoutait et s'en méfia dès le premier contact. Adrien était également au service des épiciers, tâcheron dont la fonction consistait à manipuler des denrées stockées, à faire les livraisons et tout autre ouvrage qui se présentait. Il était jeune et d'un physique qu'on disait peu avantageux, associant timidité et lourdeur à ses traits grossiers. Il palliait toutefois à ses tares par un dévouement excessif. Angélique le redouta également d'emblée, jugeant mal son zèle qui confinait à la bassesse, à la soumission, peut-être à la lâcheté. Si la Marie ne faillit pas à l'image que s'en était faite la petite servante, Adrien remonta peu à peu dans son estime. Il tenta à plusieurs reprises de lier conversation, d'attirer la sympathie de la fillette. Il travaillait pratiquement toujours à la réserve, et quand Angélique devait s'y rendre, le patron lui adressait inévitablement une boutade dont elle ne saisissait pas toujours le sens véritable. Le petit homme riait seul de sa plaisanterie, rajoutant ainsi une étroitesse d'esprit à sa taille réduite. Angélique était sur ses gardes, les sens en éveil, prête à se défendre. Mais elle remarqua bien vite que l'adolescent boutonneux ne lui prêtait pas plus d'attention que celle que méritait son intrusion dans son univers sombre et poussiéreux.

— Ah ! te voilà ! Bonjour.

— Bonjour.

— Qu'est-ce que tu cherches ? Tu peux me le dire, je connais les moindres recoins de ce nid à rats, et je peux me vanter de pouvoir retrouver en une minute n'importe quel ingrédient.

— Malin !

— Non, mais c'est moi qui mets tout en place, alors… Et puis, j'ai intérêt à être au point, sinon le « courtes pattes » me botterait l'oignon !

— Quoi ?

— Il me donnerait un coup de pied au cul, si tu préfères.

— Ça va, j'avais compris ce que tu disais. Mais ça me semble exagéré qu'il te cogne.

— Tu tombes des nues, ma vieille ; quand tu auras reçu autant de gifles que mon pantalon a essuyé de fois son soulier, tu pourras dire que le métier est rentré.

— Je voudrais bien voir ça. Et qui me giflerait ? Toi, peut-être ?

— Sûrement pas moi, mais la grosse ; elle a la main leste, la garce, tu verras. Bien sûr, tu viens d'arriver, alors ils ne veulent pas trop te faire peur au début, mais tu ne perds rien pour attendre, ça t'arrivera comme à moi, il n'y a pas de raison.

— Tu méritais sans doute ce que tu as reçu. Moi, je travaille vite et bien, je fais tout ce qu'elle demande, et je ne l'appelle pas par un vilain nom. Comme ça, tout va bien.

— C'est ça, fanfaronne, fanfaronne, ça se voit que tu nc la connais pas ! Et puis, il y a l'autre « cul serré » de Marie Darbon. Il n'y a pas plus vache. Même si tu ne mérites pas ta correction, à la moindre occasion, elle te fera une vacherie, et c'est toi qui prendras, tu ne pourras pas te défendre.

— Bon, j'y vais, sinon c'est pour le coup que je mérite le coup de pied aux fesses.

— Oh, elle, elle ne cogne pas du pied, elle ne peut pas lever la jambe, vu comme elle est faite, mais c'est avec les mains qu'elle tape. Ne reste jamais trop près d'elle, c'est la meilleure défense.

— Merci du conseil, et reprends ton boulot, sinon je te dénonce à « courtes pattes » !

Dans cette ambiance laborieuse et délétère où le temps passait très vite, la messe du dimanche matin apparut à Angélique comme une véritable aubaine, une façon d'échapper un moment à l'oppression du quotidien, une sorte de récréation délestant la tension entretenue tout le jour par ses employeurs exigeants. Elle se disait tout naturellement qu'il convenait d'en remercier Dieu et surtout Jésus sur sa croix, dont elle admirait le regard bleu qu'elle devinait doux et rassurant. Adrien aussi allait à la messe. Elle avait remarqué que, sans cesse, il regardait dans sa direction. Bien vite, ces simagrées qu'elle jugeait imbéciles l'excédèrent ; à la fin de l'office, elle lui en fit la remarque :

— Ce n'est pas toi que je regarde, c'est la Josette, la petite brune qui se met toujours devant toi. C'est ma bonne amie.

— Tu dis n'importe quoi !

— Si, si. On a le même âge, et ses parents habitent dans la même rue de Chambon que les miens.

— Qu'est-ce que ça veut dire, d'abord, que c'est ta bonne amie ?

— Eh ben, c'est ma bonne amie. Quand on sera un peu plus vieux, je la conduirai au bal, et plus tard, si elle veut, on se mariera.

— Tiens donc, grand nigaud ! Et qu'est-ce qu'elle en pense de tout ça ?

— Je ne sais pas.

— Tu ne lui en as rien dit ?

— Non, je n'ose pas lui parler.

— A moi, tu me parles bien.

— Ce n'est pas pareil, avec toi c'est facile, et on travaille ensemble, on est un peu comme frère et sœur.

— Tu dis encore n'importe quoi. Si tu ne lui dis rien, comment veux-tu qu'elle sache ? Et puis, arrête de dire que c'est ta bonne amie, si tu n'es même pas capable de lui parler !

— Dis-lui, toi.

— Quoi, moi ?

— Oui, toi, juste pour la première fois, dis-lui que je l'aime bien. Après, je prendrai le relais, si elle veut. Dis-lui aussi que je ne suis pas méchant, et pas feignant non plus.

— Arrête, tu es complètement fou !

Ne se contenant plus, tout à son euphorie, et jouant sa dernière carte pour sauver une situation qui semblait lui échapper, il prit Angélique par le bras et la serra un peu fort. Se retournant, furibonde, elle lui lança, menaçante :

— Ne me touche pas, sinon, tu auras affaire à Marc Cussejat !

L'autre blêmit de surprise, puis bien vite se reprit :

— Tu le connais, le Marc ? C'est mon copain, le Marc. Mais alors, si on est copains tous les deux avec Cussejat, on est forcément copains tous les deux aussi ! Allez, tu parleras bien à la Josette !

— Tu es têtu toi. Ça suffit, laisse-moi. Depuis que je suis toute petite, Marc m'a toujours défendue, et il m'a juré que si j'avais besoin de lui, il arriverait tout de suite.

— C’est ton amoureux !
— C’est mon ange gardien !
— Ah, ah, ah ! Cussejat, un ange ! Ah, ah, elle est bien bonne !
Sur ce, il s’éloigna, laissant la fillette tout à son étonnement. Forte de ses convictions, Angélique rejoignit bien vite l’épicerie et reprit le rythme mercantile obligé, effaçant d’un coup ses interrogations, focalisées depuis un instant sur les futiles obsessions de son camarade. Rapidement changée, elle nouait son tablier et se dirigeait vers la buanderie où une corvée de lessive l’attendait. Elle surprit alors une conversation où la Marie susurrait à sa patronne qu’il serait peut-être judicieux de surveiller l’Adrien qui prenait bien des libertés avec la gamine, que cette dernière cachait bien son jeu de petite délurée comme toutes celles de sa race, et que tous les deux se renfermaient bien souvent dans la réserve, à l’abri des regards, au lieu de travailler honnêtement comme il se doit. Angélique était prévenue ; elle se tiendrait sur ses gardes, préviendrait Adrien et ne lui parlerait plus pendant quelques jours pour éviter de probables problèmes. Le monde qu’elle avait vu, jusque-là, en rose, ne l’était pas vraiment. Elle apprenait tout bonnement à vivre. Elle garda une grande amertume de cet acte gratuit de délation, de mensonge, de malveillance. Plus tard, quand sa colère fit place à un peu de dépit, quand la raison s’imposa, elle en vint à penser à son ami le Ragoutin, philosophe des grands espaces, homme libre et plein de bon sens. Elle crut même l’entendre lui conseiller de ne jamais se laisser aller à d’aussi vils sentiments. Avant de trouver le sommeil attendu, elle eut un léger sourire, prononçant entre ses lèvres charmantes : « Jean de l’eau claire des rivières. »

Chaque dimanche, en compagnie de Paulette Maupignat, Angélique assistait donc à la messe. Si elle observait les statues, nombreuses et admirables, elle portait également grand intérêt à l’orgue et à sa musique, qui emplissait généreusement le volume du vaste monument. Au gré des intonations, l’harmonie des sons graves et chauds, presque onctueux, envahissait la nef, s’élevait dans le clocher, puis redescendait pour s’épanouir sur l’autel. La fillette était toujours subjuguée par cette force que portaient les notes magiques et leurs enchaînements fabuleux. Elle avait encore en elle cette fibre sensible à la musique universelle. Plusieurs fois, elle avait pensé approcher de l'instrument, renonçant toutefois devant la difficulté d'échapper à la surveillance de l'épicière, ou bien de réussir à simplement communiquer avec la sœur musicienne. Un dimanche comme les autres, plus hardie peut-être, sans avoir vraiment préparé l'action, encouragée par le beau temps printanier, elle lança à l'intention de Paulette :

— Il faut que j'aille allumer un cierge ! J'ai oublié, excusez-moi, mais je me dépêche, je reviens tout de suite, je vous rejoins.

— Un cierge, mais qu'est-ce qui lui prend ?

— Elle grandit, la gamine, il faudra redoubler de surveillance.

— Hum !

— Ça dit vouloir allumer des cierges, et puis ça court rejoindre un vaurien qui traîne par là.

— Que je l'y prenne, la maline ! Elle est encore bien jeune pour penser à la bagatelle. Non, ce n'est pas le genre, je ne pense pas.

— C'est ça, et puis après tu feras l'étonnée. Ne t'y trompe pas et fais attention, ça vaut mieux, crois-moi. Bon, je te laisse à ton épicerie, à plus tard Paulette.

— A tantôt Cécile, passe prendre une infusion, on causera.

— Je n'y manquerai pas.

Angélique avait traversé rapidement l'église, s'était approchée discrètement de l'orgue et de sœur Etiennette, regardant sans plus bouger. Une grosse voix, rauque et grave, la fit tressaillir :

— Qu'est-ce que tu fais là, ma petite ? La messe est terminée, il faut rejoindre tes camarades, dehors.

— Oui madame, pardon, ma sœur.

— Ça ne fait rien, ça ne fait rien. Allez, va vite.

— C'est l'orgue, ma sœur, j'aimerais en jouer.

— Qu'est-ce que tu me chantes là ? Qu'est-ce que c'est que cette petite effrontée ?

La fillette avait rougi et baissait maintenant les yeux. Elle articula pourtant :

— Quand j'étais petite, j'allais au château des Aubrelles et j'avais appris à jouer du piano, avec Alban, qui a le même âge que moi.

— Bon ! Mais l'orgue de l'église, ce n'est pas un instrument ordinaire. De plus, celui-là, il est fait à mes doigts tors : personne ne peut en jouer comme moi. Allez, oust !

Comme l'enfant, vexée ou seulement triste et désemparée, quittait les lieux lentement, la religieuse la héla, assaillie par un excès de sentimentalisme :

— Attends donc, petite. Viens voir par là. Tu connais des chants d'église ?

— Non, pas vraiment.

— Tiens, prends celui-ci. Ecoute.

Elle joua quelques notes entraînantes, presque en sourdine, entonna le refrain, et la gamine, droite, le regard rivé aux insondables hauteurs du bâtiment, l'esprit égaré dans une danse ouatée des anges, prit la mesure, le ton, et émit des intonations qui tentaient le divin, tant la voix s'avérait extraordinaire. Charmée par tant de grâce, la nonne accentua quelque peu ses gestes pour conserver l'harmonie et accompagner le chant. Et la voix se maria à la musique dans une symbiose qui tendait à la perfection. Et l'orgue enthousiaste, sous l'impulsion de l'énergie transcendée de l'instrumentiste, développa un volume inhabituel. L'édifice religieux tout entier semblait claironner la fabuleuse rencontre d'un prodige vocal comme jamais il n'aurait espéré. Surpris, agacé, curieux, étonné, monsieur le curé accourut, gesticulant, criant aussi, remuant encore tête, corps et bras devant le regard perdu de la musicienne déchaînée. Se retirant soudain, le voile impénétrable de l'utopie laissa place à la totale confusion de l'artiste qui, instantanément, se leva, abandonnant le vieil orgue à ses soupirs alanguis. Angélique avait préalablement cessé ses vocalises. Le silence s'abattit sur la consternation de l'un, qui resta sans voix, la désolation de l'une, qui resta coite sans pouvoir épancher sa sublime émotion, et la stupeur enfin de l'autre, qui ne savait que dire. La glace se rompit pourtant quand la sincérité l'emporta. Le lieu s'y prêtait, les circonstances la réclamaient, et sœur Etiennette, fixant monsieur le curé de ses grands yeux bleus, dit très calmement :

— Cette enfant a une voix merveilleuse.

Tant de douceur, de sérénité, de franchise et d'assurance firent que l'abbé fut instantanément convaincu et acquis à la cause sous-entendue de sa complice. Quelques minutes plus tard, le père

Bertrand arrivait à l'épicerie des Maupignat en compagnie de la jeune servante, qui se hâta de rejoindre sa chambre pour se changer et reprendre ses activités au magasin.

— Voilà que vous nous ramenez notre Angélique.

— Angélique ?

— La petite Terrage, nous l'employons à de menus travaux depuis trois mois. Elle a remplacé notre servante qui a eu son enfant et ne tient plus à travailler dans l'immédiat. Elle est gentille mais pas très rapide, c'est dans sa nature. Oh, elle est bien courageuse, pourvu que ça dure.

— Et pourquoi pas, si c'est dans sa nature ?

— On verra ça.

— Une Terrage, vous dîtes ?

— Oui, une Terrage de Biaule. Vous connaissez bien sa mère, l'Antoinette Terrage, ou sa grand-mère, l'Adeline ? Ça m'étonnerait bien que vous n'ayez pas entendu dire des cancans sur une de ces deux femmes ! Allons, monsieur le curé, les femmes du château des Aubrelles ! On en a dit pourtant, sur leurs relations avec les châtelains…

— Oh, moi, vous savez, ce que j'en fais de ces rumeurs !

— Quand il y a rumeur… Vous savez ce qu'on dit : pas de fumée sans feu.

— Et après ?

— Vous avez bien raison, de toute façon, la gamine n'y est pour rien dans tout ça. Et puis, ce que j'en disais, c'était pour vous situer la famille. Le père Sébastien, votre collègue de là-bas, connaît bien tout ce monde-là, il saurait bien vous instruire sur la vérité de ces affaires.

— Oui, oui, bien sûr, mais peu importe. Et son père, à la jeune fille ?

— Mort à la guerre, comme tant d'autres. Il était régisseur des de Gourgaud, un sacré loustic à ce qu'il paraît !

— Ça va, ça va, assez d'histoires pour ce matin. Mais, dites-moi, savez-vous que la petite chante parfaitement ?

— Quoi ?

— Vous m'avez compris. Je vais au fait : sœur Etiennette la réclame pour chanter la messe à ses côtés. Vous ne pouvez pas lui refuser ça.

Un silence curieux, gênant et peut-être empreint de stupidité plana sur l'instant. Et Paulette ânonna, désarmée :

— Non, bien sûr.

— Il faudrait que la petite vienne au presbytère, une heure ou deux chaque mercredi soir, vers six heures, pour apprendre les chants bibliques.

— Bon, je lui donnerai congé, ce sera comme il vous plaît.

— Bien, je savais pouvoir compter sur votre compréhension. Vous êtes de braves et honnêtes commerçants, n'est-ce pas ? Et vous êtes très dévoués à notre église. C'est très bien. Passons à autre chose : il me faudrait une belle salade.

— Venez voir par là, monsieur le curé.

Sœur Etiennette était âgée d'une soixantaine d'années. Elle avait voué sa vie à la religion dès son plus jeune âge. Servante du Christ par volonté et grandeur d'âme, mais aussi par résignation, voire par renoncement, elle avait trouvé à défouler ses pulsions émotionnelles dans une passion immodérée pour la musique. Si l'orgue était peu propice à l'expression de sa virtuosité, elle qui possédait le talent se devait de le contenir, par simple abnégation, par dérision de l'ambition et du succès. Sœur Etiennette était véritablement maîtresse dans l'art musical. Pendant de trop longues années, elle avait enfermé en son for intérieur connaissance, subtilité, intelligence, culture, sensibilité, tout ce qui allait lui servir à instruire son élève, envoyée de Dieu, à n'en point douter, un dimanche de printemps, après la messe, au cœur de la maison du Seigneur. Elle s'en remettait à sainte Valérie, qui avait forcément eu un regard bienveillant sur l'événement, qui confinait au miracle pour cette pauvre femme qui rencontrait enfin l'occasion inespérée de laisser libre cours à son instinct le plus fort : son instinct maternel. Et Angélique avait un immense besoin d'amour, tout autant qu'elle ressentait en elle une extrême attirance pour l'art lyrique. Tant de forces conjuguées créèrent des liens exceptionnels entre ces deux êtres, qui crurent, plus ou moins consciemment, avoir jusque-là attendu l'autre, en sachant pertinemment que la rencontre aurait lieu tôt ou tard. Chacune se persuada de cette fatalité, si bien que l'élève, déjà naturellement douée, progressa rapidement, acquit une instruction sérieuse et affinée. Alors que la plupart des enfants de la bourgeoisie locale prenaient des cours de musique à grands frais, ici, c'était la richesse des cœurs qui communiquait la passion et la culture. Les résultats n'en étaient que meilleurs et pouvaient même être qualifiés de fulgurants.

Chaque dimanche, la grande église résonnait d'un concert de voix et d'orgue qui ravissait les fidèles. Si autrefois les dévots fréquentaient les lieux, aujourd'hui ils étaient accompagnés de curieux qui, bientôt, devinrent assidus au rendez-vous. Par ailleurs, Angélique encouragea quelques-unes des jeunes filles dont elle avait pu faire la connaissance à venir la rejoindre pour chanter les louanges chrétiennes. Une chorale se constitua, et sœur Etiennette, comblée par l'initiative, se découvrit une véritable vocation pour la fonction d'enseignante. Même si la voix d'Angélique couvrait souvent celles de ses amies, l'ensemble évoquait une certaine vision paradisiaque qui entraînait les âmes charitables vers un onirisme béat si doux à la conscience de chacun.

Deux années passèrent, pendant lesquelles Angélique servit de son mieux les Maupignat et se bâtit une réputation auprès de la population chambonnaise. La jeune fille se rendait bien compte des conditions déplorables de sa situation professionnelle : elle était exploitée et mal rétribuée. Mais elle ne songeait pas vraiment à quitter ses employeurs indélicats, avilie qu'elle était au respect sans limite de ses engagements moraux, aussi bien auprès d'eux qu'envers sa mère. Elle s'évadait de cette mièvre existence en chantant à tue-tête, toujours fréquentant les cours dispensés par sœur Etiennette, la chorale et ses nouvelles amies et, bien sûr, l'église Sainte-Valérie. Elle ne revenait pas souvent à Bardane, désormais trop occupée qu'elle était par le labeur et les loisirs.

Un jour de juin 1923, Paulette s'adressa solennellement à sa servante :

— Angélique, je viens d'apprendre par monsieur le curé que ta grand-mère est au plus mal. Il le sait du docteur Montfort qui a pensé te faire prévenir. Il faudrait peut-être que tu rentres à ton village. Allez, remue-toi ; pour le ménage, je vais bien me débrouiller. Les filles qui cherchent à se placer ne manquent pas. L'autre jour, la Catherine Nore m'a parlé de sa plus grande qui a arrêté l'école : je vais la faire demander. Allez, prends quelques affaires et va vite voir ta mère.

La jeune fille ne se fit pas prier davantage. Elle essora la serpillière qu'elle venait de passer sur le sol de la petite réserve, puis se hâta de prendre un balluchon pour enfin se précipiter sur le chemin qui la mènerait à Bardane.

La matinée était bien avancée, il faisait chaud : un temps gris et lourd qui présageait de quelque orage en formation en amont des vallées de la Voueize ou de la Tardes. Angélique transpirait un peu, mais continuait d'un train soutenu, obnubilée qu'elle était par l'idée du drame qui se déroulait dans la maison familiale. Sans avoir vraiment remarqué la campagne alentour, elle atteignit les abords du village. Elle aperçut la maison du Ragoutin, à l'écart, en surplomb. On disait à la brande de Bardane. Les volets étaient clos. Elle semblait abandonnée et Angélique se dit tout naturellement que son propriétaire devait être en balade comme à son habitude. Elle ne prêta pas plus d'attention à ce lieu désolé, tant son angoisse s'accentuait à l'approche du logis des Terrage. Elle poussa enfin l'épaisse porte de chêne. L'endroit lui parut très sombre, frais, trop frais, presque froid, et particulièrement exigu. Quelqu'un se tenait là, debout, immobile, qu'elle n'identifia pas de suite, dans la pénombre ambiante.

— Angélique, ma petite, te voilà.

— Julie ! Grand-mère ?

— Eh oui… Ta maman est dans la chambre, avec Suzie, à son chevet. Viens la voir, va. Il faut bien que tu lui dises adieu, même si tu arrives un peu tard. Elle est partie si vite, la pauvre. Dans un sens, c'est peut-être mieux comme ça.

— Vous avez fait venir le médecin ?

— Ta mère ne voulait pas, elle voyait bien que c'était fini. Elle a fait appeler le curé Sébastien. C'est lui qui est venu avec le docteur Montfort. Il faudra peut-être quand même le payer. Ta mère verra ça plus tard.

— Qu'est-ce qui s'est passé ?

— Une attaque : elle est tombée près du poulailler, ce matin, à l'aube, en donnant le grain aux poulets gras. Ta mère l'a vue s'écrouler, elle l'a ramenée tout de suite sur le lit. Mais c'était déjà trop tard, à mon avis ; ça ne pardonne pas, une attaque, et c'est si brutal ! Elle est restée sans plus rien dire, elle avait les yeux grands ouverts. On ne sait même pas si elle nous entendait. Ta maman m'a fait demander par la Berthe. Je suis venue avec Suzie, et puis voilà, on a fait chercher le curé.

Angélique poussa doucement la porte de la chambre, s'approcha du lit où était étendu le corps d'Adeline, habillée dans sa belle robe noire, les mains repliées sur le ventre, les doigts croisés sur un chapelet de grains violets terminé par une petite croix blanche disposée en évidence sur l'habit de jais. La jeune fille chercha le regard de sa mère, assise là, tout près du lit, la tête baissée, les mains dans ses cheveux défaits. Suzie fit un pas vers Angélique, la prit dans ses bras, la serra très fort. L'enfant se dégagea lentement et posa une main sur l'épaule d'Antoinette qui se retourna doucement.

— Ma fille, ta mémé…

Sa voix s'étrangla et ses pleurs discrets l'enfermèrent à nouveau dans un profond désarroi. Le visage d'Adeline, exsangue, ressortait dans ce décor de deuil. Ses traits semblaient s'être figés sur la douleur de partir : c'était la peine d'une vie de misère que dessinaient les nombreuses rides de la face livide. Ses paupières baissées pudiquement sur la fin de la vie évoquaient paradoxalement l'immense mélancolie inspirée par le temps passé sur une fleur à jamais fanée. Angélique prononça timidement le mot « mémé » en tendant sa main vers sa grand-mère allongée. Elle eut quelques larmes, recula bientôt, ne sachant plus que faire. Julie vint à son secours, lui prit le bras et l'entraîna vers la cuisine.

— Ça va être dur pour ta mère. Il va peut-être falloir rester quelque temps près d'elle.

— Je ne sais pas.

— Je pense qu'il faudra. Après l'enterrement, je lui parlerai. On verra. Si tu dois rester, je ferai prévenir les Maupignat. De toute façon, ce n'est pas avec ce qu'ils te donnent pour tout le travail que tu leur fais qu'il faudra les regretter.

— Ce n'est pas ça, mais ma vie là-bas, mes amies, la sœur Etiennette… Et puis, j'ai laissé mes affaires.

— Et là, il y aura ta mère, toute seule.

Un long silence laissa la jeune fille décontenancée. Elle pensa au Ragoutin, puis à Marc et Maurice.

— Je vais faire un tour pour réfléchir. Mais je ferai comme il faudra.

— Je sais, ma grande. J'ai toujours su que tu étais raisonnable, je te fais confiance. Ne t'éloigne pas trop.

— J'ai besoin de prendre l'air. Je reviens.

Au dehors, la lumière l'assaillit. Elle cligna des yeux avant de pouvoir s'adapter. Entre deux groupes de nuages monstrueux qui faisaient mine de vouloir s'affronter, s'immisçait une clarté irréelle sur fond d'azur lointain. Elle marcha un moment sans but. Dans son jardin, le grand-père Cussejat peinait à ramasser un objet laissé sur le sol. Il déambulait à petites enjambées, son corps torturé par une arthrose généralisée. Elle l'apostropha :

— Monsieur Cussejat !

— Quoi ? Tu es qui, toi ? Tu es la fille Mégnan ou quoi ?

— Je suis la fille de la Toinette.

— Ah oui, bonjour petite, tu as bien du malheur en rapport à l'Adeline.

— Oui, monsieur Cussejat. Et est-ce que Maurice ou Marc sont ici ?

— Les gars ? Ils sont au travail, les gars. Qu'est-ce que tu crois, ma belle. Oh, et puis, on n'est pas près de les voir par là. Les foins approchent ; ils ont trouvé à s'embaucher dans le Bourbonnais à ce que je sais, vers Huriel, qu'ils ont dit, alors…

— Bon, ça ne fait rien, merci. C'est que j'aurais bien voulu les voir, pour parler.

— Eh ben, ils ne sont pas là, voilà.

— Au revoir, monsieur Cussejat.

— Au revoir, ma belle. Le Marc, il reviendra bien dans une quinzaine. Si tu es toujours là, il aura peut-être le temps de passer te voir. Je ferai la commission.

— Merci encore.

Elle continua jusqu'à la brande. Mais la petite maison était désespérément close. Le tonnerre signala l'orage imminent. La jeune fille se hâta de rentrer au bercail.

Les funérailles d'Adeline furent d'une grande tristesse. La défunte n'avait vécu que cinquante-huit ans sur cette terre, et sa vie se résumait à si peu de bonheur. Aussi Angélique éprouva-t-elle un besoin pressant de solitude. Assise sur un billot, au fond du hangar de la ferme des Mégnan, elle s'était réfugiée à l'endroit où les gamines de Bardane se retrouvaient souvent en secret pour évoquer leurs craintes, leurs doutes, leurs troubles, et aussi leur hypothétique avenir prometteur. Elle pensait aux heures de bonheur partagées avec Louise, Eugénie, Mélanie. Mais ses songes en appelaient bien vite à la dure réalité: c'était le visage blême de la mort qui s'imposait, Adeline dans son dernier repos, Adeline qui maintenant reposait en terre des Combrailles. Prématurément veuve, ressassant intérieurement une idylle interdite, affrontant les affres de sa condition paysanne, Adeline était passée. Non, Angélique ne pouvait se résoudre à suivre cet exemple, à marcher dans les pas de la femme esclave, résignée à son sort, enracinée à une terre ingrate pour survivre et finalement s'y allonger sans air, sans lumière, sans vie. Il lui faudrait partir, mais où, mais quand et comment? Toutes ces questions assaillaient son esprit, mais qu'il lui était bon et nécessaire d'entrevoir l'espérance. C'était bien ici que les quatre copines avaient échafaudé leur devenir. Tout restait à faire. Elle se dit, tout haut, sans vraiment savoir comment ou pourquoi l'idée lui venait:

— J'irai à Paris. Je serai servante dans une grande, très grande épicerie! Et un jour, je chanterai dans la grande église de Paris.

Angélique resta quelques jours avec sa mère, qui parlait peu, travaillait sans enthousiasme, traînait sa peine comme un bien lourd fardeau. Et puis juin rayonna de la toute puissance de la nature embellie. L'odeur du foin mur planait sur la campagne. Les jours naissaient dans des aubes euphoriques de mille chants d'oiseaux. La vie sourdait de partout. Les crépuscules s'attardaient, glissant indéfiniment vers des nuits douces, aux cieux constellés d'étoiles merveilleuses. Quand enfin Antoinette trouva le sommeil, un rêve enchanteur visita son esprit attendri, lui communiquant l'apaisement inspiré par la rassurante quiétude des traditions, de la suite logique du temps, de l'universalité des lois naturelles. L'espérance qu'elle portait en elle, longtemps confinée à une simple lueur à l'état végétatif, s'éveillait tout à coup, enflammant une farouche volonté de vivre enfin. Le lendemain matin, elle le dit à sa fille, avec des mots simples et sincères, fixant l'horizon, perdant son regard au delà du souvenir, portant ses convictions nouvelles sur l'onde déterminée de sa voix fluette et monocorde. Tout d'abord surprise, Angélique prit peu à peu la mesure de la réaction de sa mère. Elle pensa, amusée, qu'un ange bienfaisant la visitait, portant secours à son esprit égaré, à son âme en peine. Elle supposa que le décès d'Adeline l'avait libérée de contraintes infernales, de terribles obsessions. Elle s'approcha de sa mère, prit sa main qu'elle porta à sa joue, baissant ses paupières pour mieux lui communiquer toute sa tendresse et sa reconnaissance.

MARC

Antoinette attendait Hubert pour faucher son pré, comme il avait pris l'habitude de le faire à chaque fin de printemps. Mais Hubert ne venait pas. Le premier jour, elle ronchonna qu'il aurait bien pu venir, le temps se prêtant à la besogne. Le jour suivant, elle s'inquiéta et finit par prendre elle-même l'outil. Mais elle dut admettre rapidement que le travail n'avançait guère et qu'elle y laissait ses forces.

Angélique aurait dû partir rejoindre ses employeurs à Chambon, mais sa mère lui avait demandé de rester encore quelques jours pour l'aider. Toutes les deux, matin et soir, s'acharnèrent à couper l'herbe mûre, à la faner, la ramasser et la rentrer au *chambra*, le fenil dans le parler des Combrailles. Personne ne leur prêta main-forte, tous étaient occupés à leurs propres obligations. Elles triomphèrent du dur labeur, leur courage suppléant la force qui leur manquait, et Hubert n'était toujours pas réapparu.

— C'est curieux que le benêt ne soit pas venu, cette année. Il a pourtant bien dû savoir ; tout le pays doit parler de nous !

— Quel calvaire ! J'espère que ce ne sera pas comme ça tous les ans. Il faudrait des hommes pour faire ça.

— Tu n'as qu'à en trouver un, très fort.

— Maman, je suis bien trop jeune pour penser à ça, enfin ! Ce serait plutôt à toi de trouver quelqu'un d'autre que ce pauvre Hubert.

— Il était bien brave. Je me demande ce qui s'est passé ?

— On le saura bien assez vite par la rumeur.

— Oui, à celle-là, on peut faire confiance. Elle est infaillible.

Hubert avait subitement perdu la raison, il avait couru tout un jour durant à travers champs, s'était perdu puis réfugié dans les bois aux alentours de Chambon. Prévenus par Gabriel, le régisseur des Aubrelles, les gendarmes l'avaient longtemps cherché en vain. On le retrouva pourtant, un soir, prostré, recroquevillé près d'une grande croix de bois qui marquait le croisement de quatre chemins.

Tremblant, affamé, épuisé, incohérent et agressif, il refusa la main tendue d'un passant attentionné. Finalement, la maréchaussée vint le prendre et le mena vers un hôpital où il pourrait recevoir des soins adaptés à sa maladie. A Bardane ou à Biaule, on eut tôt fait de conclure à une aliénation mentale, une aliénation qui l'affligeait depuis toujours et qui avait soudain accéléré son évolution destructrice. Le benêt était devenu fou furieux, diagnostique irréfutable et très longuement commenté au pays des Combrailles. L'absence de l'aide précieuse qu'il avait indéfectiblement apporté à Antoinette allait forcément perturber la vie de cette dernière. Elle se demandait déjà qui pourrait bien lui rentrer et lui fendre son bois de chauffage.

A quelques jours de là, Angélique fit son balluchon pour rejoindre enfin l'épicerie des Maupignat. Elle quitta de bonne heure sa mère, qui ne lui dit mot, redoutant ce départ qui la laissait seule et bien démunie. Elle ne put toutefois vraiment s'opposer à la décision de sa fille qui, elle-même, hésitait entre son devoir qui l'appelait à reprendre son emploi, ses sentiments qui lui conseillaient de rester près d'Antoinette, et une farouche espérance qui lui soufflait de partir ailleurs, très loin.

Quand la jeune fille se présenta sur le pas de la porte de l'épicerie, elle ne comprit pas l'accueil qu'on lui réservait. Marie lui lança un regard haineux et quelques paroles venimeuses :

— Ah ! te voilà, toi ; c'est bien la peine de te présenter ici ! Mais ça se croit où, cette chienlit de paysans ? Tu te crois vraiment tout permis : on vient travailler quand ça nous chante, comme ça.

— Qu'est-ce que c'est ? Angélique ! Dis donc, ma petite, tu sais que ça fait belle lurette qu'on t'attend ? Où étais-tu donc ?

— Chez ma mère, madame Maupignat. Elle est seule maintenant, et il y avait les foins. Elle m'a demandé de l'aider.

— Voyez-moi ça ! Tu as bien raison, Marie, ça se croit tout permis ! Eh bien, voilà ce que te disent Jules et Paulette Maupignat : tu peux rentrer chez ta mère qui a tant besoin de toi, parce qu'ici, on n'a plus de travail pour une catin qui n'en fait qu'à sa tête.

Désemparée, Angélique baissa les yeux, courba l'échine, s'enquit de récupérer quelques effets puis fit demi-tour, reprenant le chemin de Bardane.

Décidément, les rouages de la vie, trop bien huilés jusque-là, se grippaient peu à peu. Plus rien ne semblait tourner rond.

Antoinette qui, à quelques heures de là, n'aurait pas voulu voir partir sa fille, s'étonna fort de la voir revenir si vite, puis s'offusqua de l'attitude des épiciers qu'elle traita de gros bourgeois et de bien d'autres qualificatifs peu glorieux. Ainsi, Angélique dut se résoudre à reprendre son rôle de petite paysanne, dans son village natal, auprès de sa mère qui vivotait avec une basse-cour restreinte sur un lopin de terre qui ne lui appartenait pas.

Une année passa où la routine s'imposa finalement, chacune trouvant sa place par rapport à l'autre, dans la petite société rurale de la Combraille creusoise. Tout aurait pu continuer ainsi, quelque temps du moins, si la jalousie et la bêtise ne s'étaient immiscées dans l'équilibre retrouvé. Isabelle de la Martinière et Elisabeth de Gourgaud avaient un vieux compte à régler avec la maîtresse de leur bien aimé Julien, et la rancune est tenace. Après la disparition d'Adeline pour qui monsieur Jacques avait un faible non dissimulé, il leur fut aisé de plaider leur cause auprès du propriétaire des lieux, ajoutant quelques perfidies, complotant même et concoctant une nouvelle et meilleure répartition des fermages qui, bien entendu, excluait Antoinette de l'affaire. Elles prirent grand soin d'éviter l'affrontement brutal qui aurait pu faire resurgir de douloureux souvenirs. Suppôt de l'intelligence, la ruse n'est-elle pas le meilleur moyen d'arriver à ses fins ? Un matin donc, Jacques de Gourgaud descendit de sa calèche qui, menée par deux fiers chevaux, eux-mêmes guidés par Gabriel, en guise d'habile cocher, l'avait transporté jusqu'à Bardane. Seul le maître mit pied à terre. Jean Mégnan, qui passait par là lui adressa un révérencieux : « Bonjour monsieur ! », auquel il daigna répondre, d'une voix forte et assurée : « Salut Mégnan. » Il frappa bientôt à la porte du logis d'Antoinette. Angélique lui ouvrit ; il entra en l'écartant sans ménagement :

— Où est ta mère ?

— Ma mère ?

— Eh bien oui, ta mère, l'habitante de céans, jeune sotte ! Appelle-la vite.

— J'y vais.

— Monsieur Jacques ?

Une voix timide et douce apostrophait l'intrus. Il toisa un instant cette femme encore jeune et toujours belle, qui lui faisait face :

— Antoinette !

— Monsieur ?

— Bon, je ne vais pas y aller par quatre chemins. Tu connais l'animosité que les femmes des Aubrelles ont contre toi. Tant qu'Adeline était de ce monde, personne, je dis bien personne, n'aurait osé lui manquer de respect. Mais voilà, elle est morte. Je ne veux pas exposer les détails sordides de cette affaire, mais voilà : vous ne pouvez pas rester ici, toutes les deux.

— Mais, qu'est-ce qu'on va devenir ? Où aller ?

— C'est votre affaire, que voulez-vous que je vous dise ? L'une et l'autre se sont arrangées pour me mettre le couteau sous la gorge. Il en va de mon intégrité, je dois vous chasser.

— Mais, monsieur Jacques, ma petite…

— Suffit, c'est une femme maintenant. Je ne comprends pas qu'elle ne soit pas placée, à son âge. Tu veux en faire une traînée, la risée du pays ? Tes frères paysans ne sont pas tendres, d'habitude, avec les oisifs, particulièrement envers les jeunes filles qui ne font rien pour travailler.

— Elle était bien louée chez Maupignat, à Chambon, mais ils ne l'ont pas gardée. Que voulez-vous que j'y fasse ? Mais pour la maison, c'est pour quand ?

— Je te laisse trois mois, à compter d'aujourd'hui, et ne compte pas sur moi pour te proposer autre chose, ce n'est plus dans mes possibilités.

Atterrée, Antoinette ne répondit pas. Elle regarda le bourgeois s'éloigner puis fondit en larmes. Angélique tenta en vain de la consoler. Dehors, elle aperçut Marc Cussejat qui roulait un tombereau de fumier pour les Mégnan. Elle le rejoignit rapidement.

— Marc !

— Salut, je ne suis pas très présentable aujourd'hui.

— Tu me fais rire. Tu es aussi crotteux qu'un paysan !

— Paysan je suis, même que j'en suis fier !

— Crotteux ou pas, tu restes le même, c'est ce qui compte pour moi.

— J'ai vu le Gourgaud…

— Oui, il est venu dire à maman qu'il nous chassait.

— Bon sang ! Qu'est-ce qu'il vous reproche ?

— Des vieilles histoires, du temps où elle travaillait pour eux.

— Quand même, et qu'est-ce que vous allez devenir ?

— Aucune idée. Ma mère pleure et il n'y a rien à en tirer pour le moment.

— Oh, elle ne va pas rester toute seule, ta mère. Le boiteux sera trop content de pouvoir la recueillir.

— Qu'est-ce que tu dis ?

— Gabriel, le boiteux, il lui tourne autour depuis longtemps. Ne me dis pas que tu n'as rien remarqué ; tout le monde sait ça. C'est un homme qui vit seul, alors je pense qu'il lui proposera de venir vivre avec lui.

— Mais comment tu sais tout ça ? Et qui te dit qu'elle acceptera ?

— C'est une supposition, mais, vois-tu, ma petite amie, je parierais gros sur ce coup-là.

— Ça ne me plaît pas beaucoup.

— Bien sûr, tu n'as peut-être pas ta place dans l'affaire. Peut-être que tu devras partir ailleurs, pour travailler.

— Oui, sans doute.

— Quand j'aurai fini avec ce tombereau, je viendrai voir la Toinette, si tu veux. Je lui proposerai mes services pour un déménagement éventuel, on verra bien ce qu'elle en pense de son côté.

— Alors là, elle ne te parlera jamais de ses projets s'ils sont ce que tu dis.

— Sans doute, mais je passerai quand même, pour voir. Quelquefois, les gens ne disent pas ce qu'ils pensent, mais leur silence en dit plus long que des mots. Et puis, je me ferai payer un verre : un grand verre d'eau du puits !

— Si tu y tiens.

Elle s'approcha comme pour l'embrasser, mais, agile et taquine, se retira vivement :

— Tu es trop sale, mon amoureux !

— Amoureux ! Amoureux ! Laisse faire que je repasse, je saurai te corriger, petite délurée !

Elle s'éloigna en riant. Marc souriait tout en continuant de mener le cheval placide des Mégnan, qui tractait son fardeau sans accorder d'attention aux plaisanteries des jeunes gens. Depuis le forfait d'Hubert au service d'Antoinette, c'était Marc qui avait prêté main-forte pour permettre à Angélique et à sa mère de continuer d'assurer la gestion de leur maigre locature. Marc était fort et entreprenant. Son grand-père s'enorgueillissait d'avoir pu réaliser l'acquisition de sa ferme et de quelques hectares de terre grâce à ses économies de toute une vie de labeur et de privations. Aujourd'hui, il n'était plus en mesure d'assumer tous les travaux agricoles que réclamait son domaine. Ses petits-fils avaient jusqu'alors loué leurs services dans des fermes du pays limousin et des régions avoisinantes. Pour pouvoir dorénavant entretenir et rentabiliser la propriété familiale, ils avaient dû réduire leur activité au service des autres et revenaient très régulièrement à Bardane. Ainsi, Marc avait pu disposer d'un peu de temps pour aider Antoinette. Une grande complicité était née entre Angélique et le jeune homme. Elle réclamait quelquefois Maurice, mais c'était bien Marc qui occupait l'essentiel de ses pensées.

— Bonjour Antoinette, vous voilà bien soucieuse. Mais, vous pleurez, ma parole !
— Je pensais à mon homme.
— Qu'est-ce qu'il voulait, le bourgeois ?
— Il veut qu'on parte d'ici, et je ne sais vraiment pas où aller.
— Vous n'avez qu'à retourner au château.
— Avec ces dames ? Elles voudraient bien de moi, mon pauvre !
— On parle de vous et de Gabriel, au pays.
— Les gens, ils parlent toujours ! Enfin, ce n'est peut-être plus un secret. Mais il n'y a rien là que quelques conversations, comme ça, de pure amitié. Nous vivons seuls tous les deux, peut-être que c'est de nature à nous rapprocher, va savoir ?
— Ce serait comme un jeu du destin : vous retourneriez dans votre maison.
— Ce n'est pas la mienne.
— Et si quelque esprit malin s'en mêlait !
— Tais-toi, on dirait l'Adeline qui parle à travers ta bouche.

Laisse les esprits où ils sont. Va garçon, je saurai bien me débrouiller, il m'a donné un délai de quelques mois. Et si je n'ai pas de solution, je le vois mal m'envoyer les gendarmes.

— Oh, vous le connaissez mieux que moi le Jacques, ce ne sont pas les gendarmes qu'il vous enverra, mais une famille pour loger à votre place, et vous serez bien forcée de partir.

— Oui, bien sûr, mais j'ai trois mois. Je vais trouver une solution.

— Voilà un semblant de sourire bien plus rassurant que les larmes. Enfin, si vous avez besoin de mes bras, de mon aide, quoi, n'hésitez pas, je serai là avec plaisir.

— Je sais, Marc ; merci, merci du fond du cœur. Ça m'a fait du bien de te parler. Allez, maintenant va, va à ton travail.

— Au revoir Toinette, à bientôt.

En sortant, il aperçut Angélique vers la brande. Il lui adressa un signe du bras, auquel elle répondit. Sans doute l'avait-elle observé, de loin, sachant à peu près ce qu'Antoinette et lui pourraient se dire, et évitant de troubler, par sa présence inopportune, la sincérité de sa mère envers son ami.

Le Ragoutin n'était plus revenu depuis longtemps. Angélique ne l'avait jamais revu depuis son retour de Chambon. Chaque jour, elle allait faire un tour vers sa maison. Tout était net et calme. Il n'y avait plus de basse-cour, plus d'animaux. La demeure était fermée ; Chopine n'était plus là, et rien ne laissait croire à quelque drame fatal. Tout concourait à laisser penser à un départ définitif. La bâtisse était édifiée sur une côte rocailleuse où l'herbe qui poussait au printemps grillait durant l'été et disparaissait d'elle-même aux rigueurs hivernales. Ainsi la friche ne se développait pas par ici, la nature semblant préserver l'état du lieu dans un curieux compromis entre la vie qui continuait alentour et le temps qui semblait être suspendu dans l'aire de la brande du Ragoutin.

Le soir de ce jour néfaste où on avait annoncé à Antoinette qu'on la chassait tout bonnement de la maison qui l'avait vue naître, et où elle avait elle-même mis au monde sa propre fille, la mère et la fille se retrouvèrent face à leur grande solitude. La jeune fille rompit le trop long silence. Elle alla droit au but :

— Tu vas vraiment habiter avec le boiteux des Aubrelles ?

— Dis donc, un peu de respect ! Il a un nom, cet homme. Et s'il boite, ce n'est pas par plaisir, le pauvre.

— Je n'aime guère ce personnage.

— Et pourquoi donc, ma belle ?

— Je ne sais pas vraiment. Je le connais peu, mais il me semble prétentieux et antipathique au possible. Toi qui semble le fréquenter, peux-tu me rassurer sur sa personnalité ?

— Au premier abord, c'est vrai qu'il paraît brutal et glacial. Il gagne pourtant à être connu.

— Et tu le connais bien ?

— Oui, je crois.

Le silence plana sur cette dernière affirmation qui résumait à elle seule toutes les réponses à toutes les questions qu'aurait pu poser Angélique. Elle reprit :

— Dans ce cas, et si vous décidiez de vous mettre en ménage aux communs des Aubrelles, tu n'auras plus besoin de moi, et je chercherai donc un nouvel emploi. Si tu connais quelqu'un ?

— On va voir ça, ma fille, je déciderai bientôt. Mais tu pourras habiter avec nous, sans doute.

— Je préférerais m'en aller, et surtout ne pas être une charge pour vous. Et puis, je dois faire ma vie, n'est-ce pas ?

— Oui, bien entendu. On verra ça d'ici peu, on en reparlera.

En fait, Angélique tombait des nues. Elle avait joué le jeu de la sincérité avec sa mère et se retrouvait brutalement avertie de toute cette histoire entre Gabriel et Antoinette, dont elle avait ignoré, jusque-là, l'importance et la réalité même. L'assurance affichée par sa mère, au cours de leur conversation, suggérait que Gabriel et elle avaient bien dû fomenter quelque plan pour leur avenir, et que le déménagement pour les communs des Aubrelles ne faisait plus guère de doute. Malgré l'évidence, Angélique restait dans l'expectative ; il lui avait toujours paru inconcevable que sa mère puisse refaire sa vie. En outre, l'idée de devoir cohabiter avec ce nouveau couple lui était tout à fait insupportable.

Le travail ne manquait pas. Angélique s'intéressa peu aux manigances d'Antoinette. Elle voyait Marc de plus en plus régulièrement et lui demanda conseil.

— Je suis d'accord avec toi : il ne faut pas que tu ailles habiter avec eux. Ta place est ailleurs, mais surtout pas aux Aubrelles.

— Ah bon ?

— Je veux dire : surtout pas à proximité du château et de ton premier amour, tu sais, le fier Alban !

— Dis donc, toi, tu ne me ferais pas un peu de jalousie ?

— Eh ! c'est que je t'aime bien, moi, ma petite fleur des Combrailles ; tu es si jolie, maintenant que tu as grandi ! Et je sais bien que tu gardes le béguin pour le fils des bourgeois avec lequel tu as appris à jouer du piano.

— Si tu sais ça, c'est que c'est moi qui te l'ai dit !

— Ouais, ouais, bien sûr.

— Là, tu me déplais vraiment. Alban était mon ami quand nous étions enfants. Il y a si longtemps que je ne l'ai pas revu.

— Et tu voudrais bien le rencontrer.

— Je l'ai bien vu pour la cérémonie du château, il m'a emmenée dans la salle de musique. Quelle aventure ! C'est Maurice qui m'a récupérée, avant que le Jacques arrive pour nous attraper. Quelle fuite ! On dit que la frousse donne des ailes, mais c'est bien vrai.

— Alban, le musicien bourgeois, ou le bourgeois musicien, et maintenant Maurice le sauveur, ça fait du monde tout ça, et des beaux garçons.

— Tu trouves ?

— Comme je te le dis. Tu as bien de la chance d'avoir de tels prétendants.

— Tu parles ! Maurice, ton frère, n'en a que pour Eugénie Mégnan ; il l'a toujours préférée, au fond.

— C'est une belle fille, et je crois bien qu'elle éprouve le même sentiment pour le petit malin.

— Et Alban, c'est un noble, ou un bourgeois, comme tu veux ; et tu penses bien qu'il ne voudrait pas d'une fille comme moi, une simple roturière, une petite paysanne miséreuse. Ou seulement pour s'amuser un peu, et ça, il n'en est pas question.

— Alors ?

— Alors, il n’en reste qu’un.

Une légère brise berçait l’instant; un soleil généreux dispensait une douceur agréable. Les deux jeunes gens s’étaient assis un moment dans l’herbe, pour parler, pour rester un peu ensemble. Elle gardait ses chèvres; il l’avait aperçue puis rejointe. Elle l’avait accueilli avec un grand sourire et tout de suite leurs regards complices avaient exprimé l’amitié. Il ne restait donc que lui aux yeux de la jeune fille qui s’allongea doucement, reposant sa tête sur son torse, écoutant les battements de son cœur, sentant son odeur, sa chaleur. Il n’osait bouger, se délectant de cet instant de bonheur. Il avait pris ses mains dans les siennes. Ils s’embrassèrent tendrement.

— Demoiselle, tu es bien téméraire.

— Marc, je me souviendrai toujours de ce premier baiser. Je crois bien que je t’aime.

— Chut, ne dis plus rien.

Très haut dans le ciel d’un bleu immaculé, plusieurs jeunes buses criaient. Enivrée de sentiments, Angélique se blottissait contre l’élu de son cœur, qui entourait de son bras puissant sa frêle épaule. Ils restèrent longtemps ainsi, puis la jeune fille se releva avec délicatesse.

— Il faut que je rentre.

— Regarde, les chèvres s’impatientent.

— Oui, elles ont leurs habitudes.

— On reviendra se promener tous les deux des milliers de fois, si tu veux. Je serai à toi tant que tu le désireras.

— Moi aussi, Marc, je serai à toi.

— Allez, viens, on ramène les biquettes !

— Attention, elles vont aller vers la brande; à chaque fois elles me font le coup.

— Je vais les arrêter.

Il courut détourner les malicieuses, qui n’insistèrent pas.

— Je me demande bien ce qu’elles espèrent trouver là-bas, il n’y a même pas d’herbe, ou si peu !

— La curiosité, le vice de désobéir, elles sont malines !

— A qui le dis-tu ! Enfin, je les connais bien, depuis le temps que je les promène… Je voulais te demander: le Ragoutin, je ne l’ai jamais revu, tu sais quelque chose ?

— Non, rien. Un matin, la porte et les fenêtres étaient bouclées, à ce qu'il paraît, et on ne l'a plus revu. Au début, personne ne s'en est inquiété : tu connais l'originalité du bonhomme. Et puis quelqu'un est allé voir. Tout était fermé et il n'y avait plus d'animaux. On en a conclu qu'il avait ripé galoches, et c'est tout.

— Tu ne trouves pas ça curieux ?

— Oh, tu sais, le vieux ne s'entendait avec personne par ici, il ne racontait pas ses histoires ou ses projets, sauf peut-être à toi. Mais tu étais chez Maupignat quand il a disparu.

— C'est dommage, je l'aime bien, moi, ce vieil homme. Si tu le connaissais mieux, tu verrais, il est passionnant.

— Je me souviens. Un jour, il nous a coincés, dans la carrière de la Mazelière, tous les deux avec Maurice. Ça fait longtemps, on était gamins. Il nous a regardés et nous a montrés du doigt : on était pétrifiés. Il nous a dit : « Alors, on raconte que je pisse en marchant, à tout le monde en plus ! » Qu'est-ce qu'il fallait dire à ça ? On a dû baisser la tête en même temps, et hop, en relevant les yeux, il n'y avait plus personne devant nous : disparu, évaporé ! Tu parles qu'on n'a pas demandé notre reste, et ça filait, tu peux me croire. Quand on a été sûrs de ne pas l'avoir à nos basques, on a éclaté de rire. On ne pouvait plus s'arrêter, c'était nerveux.

— Vous étiez deux sacrés lascars, c'est sûr. L'Adeline ne voulait pas que je traîne avec vous, comme elle disait.

— Oh, çà ! c'est par rapport à des histoires de village, avec le grand-père, ou même seulement parce que notre père avait laissé la Marcelle. Va savoir ce qui se passe dans la tête des vieux !

— Oui, c'est bien compliqué tout ça. N'empêche que mon copain, le Ragoutin, je ne suis peut-être pas près de le revoir.

— Ça se pourrait bien ; mais je suis là.

Elle serra un peu plus sa main, qu'elle tenait toujours. Elle eut envie de l'embrasser à nouveau, avant qu'ils ne se séparent, mais elle retint son élan. Ils approchaient du village et il ne lui parut pas nécessaire d'étaler leurs sentiments au grand jour.

Après avoir trait les chèvres et porté leur lait à la cave, Angélique rentra. Elle sursauta en apercevant Gabriel assis à la table, Antoinette debout à ses côtés, ses mains sur ses épaules.

— On t'attendait, ma fille. Voilà, Gabriel et moi avons décidé d'habiter bientôt ensemble aux Aubrelles. En attendant que tu trouves à te louer, tu pourras venir y loger; il y a même une chambre pour toi.

— Bonjour Gabriel, je vous remercie de l'hospitalité, mais si je dois aller chez vous, ce ne sera pas pour longtemps. Mon ami Marc Cussejat m'a parlé d'une place à Budelière, chez un couple âgé qui cherche une servante. Je dois aller me présenter la semaine prochaine.

— Ah bon ! et tu iras comment ?

— Marc me conduira.

— C'est très bien, tu es courageuse : il faut bien que tu gagnes ta vie maintenant. Si tu as besoin, n'hésite pas à demander. Je pourrai aussi t'y conduire, c'est comme tu veux. Et pour l'hospitalité, ça tient toujours.

— Merci beaucoup, merci encore.

— Tu t'es occupée des chèvres ?

— Oui maman. Je vais rentrer l'Amandine.

— L'Amandine ?

— C'est notre vache.

— Vous me faites rire toutes les deux. Bon, je vais y aller aussi, le devoir m'attend. Bonsoir jeune fille.

— Bonsoir Gabriel.

Le contact n'avait pas été désagréable, après tout. Sans doute le bonhomme avait fait l'effort nécessaire pour paraître sous sa meilleure humeur. Angélique lui en était reconnaissante, et elle saurait le lui prouver, à l'occasion, par quelque témoignage de sympathie. La jeune fille remarqua que sa mère avait quelque peu changé : elle était presque gaie, elle tentait d'améliorer sa toilette en y prêtant plus d'attention qu'à l'ordinaire.

— Alors, qu'est-ce que tu en penses de Gabriel ?

— Je ne sais pas encore, je ne le connais pas assez. Mais après tout, je n'ai pas à le juger. Sans doute étiez-vous faits l'un pour l'autre ?

— Oh, à nos âges, après tout ce que nous avons vécu, tout ce que nous avons dû subir, ce ne sera jamais l'amour pur et euphorique qu'on éprouve à vingt ans ! Tu sais, Gabriel a eu son lot de malheurs, lui aussi, sa blessure surtout.

— Ça n'épargne pas grand monde. Il a été blessé à la guerre, et ça lui a peut-être sauvé la vie. Le hasard, le destin, qui sait ?

— Tu parles comme le Ragoutin.

— Tu sais ce qu'il est devenu ?

— Va savoir ? L'autre soir, la Marcelle prétendait qu'il revenait de temps à autre sans se montrer. Il a toujours été curieux, l'animal, mais là, il dépasse l'entendement. On se demande bien où il passe son temps ?

De bonne heure, Marc passa chercher Angélique pour la conduire à Budelière, chez monsieur et madame Duverger qui étaient âgés et réclamaient la présence d'une servante pour les assister dans leur vie quotidienne. La jeune fille sortit dès qu'elle entendit le pas pressé d'un cheval.

— Oh ! où as-tu trouvé cet attelage ?

— Voilà pour ma princesse ! Allons, monte vite, ne nous mettons pas en retard.

Le carrosse en question était une sorte de sulky aménagé par un des frères Bigouret qui montrait beaucoup d'adresse à travailler le fer ou le bois, et se targuait de réaliser à la demande tout ce qu'on pouvait imaginer. Son savoir-faire était reconnu dans tout le pays. Outre ses prédispositions artisanales, l'homme se montrait plutôt altruiste. Célibataire et sans enfants, il aimait toutefois le contact de la jeunesse et savait s'en faire apprécier. Aujourd'hui, il avait prêté son véhicule à Marc avec un plaisir non dissimulé de le voir enfin servir à quelqu'un. Dans son élan de sympathie, il avait même proposé le cheval d'attelage aux mesures duquel avait d'ailleurs été confectionné le sulky. L'animal n'était pas racé, mais trapu et courageux, aussi très docile : il était tout désigné pour le présent périple. Dès qu'Angélique eut pris place à ses côtés, Marc commanda : « Allez, hue ! Charlot. », et le Charlot en question reprit son trot infatigable. Angélique avait l'impression de fendre l'air. Elle appréciait tout particulièrement ce mode de locomotion inopiné. Quand ils eurent quitté les environs de Bardane, elle osa poser une main sur la cuisse du cocher et appuyer sa tête sur son épaule. Les soubresauts incessants du rapide véhicule ne l'autorisèrent cependant pas à prolonger ses témoignages de tendresse, et son agacement provoqua l'hilarité de son ami, tout heureux de l'avoir à ses côtés. Marc riait, il était fort, jeune, beau, et la jeune fille ne tarda pas à partager son innocente bonne humeur.

Budelière était un gros bourg situé à une douzaine de kilomètres de Biaule. La maison des Duverger se dressait à l'écart du village, au lieu-dit Les Genêts. L'immeuble était imposant sans être toutefois comparable au château des Aubrelles. Il s'agissait là d'une maison bourgeoise, ancienne, que l'on qualifiait de manoir.

— Bon, je te laisse faire tes affaires. Je vais jusqu'au bourg, j'ai deux ou trois courses à faire. Je reviendrai dans une heure environ, ça te va ?

— Oui, je pense. A tout à l'heure, alors.

Personne n'était sorti l'accueillir. Elle actionna une chaînette reliée à une cloche. Le son cristallin fut immédiatement suivi de celui d'une voix éraillée provenant d'une fenêtre de l'immeuble :

— Bonjour mademoiselle. Entrez, la porte n'est pas fermée. On vous attendait.

Un vestibule glacial ; Angélique avança jusqu'à la lumière, jusqu'à une très grande pièce dont la porte était ouverte. On la héla à nouveau :

— Prenez l'escalier, nous sommes à l'étage, au petit salon.

La jeune fille se présenta. Monsieur Duverger était très âgé, assis et sans grande réaction. Toujours agacé par les futilités et les tergiversations, il allait en toutes choses à l'essentiel. Dès qu'il avait aperçu Angélique, il avait décidé qu'elle ferait l'affaire. Le calme et la sérénité de la postulante le confortèrent dans cette décision. Madame Duverger était beaucoup plus loquace que son époux, curieuse, attentive, prévenante. Sa personnalité dégageait une grande douceur, et un climat de sympathie auréola la conversation. Ces trois-là conclurent bientôt un accord. Angélique prendrait son service dès le lundi suivant. Partageant une infusion avec ses nouveaux patrons, en attendant le retour de Marc, elle se réjouissait intérieurement de ne pas être obligée de cohabiter avec Gabriel.

— Le monsieur qui vous a amenée, c'est votre fiancé ?

— Non madame, c'est un ami d'enfance, c'est mon ami.

— Ah bon.

— Je l'aime bien, il s'appelle Marc, Marc Cussejat. Il est né dans le même village que moi ; il est un peu plus âgé. A l'école il me protégeait toujours, il continue, voilà tout.

— Il est très gentil de vous conduire.

— C'est un grand enfant ! Un voisin qui est très adroit de ses mains a fabriqué la voiture et la lui a prêtée pour l'occasion. Si vous le voyiez diriger l'attelage, il y prend grand plaisir !

— C'est beau la jeunesse ! Des jeunes du pays ensemble, ça fait plaisir à voir. Il y en a tant qui sont partis pendant cette saloperie de guerre et qui ne sont pas revenus. Ça fait du bien de savoir que vous vous amusez à nouveau.

— Je sais madame : mon père est mort à la guerre. Je ne l'ai que très peu connu, je ne me souviens pas de lui.

— Comme c'est triste. Enfin, c'est comme ça. Et ça ne sert pas à grand chose de trop en parler. Nos deux fils sont morts au combat.

— Tais-toi donc. La jeune fille a autre chose à penser. Laisse la mort où elle est. Maintenant, c'est la vie qui continue. Un jour vous vous marierez et vous aurez des enfants, ma belle, et plus jamais il ne faudra tolérer de les laisser partir s'entre-tuer.

— Espérons au moins que la leçon aura servi.

— Tiens, j'entends votre chevalier servant.

— Il est ponctuel.

— Bon, on vous attend pour lundi.

— Sans faute. Vous me faites très plaisir en acceptant ma candidature.

— On a vraiment besoin de vous, ma petite.

— J'essaierai d'être à la hauteur de la tâche.

— Il n'y a pas de raison. Le temps d'apprendre à se connaître, et tout ira bien, vous verrez.

— J'espère bien. A lundi donc, et merci encore. Au revoir monsieur, au revoir madame.

— A bientôt ma petite.

Angélique rejoignit bien vite son ami, qui l'attendait patiemment.

— Alors ?

— C'est bon, je commence lundi. Ils ne sont pas très gais, mais ils sont gentils, ça ira sûrement.

— Voilà une bonne chose. Je redoutais que tu ailles aux Aubrelles.

— N'en parlons plus.

— C'est ça. Allez, hue ! Charlot.

Durant le voyage du retour, ils n'eurent guère le loisir de converser, tant les cahots les secouèrent à nouveau. Marc sut freiner les ardeurs de Charlot à quelques foulées de Bardane, afin de pouvoir annoncer à sa bien aimée qu'il devait rejoindre une ferme des alentours de Viersat où il avait l'habitude de louer ses services.

— Tu viendras me voir à Budelière ? Mes patrons me laisseront bien quelque liberté. Je te présenterai, ils ont l'air d'apprécier les jeunes gens. On ne sait jamais, ils pourraient avoir quelques travaux à te confier ?

— Tu rêves ! Enfin, on ne sait jamais, n'est-ce pas ? De toute façon, j'irai te visiter, c'est promis. Il le faudra bien : j'aurai du mal à me passer de toi maintenant.

— Une petite séparation nous fera réfléchir. C'est bien comme ça, non ?

— Sans doute. Je ne serai déjà plus là lundi prochain.

— Ce n'est pas grave : Gabriel et maman m'accompagneront. Madame Duverger a demandé à voir ma mère.

— Bon, c'est bien. Je te laisse chez toi, je dois ramener la bête et sa carriole.

— Une carriole de princesse ?

— Oh, je voulais dire le fier destrier et le carrosse de mademoiselle !

— J'aime mieux ça, cocher. Arrêtez-vous là, je vous prie. Ah, j'oubliais…

Avant de descendre prestement du sulky, elle embrassa la joue de Marc qui se prêta à ce jeu fraternel, témoignage d'amitié, tandis que la main de la jeune fille serrait fort celle du garçon pour lui dire un peu d'amour.

Angélique avait préparé son maigre trousseau pour son départ annoncé. Ce nouveau changement de vie lui paraissait salutaire. Tous les trois partiraient le lendemain dès l'aube.

Ne sachant trop que faire, elle décida de sortir et poussa la lourde porte du logis. Et là, surprise : devant elle se tenait Chopine, frétillante, remuant énergiquement la queue, dressant les oreilles, inclinant la tête, invitant la jeune fille à la suivre.

— Chopine ! Ma Chopine, qu'est-ce que tu fais là ? Et ton maître, il est là aussi ?

Comme si elle comprenait ce qu'on lui disait, la chienne s'élança sur quelques mètres, s'arrêta net pour regarder si on la suivait et recommença son stratagème.

— J'arrive, attends-moi.

Angélique prit un châle sur ses épaules et emboîta le pas de l'animal. Elle courut, arrivant bientôt à proximité de la brande. La porte de la maison était entrouverte sur la pénombre qui régnait à l'intérieur. Les volets des deux fenêtres étaient toujours clos. Après un bref arrêt, nécessaire pour mieux appréhender la situation, la jeune fille se précipita à nouveau et pénétra sans égards dans l'antre de l'ermite.

— Ragoutin !

La chienne l'avait devancée, maintenant plantée là, devant son maître qui rangeait quelques effets dans un grand sac de toile.

— Dis voir ma belle, te voilà bien désinvolte de pénétrer dans mon logis sans même prendre le soin de t'annoncer.

— Jean des bois et des rivières, il y avait si longtemps que je désirais te revoir !

— Si tu me prends par les sentiments ! Et pourquoi donc voulais-tu tant me revoir ?

— Je ne sais pas, je ne sais plus, parce qu'on est amis, tous les deux.

— Amis, que tu dis !

— Oui, c'est ce que je dis.

— C'est bien vrai qu'on étaient bien copains, tous les deux. Tiens, chante-moi donc cette chanson que je t'avais apprise, tu te souviens : « Ô pâle Ophélia, belle comme la neige. »

— Dis-moi d'abord pourquoi tu es parti si longtemps sans rien me faire savoir.

— Non, je ne te dirai rien de tout cela, ma belle. C'est vrai que tu es belle. Avant tu étais une jolie fille, une très jolie petite fille, mais bientôt, bientôt on te dira que tu es belle. Messagère de la beauté, de la pureté, les courbes harmonieuses de tes formes ondoient au firmament de mes secrètes pensées…

— Ragoutin, tu deviens gâteux ou quoi ?

— Non, ma fille. Tu es vraiment ce que je vois, je te le dis, mais chante donc un peu.

— Ce n'est pas le moment. Je suis tourmentée par tes apparitions et tes disparitions, et toi, tu voudrais que je chante.

— La chanson et l'expression musicale sont une bien douce thérapie pour la maladie qui ronge mon âme.

— Ah ! tu es malade ?

— Si on veut. Mais tout le monde en est au même point. Ce laboureur qui s'acharne à retourner une terre ingrate, ce menuisier qui façonne un bois réticent et ce forgeron qui voudrait maîtriser le fer et le feu, et tous les autres… Ils sont tous malades, ces humains qui s'affairent sans cesse à chercher la perfection qu'ils savent inaccessible.

— Et toi, qui voudrais devenir léger comme l'oiseau, discret comme le lièvre au fond des bois, libre comme le vent…

— Tu me plais gamine. Ah ! si les âmes, les esprits pouvaient communier, je te marierais ma belle !

— Mais, qu'est-ce que tu dis ?

— Je dis que l'union des corps n'est que putride fornication. Tu verras bien, dans ta longue vie, qu'il n'y a rien de plus laid ni de plus ridicule qu'homme et femme en rut dans une saillie bestiale et vulgaire. Mais l'esprit, la beauté, les sentiments, les sensations extrêmes, la jouissance des âmes, il n'y a rien qui soit comparable de grandeur et d'idéal. Cette façon de comprendre, de ressentir, et puis de se comprendre, de ressentir ce que l'autre éprouve : oui, c'est peut-être ça l'amour, la passion absolue. Ce n'est que cela l'amour.

— Tu es devenu fou, Ragoutin.

— Peut-être bien.

— Je vais partir me louer à Budelière, chez monsieur et madame Duverger. Ce sont deux personnes âgées, très gentilles et encore vives d'esprit. Ils ont besoin d'une bonne.

— Je les connais. Il était contremaître aux mines d'or du

Châtelet. Ce n'était pas un mauvais bougre, mais un petit homme sans envergure.

— Tu l'as connu quand tu étais jeune ?

— Qui sait ? Bon, tu pars donc sur un nouveau chemin, c'est bien.

— Tu vas aussi t'en aller à nouveau ?

— Comme le vent, comme un courant d'air, je prends un autre chemin, et il est probable que nos sentiers ne se croiseront plus.

— Mais pourquoi ?

— Parce que c'est la vie ! Mais bien malin serait celui ou celle qui pourrait savoir de quoi demain sera fait. On va quand même se dire adieu.

— C'est triste.

— Pas tant que ça. Tu es jeune, et ton avenir s'ouvre devant toi. Réfléchis bien avant de prendre telle ou telle voie. Oh, et puis non, fais toujours ce que ton cœur te conseillera. Le bonheur est peut-être au bout de ce chemin-là.

— Alors, on ne se verra plus ?

— Non, on ne se verra plus. Mais ce ne sera qu'une apparence. On va souvent penser l'un à l'autre. Moi, quand le vent sifflera dans les cimes des grands arbres, quand s'en iront les géants ailés vers leurs cieux mystérieux, quand le soir tombera, quand l'aube renaîtra, je verrai, au travers d'un étrange rêve, Ophélia dessinant ton image, petite fée de mes songes.

— Ragoutin, une dernière chose : c'est comment, ton vrai nom ?

— Tu le sauras bien assez tôt !

— Alors, adieu.

— Adieu, ma belle.

L'ayant entraînée dehors, il tira la porte, tourna une grosse clé dans la serrure récalcitrante, et la dissimula derrière une pierre du mur.

— Tiens, je crois bien que Jean Mégnan a labouré sa pièce du champ Torsu.

— Oui, sans doute.

— Allez, petite, à la vie, pour toujours !

Il la laissa là, pétrifiée, tant de surprise que d'émotion. Se retournant une dernière fois il lui lança :

— Salut, l'enfant des Combrailles !

Il s'éloigna enfin à grandes enjambées, son sac balancé sur son dos. Sa silhouette s'estompa quelque peu à l'ombre des chemins creux doucement envahis de crépuscule, puis disparut complètement, avalée par la tentation du néant. Une larme de déconvenue coula sur la joue d'Angélique, une curieuse impression de grande froideur empreinte de solitude et d'abandon la tenaillait. Elle dut réagir. Le Ragoutin était parti. Elle aurait tant voulu que Marc soit là, à ses côtés, qu'il la prenne dans ses bras pour lui communiquer un peu de chaleur, de tendresse, qu'il lui fasse croire au lendemain, qu'il rompe la glaciale obsession.

Angélique dormit peu durant la longue nuit qui suivit le départ du Ragoutin et qui précéda son installation à Budelière. Tant de doutes assaillaient son esprit. Le vieux fou, ignoré et méprisé, s'en allait on ne savait où; il ne partait que pour elle, elle qui était la seule à s'inquiéter de sa destination. Ce Gabriel arrivait dans sa vie comme un souvenir qu'elle n'aurait jamais dû effacer... Et cette jambe traînante à la façon d'un boulet dont on ne peut se défaire, cette jambe qui, sans cesse, se raccrochait au passé, sans cesse, rejoignait le présent. L'angoisse confinait au cauchemar. Dans ce tourment, le sourire de madame Duverger transgressait l'entendement, supposant quelque sournoise machination au service d'un sordide projet dont la raison s'évanouissait en incohérence insoutenable. Angélique s'était brusquement assise sur sa couche. Elle avait peur, elle transpirait, respirait fort, écarquillait les yeux, sans rien voir dans la nuit opaque, pour enfin s'éveiller, sortir du labyrinthe infernal où elle était encore prisonnière. Elle ressentit d'abord le contact de ses mains sur le drap épais et rugueux, puis son corps tout entier sensibilisé. La fraîcheur monta de ses reins à son dos, à sa nuque; ses cheveux collés sur son visage chatouillèrent ses joues et ses lèvres. Elle perçut enfin le ronronnement régulier du gros chat qui dormait sur son édredon. S'allongeant doucement, pour éviter de déranger le sommeil de l'animal, elle songea, dans un sourire, à la fuite éperdue du Ragoutin et de sa chienne, par monts et par vaux, sur un courant de vent fabuleux, dans un souffle d'éternité.

Le silence et le calme reprirent leurs droits. Angélique s'assoupit. L'aube inonda le monde de lumière et de vie. Un rai de soleil se hasarda sur le visage juvénile de la princesse endormie. Elle s'étira, ouvrit délicatement les yeux, resta un instant engourdie dans la chaleur de sa couche, puis se leva. Antoinette s'affairait déjà aux tâches ménagères.

— Tu te lèves de bien bonne heure ! Gabriel ne passe nous prendre que vers huit heures.

— Oui, je sais, mais je ne pouvais plus dormir.

— Tu as des petits yeux ; comment vont te juger tes nouveaux patrons ?

— Ça ira bien. Un peu d'eau sur le visage et il n'y paraîtra plus. Je dormirai mieux la nuit prochaine.

— Ce n'est pas sûr : dans un nouveau lit, dans une nouvelle chambre…

— Ça ira, va.

La simplicité voulue de la réponse coupa court à la conversation anodine. Après quelques ablutions, Angélique sortit sur le pas de la porte. Elle scrutait l'aube naissante quand lui revinrent les paroles du Ragoutin : Mégnan avait dû labourer. Pourquoi donc le vieil homme avait-il évoqué cette péripétie ? Etait-ce pour l'inciter à aller voir la terre fraîchement retournée ? Elle avait une petite heure devant elle, et, sans prévenir, elle se hâta de rejoindre l'endroit d'où elle pourrait observer le guéret. Là-bas, derrière la ligne d'horizon, la lumière grandissait. Toute chose prenait forme, s'animait, soupçonnait la vie. Respirant une grande bouffée d'air frais, Angélique fut parcourue d'un frisson empreint de pureté, de sérénité, peut-être de liberté. De la terre émanait une brume mystérieuse. Amusée, la jeune fille se dit que la dame blanche, Ophélia des poètes, allait bien prendre forme dans la magie conjuguée de la clarté céleste et de la vapeur terrestre. Elle concentrait son attention sur le fantastique spectacle qui enveloppait la nature d'un songe fabuleux, quand une forme bondissante traversa le labour. Un chevreuil gracile, semblant voler de sillon en sillon, teinta le tableau bucolique d'une touche de merveilleux. Les mots se bousculèrent dans sa conscience éblouie, mais aucun ne s'imposa à sa raison bouleversée. Seule une impression de fascination, de total envoûtement la pétrifia un long moment. Son hypnose s'estompant, elle remarqua le soleil triomphant, qui lui communiquait déjà une douce chaleur. Le jour était là, et la réalité reprenait le pas sur le rêve et la poésie.

Une charrette arrivait à Bardane. Angélique reconnut la voix de Gabriel qui commandait l'attelage. Elle rejoignit bien vite son logis.

Chez les Duverger, Angélique se sentit tout de suite à son aise. La vieille dame la prit rapidement en amitié. Son mari fut plus distant mais témoigna tout de même quelques signes de sympathie qui rassurèrent définitivement la jeune bonne. Les Duverger avaient derrière eux une vie paisible. Aujourd'hui, ils réclamaient une compagnie calme et dévouée, discrète et intelligente. La jeune fille comprit ce qu'on attendait d'elle et se plia volontiers à ce rôle qui lui convenait. Elle pensait souvent à Marc et se laissait même aller à en parler avec Clotilde Duverger qui, à son tour, lui contait ses frasques de jeune bourgeoise découvrant la vie et l'amour. Et puis un jour était arrivé Louis Duverger, pour qui elle avait éprouvé un sentiment si fort qu'il avait duré et résisté à tous les pièges rencontrés depuis une soixantaine d'années. La jeune fille admirait leur grandeur d'âme à tous les deux, leur philosophie à l'égard des choses de la vie. Son travail de servante n'avait rien de très original, mais elle trouvait de la fantaisie dans l'accomplissement des tâches les plus simples ; elle semblait tout bonnement heureuse de vivre, et communiquait sa bonne humeur à son entourage. Un jour qu'elle fredonnait un air bien doux d'une très vieille chanson du folklore limousin, Clotilde reprit au hasard des paroles un rien de refrain dont elle se souvenait. Toutes les deux en rirent, puis madame Duverger de remarquer :

— Ma petite, tu as une très jolie voix. Tu n'as jamais pensé exploiter ce don de la nature ?

— Non, madame, qu'en ferai-je ? C'est un loisir, ce n'est pas un travail.

— Comment ça, innocente ! Mais le travail n'est pas le seul fait des mains ; tu ne sais donc pas que l'on peut travailler avec ses méninges ? Comment crois-tu qu'on puisse arriver à composer des symphonies sans travailler ?

— Je sais bien, madame, mais je ne saurais pas composer, je me borne à chanter quelques rengaines populaires.

— Justement, quand je te disais d'exploiter tes facultés, je pensais bien à la chanson. Oh, tu en as des choses à apprendre ! Termine le ménage dans le petit salon, et viens me rejoindre au jardin couvert, j'ai des aventures à te conter. Il faut que tu saches ce qui se passe ailleurs, dans le grand monde.

Angélique épousseta les bibelots, nettoya les miroirs, rangea ici et là. Quand tout lui parut en ordre, elle rejoignit enfin Clotilde.

— Viens par là, petite, assieds-toi ici. Tiens, regarde cette affiche. Ne trouves-tu pas une ressemblance ?

— Non, je ne vois pas... Peut-être le musicien, avec monsieur Louis ?

— C'est ça. Tu es très perspicace, ma fille ! C'est bien lui.

— C'est tout de même difficile à imaginer.

— C'était en 1842 je crois, ou 1843, Louis jouait du violon à merveille, et il avait pris l'habitude de rejoindre dans les cabarets parisiens un groupe d'étudiants, des amis à lui, pour jouer quelques airs et se faire un petit pécule.

— A Paris !

— Eh bien oui, à Paris. Cela t'étonne donc tant que ça ?

— Paris, ça me fait rêver.

— C'est la plus belle ville du monde, et le berceau de l'art dans toute sa splendeur. Nous nous sommes connus là-bas, Louis et moi. Ce qui nous a rapprochés, ce sont nos origines limousines. Se retrouver à Paris à vingt ans, ce n'est pas toujours très facile ; c'est merveilleux mais aussi assez déconcertant. Le premier réflexe, c'est de se faire des connaissances, de lier amitié pour se sentir moins seul et aussi trouver de nouveaux repères. Entre étudiants, on parlait de nos pays, avec notre accent. Louis était beau, sensible et musicien. Le violon, ma petite, ça vous tire sur les sentiments si fort que les larmes d'émotion vous coulent sur les joues. Il a essuyé mes premières larmes, et j'ai pris cette main charitable dans la mienne. On ne s'est plus quittés.

— C'est une belle histoire d'amour, madame.

— Oui, une histoire un peu désuète à notre époque où l'amour a bien changé. Mais toi, tu n'as jamais eu l'occasion de t'essayer à la musique ?

— Si, si, madame, d'abord j'ai pu jouer quelquefois du piano au château des Aubrelles où maman travaillait comme chambrière.

— Chez les de Gourgaud.

— C'est cela, madame, chez eux. Alban, leur fils, a le même âge que moi, et nous avons été élevés ensemble durant nos premières années. Je n'ai jamais pris de cours de solfège à cette époque, mais je suivais ceux qui étaient dispensés à Alban, bien sage dans mon coin. C'était un jeu entre nous deux : je lui avais demandé de trouver une solution pour que je puisse écouter, alors il exigeait que je sois présente en tout lieu où il se trouvait. Ça a marché pendant quelques années. Après les cours, nous pouvions échanger nos impressions sur ce que nous avions plus ou moins compris. Ce fut mon initiation à l'art musical, si l'on peut dire, mais j'étais très jeune, et l'instruction par procuration… Je n'ai pas appris grand chose, bien entendu, mais j'avais saisi quelques notions essentielles. Ce fut, en quelque sorte, une sensibilisation qui me fut utile pour la suite.

— La suite ? Quelle passionnante histoire !

— Oui, oui, la suite, je vais y venir, c'est le plus drôle de l'aventure. Mais avant, je veux vous dire mon premier contact avec un piano : il y en avait deux dans la salle de musique, et Alban me permettait d'y accéder quelquefois. Quand, pour la première fois, mes doigts ont touché les notes, je ne peux pas bien expliquer ce qui s'est passé, je n'étais plus vraiment maîtresse de mes mouvements, un peu comme si mon oreille et quelque chose dans ma tête guidaient mes doigts sur le clavier. J'étonnais tout le monde, mais on ne me laissa pas exprimer cette révélation. Les gens des Aubrelles me considéraient comme la petite paysanne que je suis, et rien de plus. Je n'eus pas accès à l'instrument en dehors des escapades organisées avec Alban, en cachette.

— Mais alors, cette suite ?

— Le bon Dieu, ou ses saints, ou sainte Valérie.

— Qu'est-ce que tu dis là, mécréante, tu blasphèmes !

— Non, je plaisante seulement, mais laissez-moi croire à mon petit miracle. Quand je suis allée me louer chez les épiciers de Chambon, j'ai rencontré sœur Etiennette.

— Sœur Etiennette ? D'où sort-elle celle-là ?

— C'est une nonne de Chambon. Elle est passionnée par la musique. Elle m'a appris un tas de nouvelles choses sur son art. Elle est vraiment extraordinaire ; je ne l'ai pas vue depuis quelque temps, et elle me manque.

— Tu pourras bien aller à la messe jusque là-bas, un de ces dimanches, si tu veux. Tu pourrais ainsi la rencontrer.

— Ça me ferait plaisir, et à elle aussi, je crois.

— Eh bien, soit !

— Sœur Etiennette est une véritable virtuose de l'orgue, et elle connaît maintes choses. C'est une érudite et un professeur de premier ordre.

— Tu m'en diras tant, ma fille ! En définitive, je veux bien croire à ton miracle.

— Vous êtes très gentille, madame.

— Et toi, tu me plais beaucoup, petite. Mais tu n'as jamais été attirée par le violon ?

— Je n'ai jamais eu l'occasion ; je n'ai pas d'instrument, alors je chante.

— Et si tu nous chantais quelque chose, là, maintenant, pour Louis et moi ?

— Pour monsieur Duverger ?

— Il nous écoute, il a encore une très bonne ouïe. Connais-tu *le Temps des cerises* de Jean-Baptiste Clément ?

— Oui.

Le silence se fit, puis la voix magique inonda l'instant. A peine timide au tout début, elle s'épanouit de si belle façon qu'elle emplit le cœur des deux spectateurs attentifs. Quand elle eut terminé, Angélique remarqua l'émoi de sa patronne ; elle lui parla doucement, tendrement :

— Madame, vous pleurez ?

— Ce n'est rien, va, mais cette chanson est tellement belle. Et tu l'interprètes si bien. C'est toute notre jeunesse que tu chantes là. Allez, va, va travailler un peu maintenant, j'ai besoin de me reposer.

— Voulez-vous que je vous raccompagne jusqu'à votre chambre ?

— Non, je vais attendre là.

— Et monsieur ?

— Laisse-nous, petite. Va mettre de l'ordre dans le vestibule, va.

Les rapports entre ces trois êtres ne s'arrêtèrent pas à la manifestation d'une trop grande nostalgie. Bien au contraire, tant Clotilde que Louis s'efforcèrent de suggérer à leur servante des airs et des textes qu'elle ne connaissait pas. Le violoniste maîtrisait un sérieux répertoire. Il ne jouait plus depuis longtemps, n'en ayant plus l'envie ni la force. Mais l'intérêt nouveau que suscitait la présence d'Angélique, naturellement douée, fut de nature à raviver moult souvenirs que le vieil homme avait remisés au plus profond de sa conscience. Ils lui revenaient à n'importe quel moment de la journée ; quelquefois même en pleine nuit. Et la jeune fille ne s'étonnait plus de percevoir, à travers son léger sommeil, la voix éraillée qui s'élevait dans les ténèbres pour rendre une soudaine réminiscence d'une jeunesse bohème et poétique. Elle apprit ainsi plusieurs chansons anciennes qui hantaient le passé des Duverger. La maisonnée s'égaya, chacun fredonnant, reprenant l'air par l'autre entonné, en attaquant un nouveau jusqu'à ce qu'on l'ait reconnu et ajouté au répertoire déjà très fourni. Louis Duverger se hasarda même jusqu'à ressortir son violon de l'étui dans lequel il l'avait enfermé il y avait de cela deux décennies. Quand il voulut montrer ses talents, une vieille corde ne résista pas à la tension nécessaire. Louis ne put ni montrer sa virtuosité, ni même concrétiser les vertus, par lui-même vantées, de l'instrument vénéré. On décida sagement de réparer et de remettre à plus tard la démonstration ébauchée. Angélique riait de la mésaventure et son rire était charmant. Un climat de grande sympathie unissait désormais nos trois lurons autour de ritournelles amusantes.

Le temps passa ainsi dans la bonne humeur. Louis promettait de se remettre sérieusement au violon, Angélique chantait tout au long des journées tout en assumant sa tâche, Clotilde lui narrait sa jeunesse et la vie parisienne au temps des cafés-concerts. Le rêve s'emparait souvent des instants magiques où la jeune fille gravissait la scène du caf'conc', où elle donnait un récital flamboyant, où elle saluait enfin sous les applaudissements chaleureux.

Un jour qu'elle faisait quelques courses au village, on apostropha Angélique :

— Tu es bien fière, demoiselle !

— Marc !

Ils échangèrent un regard qui stagna sur un silence édénique.

— Tu es là.

— Comme tu vois. Tu es très belle, de plus en plus belle.

Confuse et très émue, elle s'approcha pour l'embrasser tendrement sur sa joue fraîche. Il la serra contre lui, leurs lèvres s'effleurèrent.

— Marc, tu m'as manqué. Ça fait si longtemps.

— Le travail, tu sais, ce n'est pas tous les jours facile. Il faut que j'assume, et les journées ne sont pas assez longues.

— Il faudrait que l'on puisse rester un peu ensemble. Tu as du temps ?

— Oui, j'ai toute la journée pour toi.

— Bon, alors viens avec moi jusqu'à la maison. Je vais te présenter à mes patrons, ils sont adorables, ils comprendront. Mais il faut que je leur dise.

— C'est comme tu veux, mais je peux revenir un autre jour, si tu crois.

— Non, non, ne te sauve pas, je te garde.

Elle prit sa bicyclette, marchant à côté.

— Monte dessus, va, moi aussi j'ai un vélo, et pas n'importe quoi, un vrai vélo de coureur.

— Quoi ?

— Enfin presque. Mais il faut quand même pédaler pour le faire avancer.

— Gros malin, essaie donc de me suivre.

— Sans problème !

Elle le devança un instant, mais bien vite attendit qu'il la côtoie. Tous les deux semblaient rayonner de bonheur.

— Ça me fait vraiment très plaisir de te revoir.

— Moi aussi, Angélique. Mais il faut que je te dise…

— Quoi encore ? Non, sois sérieux un moment, s'il te plaît.

— Je le suis.

Elle s'arrêta, nerveuse. Il l'imita, plongea à nouveau son regard dans le sien :

— Angélique, je t'aime beaucoup.

— C'est tout ? Tu me fais rire.

— Non, écoute, je t'aime, mais je vais devoir partir effectuer mon service militaire.

Elle le fixait toujours, et lui tentait d'échapper à son émotion. Le silence durait ; Angélique accusait le coup. Bien sûr, ce service militaire était une chose logique, habituelle, prévue même, mais c'était aussi, pour elle qui vivait au quotidien sans trop penser au lendemain, une agression à la bonne marche de sa vie. Il fallait pourtant se ranger à la raison.

— Bon, et alors, qu'est-ce que ça change ? Moi aussi, je t'aime bien. On s'aime bien, voilà tout. Et tu vas accomplir ton devoir de bon petit soldat. Bon ! C'est la même chose pour tous les garçons, alors voilà.

Sa voix s'était étranglée. Elle se reprit bien vite :

— Tu me fais de la peine, Marc Cussejat. Qui s'occupera de moi quand tu seras loin ? Et toi, qui iras-tu voir à ton service militaire ?

— Je n'y peux rien.

Il avait l'air sincère et désolé.

— Tu ne pars pas aujourd'hui, quand même ?

— Non, la semaine prochaine seulement. Je suis mobilisé à Clermont-Ferrand pour faire mes classes, ce n'est pas très loin. Mais après, ils voudront peut-être m'envoyer ailleurs.

— Eh bien, ce sera comme ils décideront.

— Oui, bien sûr.

— A Clermont-Ferrand ?

— C'est ça.

— Alors si on s'aime encore à ce moment-là, on pourra s'écrire.

— Oui, si tu veux.

— Allez, on y va, on pensera à la mère patrie plus tard. Ce soir, tu es à moi. Viens, je vais te présenter aux Duverger, futur héros de la nation.

— Arrête, s'il te plaît.

— C'était pour rire !

L'insouciance semblait tout à coup reprendre ses droits. Après tout, si la bonne humeur triomphait ! Marc regarda son amie s'éloigner rapidement. Il se lança à sa poursuite et dut faire un effort considérable pour la rattraper. Quand ils arrivèrent à la maison bourgeoise, avant d'atteindre le perron, il la retint par le bras :

— Angélique, quand je serai loin, tu n'iras pas en voir un autre ? Tu m'attendras ?

— Peut-être, je ne sais pas. Oui, peut-être. Mais toi, est-ce que tu reviendras ?

— Eh ! peut-être bien, peut-être pas.

— Alors, profitons d'aujourd'hui ; après, on verra.

— C'est cela ; tu as mille fois raison. Mais je peux te promettre de ne jamais t'oublier ; et puis, je te fais un serment.

— Oh ! lala ! un serment !

— Si tu as besoin de moi, je reviendrai du bout du monde pour voler à ton secours.

Elle éclata de rire devant tant de naïveté.

— C'est vrai que je t'aime bien.

— Qui est là ? C'est toi, Angélique ?

— Oui, madame, c'est moi. J'ai rencontré mon ami Marc, au bourg. Je vous l'amène pour vous le présenter. Vous vous souvenez : c'est lui qui m'avait conduite, à notre premier rendez-vous.

— C'est bien Angélique. Montez, nous allons faire connaissance. Venez, jeune homme, venez, que l'on puisse juger des goûts de notre protégée !

Le temps passa très vite, parce qu'en bonne compagnie il en est toujours ainsi. Quand approcha l'heure du dîner, Marc dut prendre congé. La jeune fille le raccompagna.

— Pourrait-on se revoir avant mon départ ?

— Si tu veux, mais j'ai mon travail, et tu as le tien.

— Et je dois déjà prendre le train dimanche.

— Décidément, rien n'est facile.

— Ecoute : si je peux revenir, je te le ferai savoir. Mais je ne peux rien te promettre, il y a beaucoup à faire à la maison. Et Maurice est loué dans le Bourbonnais, il ne peut pas rentrer avant la fin de la semaine prochaine. Rien n'est facile, comme tu dis. De toute façon, le service militaire, ce n'est pas la prison. Je reviendrai bien en permission. Alors là, on en profitera, si tu veux.

— Je veux bien. Mais on s'écrira ?

— Moi le premier, comme ça, je te raconterai ce qui se passe à l'armée et je te donnerai mon adresse.

Elle s'approcha de lui, saisit ses mains, les mit sur sa poitrine.

— Tu écoutes mon cœur, comme il bat fort pour toi ?

Il lui répondit par un sourire forcé, ne sachant plus que faire.

— Embrasse-moi très fort, et va-t'en vite, je t'en prie.

L'étreinte dura, reprit et dura encore. Leurs corps en feu durent pourtant se séparer. Sans comprendre ou pouvoir expliquer ses gestes, son comportement, Marc sauta sur sa bicyclette et disparut bientôt sans s'être retourné. Décontenancée, fragile et abandonnée, la jeune fille aurait voulu fondre en larmes et se précipiter sur son lit, épancher sa peine et son désarroi dans son infinie solitude. Quand elle se retourna enfin, Clotilde était là. Elle la prit doucement par les épaules :

— Viens, ma belle, ne sois pas triste. Tu es encore bien jeune, tu n'as que quinze ans. C'est l'âge des grandes émotions, des grands sentiments, je sais cela. Mais ton amoureux est jeune aussi. Vous avez toute la vie devant vous. Et tu verras, la vie est belle. Ne t'en fais pas pour lui, il est de la race des purs et durs, des fortes personnalités. Tu peux compter sur lui. Si ta mémoire est fidèle, la sienne le sera, crois-moi. Allez, viens. On va préparer la soupe à monsieur Louis, toutes les deux.

— Oui madame.

— C'est bien, tu es une grande fille.

Ce matin-là, il faisait lourd, l'air était chargé de l'odeur des fenaisons. L'été débutait. Les passereaux s'étaient déjà lassés de leur enthousiasme printanier. L'aube ne résonnait plus de leurs mille chants harmonieux appelant le temps des amours. Angélique ouvrit les fenêtres du rez-de-chaussée afin d'aérer avant que la chaleur ne se fasse trop oppressante. Elle prépara le petit déjeuner, puis vaqua à quelques travaux anodins. Elle s'étonna, tout à coup, du silence des lieux. Elle hésita, puis tenta de réfléchir à cette situation embarrassante. Si les Duverger dormaient paisiblement, était-il utile de les déranger ? Mais s'ils avaient un problème, fallait-il intervenir ? Et quel problème pouvaient-ils avoir rencontré ? Leur était-il arrivé quelque chose ? Possible : mais à tous les deux en même temps, ça ne paraissait pas sérieux. L'un ou l'autre se serait bien manifesté. Il y avait suffisamment de complicité entre eux et leur servante pour qu'ils n'hésitent pas à agir ainsi. Non, il convenait d'attendre. La jeune fille s'occupa à nettoyer un parterre qui jouxtait la maison. Quand elle interrompit ce jardinage, la matinée était bien avancée et ses patrons n'avaient toujours pas bronché. Elle avait eu le temps d'envisager cette éventualité, et sa décision était prise. Elle monta rapidement à l'étage, suivit le couloir jusqu'à la chambre à coucher de Clotilde et Louis. Elle frappa, doucement d'abord, puis plus fort, très fort : rien, aucune réponse. Elle ouvrit discrètement la porte. La pièce était sombre et parfaitement calme. Angélique s'avança, mais n'osa pas aborder le lit conjugal. Elle courut à la fenêtre pour l'ouvrir sur la lumière du jour. Sur le grand lit, ils étaient allongés, immobiles. La jeune fille retint un cri d'angoisse mais dut bien enfin approcher. Craintive, elle saisit la main flasque de madame Duverger, qui resta sans réaction. Elle était pourtant chaude, et cette sensation rassura définitivement la petite servante qui se rasséréna. Elle appela, mais n'obtint aucun résultat. Lorsqu'elle se porta auprès de Louis, elle comprit que la vie l'avait quitté. Au contraire de son épouse, son contact était glacial et figé. Après une seconde de panique, Angélique se précipita au dehors, enfourcha sa bicyclette et prévint le plus proche voisin. Médecin, gendarmes et curé investirent bientôt les lieux. La jeune fille comprit que monsieur Duverger était décédé dans la nuit, et que sa femme avait décidé de le suivre en ingurgitant une forte dose de médicaments qui l'avait laissée inconsciente.

Un gendarme apostropha Angélique :

— Mademoiselle, il va falloir que nous vous interrogions.

— Je n'ai pas grand chose à dire, vous savez. Comme d'habitude, je me suis levée à l'aube, j'ai préparé les petits déjeuners et j'ai attendu que madame ou monsieur se lève. Constatant leur absence, je suis montée et les ai trouvés comme vous les avez vus.

— Elle dit vrai, brigadier. Il n'y a rien de louche dans l'affaire, faites-moi confiance.

— Bien, bien, je le crois aussi, mais il faudra tout de même que je prenne votre déposition. De toute façon, vous ne pouvez plus rester ici, maintenant. Madame Duverger va être hospitalisée un certain temps. Où irez-vous ?

— Je vais retourner chez maman, à Biaule.

— Bon, écoutez, plutôt que de vous faire accomplir un trajet inutile, nous allons vous emmener avec nous jusqu'à la gendarmerie. Nous prendrons votre déposition, de pure forme, j'entends bien, ne craignez rien. Et puis je vous ferai raccompagner.

— Brigadier, si vous voulez, je pourrai la ramener jusqu'à Chambon. Je dois visiter mon confrère, le père Bertrand, aujourd'hui même.

— Soit, monsieur le curé. Nous en avons pour une heure environ, puis nous vous enverrons la jeune fille.

— Il faut que je prenne mes affaires.

— Bien sûr, faites.

— Tu n'auras qu'à mettre ton balluchon dans ma voiture, petite, et tu me rejoindras au presbytère dès que tu en auras fini avec ces messieurs. N'aie crainte, je te raccompagnerai jusqu'aux Aubrelles, je connais ta mère.

— Merci, monsieur le curé.

— Va ma petite, et nous ferons une halte à Chambon, tu pourras peut-être voir sœur Etiennette.

Ainsi s'acheva le séjour d'Angélique à Budelière, dans le drame, brusquement et sans ménagement. Elle n'était plus la petite sauvageonne de Bardane. Tout concourait à lui forger une personnalité, à la précipiter dans le monde des adultes, à la faire femme.

Ni Antoinette ni Gabriel ne parurent très enthousiasmés par le retour d'Angélique. Elle était triste d'avoir perdu sa place, d'avoir vu monsieur Duverger sans vie, de savoir Clotilde malade et dans la peine. Elle fut gênée par l'attitude même de sa mère lors de leurs retrouvailles, bien confuse aussi d'arriver chez Gabriel sans avoir d'autre recours.

— Monsieur le curé ! Qu'est-ce qui se passe ?

— Je vous ramène votre fille, elle n'a plus d'emploi. Dieu a rappelé monsieur Duverger à ses côtés, cette nuit même, et madame est bien mal en point. Les gendarmes ont fait fermer leur maison.

— Les gendarmes !

— Oh, par pur formalisme, je pense. Mais occupez-vous de la jeune fille, elle est choquée de tous ces événements. Vous allez bien pouvoir la recueillir quelque temps : le temps pour elle de retrouver une place.

— Oui, certainement monsieur le curé ; mais les places ne courent pas les rues, et ça fait déjà deux qu'elle perd avant le terme.

— Je ne sais pas pour la première fois, mais là, elle n'y est pour rien, la pauvrette.

— N'empêche qu'il va falloir la nourrir.

— Allons, c'est votre fille, et elle est courageuse, elle trouvera bien vite quelque chose à faire.

— Oui, en tout cas, merci de l'avoir reconduite, monsieur le curé.

— Ce n'est rien, ce n'est rien. Il fallait bien que quelqu'un s'en charge. Ça m'a fait plaisir, je l'aime bien, moi, votre Angélique. Et je connais une bonne amie à moi qui m'en dit le plus grand bien. Vous connaissez sœur Etiennette, de Chambon.

— Ah ! la bonne sœur, la musicienne, les gens disent qu'elle n'a pas toujours toute sa raison.

— Des mauvaises langues. Allons, il se fait tard. Viens jeune fille, je vais t'aider à descendre ton balluchon.

— Oui, monsieur le curé.

Bien à contrecœur, mais par nécessité, Angélique se retrouva à l'entrée de la maison de Gabriel, qui arrivait à l'instant.

— Qu'est-ce qui se passe ?

— La gamine qui revient. Le vieux est mort et sa femme est devenue gâteuse, ça fait que l'Angélique n'a plus de travail.

— On lui en donnera. Va poser tes frusques, ta mère va te donner de l'ouvrage. Tu peux rester avec nous quelque temps, je te l'avais dit. Mais il faudra retrouver une place. Ce ne serait pas sain qu'une grande fille comme toi reste sans rien faire.

— Oui Gabriel, je ferai comme vous voudrez. Merci de me garder.

— Bon, mais on s'est compris, tous les deux ?

— Oui, oui.

Bien que très fatiguée, la jeune fille ne trouvait pas le sommeil. Son lit était pourtant confortable, disposé à l'écart, dans une remise qu'elle avait pris le temps de nettoyer. Un gros drap de lin la couvrait jusqu'aux oreilles. Elle pleurait doucement, puis s'énerva de cette réaction de renoncement, avant d'éprouver une impression démesurée de vide et d'abandon, de désespoir.

— Marc, mon Marc, je voudrais que tu reviennes, que tu sois là, près de moi.

Sa petite voix s'étrangla. Les promesses les plus sincères laissaient souvent l'espérance sans lendemain, et leur secret engagement n'avait plus de sens. Marc était ailleurs, très loin d'ici, et il ignorait tout de la détresse infinie dans laquelle se trouvait celle qu'il avait cru aimer. Elle pensa qu'à cet instant d'intense désarroi pour elle-même, son ami avait ses propres préoccupations et n'avait cure du drame qui pouvait se dérouler aux Aubrelles. A elle de s'en sortir toute seule. Dans la nuit trop noire, la mort ricanait, puis s'en allait en faisant signe qu'elle reviendrait, tôt ou tard. Le corps sans vie d'un vieil homme, son visage figé sur le néant, hantait sa conscience juvénile. La sévérité d'une mère sans pitié assaillait la déconvenue de la jeune fille qui n'avait d'autre ressource que de devoir implorer sa charité. Le regard glacial de Gabriel et son sourire cynique lui faisaient craindre la proximité de cet homme brutal.

L'aube tardait à poindre. Un grand silence enveloppait les ténèbres. Sans avoir pu dormir, la jeune fille ressentait tout de même une grande décontraction, un repos du corps malgré les tourments de l'esprit, du moins s'en remettait-elle à cette impression. Dès lors éveillée, elle perçut tout à coup des grincements, des chocs, des gémissements et des grognements sourds. A côté, au comble de la lutte amoureuse de deux êtres désireux l'un de l'autre, un accouplement sordide avait lieu. A l'idée de cette immonde saillie, Angélique fut horrifiée ! Elle contracta ses muscles comme pour résister contre une force occulte, quelque chose d'irréel qu'elle ne voyait pas, une sorte de cauchemar ! Les bruits cessèrent. La raison reprit peu à peu ses droits. A l'horizon, l'aube naissait. Elle alla prendre une grande bouffée d'air pur. Les affres de la nuit s'estompèrent. Tout cela était et serait. Elle comprit qu'elle ne resterait pas longtemps ici. Où irait-elle ? Son avenir stagnait dans une brume épaisse, mais bientôt, la brise légère dissiperait les doutes et Angélique partirait.

Avec zèle et courage, elle se rendit utile de son mieux aux tâches ménagères comme aux travaux des champs. Antoinette et Gabriel ne se prononçaient plus sur son éventuel départ, reconnaissant unanimement son utilité dans le quotidien du couple. Ils se seraient bien accordés à maintenir la situation telle qu'elle était, l'acceptant tacitement tant qu'elle répondrait à l'intérêt de chacun. Mais il y avait les nuits, les nuits de rut qui dégoûtaient la jeune fille, l'obsédant au point qu'elle attendait les bruits. Elle culpabilisait aussi sur ces tourments qui agitaient son propre corps en émoi. Elle dut pourtant supporter cette situation malsaine pendant plusieurs mois. Quand elle avait terminé son ouvrage et que les adultes étaient occupés ailleurs, elle profitait d'un peu de liberté pour aller courir les champs, les chemins creux, les vallons, les collines, se fondant à la nature qui entretenait le charme de son pays des Combrailles. On la voyait errer ici et là, sans raison apparente aux yeux des paysans avilis au travail et refusant de comprendre qu'on pût trouver une part de bonheur à simplement respirer, observer, marcher. Et on parlait d'elle avec la même ironie qui avait accompagné les rumeurs les plus fantasques sur les pérégrinations du Ragoutin. Antoinette ne supporta pas le qu'en-dira-t-on indélicat, moqueur, méchant, sournois. Elle y trouva une parade qu'elle imagina imparable.

— Angélique, nous avons à parler.

— Oui mère, qu'est-ce qui ne va pas ?

— Ce qui ne va pas ? C'est que tu es une demoiselle, alors que tu te grimes en vagabonde, que tu passes de plus en plus de temps à parcourir la campagne sans but.

— Eh bien ?

— Eh bien ça doit cesser immédiatement. Je ne tolérerai pas que tu deviennes une sorcière comme ton Ragoutin, aux yeux du monde en tout cas. Ce serait ta perte.

— C'est absurde.

— Peut-être. Ecoute, je te connais bien et je te sais sincère et honnête. Je sais aussi que tu mérites d'avoir une vie, une vraie vie de jeune fille, de femme. Que dira Cussejat quand il reviendra du service militaire et qu'il te verra comme tu es devenue ?

— Oh, celui-là, il ne m'a même jamais écrit la lettre qu'il avait promis de m'adresser.

— J'ai pris une décision pour toi. Tu vas aller travailler au château, j'en ai parlé à monsieur Jacques, il est d'accord. Tu commences demain. Tu te laveras des pieds à la tête, il faut être présentable.

— Maman, je suis propre !

— Tu sens la terre !

Angélique eut un sourire amusé, sans révolte ni colère.

— Tu iras demain, n'est-ce pas ?

Elle ne répondit pas et s'en alla bien vite.

— Alors, qu'est-ce qu'elle t'a dit ?

— Elle n'a pas répondu, mais elle ira. Elle n'a pas le choix.

— Je vais aller la convaincre définitivement.

— Ne te mêle pas de ça.

— Ne t'en fais pas, je ne vais pas la brusquer, seulement lui faire comprendre ce que c'est que la vie.

— Ne t'en mêle pas, je te dis.

Il partit à son tour.

Angélique avait rejoint un de ses refuges favoris, un bloc de granit sous un gros merisier. Le soleil brillait de tous ses feux, la prairie s'étendait devant elle. Et là, dans ce havre de sérénité, elle pensait que d'aller travailler au château la répugnait. Elle se voyait déjà étreinte par les grosses mains de Jacques de Gourgaud, caressant ici, palpant là, la soubrette soumise. Mais elle songeait aussi à Alban qu'elle n'avait point revu, mais qu'on disait en visite chez ses grands-parents. Et si celui-là aussi tentait de profiter de la situation ? Le laisserait-elle faire ? N'était-ce pas une tradition entre les femmes de sa lignée et les hommes des Aubrelles que de copuler en secret ? Alban devait être un bel adolescent, sensible, intelligent, gentil, prévenant ; un homme tout de même.

— Tu es là, petite, je m'en doutais.

Elle tressaillit, se leva instantanément, dans un mouvement de recul.

— Ne te sauve pas, nom de Dieu ! J'ai eu assez chaud pour te rejoindre. Mais qu'est-ce qui te prend ?

— Qu'est-ce que vous me voulez ?

— Je veux te parler, te dire qu'il faut que tu acceptes d'aller travailler chez les de Gourgaud. Maintenant que ta mère a fait la proposition et que le Jacques l'a acceptée, il considérerait sûrement comme un affront un refus de ta part. Tu comprends ça, n'est-ce pas ?

— Je n'y ai pas encore songé.

— Menteuse, si tu es là, c'est que tu as quelque chose derrière la tête. Tu es toute drôle depuis quelque temps.

— Ne m'approchez pas ou je crie !

— Et qui veux-tu qui nous entende ?

— N'approchez pas !

— Je vais t'apprendre les bonnes manières, il faudra bien que tu y passes à la casserole, de toute façon, ma belle. Les nobliaux sont des chauds lapins. Ta mère ne faisait pas de manières avec le notaire, tout le monde le sait.

— Vous êtes grossier !

— Tous les hommes le sont. Je t'ai vue te baigner dans l'étang du Sudau, l'autre soir. Tu es bien gaillarde de te mettre toute nue à la vue du premier venu.

— Il ne fallait pas regarder !

— C'est que tu es une sacrée belle fille, et qu'un spectacle comme ça, on n'en voit pas tous les jours. Je t'ai vue te caresser, ma garce !

Il se précipita sur Angélique qui prit instantanément la fuite à travers le pré. Le boiteux entama un semblant de poursuite qu'il arrêta bien vite, éclatant d'un rire gras et puissant :

— Je t'aurai bien un de ces jours, à l'étang, pucelle, à l'étang !

Le rire continua. Il résonnait encore aux tempes de la jeune fille quand elle arriva à la maison. Elle claqua la porte de sa chambre et plongea sur sa couche pour étouffer sa rage, mêlée de honte et de dépit. Antoinette lui lança, à travers la cloison ténue :

— Demain matin, n'oublie pas que tu vas au château. Tu m'écoutes ?

— Oui, je t'ai écoutée !

Le soir venu, Angélique avala rapidement son bol de soupe et, sans échanger un regard avec sa mère ou Gabriel, regagna sa chambre.

— Elle fait la tête.

— Ça ira mieux demain.

Rancunière, elle ruminait une décision irrévocable :

— Parlez toujours, demain je serai loin.

Quand elle eut la conviction que les adultes dormaient, elle saisit un balluchon qu'elle avait pris soin de préparer. Endimanchée pour la grande occasion, elle sortit bientôt, le plus discrètement possible, et se précipita vers la grange où elle avait pensé prendre une bicyclette. Elle se ravisa devant l'engin ; ce larcin pourrait trahir ses intentions. Après tout, seulement cinq ou six kilomètres séparaient les Aubrelles de la gare d'Evaux. Elle prit la route d'un pas décidé. Une heure plus tard, elle atteignait la bourgade endormie. Les rues étaient calmes, silencieuses. Elle était enfin rassurée, après l'angoisse qui l'avait accompagnée durant tout son périple. Sans vouloir trop y penser, elle avait craint quelque mauvaise rencontre dans la pénombre ; elle avait eu peur d'être rattrapée à tout moment par le boiteux, averti par hasard de sa fuite.

La gare était généreusement éclairée. Plusieurs employés s'affairaient derrière le guichet. Sur le quai, on s'activait à quelques manœuvres. Hésitante, timide, elle poussa enfin la grande porte d'entrée du hall. Un couple la suivait, elle les laissa passer, afin de les observer.

— Deux billets pour Vierzon, s'il vous plaît.

— Voilà, voilà. Le train pour Paris, via Vierzon, sera là dans une heure vingt minutes exactement. Vous pouvez attendre dans la salle à côté.

Le rythme cardiaque de la jeune fille s'accéléra soudain, elle avait chaud. Quelle naïveté, quelle dérision. Mais où donc avait-elle voulu partir ? Elle réalisait qu'elle n'avait même pas un sou en poche. Tout à coup désolée, elle constatait une impuissance, une impossibilité, la réalité de sa médiocrité.

— Vous désirez, mademoiselle ?

— Euh… J'attends quelqu'un.

Gagner du temps, réfléchir, trouver un moyen de s'en sortir. Il n'y avait pas d'autre solution que de rentrer avant le jour au logis où les bruits recommenceraient. Ensuite, il faudrait aller au château pour s'offrir en pâture à ces messieurs. Et ce Gabriel de malheur qui aurait toujours un œil indiscret, à l'affût derrière chaque broussaille… La tête vide, le désespoir au cœur, Angélique sortit machinalement. Elle marchait lentement quand, tout à coup, il lui sembla entendre un pas qui la suivait. Sursautant, tremblant, elle scruta les ténèbres. Les sens en éveil, elle dut pourtant se rendre à l'évidence de sa solitude implacable. Une pensée traversa alors son esprit inquiet. Curieusement, ce fut le Ragoutin qui visita sa mémoire. Déambulant dans son humble demeure, il soulevait une pierre dans le coin de la cuisine et dissimulait dans la cache le petit sac qu'il tenait à la main, lançant à sa petite complice :

— En cas de besoin, ce sera notre réserve secrète.

Le train pour Paris serait là dans un peu plus d'une heure ; pas assez de temps pour retourner là-bas et en revenir ! La clé de la maison du Ragoutin devait être dissimulée dans une anfractuosité du mur, près de la porte, comme d'habitude. Mais comment accomplir l'aller et retour en si peu de temps ? Elle aperçut soudain une bicyclette, là, dans l'enceinte de la gare, appuyée contre un mur. Ce ne serait pas un vol, seulement un emprunt. Il n'y avait plus une minute à perdre. Personne ! Elle enfourcha la bicyclette et disparut dans la nuit. Elle pédala, toujours plus vite, soufflant fort, arc-boutée sur le cadre qui était un peu grand pour elle. Une lune blafarde s'était levée, dispensant une faible clarté, toutefois suffisante pour lui permettre de repérer son chemin. Elle arrivait déjà. Tout était à sa place. Elle tâtonna à peine pour retrouver la clé, puis le sac. Sans même vérifier son contenu, elle reprit sa course folle. Tout le long du retour, elle ne cessa de répéter : Ra-gou-tin, Ra-gou-tin, sans savoir pourquoi, n'osant arrêter de peur de perdre courage. Pour éviter de se faire remarquer, elle appuya la bicyclette contre la façade de la gare plutôt que de la replacer là où elle l'avait prise. On croirait peut-être à une simple farce.

Il restait environ dix minutes avant l'arrivée du train, Angélique reprit son souffle pendant quelques instants. Puis elle se dirigea franchement vers le guichet, et prononça victorieusement :

— Un billet pour Paris, s'il vous plaît.

— Aller-retour ?

— Aller seulement.

— Ça fera soixante-cinq francs.

Angélique eut un sourire. Elle ne savait pas ce que contenait le sac, peut-être seulement des pierres ? Allez savoir ! Mais la trahison ne fut pas de l'affaire, ni même le hasard et ses surprises. Elle en tira un grand billet de cinquante francs, un autre de vingt francs, qu'elle tendit à l'employé, qui lui rendit sa monnaie et lui donna son billet de transport.

— N'oubliez pas de le faire poinçonner par mon collègue, sur le quai, et hâtez-vous, le train part dans une minute.

Tout alla très vite. Elle se retrouva assise dans un compartiment où un jeune homme s'était levé pour lui céder sa place, le wagon étant bondé. Le galant garçon sortit dans le couloir où il s'appuya à la barre de protection, contre la paroi vitrée.

— Merci monsieur.

— C'est bien normal.

— Merci quand même.

Ils échangèrent un sourire cordial. La monstrueuse machine s'ébranla. Bientôt, le rythme obsédant de la traction vapeur s'imposa, berça les esprits, dispersa les doutes et engendra une atmosphère onirique dans une semi-inconscience collective. Les gares défilèrent ; on dépassa bientôt Montluçon. Le pays s'effaçait vers la découverte d'un nouvel univers.

Angélique ferma les yeux, et son rêve la transporta vers les Aubrelles.

— Elle ne s'est pas levée ?

— Je ne sais pas. Je n'ai rien entendu.

— Attends, je vais te la sortir du lit, la feignasse !

— N'entre pas dans sa chambre comme ça, s'il te plaît.

— Alors vas-y toi, et tout de suite.

— Elle n'est plus là.

— Et voilà, c'est gagné ! Elle sera retournée dans sa campagne ! Qu'est-ce qu'il va dire le Jacques ? Et d'elle, qu'est-ce qu'on va bien pouvoir en faire ?

— Elle a pris des affaires.

— Quoi ?

— Bon sang, elle aura fugué.

— Ah ! nom de Dieu, de nom de Dieu de merde ! Qu'elle ne s'avise pas de revenir, la garce !

— Mais où peut-elle être allée ?

— Au diable, qu'elle est partie, la satanée gamine ! Et il va falloir que je dise ça aux de Gourgaud ! Ah ! bon Dieu, qu'est-ce qu'ils vont dire ?

Angélique souleva une paupière : ses voisins étaient parfaitement sereins. Personne ne criait, et le train soutenait son acharnement métallique. La paupière se referma.

— Madame Duverger, vous allez mieux ?

— Ça va, ma petite ; alors, te voilà partie pour la capitale ?

— Oui madame.

— Dis-moi, c'est une très sérieuse décision. C'est beau Paris : ses monuments, ses jardins, ses artistes. Mais qu'est-ce que tu vas bien pouvoir faire là-bas ? Et où habiteras-tu ?

— Je ne sais pas encore. Il va falloir que je trouve un toit et un travail. Je crois que je vais essayer d'aller jouer du piano et chanter dans les cabarets.

— Oui, ça ne paie pas beaucoup, mais avec ce que le Ragoutin t'a laissé, tu pourras voir venir.

La jeune fille s'éveilla brusquement sur cette dernière phrase, qui lui sembla des plus saugrenues puisque Madame Duverger ignorait tout du Ragoutin et de ses secrets. Mais c'était bien là la question : que faire à Paris ? Déjà y aller ; après, on verrait bien.

A seize ans, on a l'avenir devant soi, et rien ne pouvait plus arrêter le destin en marche. Armée de son insouciance et de sa témérité, la main serrée sur son bas de laine, Angélique Terrage allait affronter le monde. Elle s'assoupit à nouveau, tranquillement, et ses rêves furent édéniques, ouatés, planant dans une atmosphère limpide. Dans l'azur des songes, seul un gros nuage blanc dessinait un visage de patriarche. Le sourire du Ragoutin disait, rassurant :

— N'oublie aucune des leçons de vie que tu as apprises dans ton enfance. Tout est important, dans le moindre détail. Et les animaux, les oiseaux, les plantes, la nature, sont des sources d'inspiration sans égales.

Un énorme soubresaut la fit tressaillir.

— Vierzon, Vierzon, quinze minutes d'arrêt ; départ pour Paris à 5 h 45.

Le train arriverait à Paris vers 8 heures et Angélique aurait sa journée pour se repérer et trouver la solution à son problème.

MONTMARTRE

— Terminus, tout le monde descend.

Une grande pancarte affichait Paris-Austerlitz. Les passagers s'étaient levés, s'activaient à récupérer leurs bagages. Angélique avait décidé d'une stratégie qui lui paraissait sage : elle observerait ses congénères afin de comprendre la marche à suivre. Le train stoppa dans un cri déchirant de ses freins meurtris ; plusieurs personnes reculèrent sous l'effet de l'arrêt brutal. Le couloir était plein et la foule progressait lentement vers la sortie. La jeune fille ne voyait ni ne percevait rien de ce qui se produisait. Sans pouvoir faire autrement, elle prit la suite de la file mouvante. Le jeune homme qui la suivait l'interrogea :

— Mademoiselle, vous n'oubliez rien ?

— Je ne crois pas.

— Vous n'avez pas de valise ?

— Non, j'ai seulement mon balluchon. A quoi servirait une valise pour le peu que je possède ?

— Vous êtes pauvre ?

— Non.

— Au moins, comme ça, vous n'êtes pas embarrassée.

— Voilà ! Vous êtes parisien ?

— Non, pas du tout ; je fais mes études à la capitale. Aujourd'hui, je dois passer un examen important. Et vous, vous êtes artiste ?

— Artiste ? A quoi voyez-vous ça ?

— Votre habit, votre coiffure et votre balluchon. Vous allez à Montmartre ? Ou plutôt à Montparnasse ?

— Ça, c'est mon secret.

— Allez, dites-moi votre nom de comédienne. Je ne vous embêterai pas plus longtemps, dès que nous aurons atteint le quai, je devrai filer vers la faculté. Seulement votre nom, pour le souvenir, et puis, peut-être vous verrai-je un jour sur scène ?

— Mon nom d'artiste est Ophélia.

— Merci, merci mille fois, je n'oublierai pas. A bientôt, j'espère.

— Bon courage pour l'examen, et pensez plutôt à vos études qu'aux demoiselles !

Ils furent tout à coup happés par la foule innombrable. Et Angélique ne douta pas un instant de devoir encore suivre le mouvement obligé. Après tout, elle n'avait pas à se demander ce qu'il convenait de faire puisque tout le monde allait dans le même sens. La ruée dura jusqu'à l'enceinte de la gare. Là, la cohue s'égailla rapidement dans toutes les direction. L'inconnu était là, derrière cette grande porte ouverte sur le monde nouveau. D'un rapide coup d'œil circulaire, Angélique put se rendre compte de l'importance de la ville. Sans hésiter, afin d'éviter de se faire remarquer outre mesure, elle se hâta, comme il paraissait commun de pratiquer, vers un large boulevard. Marchant toujours, elle atteignit bientôt le quai Saint-Bernard. Longeant la Seine, elle avait ralenti sa marche. Sur un banc, une vieille femme à l'allure négligée avait un comportement curieux. Elle gesticulait, haussant les épaules sans cesse, tendant une jambe, puis l'autre. Elle se saisit d'une bouteille de vin rouge, qu'elle avait laissée par terre, et but avidement plusieurs gorgées, avant de s'essuyer d'un revers de manche. Angélique n'en croyait pas ses yeux : les Parisiennes étaient-elles aussi mal élevées que les paysans limousins travaillant dans leurs champs ? Amusée, remarquant qu'on l'épiait, la clocharde s'extasia :

— Et alors, gamine, t'as jamais rien vu ? Te sauve pas comme une bourge, viens prendre un verre avec la grosse Fanny. Allez, viens, je te dis.

— Non, merci. Je ne bois pas de vin

— Comment ? Qu'est-ce qu'elle dit la déguisée ? T'es tombée du ciel ou quoi ? V'là que j'ai la berlue, c'est pas Dieu possible qu'elle soit vraie cette donzelle-là ? Mais, d'où que tu viens ma belle ? Où que tu crèches ?

— Je suis artiste de Montmartre.

— Ah, ah ! artiste qu'elle dit ! Tu t'es regardée ! C'est peut-être que tu voudrais de l'absinthe de poète ? Toutes des traînées, les artistes de la Butte. Allez, oust, pucelle ! Menteuse ! Blanche Neige !

— Et qu'est-ce que tu débines, la grosse ? Laisse passer cette gosse, elle ne t'a rien fait que je sache ?

— Te voilà, toi, c'est pas que t'aurais soif, parce qu'il n'y en a pas pour toi, profiteur !

— Tu voulais bien en offrir à la petite caille, alors, puisqu'elle n'en veut pas ?

— Approche pas, vaurien !

L'homme bouscula sans ménagement la grosse Fanny qui fit mine de prendre la fuite avec son litron. Mais elle trébucha et, contrainte par la pesanteur et un équilibre précaire de sa propre personne, s'arrêta. Elle tendit finalement la bouteille à son acolyte.

— Allez, bois ma vieille, bois tant que ta bedaine peut en absorber. Moi, je m'en vais à Montmartre, chez les artistes !

Elle fit une dizaine de mètres, s'appuya à un mur, s'affala et resta assise là, jambes écartées, bras ballants, regard vide.

Angélique reprit son errance. Son aspect avait fait l'objet de remarques de la part des deux personnes qui, jusque-là, l'avaient interpellée. Elle avait faim et soif, mais ne savait trop comment se procurer nourriture et boisson. Une courte panique traversa sa conscience, mais elle n'avait pas le choix : il allait bien falloir se débrouiller, au risque de finir ivrogne et de traîner indéfiniment sous les ponts. Bon, ici, pour manger ou boire, il fallait acheter, c'était l'évidence. Sur ce quai, il n'y avait pas de boutiques et les alentours semblaient plutôt mal fréquentés. Boulevard Saint-Germain : pourquoi pas ? Les bâtiments gigantesques impressionnèrent la petite ingénue. « Dix fois comme le château des Aubrelles ! », se dit-elle. Tout était démesuré, bruyant, accéléré : c'était Paris, la grande ville, la trop grande ville et son rythme infernal que la jeune fille doutait de pouvoir suivre. Elle se sentait spectatrice détachée de ce décors fabuleux, mais aussi grotesque, grandiose, mais aussi excessif. Tout concourait à déstabiliser l'enfant perdue, mais elle gardait confiance en se persuadant que ce monde était composé d'hommes et de femmes comme les autres, comme ceux de son pays, comme elle-même. Alors pourquoi cette immensité, pourquoi cette concentration, pourquoi ce gigantisme qui n'avaient rien d'utile ou de nécessaire ? L'homme avait-il ainsi fabriqué un monde différent pour échapper à sa condition première d'animal ? N'était-il pas à craindre qu'ici, dans un milieu à ce point sophistiqué, reconstitué, dénaturé, il ne perde toute notion des valeurs essentielles ? La jeune fille s'isola un instant, sous un porche désert, pour enfin compter sa fortune. La bourse était bien garnie : deux grands billets bleus et roses de cinquante francs, cinq autres noirs de vingt francs, et quatre bleus de dix francs, plusieurs pièces de un et deux francs, et une poignée de pièces percées de cinq, dix ou vingt-cinq centimes : une véritable petite fortune ! Le Ragoutin était un bon génie. Où avait-il bien pu récupérer autant d'argent, et de quelle curieuse manière ? Angélique eut bien un petit pincement au cœur en pensant lui avoir ravi ses économies. Mais, après tout, puisque lui-même ne venait plus à la brande, puisqu'il avait laissé le magot caché, puisqu'il en avait confié le secret à la gamine qui en avait tant besoin aujourd'hui. Peut-être un jour, aurait-elle l'occasion de lui rendre son bien, et peut-être même plus, pour le dédommager ? Elle poussa la porte d'une boulangerie.

— Et pour la petite dame ?

— Un petit pain, s'il vous plaît.

— Voilà !

Elle tendit une pièce de un franc

— Et voilà la monnaie.

— Merci, au revoir ; oh, pardonnez-moi, mais j'arrive de ma province et je dois rejoindre un groupe d'artistes à Montmartre, vous pouvez peut-être m'indiquer comment m'y rendre ?

— Euh, oui, euh, vous pouvez prendre le métropolitain, vous avez une bouche à cent mètres d'ici. Mais vous êtes seule ?

— Une amie devait me prendre à la gare. Mais, vous connaissez les artistes…

— Des gens merveilleux, mais ils n'ont pas un soupçon d'organisation ! Je ne vous apprends rien.

— Non !

Il la conduisit jusqu'à la rue :

— C'est là-bas, où les gens descendent. Renseignez-vous au guichet ; vous y serez en quelques minutes.

— Merci mille fois, à bientôt.

— Vous jouez où, si ce n'est pas indiscret ?

— Je joue ?

— Oui, le théâtre.

— Ah oui, excusez-moi, je suis bête ! Et un peu déboussolée, vous comprenez ?

— C'est bien normal.

— Eh bien, je ne sais pas encore, nous mettons la pièce au point.

— Alors, bonne chance à toute la troupe !

Le métropolitain : qu'était-ce donc encore que cette invention ? Un guichet souterrain : on allait bien voir. Fallait-il être plusieurs pour prendre ce métropolitain puisque le commerçant s'était étonné de la voir seule ? Parvenue à la fameuse bouche, elle descendit l'escalier derrière plusieurs personnes pressées. Celles-ci présentaient un ticket qu'une employée poinçonnait sans même échanger une parole ou un sourire.

— Je n'ai pas de billet, où faut-il…

— Au guichet, là-bas.

L'employée parla avec un monsieur très digne : on se moquait sans doute de la petite provinciale. Elle n'en fut aucunement contrariée et se dit simplement qu'elle avait au moins provoqué un peu d'humanité entre ces deux-là.

— Bonjour madame, je voudrais un billet pour Montmartre.

— Vous restez longtemps à Paris ?

— Sans doute.

— Prenez un carnet de dix tickets pour 1,50 F, vous les utiliserez, vous verrez.

— Bien madame.

— Là, vous êtes sur la 4, vous descendrez à Saint-Denis pour prendre la 9, il y a des métros toutes les dix minutes. C'est la première fois que vous le prenez ? Vous venez d'où ?

— Je viens de la Creuse, d'un petit village.

— Vous avez de la famille à Paris ?

— Non, je viens rejoindre des artistes de théâtre.

— Ah bon, c'est bien, ça. Et c'est quelle troupe ?

— Euh, Bardane : la troupe Bardane !

— C'est original ! Il y a tant d'artistes à Montmartre !

Au moins, celle-ci avait la langue bien pendue. Bon, maintenant il fallait donner un ticket.

— Tenez, reprenez-le.

— Oh, merci, pardon.

Monter dans ce petit train pas large qui roulait sous la terre ; descendre à Saint-Denis et puis, et puis on verrait. Elle s'assit quand le métro redémarrait ; son vis-à-vis lui adressa un sourire édenté, niais et peut-être vulgaire. Le bruit infernal avala ses paroles qu'il reprit en criant :

— Un petit bout de pain, s'il vous plaît, je n'ai pas mangé depuis ce matin.

— Moi non plus.

L'autre resta hébété, montrant à nouveau un chicot ridicule. Elle finit par casser un croûton qu'elle lui tendit. Il le prit et l'enfila dans une poche de sa veste crasseuse, se leva, sans plus la regarder, ni la remercier. Saint-Denis : elle descendit, se hâta comme les autres, s'égara toute seule, ne comprenant plus sur quelle ligne elle se trouvait. Elle réfléchit, se repéra enfin et se retrouva sur le quai de la 9. Elle n'osa s'asseoir à nouveau et resta debout, comme elle avait observé d'autres le faire, se retenant à un tube métallique, près de la porte. Elle fut bien vite à la station Montmartre. Dès qu'elle remonta au dehors, elle éprouva un immense soulagement. Le métropolitain gardait un air de vieille dent cariée dans une bouche nauséabonde. Enfin, elle avait testé ce petit train rapide, mais elle se dit qu'à l'avenir, elle prendrait l'omnibus qui ressemblait plus à ce qu'elle connaissait, malgré ses curieuses antennes reliées à des fils électriques suspendus dans les airs. Le tramway avait l'énorme avantage, aux yeux d'Angélique, de circuler au dehors. Non, vraiment, elle n'appréciait guère le sous-sol, habituellement réservé à la circulation des taupes en pays des Combrailles. A cet instant, un attelage de deux beaux et placides chevaux de trait faisait entendre le claquement régulier de ses fers sur le sol pavé. Un petit homme très brun, râblé, rougeaud, menait les animaux qui tiraient un lourd tombereau chargé de barriques de vin et de sacs de charbon. Elle observa les chevaux comme un clin d'œil de la campagne qu'elle venait de quitter. Mais ceux-là ne lui semblèrent guère ressembler à ceux de Bardane et de ses environs. Ils étaient citadins, voilà tout ! Allaient-ils hennir avec cet accent gouailleur dont tout le monde usait, par ici ?

Angélique respira profondément, elle se sentait mieux, calme, bien dans sa peau. Elle était maintenant dans le quartier de Montmartre, déambulant, observant le moindre détail qui lui racontait la vie de la métropole. La journée était belle et chaude. En levant les yeux, la jeune fille aperçut un morceau de ciel bleu qui paraissait tout près du toit des grands bâtiments bordant la rue Drouot. Elle croqua son morceau de pain ; déjà, des pigeons la suivaient dans l'espoir de picorer quelques miettes. Plus loin, un chien lapait l'eau d'une petite flaque formée sous le robinet d'une fontaine. Le petit édifice indiquait « eau potable ». Une petite roue le chapeautait, et Angélique l'actionna pour faire couler le liquide dont elle se désaltéra copieusement.

— Tu n'es pas de là, toi, qu'est-ce que tu fais chez nous ?

Un vieillard à la voix très aiguë l'apostrophait brutalement. Il se ravisa quelque peu en apercevant le visage d'ange qui maintenant le fixait.

— Je suis de partout : fée du Limousin, je suis la dame blanche !

— Ah ! je vois ce que c'est ! Une noctambule qui est tombée de son lit, ou une de ces poupées de luxe qui se fait entretenir par un scribouillard du pinceau, en échange de petites caresses bien placées !

— Eh là ! pépé, vous me jugez si mal ; c'est bien vrai que je suis égarée dans votre monde ; mais dites-moi donc pourquoi cette ville est si grande, ses maisons si hautes, ces gens si pressés, votre œil si mauvais ?

— Ah là ! c'est trop fort. Je vais t'apprendre le respect, petite putain, je m'en vais t'envoyer mon 42 fillette dans le cul, que tu feras moins la maline !

Il s'approchait, menaçant, et elle, d'un geste auguste, pointa l'index dans sa direction.

— Arrêtez-vous là ! C'est bien. Puisque vous me chassez de vos terres, je disparais.

— Allez, oust !

— Monsieur, vous avez le nez épaté du singe, l'œil du serpent, et vous bavez comme un crapaud !

Vive comme l'éclair, elle disparut en riant. Le vieux pouvait esquisser une poursuite, elle s'en moquait bien.

— Cours toujours boiteux, je suis agile comme mon frère le chevreuil, et le vent est mon complice. Je suis la dame blanche. Vapeur de la terre, je voyage sur les rayons de lumière.

Quelque chose avait changé brusquement en elle. Dans ce décor sophistiqué, dans les rues de Paris, la provinciale se découvrait une âme théâtrale. Elle jouait, comme quand, gamine, avec ses amies du village, elle s'inventait toujours un nouveau rôle. La vie était un spectacle : le plus grand, le plus somptueux spectacle qui s'écrivait au fil du temps. Les acteurs étaient en scène. Angélique se voulait Ophélia, princesse des nues, apparition mystérieuse, vierge des aubes brumeuses d'un lointain pays où la terre se laissait discrètement courtiser par la tiède lumière du soleil naissant.

Elle remarqua bientôt que beaucoup de gens se dirigeaient, sans hésitation, vers les cafés, nombreux dans les rues du quartier. Elle n'avait aucune expérience de ce milieu-là, mais, à son tour, elle rejoignit un des débits où elle prit place à une petite table ronde. Les conversations allaient bon train, sans qu'elle put en saisir le sens dans le brouhaha général. Autour d'elle, une chaude ambiance réunissait hommes et femmes, assis en groupes, échangeant leurs impressions sur des sujets qui semblaient les passionner. Elle les observa pour mieux saisir et comprendre leur façon d'être. Les jeunes filles étaient toutes parées sur le même modèle : cheveux courts, quelquefois très courts ; leurs robes étaient relativement courtes elles aussi, laissant paraître le genoux à l'occasion d'un mouvement plus ample. Elles avaient peu de poitrine et une silhouette légère et élancée. « Des maigrichonnes ! », se dit Angélique.

— Vous prendrez, mademoiselle ?

— Aucune idée ; dites-moi donc de quel breuvage se désaltère la Parisienne de mon jeune âge ?

Peu inspiré et sans aucun doute surpris, le garçon répondit tout de même :

— Allez savoir ? Une menthe à l'eau peut-être ?

— Alors ce sera une menthe à l'eau pour moi aussi, s'il vous plaît.

A la table voisine, une bande de jeunes gens de bonne humeur échangeaient des boutades en tout genre. Ils étaient gais, semblaient heureux de vivre et de passer un moment en bonne compagnie.

Angélique les regardait sans gêne et souriait à son tour à leurs plaisanteries. Une des jeunes filles du groupe la remarqua et la rejoignit bientôt.

— Tu es seule ?

— Oui, vous me faites bien rire, c'est épatant que vous vous entendiez si bien.

— Mais, d'où sors-tu avec cet accoutrement ? Tu as oublié de poser ton habit de scène ?

Elle se levait déjà pour retourner vers ses amis, éprouvant un certain malaise à ne pas bien comprendre la situation de celle qu'elle avait voulu prendre en sympathie.

— Attends, ne me laisse pas déjà, je vais t'expliquer. Ce matin même, avant l'aube, j'ai quitté ma région natale, j'ai pris le train et je suis arrivée à Paris.

— Comme ça ! Mais tu dois bien connaître quelqu'un ici ?

— Non, personne.

— Mais, comment vas-tu faire ? Tu as de l'argent ?

— Non, très peu. Un peu de monnaie, c'est tout.

— Alors ?

— Alors j'improvise. Avec ma chevelure épaisse et mes habits de province, les gens m'ont prise pour une comédienne : une artiste de Montmartre. Eh bien, me voilà parmi vous pour tenter ma chance.

— Comment t'appelles-tu, déjà ?

— Angélique, Angélique Terrage, c'est mon identité.

— Angélique, c'est suffisant. Que sais-tu faire, Angélique ?

— Rien qui concerne le théâtre ou le spectacle, si ce n'est de connaître quelques rudiments de musique et de savoir un peu chanter.

— Ah, tu sais chanter ?

— Je crois être capable de bien me débrouiller. Mais jusqu'à maintenant, mon public se bornait aux oiseaux des bouchures des Combrailles et aux fidèles de l'église de Chambon, pour te dire que je manque cruellement d'expérience.

— A ton tour, tu me fais rire. Tu te dis prête à monter sur les planches et tu n'as aucune formation classique.

— C'est vrai, mais je me dis qu'il faut bien commencer un jour. Après tout, qu'est-ce que je risque ?

— Viens donc que je te présente à mes amis.

— Mais non, je vais les importuner.

— Il ne manquerait plus que ça ! Ici, les amis des amis sont des amis.

— Comme ailleurs, comme chez moi.

— Chez toi ?

— C'est drôle, je n'ai plus de chez moi, et mes amis sont bien loin d'ici.

— Tu as préféré Paris, l'aventure !

— C'est ce que je crois.

— Alors, tu n'as plus le choix, il faut faire avec. J'ai fait un peu comme toi.

— Ah bon, mais alors…

— J'ai dit « seulement un peu comme toi ». Je connaissais Louis et Paul, qui étaient déjà installés dans la place. Ils m'ont guidée, et je peux dire que sans eux, je n'aurais pas pu résister longtemps. Je serais rentrée chez moi.

— C'est où chez toi ?

— N'en parlons plus. Chez moi, c'est ici et nulle part ailleurs. Tu comprends ?

— Peut-être.

Elle l'avait prise par la main et la menait vers ceux de sa connaissance :

— Je vous présente Angélique, provinciale égarée, perdue dans la grande ville, sans un sou, sans personne.

— Bonjour Angélique, moi c'est Paul. Tu es bien jeune, quel âge as-tu donc ?

— J'ai seize ans, monsieur.

— Elle est charmante. Seize ans : le plus bel âge.

— Oh ! lala ! ne me dîtes pas que cette enfant débarque vraiment de je ne sais où avec des idées en tête ? Mais, c'est terrible ça ! Si elle est remarquée et découverte par la police, elle aura des ennuis. Elle est bien trop jeune !

— C'est vrai ce qu'il dit, tu as des papiers au moins ?

— Des papiers ?

— Je ne sais pas, moi, quelque chose qui prouve ton identité par exemple, qui dit qui est ton père ?

— Mon père est mort en 1914.

— Ta mère, alors ?

— Ma mère m'a reniée en couchant avec un boiteux.

— Silence, silence, tous, taisez-vous ! Ça y est, on la tient notre idée de génie, ça y est. Le sujet de la prochaine pièce : l'ingénue débarquant dans la capitale, l'enfant se jetant elle-même dans la gueule du loup, la midinette à pervertir, la soubrette émancipée. Saura-t-elle résister aux assauts du mal et de la corruption ? Notre jeunette trop pure, trop sincère, trop honnête, sera-t-elle de taille à lutter contre la tentation, le modernisme, la facilité, les hommes ? C'est un sujet en or brut, le sujet de ma vie, envoyé par le ciel, porté par un de ses anges. Payez-lui à boire !

— Merci, je n'ai même pas encore touché à mon verre. Mais dites-moi, si vous produisez vraiment cette pièce de théâtre, puis-je espérer avoir une place parmi les acteurs ?

— Et pourquoi pas ?

— Eh bien toi, on peut dire que tu ne perds pas de temps. Tu n'y vas pas par quatre chemins.

— N'exagérons rien, je fais une proposition pour l'occasion. D'ici à ce que les textes soient écrits, j'ai le temps d'apprendre le métier.

— Alors là, tu ne le connais pas. Fernand a une puissance créatrice hors du commun. Comme tu le vois parti, je te parie qu'il va s'y mettre de toute son âme, et que sa pièce sera ébauchée d'ici peu de temps.

— Ce sera bâclé.

— Pas du tout, fais-moi confiance, je le connais bien, l'animal !

Angélique se fondit au groupe sans autre façon. Dès lors, on ne la prit plus pour une petite curieuse, on ne la questionna plus. Elle était là pour toujours et à jamais, telle qu'elle était aujourd'hui, sans passé, sans autre origine que celle de la passion du théâtre. Ainsi vivaient les artistes de Montmartre, plus artistes qu'humains. Leur philosophie reposait sur une harmonie sociale de groupe, dans le respect de la personnalité de chacun et de la liberté de tous. Ces relations reposaient sur un équilibre qui durait souvent plus que de raison, quelquefois aussi se rompait sans pour autant entraîner trop de problèmes affectifs. On se séparait alors pour rejoindre ou reformer un groupe, un peu plus loin.

Cet après-midi-là, les conversations durèrent longtemps autour de la table du café *Chez Manière*. Les hommes offraient leurs tournées de Vouvray, et les jeunes filles s'attardaient sur leurs jus de fruits. Angélique se laissa bercer par tant de palabres. Son esprit voguait en toute liberté. Jamais elle n'aurait imaginé un nouveau monde ainsi dépeint. Montmartre semblait un village dans la ville, et le café, sans doute comme beaucoup d'autres, était un oasis d'amitié parmi le tumulte urbain. Quand tous se levèrent, Juliette, qui avait décidé de chaperonner la nouvelle arrivée, la prit à nouveau par la main :

— Où as-tu décidé de passer la nuit, ma chérie ?

— Aucune idée.

— Viens avec moi, si tu veux. J'habite une mansarde au bout de la rue.

— La rue Coulaincourt ?

— Je vois que tu te repères facilement.

— C'est marqué sur la plaque, là-bas.

— Oui, bien sûr. Tu connaissais Paris, avant ?

— Non, pas du tout.

— Mais alors, qu'est-ce qui t'a fait venir ici ?

— Oh, je ne sais pas, le hasard sans doute. Il y a quelques mois, j'étais employée chez une vieille dame. Elle avait été étudiante à Paris, dans sa jeunesse. C'est là qu'elle avait rencontré l'homme de sa vie. Elle avait plein de souvenirs.

— Romantique aussi, mon ingénue.

— Pas toi ?

— Oh si, comme toutes les jeunes filles de vingt ans.

— Tu as vingt ans ?

— Oui. C'est un peu comme si tu étais ma petite sœur. Tu verras, si tu le veux, je te montrerai tout ce que je sais.

— Tu es trop gentille.

— Ça me fait plaisir. Si tu savais comme une petite sœur me manque. Mais il faut que ça reste un secret entre nous. Maman est morte trop tôt. J'ai été élevée par mon père et une gouvernante. Mon père est médecin, en Normandie. Il a les moyens ! La gouvernante, ma Berthe, était très douce et même maternelle, mais elle n'a jamais remplacé maman dans mon cœur.

— C'est vrai qu'une fille entretient des liens très forts avec sa mère.

— Oui, sans doute.

— Mais alors, Paris ?

— Eh bien, j'ai fait comme toi : je me suis évadée du milieu familial. Un beau jour, j'ai décidé de tout abandonner. Tout à l'heure, je t'ai parlé de Louis et de Paul, mais je ne les connaissais pas intimement, seulement de réputation : ce sont des garçons de mon pays. En fait, ma marraine habite à Montreuil, et mon père a finalement accepté que je reste à Paris, à la condition que marraine prenne soin de moi. Elle travaille dans une ambassade, elle n'est jamais chez elle. Elle vit seule et est très émancipée. Elle a tout de suite compris mon besoin de liberté. Elle me laisse faire tout ce que je veux, c'est même elle qui m'a trouvé mon petit logement, tu vois ! Elle demande seulement que je la tienne au courant, régulièrement, de ma bonne santé. On mange ensemble toutes les semaines, chez Bouscarat, place du Tertre, à deux pas d'ici. Comme ça, pas de problème.

— Tu as de la chance.

— D'ailleurs, je t'emmènerai avec moi, c'est vendredi prochain.

— Non, je ne veux pas déranger.

— Décidément ! Mais je t'invite ! Enfin, c'est marraine qui invite, elle a les moyens de payer et ça lui donne bonne conscience, tu comprends ?

— Oui, mais moi je n'ai pas beaucoup d'argent.

— Et moi donc ! Enfin, mon père me verse une petite pension, ça arrange bien les fins de mois. Il faut savoir se débrouiller avec peu. Tout le monde en est bien au même point, à Montmartre.

— Tu ne gagnes pas d'argent avec le théâtre ?

— Un peu, mais c'est dur ! Si tu veux essayer, tu verras bien. Mais, à mon avis, ne te fais pas trop d'illusions, il n'y a vraiment qu'une élite qui réussit à en vivre.

— Alors, comment gagner sa vie ?

— Il y a mille façons. Mais la vie d'artiste, si elle est passionnante, présente aussi des contraintes. On ne s'improvise pas acteur : il faut apprendre son rôle, seul d'abord, avec les autres après. Ensuite, il faut jouer, même partir en tournée. On n'a pas beaucoup de temps pour faire autre chose. Si la pièce marche, ça va, sinon on tire le diable par la queue ! Mais on est tous ensemble, on partage, on s'arrange, et ça va quand même.

— Dans le pire des cas, il reste la pension de papa.

— Ouais !

Juliette montra son appartement à sa nouvelle amie. Composé d'une grande pièce qui servait de salon et de chambre, d'une petite cuisine et d'un cabinet de toilette, il était situé sous les toits d'un immeuble de cinq étages. Angélique le qualifia de luxueux, et Juliette d'ajouter : « Les commodités sont sur le palier de l'étage en dessous. » Les fenêtres n'étaient ni nombreuses ni très larges, mais offraient un point de vue extraordinaire. Le tout-Paris s'étalait sous les yeux émerveillés d'Angélique. Juliette la surprit, immobile devant le spectacle. Elle en sourit d'abord, puis entra dans le jeu de la découverte, montrant la silhouette des principaux monuments, le tracé des grands boulevards, le cours de la Seine. Le soleil se couchait, mais ses rayons inondaient encore la capitale d'une lumière généreuse.

— On va passer la soirée au *Lapin agile*.

— Où ça ? C'est un autre café ? On y retrouvera les garçons ?

— Hé, hé, ma belle, ne nous énervons pas. Oui, on va les retrouver, mais attention aux hommes. Aguichante comme tu es, ils vont se ruer sur toi.

— Ah non, alors !

— C'est une image. De toute façon, je te garde pour moi toute seule, tu es ma petite sœur, non ?

— Je voudrais être ton amie.

— Angélique, l'amitié ça se partage. C'est un sentiment très fort. Aujourd'hui, tu as besoin que quelqu'un t'aide. Je suis là, je te tends la main et tu me prends la main. Il est bien certain que si tu es dans cette situation, moi-même, j'éprouve un besoin proche du tien. Je suis très seule dans ma vie.

— Tu n'as pas d'amoureux ?

— J'ai peut-être trop aimé ; ça n'a pas marché et, depuis, même avec mes amis, il me manque quelqu'un à qui parler, à qui me confier.

— Ça ne marchera peut-être pas non plus entre nous.

— C'est ce que je voulais te dire. L'amitié, ce n'est pas quelque chose qui tombe du ciel, comme ça, tout d'un coup. Elle se construit jour après jour, si nous le voulons.

— Ne sois pas triste, grande sœur. Je te promets de faire des efforts pour te plaire.

— Tu es gentille. Ce que je veux te dire aussi, c'est de rentrer doucement dans ce monde nouveau pour toi. Je t'aime bien, déjà, et je serais désolée de te voir t'y casser les dents. D'un autre côté, ta naïveté, ton insouciance, ton innocence font tout le charme de ta personnalité.

— Allez, Juliette, tu m'emmènes à ton lapin, on va lui confier toutes nos idées noires. Je crois qu'en fin de compte, je t'aime bien, moi aussi.

Elles riaient en descendant l'escalier étroit. Au premier étage, elles croisèrent un voisin. Juliette, qui devançait sa protégée, lança :

— Bonsoir, monsieur Roland

Et Angélique de reprendre :

— Bonsoir, monsieur Roland.

— Eh là ! les amazones. Il ne me semble pas vous connaître, vous et vos cheveux d'or ?

— C'est que j'arrive tout droit de ma province, aujourd'hui même, monsieur Roland.

— Ce n'est pas bien ça, mon amie Juliette, de ne point me faire présentation de vos relations.

— Monsieur Roland, je vous présente ma petite sœur Angélique.

— Angélique, mes hommages. Je me présente à mon tour : Roland, votre chevalier servant.

— Et moi, alors ?

— Chevalier servant de ces deux beautés, qui, il faut le dire, ne se ressemblent guère pour être sœurs.

— Dame nature en a voulu ainsi, de nous faire différentes d'aspect mais jumelles de cœur.

— Epoustouflé ! Nom de Dieu, quelle répartie ! Jamais deux sœurs ne se ressemblèrent autant de toupet et de pouvoir de séduction.

— Vous voyez !

Elles s'envolaient, légères et espiègles.

— Je vous retrouve au *Lapin* ?

— Bien sûr, monsieur Roland.

— Alors, à tout à l'heure, gentes demoiselles.

— C'est qui, lui ?

— Dis donc, tu lui as plu. Quelle tirade !

— Ça m'est venu comme ça ; c'est lui qui a dû m'inspirer.

— Tu es douée, petite.

— J'ai de qui tenir. Je me suis laissée dire que je ressemblais à ma grande sœur Juliette ! Alors, c'est qui ?

— C'est un écrivain très connu.

— Il habite là ?

— Non, ici, il a seulement une garçonnière. Il y vient de temps en temps pour se retremper dans l'ambiance de la Butte, de sa jeunesse, quoi.

— Il n'est pas très vieux.

— Il a bien la quarantaine ; bien conservé, c'est sûr.

— Les hommes sont souvent mieux quand ils sont un peu plus vieux.

— Peut-être, mais pas trop quand même.

— Non, pas trop ; tu t'y connais en hommes ?

— Je te raconterai tout ça à un autre moment.

— J'ai un peu peur que tu en retrouves un tout à l'heure, et que tu me laisses me débrouiller.

— Tu me prends pour qui ? Cette soirée est la nôtre à toutes les deux. N'aie aucune crainte.

— Tu es si belle, tu dois avoir un tas de prétendants.

— Tu vas voir : ils sont pleins d'attention, mais je les connais tous par cœur, ils sont charmants et ils vont être très gentils avec toi. Ne sois pas farouche, tout se passera bien. Ils savent aussi où s'arrêter pour ne pas nous manquer de respect.

— Ce sont des amis ?

— On peut dire ça. Ah oui, une seule chose : Montmartre est toujours le berceau des peintres, et la plupart d'entre eux sont en permanence à l'affût d'un nouveau modèle. Fais attention à leurs propositions, ne t'engage pas sans m'avoir consultée.

— Que de mystère !

— Je suis sérieuse : si tu ne veux pas avoir d'ennuis, écoute-moi. Leur but, c'est de te faire poser nue, et un modèle comme toi, ils n'en ont pas tous les jours sous la main. Pour eux, ça risque même de tourner à la compétition.

— Ils peuvent toujours courir. Moi, poser nue. Non mais !

— Ne crache pas sur l'occasion non plus. Avec certains artistes, ça se passe plutôt bien. Ils ne cherchent que l'esthétisme, et jamais ils n'abuseraient de ta confiance. Poser, ça paie bien, mais pas avec n'importe qui. Et les plus beaux ne sont pas toujours les meilleurs, et qui plus est pas les meilleurs payeurs ! Tu me comprends ?

— Je te comprends bien, et si vraiment quelqu'un voulait peindre mon corps, il faudrait qu'il ait l'autorisation parentale. D'ailleurs, il est parfaitement exclu que je me déshabille devant qui que ce soit en l'absence de ma Juliette préférée.

— Tu t'imagines : un peintre nous croquant toutes les deux à poil !

— Me voilà bien protégée ! Tu l'as déjà fait ?

— Oui, mais avec un maître, avec Van Dongen. Si tu voyais le tableau ! Les amateurs ne risquent pas de me reconnaître, il m'a faite de toutes les couleurs.

— Et ça s'est bien passé, avec lui ?

— Oui, il est un peu fou, mais pas du tout embêtant. Un gros sentimental ! J'adore.

Le *Lapin agile* était le lieu de rendez-vous des braillards de tous acabits, des noctambules de la Butte, des poètes et des artistes de Montmartre. Si les heures de gloire du quartier étaient révolues, la tradition était tenace et la légende perdurait en soirées mémorables où la liberté d'expression débridait tous les élans. C'était d'abord un rendez-vous. Beaucoup s'y retrouvaient et contribuaient à créer une ambiance de fraternité autour de l'idée artistique en général : des hommes et des femmes libres de penser et de le clamer, des érudits et des orateurs, grands timides poussés au précipice de l'éloquence, des trublions en quête incessante de nouvelle attraction… C'était aussi, paradoxalement, un milieu relativement fermé. Si on applaudissait le retour de celui ou celle qui avait boudé un temps le lieu, on admettait difficilement les nouveaux venus sans qu'ils aient fait leurs preuves. S'il avait été aisé d'intégrer un groupe d'amis comme ceux de Juliette, sans façon, et presque naturellement, ici, en ce lieu prestigieux, dans la nuit de Montmartre, parmi les artistes, il était indispensable de montrer son talent pour espérer avoir ses entrées.

Juliette se voulut rassurante :

— Quand on va arriver, tout le monde va te regarder, non pour ce que tu es, mais pour ce que tu n'es pas encore.

— Comment ça ? Je ne comprends rien à ce que tu me chantes.

— C'est pourtant simple : où l'on va, tout le monde se connaît. Et pour faire partie du groupe, il faut qu'ils te reconnaissent comme étant des leurs.

— C'est curieux, et bien peu tolérant.

— C'est ça, l'esprit de la Butte. Mais il faut comprendre : cet esprit-là, c'est un lien fraternel entre artistes. Le jour où les curieux, les badauds, les touristes auront investi la place, il n'y aura plus de Montmartre que dans le souvenir.

— En somme, je ne pourrai rester, ou y retourner, que si ces gens me considèrent des leurs.

— C'est un peu ça. Mais en arrivant avec une marraine comme moi, tu as des chances d'être acceptée tout de même. Ce qui risque d'arriver, c'est que certains méchants tentent de s'amuser de ta naïveté ou de ton habit campagnard, par exemple. Je ne voudrais pas qu'ils te blessent.

— Je ne vais pas faire la mijaurée, tu vas voir. Et tes intellectuels railleurs ne me font pas vraiment peur. S'ils m'embêtent, je leur répondrai par le mépris ! Et si je n'arrive pas à m'en sortir, tu m'aideras, voilà tout.

— On va bien voir.

Dès leur arrivée, tout ce qu'avait prévu Juliette se réalisa. Fernand se précipita sur elles, saisit le bras de Juliette et l'entraîna vers l'intérieur sans se soucier de la présence d'Angélique, qui resta plantée là. Son amie lui adressa un regard désappointé, ne pouvant, pour l'instant, résister à celui qui l'enlevait et la harcelait de mille recommandations pour son rôle dans la pièce de théâtre qu'ils allaient bientôt jouer. Angélique se reprit bien vite, réalisant que ce stratagème visait à l'éprouver, à la déstabiliser et, peut-être, à l'exclure prématurément de la fréquentation du lieu, voire définitivement de la compagnie de Juliette. Fernand et sa clique connaissaient les circonstances de la récente rencontre des deux jeunes filles et devaient, mieux qu'Angélique, comprendre toute l'attirance spontanée manifestée par Juliette à son égard. Ils avaient décidé, à l'évidence, de les séparer et de se défaire de la compagnie de l'intruse. Croisant les bras sur sa poitrine, rejetant d'un mouvement de tête ses longs cheveux blonds en arrière, elle avança lentement, effrontément, dans la salle enfumée. On se retournait ici ou là sur son passage, avant de se détourner dédaigneusement pour reprendre la conversation entre initiés. Elle se refusa à se diriger vers les amis de Juliette pour ne point risquer de les mettre dans l'embarras. Elle douta un instant, ne comprit pas que son amie ne vienne pas à son secours, mais se ravisa. Elle avait toutes les cartes en main. Juliette l'avait avertie, elle lui avait suggéré que pour faire vraiment partie de ce monde, de son monde, elle devait donner des garanties, montrer son originalité, démontrer sa propre personnalité. Comme elle-même espérait un signe du destin, les autres attendaient qu'elle se manifeste, et Juliette plus que tous. Il lui fallait impérativement trouver la porte de ce nouvel univers pour y être acceptée. Plus tard, elle rentrerait à la mansarde de la rue Coulaincourt en tenant la main de Juliette qui rirait de bonheur. Le fameux signe du destin se présenta à la porte du cabaret, confiant son large chapeau à un garçon qui lui serra franchement la main. Monsieur Roland fit un pas, s'arrêta pour jeter un coup d'œil circulaire sur la salle. Angélique n'hésita pas un instant, saisit le bras de l'homme avec une délicatesse toute féminine :

— Serez-vous mon guide dans ce monde hermétique à mon humble personne ?

— Ma foi, jeune fée tombée des nues, si tu étais tout à l'heure la sœur de ma Juliette, sois ma fille pour cette arrivée triomphale.

Mais Roland était du même tonneau que ses hôtes. Il connaissait la tradition du lieu, il pouvait même s'en réclamer un des précurseurs. Son honneur en jeu, malicieux et narquois, son espièglerie en effervescence, il guida sa demoiselle au beau milieu de la salle dont la curiosité, tout à coup en suspens, rivait ses yeux sur la jeune élue dont la beauté simple et pure s'affichait maintenant. Bon enfant, se remémorant la capacité à la répartie de sa protégée, Roland lança tout de go:

— Mademoiselle…

Il toussa en fixant la jeune fille, qui reprit tendrement:

— Angélique.

Une voix qu'il jugea charmante venait de prononcer le prénom qu'il reconnut être de circonstance; tout à fait rassuré, il reprit:

— Mademoiselle que voilà, Angélique, va nous dire quelques vers ou quelque chose de son choix, ne serait-ce que pour égayer de sa voix mélodieuse nos habitudes tumultueuses.

Vers, mélodie, il avait tout dit. Et comme depuis ce matin on l'avait aiguillée jusqu'ici, comme dans un rêve merveilleux, on lui ouvrait à nouveau la porte de la destinée. Elle vit, en un éclair, le Ragoutin vanter passionnément Arthur Rimbaud, elle entendit le clapotement de l'eau vive sur ses chevilles nues, qui lui disait la musique enchanteresse. Angélique fixa l'immensité de son univers mythique:

— Il est en mon pays des aubes mystérieuses où l'âme de la terre, en brumes incertaines, rejoint le ciel, portée par les rayons de lumière. C'est Ophélia, la dame blanche de mes songes…

Un grand silence révérencieux était suspendu à la suite de la légende. D'une voix extraordinaire, elle entonna, sur un air bouleversant, la chanson qu'elle-même avait composée sur les paroles d'« Ophélie », du grand poète:

Sur l'onde calme et noire où dorment les étoiles…

Les yeux brillaient de sensibilité débordante, et Angélique chantait, et Ophélia prenait corps dans tous les esprits transcendés.

Et le Poète dit qu'aux rayons des étoiles
Tu viens chercher, la nuit, les fleurs que tu cueillis,
Et qu'il a vu sur l'eau, couchée en ses longs voiles,
La blanche Ophélia flotter, comme un grand lys.

L'ovation fut à la mesure de l'émotion. La porte de Montmartre était grande ouverte. Roland souriait de toute sa joie d'avoir introduit une artiste parmi les siens. Juliette pleurait, et ses larmes coulaient sur son beau visage. Elle étreignit si fort son amie que cette dernière dut la repousser quelque peu pour pouvoir seulement respirer. La bonne humeur se propagea, s'amplifia, se partagea.

La journée avait été longue, très longue, et Angélique, malgré tout son bonheur d'être là, sombrait peu à peu dans le sommeil. Juliette s'en rendit compte et s'excusa auprès de ceux qui lui prêtaient attention :

— Nous avons eu trop d'émotion pour aujourd'hui. Il nous faut récupérer des forces. Allez, salut la compagnie ! Tu viens, petite sœur ? Eh ! ne t'endors pas debout ! Ça va aller ?

Sans répondre, Angélique prit appui contre son amie et la suivit vers la sortie.

— C'est épuisant.

— Je me doute bien : je vois bien dans quel état tu es, ma pauvre gamine.

— Et toi, tu tiens le coup ?

— J'ai l'habitude, et puis, je me suis levée vers midi, alors…

— Moi, je n'ai pas dormi la nuit dernière. Hier, j'ai dû échapper au boiteux, qui m'a fait peur ; aujourd'hui, j'ai dû chanter Ophélia devant tout le monde.

— Tu es vraiment superbe, et ta voix, on dirait, je ne sais pas moi, les voix du paradis !

— N'exagère pas, ça me gêne. Si sœur Etiennette écoutait ça !

— Tu la sors d'où, cette nouvelle sœur ?

— Du couvent de Chambon ; c'est elle qui m'a appris la musique. Si tu la voyais taper sur son orgue, à l'église.

— Tu me fais trop rire !

— Si, si, je te jure, elle est passionnée. Tout ce qu'elle n'a pas pu exprimer au travers de la religion, toute sa force de vie, elle la met dans sa rage de jouer sur son orgue.

— Ça doit être beau ; j'adore écouter la musique dans les églises.

— C'est divin, ma chère.

— Allez, viens, on va monter dans notre petit paradis et faire un gros dodo.

— Je vais coucher où ?

— Dans mon lit.

— Mais, et toi ?

— Je me mettrai par terre, sur une couverture.

— Oh non.

— Mais, c'est tout petit, et je n'ai pas d'autre lit. De toute façon, je dors n'importe où, ça ne me dérange absolument pas.

— Tu as un grand lit : on se mettra chacune d'un côté. Je te promets que je ne te toucherai pas.

— On peut essayer, mais j'ai des doutes !

Elles riaient encore, grimpant l'escalier sombre, trébuchant et riant encore. Les ablutions furent rapides.

— Où as-tu pris cette chemise ?

— Je n'en ai pas d'autre.

— Remarque, c'est épais ! Tu vas avoir trop chaud ; les hivers doivent être rigoureux chez toi, et les étés pas très ensoleillés.

— Ce n'est pas ça.

— Je vois. En Creuse, c'est la mode dernier cri de se cacher tout le corps pour dormir !

Angélique eut une moue dubitative.

— Veux-tu essayer ça, tu seras belle comme tout.

— Pour dormir ?

— Même pour dormir ; reste là, j'en ai vu d'autres, quand même… Tu es belle, vraiment très belle.

— Toi aussi, tu sais.

— Voilà, au moins tu ressembles à quelque chose. Allez, choisis ton côté. Et si tu m'entends ronfler, n'aie pas peur de me bousculer, je me tourne et ça s'arrête !

— Bonne nuit, Juliette. Je t'aime beaucoup.

— Je crois bien que moi aussi, je vais t'aimer beaucoup. Dors ma chérie, je veille sur toi.

— Bonne nuit.

Juliette ne trouva pas facilement le chemin des rêves. Elle n'osa bouger pendant un long moment, de crainte d'éveiller son amie ; puis elle se retourna lentement et l'observa. En voyant une mèche de ses cheveux blonds égarée sur son visage d'enfant et la douceur de ses traits, Juliette pensa au drame qu'elle n'avait pu encore complètement avouer à Angélique : la mort de sa petite sœur. Bien sûr, Angélique n'était pas sa sœur, elle ne lui ressemblait pas du tout. Mais si le ciel lui rendait tout de même un peu, un tout petit peu, de ce qu'il lui avait pris si brutalement…

La vie s'organisa. Juliette avait rompu tout récemment une relation amoureuse et elle n'éprouvait, pour l'heure, aucune pulsion à rechercher une nouvelle aventure. Angélique découvrait, de jour en jour, les innombrables ressources de son environnement. Une grande amitié lia les deux jeunes filles, qui continuèrent de cohabiter dans leur mansarde. Angélique confia le secret de sa petite fortune à son amie, ce qui leur permettrait de vivre quelque temps avant d'avoir à imaginer de nouvelles possibilités de rémunérations, pour pouvoir assurer l'essentiel, et surtout continuer de partager leur vie de bohème qui ressemblait tant au bonheur.

Quand Angélique débarqua dans sa vie, Juliette préparait un rôle dans une pièce mise en scène par Fernand. La troupe devait se produire trois mois plus tard au théâtre Montmartre. La comédienne n'en était pas à son premier essai. Elle avait même débuté son apprentissage d'actrice dès son adolescence, ayant d'abord pris goût au théâtre par simple intérêt pour un jeune homme de bonne famille, auquel ses parents faisaient prendre des cours d'art dramatique afin de tenter de le débarrasser d'une timidité maladive. Dès le premier contact, Juliette avait manifesté un attrait certain pour l'activité qui lui permettait d'exprimer ses sentiments en pleine liberté. Son professeur s'appliqua à lui communiquer la passion artistique avec une grande intelligence et une méthode rigoureuse. Elle se prit au jeu, délaissa un peu ses études et réussit à convaincre son père que là était sa voie. Elle persuasive, lui négligeant et dépité, ils trouvèrent rapidement un terrain d'entente. Ainsi, à dix-huit ans, Juliette arriva à Montreuil. Elle s'introduisit bientôt dans le monde du spectacle par l'intermédiaire de Fernand et sa bande. Engagée comme souffleuse, elle gagna enfin sa place dans une première pièce à l'occasion de la défection de dernière minute d'un petit rôle relativement anodin. Mais c'était accomplir le premier pas. Et comme elle ne fit ni bien, eu égard à la modicité de sa participation, ni mal, parce qu'elle mit tout son cœur à vouloir réussir, et qu'elle sut naturellement se faire admettre par les autres comédiens très solidaires au demeurant, ce fut fort logiquement qu'elle obtint un rôle de premier ordre dans le *Tartuffe* de Molière qu'on monta par la suite. Ce fut un petit triomphe, Juliette y obtint ses galons ; son talent fut admis et reconnu, et elle fut considérée comme une pièce maîtresse du groupe. Fernand la respectait, lui demandait son avis et en tenait compte, cédait même à certains de ses caprices. Malgré sa jeunesse et son peu d'expérience, Juliette était donc une dame de théâtre, une véritable comédienne. De jour en jour, de pièce en pièce, sa personnalité artistique s'affirmait. Angélique ne se doutait pas vraiment de tout ça. Elle l'apprit, attentive, de la bouche de son amie, et fut subjuguée, très fière, mais aussi un peu désappointée. La grande actrice n'allait-elle pas maintenant se lasser du subit intérêt qu'elle avait manifesté pour la gamine naïve et ignorante qu'elle était ? Le contraste de leurs individualités n'était-il pas trop important pour l'entretien de leur liaison ? Juliette sut lire dans le regard inquiet de l'enfant, elle lui prit les épaules, la fixa, ses yeux noirs dans le bleu des siens. Sans mot dire, elles s'embrassèrent et Angélique ne repoussa pas l'étreinte de sa grande sœur, adoptive certes, mais sœur de cœur et de sentiment, pour la vie, comme il se doit en des instants d'intense émotion qui lient les pactes d'amour.

— Le théâtre, c'est ma vie.

— Je n'ai même jamais assisté à une représentation, je ne connais le théâtre que par ce que m'en a dit la maîtresse d'école. Entre copines, on s'amusait à faire des rôles dans la grange des Mégnan.

— Ma chérie, tu es trop drôle. Mais tu as raison, le théâtre c'est d'abord la vie : la société est une immense scène où tous jouent un rôle. Les grands acteurs n'ont rien fait d'autre que de copier l'attitude des gens et de la mimer en en accentuant les défauts et les qualités. De toute manière, comme en toute chose, et si tu m'en laisses le loisir, je vais pallier à ton ignorance : je vais t'apprendre.

— Quelle belle tirade ! Je veux bien être ton élève, mais ne sois pas trop sévère.

— Ni trop conciliante, ce ne serait pas bon, ni efficace.

— J'essaierai d'être réceptive.

— J'y compte bien, et s'il nous arrive de nous engueuler... Si, si, ça arrivera forcément, la colère passée, soyons assez intelligentes pour tourner nos rebuffades en dérision. Les premières leçons, ce sont les répétitions : on y va dès demain matin.

— Et le déjeuner avec marraine ?

— Tu penses à tout, c'est bien. On la rejoindra à midi, chez Bouscarat.

— Place du Tertre.

— C'est bien ça : quelle mémoire ! Ça, ça va te servir par la suite, tu verras. Tu feras le public, tu me diras très honnêtement ce que tu penses de ma prestation et de celle des autres, ça te mettra dans le bain. Au début, tu ne vas rien comprendre dans le dédale des morceaux que nous devons mettre au point ; mais, progressivement, tu trouveras le fil conducteur à suivre. Tu n'es pas trop bête, n'est-ce pas ?

— Je sors de mes Combrailles profondes !

— C'est bien vrai !

Elle éclatèrent d'un rire hystérique, rompant le ton de leurs propos très sérieux.

— Qu'est-ce qu'on fait ce soir, on va au *Lapin* ?

— Je ne sais pas ; si tu veux… Mais, tu tiens réellement à y retourner ?

— Pas forcément ce soir, je ferai comme tu voudras. De toute façon, je ne veux pas y aller seule.

— Ça, pas question, pour le moment en tout cas. Tu es trop jeune, et je m'en voudrais trop s'il t'arrivait quoi que ce soit.

— Tu me protèges en somme.

— Tant que tu le désires, oui.

— Que serais-je sans toi, ici, dans cette ville immense ? Tu es ma bouée de sauvetage, et je ne t'en remercierai jamais assez.

— Ça suffit, je t'en prie. Tu réalises bien que ça me fait plaisir, que j'ai besoin de toi, de ta présence.

— Juliette, qu'est-ce qu'il y a ? Ne sois pas triste.

— Il faut que je te dise.

— Dis-moi, je suis prête à tout entendre de toi. Si tu ne veux pas que je reste, je partirai, dès que tu le diras.

— S'il te plaît, tais-toi. Voilà, je ne t'ai pas tout dit sur moi. Quand maman est morte, elle n'était pas seule. Elle est décédée dans un accident : un train qui a déraillé, la fatalité. J'avais seulement dix ans à l'époque. Elle était avec ma petite sœur, Annette, qui avait six ans. Morte aussi. Je t'en supplie, maintenant que tu sais, pars si tu veux, mais je voudrais tellement que tu restes. Je ne te parlerai plus jamais de ça. Mais je devais te le dire. C'était difficile, je craignais…

— Juliette, je ne suis pas ta petite sœur, tu le sais bien.

— Bien sûr, ne me crois pas folle ! Tu ne lui ressembles pas, elle était très brune, comme moi. Je suis seule dans la vie, j'ai besoin de ton amitié. Je ne sais pas pourquoi je t'ai choisie, peut-être à cause d'un regard, d'un sourire, d'un souvenir ? Je t'ai vue l'autre jour au café, tu étais seule, quelque chose m'a poussée vers toi ; et puis voilà.

— J'étais drôlement contente que tu me parles. De toute façon, moi, je suis dans mon rêve. Je t'ai tout de suite reconnue, ma bonne fée. Je n'ai eu ni frère ni sœur parce que mon père est mort à la guerre. Si tu savais comme des fois, souvent même, j'ai rêvé à toi ! Ce n'est pas maintenant que je t'ai trouvée que je vais te lâcher aussi facilement. Je reste !

Angélique croisa les bras, se planta devant Juliette, fronça le sourcil et attendit un signe de gaieté qui ne vint pas immédiatement. Elle insista. Son amie dut bien se résigner à lever les yeux. Et comment ne pas esquisser un semblant de sourire devant la mine clownesque d'une petite effrontée ? Le rictus forcé se mua en tendresse infinie. Elle lui tendit les bras, et Angélique prit ses mains, s'approcha, sécha ses joues en effaçant deux larmes hésitantes.

— Et si j'avais été un garçon ?

— Quelle idée ! Tu serais bien jeune pour une fille de mon âge.

— Et alors ?

— Alors, peu importe, l'amitié n'a pas de sexe. Je préfère que tu sois une fille.

— Bon. Alors je reste une fille.

Juliette était un peu sombre, encore sous le coup de trop d'émotivité épanchée. Elle se réfugia dans le cabinet de toilette, peut-être seulement pour reprendre ses esprits. Angélique prit un livre au hasard, dans la petite bibliothèque bien garnie. C'était une biographie de Molière. Ce nom ne lui était pas inconnu, mais ce que le personnage avait été ou ce qu'il avait réalisé lui échappait. « Jean-Baptiste Poquelin, auteur dramatique, né à Paris en 1622. » Quelques bribes lui revenaient. Mademoiselle Jeanne, sur l'estrade de l'école primaire de Biaule, devant son tableau noir, expliquait : « Un grand nom du théâtre français, protégé de Louis XIV, créateur de nombreuses comédies, lui-même grand comédien, *L'Avare, Tartuffe, Les Fourberies de Scapin.* »

— Tu as choisi au hasard ?

Angélique sursauta, tant elle était concentrée sur son souvenir, tant lui paraissait tout à coup immense le fossé, le grand vide qui séparait sa vie nouvelle, à peine ébauchée, de celle d'avant, qui était elle-même une éternité.

Juliette avait revêtu un peignoir en soie d'un très beau tissu violet ; ses cheveux défaits, elle était très belle.

— Tu veux dormir ?

— Pas déjà, il est encore tôt. Mais je n'ai pas envie de sortir. Ça ne te dérange pas ?

— Non.

— On va rester toutes les deux, j'ai plein de choses à te dire. Je te veux pour moi toute seule, ce soir.

— Si tu le prends comme ça, je ne peux résister. Mais, dis-moi, qu'est-ce que tu es belle ! Pourquoi tu n'as pas d'homme ?

— Tu es très indiscrète, mais si ça peut te rassurer, j'ai eu un homme, très beau, très riche, et j'ai mis un peu de temps à me rendre compte qu'il était aussi très odieux, très brutal, très con ! Alors je n'ai plus d'homme, et c'est bien mieux comme ça, pour le moment du moins. Mais toi, tu n'as pas d'amoureux ?

— Si. Enfin j'en avais un : Marc. Il est parti au service militaire.

— Ah !

— Il y a peu de temps, j'ai été très malheureuse. Marc m'avait promis d'être là s'il m'arrivait quoi que ce soit. Il n'y était pas, et j'ai compris que ce n'était peut-être pas tout à fait ça entre nous, je veux dire le grand amour.

— Tu es trop exigeante !

— Je veux dire que je suis peut-être encore un peu trop jeune.

— Là, tu fais preuve d'intelligence, de clairvoyance, c'est rassurant. Il est beau, ton Marc ?

— Très beau, très grand, très fort, pas bête, il a tout, quoi ! Mais il est parti de son côté, moi du mien. Il ne sait pas où je suis : on n'est pas près de se revoir.

— C'est la vie !

— Et puis il y a toi. J'ai dans l'idée que tu vas occuper mon esprit pour un bon bout de temps. Les hommes, on verra ça plus tard.

— Tu as raison, laissons faire le hasard, il parait qu'il fait bien les choses. Tu me fais à manger ? Il reste un morceau de jambon, du fromage, un petit morceau de pain.

— Je m'occupe de tout, laisse-moi faire.

— Bien, je vais réviser mon rôle. Plus tard, tu me feras réciter, ça t'apprendra aussi.

— C'est passionnant. Quelle veine j'ai eu de te rencontrer !

— Et moi donc ! J'espère que tu es bonne cuisinière.

— Euh, oui, enfin je fais ce que je peux avec ce que je trouve.

Le nœud de l'amitié s'était serré davantage ce soir-là, après l'attirance de la première rencontre, le besoin de rompre la solitude de l'une, la nécessité de trouver une aide de l'autre. Des pulsions naissantes et très fortes, comme la tendresse, l'instinct maternel, la fraternité, la séduction, enlaçaient leurs destinées. C'était l'acceptation de cette expérience comme un cadeau de la vie, sans contrainte, sans retenue, sans tabou. Quelque chose de pur, de limpide, qui avait des airs de paradis, de bonheur, et qui était en fait si simple et si naturel que ni l'une ni l'autre n'osaient douter de l'innocence et de l'honnêteté de leurs sentiments réciproques.

— Bon, cette pièce, c'est quoi ?

— C'est une pièce classique. Fernand procède ainsi : nous préparons alternativement une comédie classique et un vaudeville.

— Un quoi ?

— Un vaudeville : c'est une pièce comique en prose avec une légère intrigue et plein de quiproquos. Les deux genres sont tout à fait opposés. C'est un exercice ingrat que de changer autant de style, d'une pièce à l'autre, mais, d'après le chef, c'est nécessaire pour ne pas nous enfermer dans un genre, et pour valoriser notre métier d'acteur. Je crois qu'il a raison.

— Et toi, qu'est-ce que tu préfères ?

— Je me suis souvent posée la question, surtout avant de commencer de préparer le rôle, mais sans avoir trouvé de réponse catégorique. Dès que je découvre mon personnage, quel qu'il soit, je cherche à m'identifier à lui, à le découvrir, à le mettre à nu pour endosser son habit, pénétrer même sous sa peau. C'est l'impression que j'ai. Alors je ne me pose plus de questions. Pour dire la vérité, et tu le comprendras facilement, le vaudeville est plus amusant. On peut se permettre quelques fantaisies en improvisant : appuyer un étonnement, une réaction comique, tu vois ce que je veux dire ?

— Je crois.

— Par ailleurs, le classique, c'est du vrai théâtre, avec des rôles taillés sur mesure, appris par cœur. C'est du grand art !

— Tu n'as pas trop la frousse en entrant sur scène ?

— Si, j'ai un mal au ventre terrible ; des fois, ça continue un moment. Il faut absolument se surpasser, il faut être la plus forte, ne plus penser qu'au théâtre.

— Ce n'est pas un métier facile que celui d'acteur.

— A qui le dis-tu ! On casse une petite graine et après on attaque. Je te présenterai monsieur Molière et ses *Femmes savantes,* et Armande, la méchante et vaniteuse que j'incarnerai.

— Tu me fais presque peur.

— C'est du sérieux ! Alors, que nous a préparé notre maîtresse queux ?

Le frugal dîner fut silencieux. Angélique découvrait un nouveau trait du caractère de Juliette, et pas des moindres. Elle avait simplement évoqué son prochain rôle, et voilà qu'elle paraissait complètement absorbée par cette idée fixe. Passion ou mythomanie ? Son amie était-elle férue ou malade de théâtre ?

— Je fais la petite vaisselle, va réviser une dernière fois, j'arrive.

— Tu prendras le temps de te mettre à l'aise, comme on ne sort pas.

Sans la déranger, Angélique passa au cabinet de toilette et enfila un pyjama beaucoup trop grand.

— Qu'est-ce que c'est que cette tenue encore ?

— Dernière mode, je parie que tu n'as pas le même !

— Ah çà non ! Mais où as-tu pris ça ?

— Je l'ai acheté ce matin.

— Tu as dû dépenser une fortune, vu la quantité de tissu !

— Penses-tu, je suis sérieuse et économe, crois-moi. Ça se vend au kilo, ces machins-là, mais c'est neuf et costaud. Bien sûr, les manches sont très longues, mais on peut les retourner. C'est mieux que si elles étaient trop courtes.

— J'aimerais mieux voir tes bras.

— Ça, je le sais ; j'ai bien remarqué tes attirances charnelles.

— Mais non.

— Te, te, te, je sais ce que je dis, et j'ai donc acheté cette chose pour cacher tout ce qui peut l'être.

— Tu es folle !

— Oui, oui, oui, je suis folle de toi !

— Mais arrête, qu'est-ce que tu as ?

Angélique éclata enfin de rire devant Juliette déconcertée.

— Je te récitais le début de notre pièce à nous deux ! Je joue la comédie, voilà.

— Bon, je me suis laissée avoir, j'avoue.

— J'ai acheté ce pyjama en croyant bien faire. C'est la couleur brillante qui m'a attirée. Quand je l'ai passé, j'ai trouvé ça trop drôle, mais regarde ! Je ne l'ai pas payé cher du tout, et je comprends mieux pourquoi.

— Allez, retrousse tes manches et viens près de moi. Au fait, ce que tu as dit tout à l'heure, sur l'attirance charnelle, pour reprendre ton propos, tu étais sérieuse ?

Relevant doucement son regard, espiègle au possible, Angélique répondit d'une voix qui se voulait toute timide :

— Oui.

— Mais…

— Je plaisante !

— Oh ! lala !

— Allez, on passe à monsieur Molière !

— Bon ! N'empêche que j'adore voir ta peau. Et quand tu es toute nue, là, devant moi, je ressens de drôles de choses.

— Quoi ! ?

— A mon tour de plaisanter !

Le rire triompha encore. Juliette avait en main une sorte de cahier où était consigné son rôle, les remarques particulières à son personnage, les conseils du metteur en scène, les observations déjà faites lors d'une approche globale entre les acteurs. Le texte était ainsi très largement commenté.

— Oh là, comment tu t'y retrouves ?

— Ça va. Quelquefois, c'est bien pire ; mais là, c'est bon, j'ai mes repères.

— Et moi, qu'est-ce que je fais, alors ?

— Installe-toi ici, et prends le petit livre blanc ; oui, celui-ci : *Les Femmes savantes*.

— De Molière.

— Tu connais un peu ?

— J'ai quelques souvenirs scolaires, mais je ne suis allée à l'école que jusqu'à douze ans.

— Toute une éducation à refaire !

— Attends, ce Molière, Jean-Baptiste Poquelin, *Tartuffe*...

— Arrête, arrête, ce que je vais te dire n'est pas enseigné à l'école : c'est ce que j'ai compris à travers ma propre expérience du théâtre de ce grand homme. Voilà, et j'irai vite, tu le constateras par toi-même par la suite. Ce qu'il faut bien comprendre, c'est que ses pièces sont construites sous deux formes, qui se complètent, bien sûr. La première, c'est la structure de l'œuvre : une intrigue, une progression vers un dénouement logique mais aussi surprenant, pour garder le public en haleine. Tu vois : la surprise, et l'impression de tout comprendre du déroulement de l'action pour en arriver là. La deuxième, c'est l'idée directrice que veut faire passer l'auteur. Il était très critique sur les mœurs de son époque. Et ce qu'il y a d'extraordinaire, c'est que cette critique reste parfaitement d'actualité. Dans leurs travers, les hommes ou les femmes n'évoluent guère. Enfin, c'est ce que je comprends. Me suis-tu ?

— Je me délecte de ta science. Je te trouve très belle, très agréable de caractère, et voilà que je découvre ton intelligence. Je suis fascinée.

— N'en fais pas trop ! Et relève ta manche, ça fait désordre.

— Oh, pardon, professeur.

— Venons-en à notre pièce. L'intrigue, la structure, l'opposition entre les personnages : tout ça, tu verras. Le mieux, c'est de lire la pièce et de me raconter ce que tu auras retenu ; là, je verrai bien si tu es douée. L'idée critique c'est, comment dire, tiens, comme nous l'a dit Fernand : « La culture, c'est comme la confiture ; moins on en a, plus on l'étale ! » Les femmes, particulièrement dans cette pièce, sont odieuses, vaniteuses, pédantes.

— Toutes ?

— Non, non, mais les principales, les femmes savantes, enfin celles qui disent l'être, celles qui veulent le montrer en toutes occasions. En fait, elles ne font que démontrer leur bêtise, tant elles sont maladroites et mauvaises dans cet exercice ; et pour cause, puisqu'elles ne sont pas plus érudites que, disons, la moyenne de la société.

— Je comprends : leur niaiserie, c'est de vouloir trop en faire.

— Voilà, tout à fait. Et tu imagines, dans les rôles, Molière a travaillé les textes en grossissant le trait pour bien montrer le message qu'il voulait faire passer.

— Comme sujet, ça ne me paraît pas très comique, ce serait plutôt amer, non ?

— Bien sûr, et tout l'art de l'auteur, tout son génie, c'est de faire rire sur un sujet sérieux. Bon, on attaque ? Alors, la première chose pour chaque acteur c'est de savoir son texte. Tu vas me donner la réplique en lisant les rôles, sauf le mien, et moi je te réponds, sans regarder.

— Tu sais déjà tout ?

— A peu près. Je suis Armande.

— Une femme savante ?

— C'est ça.

— Tu n'as pas le beau rôle.

— Si, si, ça me va comme un gant à une main.

— Tu plaisantes !

— Oui. Bon, première scène : vas-y, tu es Henriette, sa sœur qui, elle, est plus intelligente.

— On est deux sœurs ?

— Comme dans la vie.

— Pas tout à fait : dans la vie, on s'entend bien.

— Allez, petite chérie, on travaille : « Quoi, le beau nom de fille… »

Angélique se prêta à merveille au jeu ; elle resta très concentrée, comme Juliette qui mit un point d'honneur à bien faire. A la fin du premier acte, elle congratula sa partenaire :

— Tu es superbe. Avec toi, je vais être au point sans tarder. C'est magnifique, mais comment fais-tu ? Tu as déjà joué, ce n'est pas possible ?

— Mais non; tu comprends bien que je n'ai que seize ans, que je suis une gamine qui sort tout droit de sa campagne et qui ne connaît que le chant des oiseaux et la couleur des fleurs.

— Et qui, en quelques jours, se retrouve à donner la réplique à une artiste confirmée; qui a enchanté le *Lapin agile* par une voix d'ange et une chanson magique, et qui a reçu les applaudissements de plein de grands artistes de Montmartre.

— Et qui a pris le train, et même le métro, qui a réussi à séduire la plus belle fille de Paris, qu'aucun homme n'arrive à avoir, et même qui a couché dans son lit le premier soir !

— Et si tu étais une sorcière ?

— Impossible puisque je suis une fée, ou un ange !

— C'est vrai. Allez, on se fait le troisième acte; je ne suis pas dans le deuxième. Tu n'es pas trop fatiguée ?

— Un peu, mais je vais tenir le coup.

— La seule chose qui ne va pas entre nous, c'est le rythme de vie : tu te lèves tôt et te couches tôt; moi, jusque-là, c'était le contraire.

— Laisse-moi m'habituer.

— Je ferai aussi un effort.

— Alors, on y arrivera. Bon, voyons, là, tu n'y es pas, alors le trois, voilà, alors, Philaminte : « Ah ! Mettons-nous… »

Et la soirée se prolongea fort tard. Angélique ne donna de réels signes de fatigue que vers minuit sonnante; Juliette aussi, d'ailleurs, qui ânonnait quelque peu les répliques. On rangea précautionneusement les textes du grand Molière, et, chacune de son côté du lit, sombra doucement dans un sommeil réparateur. Juliette n'eut pas la force d'intervenir aux quelques soubresauts de sa compagne, empêtrée dans son habit de nuit trop large, et bientôt le grand calme envahit les esprits jusque-là bourdonnant d'alexandrins et de rimes. Dès le lendemain, les événements se précipitèrent. Il y eut d'abord le réveil, un peu lourd. Elles parlèrent peu, échangèrent un sourire par ci, par là, puis en partant du petit appartement. Juliette marchait vite, devançant Angélique qui traînait un peu, nonchalante comme à son habitude. La comédienne, qui pensait peut-être trop à son rôle, se ressaisit, s'arrêta, attendit sa complice et la prit par la main. Un sourire partagé les accompagna jusqu'à un bâtiment ancien, une sorte d'entrepôt désaffecté, aménagé pour procéder aux répétitions dans les meilleures conditions possibles.

— Rue Sainte-Cécile.

— Oui, au 15. Dépêchons ! Les autres doivent être déjà là.

Elles gravirent quelques marches et arrivèrent dans une salle immense, au milieu de laquelle on avait monté un décor sommaire. Fernand gesticulait, sans que l'une ou l'autre puisse encore saisir son propos. L'acoustique n'était pas bonne, les paroles raisonnaient dans une ambiance assourdissante. Il fallait pourtant déclamer les tirades avec force, comme sur scène, se mettre dans les conditions les plus proches de celles des prochaines représentations.

— Alors Juliette, sois sérieuse, tout le monde est prêt, on t'attend ! Et ne me dis pas que c'est ta jeune amie qui t'a retardée ; à chaque fois c'est pareil.

— Bonjour monsieur Fernand.

— Et l'autre bécasse qui m'appelle monsieur ! Allez, allez, en place, sans plus tarder. Petite, lâche-lui les basques, viens t'asseoir par là, et surtout pas un bruit.

Le premier contact était plutôt froid. Comme prévu par Juliette, son amie peina à suivre et ne comprit rien des interventions du metteur en scène, qu'elle jugea très mal gracieux, énervé au possible et peu compétent. Juliette galérait. Elle connaissait son texte mais butait sur le ton, les attitudes, le naturel. Les acteurs travaillèrent trois heures durant, jusqu'à ce que Fernand tape énergiquement dans ses mains et regroupe ses troupes qui commençaient à perdre élan :

— Allez, les enfants, ça ira pour aujourd'hui ! Eh bien, ce n'est pas si mal pour un début ; je m'attendais, franchement, à bien pire. On sera prêts, si on est capables de surmonter les obstacles, et ça, ça ne tombe pas du ciel. C'est avec du travail, beaucoup de travail qu'on y arrive. Juliette, je suis sincère, c'est bien. Continue, tu y es presque.

— Tout de même pas.

— Il y a encore à faire, mais tu es sur la bonne voie.

— C'est grâce à Angélique, elle m'a donné la réplique hier soir, et j'ai déjà pu assimiler plein de choses.

— Ce doit être la raison.

— Tu devrais l'essayer un jour, elle est naturellement douée cette gamine, j'en suis sûre.

— Allons, on se connaît bien tous les deux… Ce que tu me dis est possible, après tout ! Mais je crois que tu te laisses berner par tes sentiments. Fais attention, elle est jeune, ne lui fais pas de mal. Tu me comprends ?

— Oui, oui, fais-moi confiance, je joue franc jeu avec elle. Promets-moi de lui donner un petit rôle, si l'occasion se présente.

— Je ne te promets rien. Tu as eu cette chance, c'est bien. Tu es une comédienne exceptionnelle, tu n'as pas l'air de t'en rendre compte. Cette humilité m'agace. Il y a peu de gens comme toi, et ta petite sœur adoptive ne sera jamais à ta hauteur.

— Comment peux-tu dire ça ?

— Ça se voit, mais regarde-la.

— Tu es ridicule, Fernand, comment peux-tu t'être aigri à ce point ?

— Allez, arrêtons cela. Pour elle, on verra, si la souffleuse s'enrhume, ou si…

— Ou si quoi ?

— Je n'en sais rien, on verra je te dis. En attendant, viens voir là, j'ai deux ou trois remarques à te faire, des explications plutôt.

Quand Juliette voulut rejoindre Angélique, elle n'était plus sur son banc.

— Pourvu qu'elle n'ait pas entendu ce que déblatérait l'autre abruti. Mais pour qui se prend-il celui-là ? Elle est sûrement à m'attendre dehors, j'aurais pu me dépêcher !

Mais Angélique n'était pas à la porte. Soucieuse autant qu'exaspérée, Juliette pénétra à nouveau dans le bâtiment, d'un pas décidé, ruminant sa colère à l'égard du monde entier. En désespoir de cause, elle hurla :

— Ange !

Baptiste, qui jouait le rôle de Chrysale, fit un signe évocateur :

— Chut, il passe.

Juliette haussa les épaules et plissa le nez. Pourtant, elle arrêta son pas. Une musique naissait, emplissait le lieu ; une voix au timbre divin accompagnait les notes, harmonieusement choisies. La chanteuse ne prononçait pas de paroles, mais lançait des vocalises qui tiraient sur les sentiments intimes, à fendre les âmes les plus austères. Subjuguée, Juliette perdit son regard dans un songe édénique. Fernand progressait lentement. Il saisit le bras de l'actrice. Ils échangèrent un regard presque inquiet.

— Mais, comment fait-elle ? Quel est ce prodige ? D'où sors-tu cette envoûtante sirène ? J'ai rarement écouté pareille mélodie. Chut, laissons-la s'exprimer.

— C'est beau Fernand, c'est beau.

Légère et satisfaite, l'adolescente leur apparut décontractée et souriante, comme lorsque sur le perron de l'église de Chambon, elle revenait vers la lumière du jour creusois, après la messe, après avoir joué de l'orgue de sœur Etiennette et chanté à tue-tête des cantiques du dieu chrétien.

— Angélique, où as-tu trouvé…

— Le piano : un vieux tringlot qui est remisé là, derrière ; c'est Henriette…

— Henriette ?

— Oui, enfin Sophie, Henriette dans la pièce, elle m'a mise au défi de jouer un morceau. Pour l'épater, j'ai joué le plus beau que je connaissais : c'est un extrait de *La jeune fille et la mort* de monsieur Schubert. Un peu arrangé, j'en conviens, mais de la simplicité peut naître un semblant de perfection, n'est-ce pas ?

— Frantz Schubert !

— Lui-même ; c'est ma préceptrice qui me l'a appris.

— Un professeur de musique ?

— Sœur Etiennette du couvent de Chambon-sur-Voueize, dans la Creuse, en pays des Combrailles. Mais vous ne pouvez pas connaître, vous, les Parisiens.

Elle descendit rapidement les marches, accompagnée de son petit rire charmant, puis se retourna :

— Tu viens ma chérie, on va être en retard pour le déjeuner de marraine.

La fameuse marraine, Jacqueline de son prénom, fut très loquace, plus qu'à l'accoutumée, parce qu'elle avait une nouvelle invitée, jeune fille charmante au demeurant, qui évoquait tous azimuts les traditions de son pays, sa passion pour la musique, son attirance pour le théâtre.

— Eh bien, on peut dire que tu tiens la forme, toi, aujourd'hui.

— Je me sens bien en votre compagnie.

— Laisse-la parler, Juliette, j'adore la spontanéité de la jeunesse, et Angélique est très intéressante.

— Je ne te le fais pas dire, on s'entend merveilleusement toutes les deux.

— Il ne faudra pas vous heurter à la rumeur : ça va jaser dans le quartier, deux jolies jeunes filles qui habitent ensemble.

— Qu'est-ce que ça peut faire aux autres ?

— Tu es innocente et trop gentille, ma petite. Les autres, ce sont des hommes et des femmes de la pire espèce, des envieux médisants et méchants. Oh ! bien sûr, devant toi, devant vous, ils ne diront rien, ou vous feront supposer grossièrement qu'ils comprennent. Que veux-tu que je te dise, l'espèce humaine n'est pas très drôle.

— Je crois que Molière aurait là un beau sujet pour sa prochaine pièce.

— C'est une idée, on le lui dira.

— Dès qu'on le verra !

— Allez, allez, gardez vos gamineries. Et, surtout, restez comme vous êtes : charmantes, gaies, heureuses. Laissez dire, ça leur passera. Bon, il est temps que je rejoigne mes occupations professionnelles. Au fait, et vous, comment gagnez-vous votre vie en ce moment ? Si vous voulez continuer d'être deux, il va falloir mettre les bouchées doubles.

— On en est à la phase de réflexion, mais on va s'organiser, n'aie crainte.

— Je sais, je te fais confiance. Je vais quand même te donner ce petit billet, pour ta semaine, tu l'as bien mérité, sans doute, et surtout tu en auras bien besoin.

— Merci marraine.

— Madame Jacqueline, merci pour le déjeuner, j'espère pouvoir bientôt vous inviter à mon tour.

— Je n'en doute pas un instant, ma petite, mais en attendant, laisse-moi régaler, votre compagnie m'amuse tellement ! C'est si beau, la jeunesse… Alors, à la semaine prochaine, même adresse.

— A bientôt marraine.

— A bientôt madame.

— Reviens quand tu veux avec Juliette, surtout ne te gêne pas avec moi. Allez, au revoir.

Quelques semaines passèrent, les répétitions se succédaient. La pièce prit corps avec l'investissement d'acteurs très sérieux, désireux de bien faire, pour eux-mêmes, pour la troupe entière, pour leur avenir, espérant toujours être remarqués par quelque illustre réalisateur ou metteur en scène qui leur ouvrirait la voie du vedettariat. Le grand jour de la première approchait. Tous connaissaient plus ou moins le théâtre Montmartre où ils se produiraient. Toutefois, Fernand, soucieux du détail, invita ses acteurs à venir visiter les lieux afin d'en prendre la dimension, le volume, l'ambiance. Il les convia à s'asseoir à la place des spectateurs, puis à monter sur scène, à se familiariser, en quelque sorte, avec le site prestigieux. En bonne élève, Juliette écoutait les conseils, s'intéressait aux remarques, participait à son tour aux diverses discussions. Fernand était toujours très attentionné envers elle, qu'il considérait sensible, émotive, mais aussi et surtout particulièrement talentueuse.

— Juliette…

— Angélique ! Où est-elle encore, elle a dû se perdre dans les coulisses, je ne la vois plus. Elle doit visiter.

— Ne t'occupe pas d'Ange, c'est moi qui lui ai commandé une course. Pense à ton rôle, figure-toi sur cette scène. Ça ne paraît pas grand chose que de venir fouler le sol où l'on va se produire, mais c'est d'une importance capitale. Il faut absolument personnifier la scène, lui donner une consistance, une réalité. D'ailleurs, on pourra faire une répétition ici, quelques jours avant la première.

Subrepticement, une note de musique résonna, semblant gravir les étages de l'édifice.

— Tiens, notre musicienne qui se manifeste.

— Qu'est-ce que ça veut dire ?

— Octave, Octave, rappelle-moi où se trouve le piano.

— Dans la loge 8, juste au-dessus des appartements de luxe.

— Merci Octave, brave Octave.

— Si vous les aviez vus monter l'instrument là-haut, c'était une affaire, nom de Dieu ! Il leur a fallu la demi-journée, pourtant des costauds, et des gars du métier. C'est que ça pèse un piano comme celui-là, un véritable objet d'art, en plus.

Le fameux instrument avait été installé à l'occasion du récital d'une artiste lyrique très en vogue. Elle avait trouvé original de placer le piano au-dessus du public, caprice de vedette peut-être, ou encore recherche d'originalité acoustique ? Quoi qu'il en fût, l'instrument était bel et bien logé là, et personne n'avait prévu de le déplacer pour le moment. Averti par hasard de la situation, Fernand avait tout de suite fait la relation entre la présence inopinée du piano et l'intervention musicale d'Angélique à quelque temps de là ; dans son esprit, l'idée avait fait son chemin.

Juliette avait suivi Fernand, mais ce dernier ferma brutalement la porte de la loge 8, derrière lui. La jeune fille n'osa entrer, contenant sa curiosité. L'entretien entre le metteur en scène et la musicienne dura. On joua quelques phrases musicales, la voix aiguë d'Angélique se fit entendre par bribes. Enfin, tous les deux sortirent, semblant satisfaits. Juliette se précipita sur eux, à la surprise de Fernand :

— Tu es encore là, toi ?

— Oui.

— Tu es patiente.

— Oui. Alors, qu'est-ce que vous avez décidé ?

— Rien, on causait, c'est tout.

Il eut un regard pour Angélique qui baissa le sien

— Allez, les gamines, on s'en va, on laisse la place aux artistes. Demain matin à 10 h 30, à la rue Sainte-Cécile, on peaufinera tout ça. C'est qu'il ne nous reste plus beaucoup de temps.

— Oh, vivement la première, l'angoisse commence à me prendre.

— Ne sois pas idiote, tu as bien le temps d'avoir le trac juste avant de rentrer sur scène. En attendant, vis normalement, c'est la meilleure thérapie contre ton anxiété.

— Facile à dire !

— Repose-toi sur la présence de ton amie Angélique. Regarde comme elle est calme et sereine.

— Bien entendu, elle, ce n'est pas encore son tour, elle n'a pas de raison…

— Peut-être plus que tu ne crois.

— Qu'est-ce que ça veut dire, tout ce mystère ? Tu ne vas tout de même pas la faire jouer sans qu'elle ait répété ?

— Bien sûr que non ! Mais on ne sait jamais ; elle connaît la pièce, rappelle-toi, pour toi, il a fallu faire vite. Allez, je te dis de te calmer, et à demain. Allez donc au *Bateau* ce soir, ça vous changera les idées.

— Tu y seras ?

— Moi, non, à mon âge, il convient de se reposer de temps en temps. Vive la jeunesse !

Il disparut comme un courant d'air, laissant les deux jeunes filles à leurs incertitudes. Elles se regardèrent ; Angélique resta muette et Juliette ne sut que lui dire :

— Samedi sera vite là.

Et le samedi, jour de la première des *Femmes savantes* présentées par la troupe Marvejol, dénomination inspirée par les origines de Fernand, arriva.

Tous étaient prêts, inquiets, concentrés. Sophie et Juliette étaient sur le point d'investir la scène. Le public était nombreux, tout à coup silencieux, suspendu à l'instant où allaient retentir les trois coups. D'un regard rapide, Juliette chercha Angélique, mais ne put la distinguer. Elle devait bien être là, troublée tout autant qu'elle, tremblant pour elle. Elle lui ferait partager son bonheur de jouer. Un jour, elle serait Henriette, elle remplacerait Sophie ou une autre. Ce soir, Juliette jouerait pour elle, pour la passion du théâtre et pour elle, pour qu'à son tour elle n'ait plus qu'un désir, celui d'entrer en scène. Le premier coup retentit, plongeant les consciences dans un vide vertigineux, suggérant la fuite anarchique des comédiens devant l'insupportable oppression. Le deuxième coup retint ces mêmes acteurs, les clouant sur place à leur obligation d'assurer leur rôle, pour eux-mêmes et pour tous, pour le public impatient. Le troisième coup commanda l'ouverture du grand rideau. Armande et Henriette se faisaient face : « Quoi, le beau nom de jeune fille… »

A l'entracte, le rideau se referma lentement dans un bruit de ferraille. Juliette s'étonna à nouveau de ne point apercevoir son amie dans les coulisses. Etait-elle avec la souffleuse ? Etait-elle la souffleuse elle-même ? On n'y voyait pas grand chose, dans son trou, et on n'y prêtait point d'attention visuelle. Quand enfin le mouvement du rideau stoppa, du haut des loges réservées, une musique charmante envahit l'édifice. Chacun manifesta sa surprise en se tournant vers l'origine des notes dispensées. Certains balançaient leur tête ou leurs bras pour suivre la mélodie. La voix exceptionnelle d'Angélique accompagna bientôt la cantate de Chérubin du *Figaro* de Mozart, qu'elle interprétait avec brio. Quand elle s'arrêta, des applaudissements fournis la saluèrent. Un brouhaha s'ensuivit, puis très vite le calme se fit : le théâtre reprit ses droits.

Plus tard, quand se termina la représentation, les acteurs enfin libérés se congratulèrent, puis, entraînés par une Armande enthousiaste et triomphante, ils saluèrent trois fois un public comblé. Le piano se fit entendre à nouveau, accompagnant la sortie des spectateurs sur un air de java, enjolivant la fin d'une soirée mémorable. Nombreux furent ceux qui adressèrent un signe de la main à l'artiste qui, là-haut, jouait si bien la gaieté, la bonne humeur, la joie de vivre. Quand Angélique cessa son récital, qu'elle rangea son tabouret et qu'elle referma le couvercle du piano, seules deux mains se heurtèrent pour l'applaudir. Juliette était là, souriante. Ensemble, à l'unisson, elles prononcèrent : « Tu as bien joué. » Ce qui leur provoqua un peu d'émotion. Souriantes, sans plus rien dire, elles se prirent les mains, puis s'étreignirent de toute leur tendresse, partageant encore leur immense amitié.

— Alors, qu'est-ce que tu en penses ?

— Vu de mon perchoir, c'était parfait. D'ailleurs, le public ne s'y est pas trompé. Je n'ai vu que des contents.

— Je crois que tout le monde est satisfait, ce soir. Fernand nous emmène au *Lapin agile*.

— Je vais encore m'endormir sur ton épaule.

— Ce ne sera pas la première fois, mais fais un effort, ce n'est pas un soir comme les autres. Vous avez eu une sacrée bonne idée de meubler l'entracte et la sortie avec de la musique. Je suis certaine que ça a beaucoup plu.

— Je pense aussi que c'était bien.

— Tu as été excellente !

— L'instrument est ce qu'il y a de mieux. C'est un véritable plaisir de jouer sur un tel piano, ça ne m'arrivera pas tous les jours.

— Qui sait ? Maintenant que tu as commencé, qui pourrait t'arrêter ?

— Eh bien, je crois qu'ils ne vont pas le laisser ici.

— J'espère que tu pourras encore jouer pour les autres représentations.

— Oh oui, certainement, mais après, ils le déménageront. Il appartient à un monsieur qui devait d'ailleurs être dans la salle ce soir. Un connaisseur en matière artistique, à ce qu'il paraît.

— Tu en sais des choses, et tu en connais du beau monde !

— Non, non, seulement j'ai surpris la conversation de Fernand avec le régisseur du théâtre, qui est un homme charmant, par ailleurs.

— Ah ! voyez-vous ça.

— J'ai pu venir m'entraîner à jouer trois fois avant la répétition ; eh bien, à chaque fois, il est resté à m'écouter, là, assis dans le grand fauteuil.

— Et il t'a parlé, il t'a fait quelque proposition ?

— Non, pas du tout ; il écoutait et il me raccompagnait. Il disait : « Bonsoir petite ! » et c'est tout.

— Tu me dis tout, n'est-ce pas ?

— Mais oui, il est bien trop vieux pour moi, il pourrait être, je ne sais pas, mais mon grand-père au moins.

— Ce sont les plus vicieux.

Angélique haussa enfin les épaules et sortit en évitant son amie d'un petit pas chassé. Elles dégringolèrent l'escalier et rejoignirent bien vite toute la troupe, euphorique à cette heure-ci. On devisait gaiement, on échangeait des impressions ressenties sur scène, on décompressait, on évacuait la tension accumulée durant toute la pièce. Et puis on riait, et puis on braillait, c'était la fête qu'on allait faire la nuit durant.

Les Marvejol donnèrent dix représentations des *Femmes savantes* au théâtre Montmartre qui, à chaque fois, afficha complet. Le succès fut total. Plusieurs acteurs, dont Juliette, furent remarqués et contactés par des grands noms du théâtre parisien. Quant à la musicienne, elle fut également très sollicitée. Un homme imposant de stature et de personnalité insista pour la rencontrer. Il se présenta comme responsable de l'organisation de plusieurs spectacles de music-hall sur Paris et sa région. Sans plus d'ambages, il annonça qu'il engageait l'artiste, à ses conditions, pour une prochaine manifestation qui se déroulerait à la Gaîté-Montparnasse. La jeune fille, plus que surprise, accepta, mais ne sut trop qu'ajouter. Remarquant son désappointement, qu'il mit sur le compte de sa jeunesse, notre homme lui lança tout de go :

— Vous m'enverrez votre agent, nous mettrons ça au point.

Angélique se confia naturellement à Juliette qui prit les choses en mains. Elle fit appel à Fernand, qui connaissait tout le gratin du monde du spectacle. Quelques jours plus tard, il leur présenta Frédéric, un jeune homme bien sous tous rapports. Celui-ci proposa un contrat à Angélique. Elle hésita. Il insista. Elle jugea alors utile de lui confier ses doutes, lui expliquant qu'elle ne comprenait pas l'attention qu'on lui portait, alors qu'hier encore elle était inconnue, qu'elle n'avait donné qu'un trop bref aperçu de ses capacités pour qu'on puisse lui faire ainsi confiance. Frédéric lui rétorqua qu'elle devait saisir sa chance, que l'occasion ne se représenterait peut-être jamais. Il l'informa des pratiques habituelles du milieu professionnel qu'elle allait rencontrer. On donnait parfois l'occasion à un artiste prometteur de se produire sur une scène prestigieuse. Bien sûr, c'était le lâcher dans l'arène avec les lions... Mais, à ses dires, le jeu en valait la chandelle. C'était un quitte ou double : on était applaudi, et l'avenir ouvrait grand ses portes vers la félicité, ou bien on était conspué, et la carrière, à peine ébauchée, était plus que compromise.

— Il faudra faire le maximum : ce que tu connais le mieux et qui est de la meilleur qualité. Attention, il faut être très sûre de toi. Tu as bien compris que le moindre faux pas te détruirait.

— Ça va, j'irai affronter les lions et je leur montrerai de quoi je suis capable. J'espère qu'ils apprécieront. Mais ce que tu me décris ne me plaît pas du tout ; je ne suis pas un guignol, quelqu'un qui limite son ambition à se donner en spectacle. Ce que je désire, c'est offrir quelque chose : partager du plaisir avec mon public. Pour ça, je préférerai toujours le théâtre au music-hall.

— Tu ne devrais pas le prendre comme ça. Le patron dit que tu as beaucoup de talent. Il compte sur toi.

— Il compte surtout sur les sous que je peux lui faire gagner !

Ecoute, c'est bon, j'irai à la Gaîté, et je ferai ce que le patron attend de moi. Après, on verra.

— Bien, je lui dirai tout ça. Tu as du caractère, toi ; tu es bretonne ?

— Je suis du pays des Combrailles ! Au revoir.

— A bientôt ! Vous pourrez venir toutes les deux.

— Je ne chante pas.

— Tu es superbe. Je te réserverai une place de choix, dans une loge bien placée.

— C'est gentil, mais attention, sans contrepartie.

— Oh, moi, je ne suis pas grand chose dans tout ce cirque. Ce que j'en dis. En fait, c'est le patron qui m'a dit de te demander. Il s'est renseigné sur vous deux ; il vous connaît bien. Allez, salut la compagnie. Ah, il faudra passer à la Gaîté, un de ces soirs, pour signer le contrat.

— On ira.

Les deux amies gardaient la tête froide tout en fomentant quelque espoir de voir leurs rêves les plus chers bientôt se réaliser.

Mais bien vite l'ombre du doute assombrit ces ambitions. Chacune imaginait son avenir qui se construisait sans l'autre. Devait-on sacrifier la complicité, la dualité, la belle aventure ? Mais, y avait-il vraiment d'autre choix, d'autre solution ? Une nouvelle page de la vie allait-elle se tourner ? Allait-on devoir tout abandonner et tout recommencer ?

Angélique se rendit quelquefois à la salle de la Gaîté, pour répéter et mettre au point son petit numéro. Pour un début, on lui autorisa une demi-heure de scène, ce qui, pour elle, paraissait inespéré. Et puis, le grand jour arriva. Juliette manifestait plus d'anxiété encore que son amie. Elle passa une très belle robe noire qui mettait sa silhouette en valeur.

— Je te plais ?

— Je t'aimais mieux toute nue.

— Dis donc, c'est vrai ? Elle ne te plaît pas, ma robe ?

— Oh si ; tu es plus que belle.

— Ah, bon, je l'ai achetée exprès pour l'occasion.

Elle ajouta, entre ses dents, très bas :

— Exprès pour toi.

— Tu chuchotes ? Tu jarjotes toute seule dans ton coin ?

— Et toi, ton habit de scène ?

— C'est une grande robe blanche, je la mettrai dans ma loge, je ne peux pas me balader avec ça sur le dos.

Elles demandèrent un taxi qui les conduisit à Montparnasse. Dès leur arrivée, Frédéric les réceptionna. Il proposa à Juliette de la mener jusqu'à sa loge réservée.

— Je peux peut-être l'accompagner, rester avec elle un moment ?

— Non, ma chérie, va t'installer, je préfère. Dans l'état où tu es tu ne peux qu'ajouter à mon angoisse.

— Bon.

Elle la saisit aux épaules et l'embrassa de toutes ses forces sur la joue. Angélique lui adressa un clin d'œil, pour la rassurer sans doute.

Un comique, jongleur, jouant de maladresse pour accentuer la dérision de son personnage, occupa la scène avant l'entrée d'Angélique.

— C'est à toi, petite. Je croise les doigts. Ça va aller ?

— Chut ! Je me concentre.

— Pense à quelque chose qui t'occupe l'esprit.

— Ne t'en fais plus pour moi, Frédéric ; je ne suis plus à Montparnasse, je suis à Bardane, en pays des Combrailles ; je suis le vent qui dessine au crépuscule des traînées de lumière, je suis l'eau claire des ruisseaux qui caracole en riant, je suis l'âme de la terre creusoise qui s'évade vers le ciel.

Elle entendit qu'on annonçait : « La dame blanche ». En transe, et ne sachant plus ce qui allait se passer, elle entendit une voix imbécile, émanant du public, encore rigolard du numéro précédent : « Vive la mariée ! » Cette réflexion anodine et bon enfant eût pu déstabiliser la novice ; elle eut au contraire un effet bénéfique sur elle, la ramenant sur scène, sur la scène de la Gaîté-Montparnasse où elle avait un contrat à remplir. Elle salua. Même les plus hardis n'eurent de répartie, attendant peut-être pour mieux déchaîner leur esprit sarcastique bien rôdé. D'un pas assuré, dans une attitude auguste, elle rejoignit le grand piano, en bordure de scène. les premières notes parurent timides, mais elles n'étaient qu'un bref élan de la passion qui, tout à coup, répandit son harmonie. La salle entière écoutait, la salle entière retenait son souffle. Quand la voix accompagna la musique, le public fut définitivement conquis par les paroles transcendantes d'« Ophélie ». Chacun frissonnait de plaisir, imaginant peut-être la blanche enfant sur les flots stagnants. Angélique chantait merveilleusement, et ses vocalises ondoyaient sur la brume naissante d'une aube mystérieuse, en pays des Combrailles creusoises. La dame blanche des songes rejoignait les cieux en une extraordinaire métamorphose de la matière sublimée, voyageant en divine mélodie. Quand Angélique salua, Juliette se leva et applaudit si fort qu'elle crut faire éclater ses mains. Elle pleurait à chaudes larmes d'émotion épanchée. Deux musiciens entrèrent ensuite sur scène, l'un jouant du violon, l'autre de l'accordéon diatonique. L'émouvante dame blanche se transforma alors en dynamique interprète d'une farandole endiablée. Tout le monde prit le rythme, en tapant des mains pour mieux partager l'enthousiasme ambiant. Les artistes enchaînèrent sur quelques chansons traditionnelles du Limousin, puis sur des airs plus à la mode parisienne. Enfin, Angélique termina son récital, à nouveau seule au piano, entonnant *le Temps des cerises*. Comme tous la connaissaient, le public se leva et accompagna la chanteuse. Les applaudissements furent si fournis qu'Angélique dut revenir trois fois, poussant même le défi jusqu'à chanter *a capella* une de ses compositions qui contait l'histoire d'un vieil homme parlant aux oiseaux. Plus tard, dans les conversations des noctambules de Montparnasse, on s'accorda à constater qu'une étoile était née.

MONTPARNASSE

Paris, les années folles, la graine avait germé. Ophélia prenait son essor ; de ses racines limousines elle émergeait à Montmartre ou à Montparnasse, hauts lieux de l'expression artistique. Ophélia s'imposa donc naturellement comme nom de scène, mais ses amis de la première heure l'appelaient toujours du diminutif intime d'Ange. Dès lors, après l'année 1925, Ophélia fut régulièrement contactée pour se produire dans les salles parisiennes où le music-hall triomphait. Elle côtoya les chanteurs et chanteuses confirmés qui lui prodiguèrent moult conseils avisés ; elle rencontra aussi la vague montante des vedettes en herbe, qui s'évertuèrent à lui faire comprendre qu'elle n'avait pas l'envergure suffisante pour pouvoir espérer les concurrencer. Angélique n'aimait pas cette ambiance de rivalité qui entraînait inévitablement des complots sordides, des manigances parfois nauséabondes. Elle faisait figure d'originale, de par sa dégaine, qui avait fait école à Montmartre la Libertaire, de par ses allures entretenues de paysanne fraîche et pure, enfin de par ses mœurs qu'on tourna en dérision. Ainsi la rumeur la rattrapa bien vite : on disait d'elle qu'elle aimait les femmes, sentiment ô combien répugnant dans certaines sphères de la société mondaine. La jeune fille mit un point d'honneur à manifester un profond dédain et une grande indifférence pour tout ce qui visait à salir sa vie privée. Elle continuait, envers et contre tous, à partager cette vie avec Juliette qu'elle aimait beaucoup et qui lui rendait bien ce beau sentiment. Elles ne cherchèrent pas à provoquer l'opinion, mais comprirent très tôt qu'il convenait de protéger au mieux leur intimité pour espérer conserver un semblant de liberté personnelle et l'intégrité de leur amour-propre. Alors, on les appelait les sœurs, avec un sourire ironique ou venimeux, mais aussi complice ou compatissant. Cette réputation fut d'ailleurs sans effet sur le succès de la chanteuse, peut-être même que le qu'en-dira-t-on fut salutaire à sa notoriété. Pour sa part, Juliette continuait son chemin dans le monde du théâtre, évoluant, menant une carrière sérieuse et valorisante.

Le temps passa, les personnalités des deux jeunes filles s'affirmèrent, leur notoriété se confirma. Dès que leurs moyens le leur permirent, elles pensèrent changer de logement. Tout naturellement, comme avaient pratiqué nombre d'artistes avant elles, elles évoquèrent la possibilité de partir du quartier de Montmartre pour rejoindre celui de Montparnasse. Elles hésitèrent, tant leur cœur en appelait à respecter leurs premières amours pour la Butte. Montparnasse, c'était toujours Paris, ce n'était pas très loin, et puis les deux endroits n'étaient guère comparables. Montmartre resterait Montmartre, même si on allait habiter ailleurs. Ce serait toujours le berceau des peintres, le bouquet de jeunesse de ceux qui s'y retrouvèrent, y vécurent leurs doutes et leurs espoirs. En quelque sorte, un nid d'artistes en devenir qui, un jour, s'envolèrent vers leur destinée. Montparnasse était devenu le lieu de rendez-vous incontournable du monde du music-hall. Des noctambules des années folles, il était devenu la légende. On y croisait aussi ces fameux artistes qui menaient la culture sur des chemins de traverse, du bout de leurs pinceaux subtils, de leurs burins habiles, de leurs plumes inspirées.

L'occasion se présenta à la table réservée du *Bateau-Lavoir* où Louis annonça qu'il quittait Montparnasse pour se retirer à la campagne, développant maints arguments favorables à la vie rustique de province. En aparté, Juliette lui demanda quelques précisions relatives à son appartement. Elle apprit ainsi l'identité du propriétaire, tous les renseignements sur le logis, la date de disponibilité, et, bien entendu, l'adresse du lieu: rue Delambre, à deux pas de la fameuse rue de la Gaîté. Elle en avisa Angélique qui, de prime abord, manifesta quelque prudence à se prononcer. N'était-ce pas l'occasion de pallier à leur promiscuité qui s'avérerait forcément gênante un jour? Par ailleurs, était-il judicieux d'entreprendre un premier pas vers une séparation? Jusqu'où irait-on? On s'en remit à la raison qui conseillait, avant toute chose, de se rendre sur place pour mieux se rendre compte, et prendre une décision en toute connaissance de cause. Après la visite, tout semblait parfait. Angélique lança, à tout hasard:

— Vous n'en auriez pas un second de libre, du même acabit, pour moi ?

— Si. Vous avez de la chance. Là, en face, ma locataire vient de me signifier son départ dans deux mois, si vous pouvez attendre jusque-là ?

— Sans problème. Je suis votre future locataire !

L'affaire fut conclue. Les deux amies cohabitèrent pendant ces deux mois, avant qu'Angélique puisse investir son propre appartement.

Angélique et Juliette s'éloignèrent peu à peu l'une de l'autre, ne cohabitant plus et ayant des obligations professionnelles bien différentes. Elles se voyaient pourtant encore souvent, mais plus rien n'était tout à fait comme avant.

Le temps passa et s'en tint à reléguer au rang de souvenir charmant l'époque de leur rencontre, de leur complicité, de leur connivence qui avait pris des airs d'éternité. Remarquant son amie souvent triste, nostalgique, Angélique imagina une machination qui allait influencer son avenir artistique.

Ce jour-là, il pleuvait fort sur la ville. Angélique se pressait, serrant un paquet de feuilles de papier sous son bras, le protégeant de son mieux de l'eau du ciel qui n'avait, à l'évidence, aucune prédisposition à épargner les imprudents. Elle monta les escaliers quatre à quatre, se précipita dans son logement pour se changer :

— Brrr… C'est mouillé, c'est froid, quel temps !

Portant toujours son manuscrit, elle frappa bientôt à la porte voisine. Surprise, Juliette ouvrit, et d'une voix fluette, d'un air de demander pardon, dit simplement :

— C'est toi.

— Oui, c'est moi. Tu es seule ? Je peux entrer un instant ?

— Oh oui, entre s'il te plaît. Tu ne viens jamais me voir.

— On en a déjà parlé mille fois. Mais me voilà ; viens voir, j'ai quelque chose à te montrer. Mais avant, dis-moi : as-tu un rôle en vue, une pièce en cours ?

— Non, Fernand me laisse tomber.

— Ecoute-moi bien, Juliette, je te tends la main, je suis venue te sauver de l'abîme dans lequel tu te laisses glisser de jour en jour.

Regarde-moi, je suis ton amie. Je t'aime, Juliette, comme ma grande sœur. Je t'aime et je ne veux plus te voir comme ça.

— Oui, ma chérie, je vais faire encore un effort, pour toi.

— C'est ça ; j'aime mieux ça. Viens, approche, et jette un œil à ceci.

Elle lui tendit les feuilles de papier.

— Prends ton temps : regarde, lis. Après, on en parlera. Pendant ce temps, je peux faire un café ?

— Il y en a de prêt.

— Il est froid. J'en refais deux tasses, j'ai horreur du café réchauffé, pas toi ?

— Bof… Mais fais comme tu veux, et laisse-moi tranquille, si tu veux que je lise.

Angélique eut un sourire, son stratagème prenait corps. Juliette était sur la bonne voie, celle du mouvement, de la réaction, de la prise de conscience. Angélique était rassurée ; elle prépara le café, sortit deux belles tasses en porcelaine de Limoges qu'elle avait offertes à son amie quelques mois auparavant. Elle trouva le sucrier, puis porta le tout vers Juliette, qui semblait très concentrée sur sa lecture. Elle releva les yeux :

— Ce n'est pas possible, ce n'est pas toi qui as écrit ça !

— Dis-moi plutôt ce que tu en penses ?

— Ça m'embête.

— Quoi ? Qu'est-ce que tu veux dire ?

— C'est un peu notre histoire, peut-être un peu trop.

— Tu liras la pièce d'un bout à l'autre. C'est vrai qu'il y a des similitudes, mais seulement sur le corps de l'œuvre. Dans le détail, c'est très drôle.

— Mais, ce n'est pas toi.

— Non, bien sûr que non.

— Alors ?

— Qui ? Un ami, un ami de longue date, qui nous appelait les amazones.

— Tu n'es pas en train de me dire ?

— Si !

— Mais comment ?

— Avec une volonté de fer, avec l'amitié que j'ai pour toi et qui n'a jamais failli, avec un sentiment proche de l'amour.

Juliette baissa les yeux et les bras, décontenancée, presque hébétée, et Angélique continuait :

— Je te dois des explications. Elles vont être brèves mais sincères. A quoi bon tergiverser d'ailleurs ? Nous avons passé le meilleur moment de notre vie ensemble, sans arrière-pensée, animées toutes les deux d'innocence et d'honnêteté l'une envers l'autre. Ce fut aussi le plus beau parce qu'on découvrait sans cesse, on cherchait notre voie, et on l'a trouvée. Seulement, on a dû s'éloigner, et ça, c'est peut-être dommage. Tu fais du théâtre, passionnément, et je ne sais pas très bien où tu en es aujourd'hui. Quant à moi, pour être franche, le music-hall me donne la nausée. J'aime le public, j'aime partager avec lui mon goût pour la musique, les beaux textes, l'ambiance inimitable des soirées de véritable communion entre lui et moi, mais voilà, il y a tout ce qui gravite autour, et là, plus de beaux sentiments : l'argent, toujours l'argent ! Tu crois décrocher un contrat, et voilà qu'on te le souffle. Sans explication, c'est une autre qui est retenue. Ça fait des courbettes, des yeux doux, ça va même jusqu'à coucher ! Non, je ne suis pas faite pour ce monde-là. Je suis une idéaliste, et je n'en sors pas.

— Eh bien ?

— Eh bien, j'ai pensé à tout arrêter, à retourner en Creuse.

— Vers ta mère ?

— Ma mère et son boiteux, le château des Aubrelles et ses bourgeois vieille France. Ça couche aussi par là-bas.

— Décidément.

— J'ai relevé la tête, volontaire ! Et sais-tu qui j'ai aperçu devant ma détermination à m'en sortir coûte que coûte ?

— Je ne sais pas.

— Toi ma belle, toi et moi.

— Mais…

— Nous allons jouer cette pièce toutes les deux, rien que nous deux.

— Mais c'est absurde ! Seulement deux actrices, mais on va échouer, c'est couru d'avance.

— Je n'en crois rien. Roland, l'auteur de la pièce, est un gage de qualité. Faire jouer les deux sœurs dans le scénario de leur propre vie, ça va exciter les esprits : les détracteurs comme les partisans.

Bien sûr, nous n'avons pas droit à l'erreur ; il va falloir qu'on soit à la hauteur. Il va falloir être gaies, drôles, légères, insouciantes, comme nous étions avant, au début, au temps de l'espérance. Je joue gagnante, Juliette, je veux gagner ce pari, autant pour toi qui a besoin d'un nouveau départ, que pour moi qui cherche à m'exprimer autrement. J'ai besoin de toi, Juliette, ne m'abandonne pas. Je te demande ce sacrifice. Il faut qu'on essaie.

— Ce n'est pas un sacrifice. Je vais te suivre, je ne te quitterai plus sans qu'on m'y force. Mais ça ne va pas être facile. J'en ai froid dans le dos, rien que d'y penser. Et puis, comment convaincre un directeur de théâtre de nous faire confiance ? A ma connaissance, il y a bien peu de chance pour qu'on trouve une scène disposée à nous accueillir.

— Ne t'en fais pas pour ça, Roland arrangera l'affaire. C'est un ami, un vrai, on peut compter sur lui.

— Je sais, mais là.

— Là comme ailleurs ; il était à Montmartre au tout début, avec beaucoup d'autres. Ils ont mangé leur vache enragée à la même époque : ça crée des liens ! Aujourd'hui, il a ses entrées. Je vais encore bien plus t'étonner : si tout se passe comme je l'espère, on jouera à la Gaîté, au théâtre de la Gaîté-Montparnasse au printemps prochain.

— Mais, c'est impossible : le printemps, c'est dans deux ou trois mois.

— Oui, j'attends confirmation en fin de semaine.

— Mais comment…

— Il faut qu'on s'y mette, ma belle, au travail et sans relâche. On répétera au lit s'il le faut, comme au bon vieux temps. Il faut oser, on n'a plus le choix.

Le regard de Juliette ne chercha plus à fuir, il ne tomba plus lamentablement dans les abysses de la médiocrité, il se leva au contraire vers la lumière, vers l'espoir retrouvé. Angélique comprit que le pari était gagné.

1930 : le monde battait de l'aile. En marge de ce cahot, deux jeunes actrices allaient se donner en spectacle sur la scène d'un théâtre renommé, pour la première d'une pièce particulière, en dehors des modes, bien éloignée de la tradition dramatique : deux femmes jeunes, belles, provocantes, bouleversant les idées reçues, les règles établies, la bienséance. C'était l'esprit Montparnasse, hérité de l'esprit Montmartre. C'était l'expression de l'art, une certaine conception de la liberté, le chambardement des *a priori*, la remise en cause perpétuelle du conventionnel mondain. La pièce annoncée lançait au regard des passants *Les Sœurs*. Les conversations allaient bon train autour du thème supposé et des interprètes débauchées. Le soir de la première représentation, le public était au rendez-vous ; on dut refuser du monde, le théâtre était plein. Le rideau s'écarta. A la première réplique, la voix de Juliette parut mal assurée ; la salle douta une seconde, mais se rendit immédiatement compte que l'attitude était préméditée. Le public fut tenu en haleine durant tout le spectacle qui, trois heures plus tard, se terminait sous un tonnerre d'applaudissements. La joie des comédiennes faisait plaisir à voir à tout ce beau monde qui repartit tout aussi gai et amusé que les deux sœurs qui venaient de les subjuguer. Graciles, redevenues gamines frivoles, Juliette et Angélique se précipitèrent vers Roland qui descendait de sa loge réservée. Elles l'embrassèrent tendrement.

— Vous voyez bien, les petites, que j'ai bien fait de ne pas signer moi-même la pièce. Je vous aurai fait ombrage.

— Si vous le dites !

— J'en suis persuadé. Vous avez été parfaites, vraiment parfaites. Restez naturelles, comme ça, c'est là toute votre force. Je vous jure : c'est précisément ce que j'ai écrit.

— Alors, on s'est bien compris.

— Exactement, mais comment aurait-il pu en être autrement ? Quand les grands esprits se rencontrent…

— Vous nous flattez.

— Non, je plaisante. Mais je suis persuadé de ce que je dis. Je m'exprime par mes écrits et suis reconnu comme tel. Vous avez prouvé, ce soir, que votre mode d'expression était tout aussi convaincant et pertinent.

— Merci Roland, merci de tout notre cœur.

La pièce fit un tabac à Paris. Chaque représentation fut un succès. Les comédiennes n'hésitaient plus à improviser sur scène, ce qui ajoutait au piment théâtral, ravissait le public et intéressait les journalistes qui, depuis le début, ne tarissaient pas d'éloges et guettaient maintenant la spontanéité de chacune pour s'empresser de la décrire en la magnifiant. Après avoir conquis la capitale, les deux jeunes femmes décidèrent de parcourir la France. Leur projet se cantonnait aux grandes villes, mais elles acceptèrent volontiers de se produire dans les cités de moindre importance qui les invitèrent. Elles créaient l'événement, passionnaient les discussions, et puis ravissaient leur public, promettant d'y revenir à la prochaine création. Généreuse à souhait et toujours titillée par les démons de la musique et de la chanson, Angélique se risquait à occuper la scène en ouverture, le temps de chanter une ritournelle locale lorsqu'elle pouvait obtenir la participation d'un musicien du cru, qui l'accompagnait pour l'occasion. Cette attention particulière touchait profondément les gens qui l'écoutaient un instant puis reprenaient avec elle, à son signal, le refrain et les couplets. Si leur réputation, qui toujours les devançait, avait pu nuire à leurs personnalités, on prenait bien vite le parti de considérer la supercherie pour ce qu'elle était : une rumeur et rien de plus. D'ailleurs, Roland avait été particulièrement adroit dans son scénario pour sous-entendre la bassesse du qu'en-dira-t-on, sa veulerie, son inconsistance et son inutilité. Et quand bien même ces deux femmes se seraient aimées d'amour ! Le sentiment était si beau, si propre, si pur, lavé de tout soupçon, de toute ambiguïté, porté aux sphères de la grandeur d'âme et de l'intelligence, idéalisé pour le faire côtoyer les anges asexués et donc insoupçonnables de fornication. Le jeu des actrices était sérieux, professionnel ; leur prestation était drôle et communiquait la gaieté et l'enthousiasme. L'histoire finissait bien ; le public était content.

Juliette et Angélique tournèrent ainsi pendant deux années qui défilèrent trop rapidement, laissant derrière elles l'intensité toujours renouvelée de la scène, les voyages précipités, organisés, orchestrés, les longues nuits, les rencontres multiples, les amis d'un soir et, déjà, le souvenir pour mieux constater cette éternelle fuite en avant.

1933 : le temps faisait enfin une pause. On frappait à la porte de l'appartement d'Angélique.

— J'arrive… Juliette ! Qu'est-ce qui me vaut ta visite impromptue ? Ça va au moins ?

— Oui. Je peux entrer ? Tu as quelques minutes à me consacrer, j'ai quelque chose à te dire.

— Entre, va ; j'allais me mettre au lit, j'ai eu une dure journée : il a fallu que j'aille faire quelques courses, je n'avais plus rien à me mettre. C'est épuisant. La ville me saoule, je vieillis. Si tu savais comme ma campagne me manque, quelquefois.

— Je ne veux pas te déranger, si tu es trop lasse.

— Allons, pas de ça entre nous : deux vieilles filles qui se connaissent si bien !

— Justement, en parlant de vieilles filles.

— Quoi donc ? Eh bien, dis.

— Voilà. Je crois que je suis amoureuse.

— Quoi ! ?

Angélique parut époustouflée, ahurie, anéantie, énervée aussi, puis se reprit :

— Et alors ? Quoi de plus naturel ?

— C'est que je ne sais pas vraiment si c'est ça ?

— Tu es folle ?

— Comprends-moi, je t'en supplie. Je doute. J'ai vingt-huit ans, ce n'est plus très jeune, et je n'ai jamais éprouvé cette impression envers un homme. J'avais bien un ami avant de te rencontrer, tu te souviens ?

— Tu m'en avais parlé, oui, bien sûr que je me rappelle. J'étais jeune, et ces choses-là m'intriguaient ; aujourd'hui c'est toi qui m'angoisse. Mais enfin, qu'est-ce qui t'arrive ?

— Eh bien, depuis quelques jours, je ne pense plus qu'à lui, je n'ai plus faim, je ne dors plus.

— Eh là ! eh là ! arrête. Tu es folle, c'est bien ce que je disais. Mais tu réagis comme une gamine. C'est qui, d'abord, l'heureux élu de ton cœur ?

— Tu ne le connais pas.

— Ah bon, des cachotteries en plus !

— Ne rigole pas, s'il te plaît.

— Bon, alors ?

— Il s'appelle Lucien Giraudon, mais peu importe. Je l'ai rencontré à la Closerie, un soir.

— Qu'est-ce qu'il fait dans la vie ?

— Tu vas rire, le fameux soir de notre première rencontre, il était tout amoché.

— Un bagarreur ?

— Il avait le nez écorché et un bras en écharpe.

— Un boxeur !

— Même pas, et tant mieux, je n'aimerais pas ça.

— Oui, la violence, ce n'est pas dans ton registre. Alors quoi, ma belle ?

— Il est acteur.

— Acteur ?

— Acteur de cinéma.

— Voyez-vous ça !

— Enfin, il débute. Pour l'instant, il est employé seulement pour des petits rôles.

— Je vois. Celui qui tombe dans l'escalier, qu'on jette par la fenêtre ou qui est victime du mari cocu.

— C'est un peu ça. Il faut bien commencer un jour.

— Ouais, il serait peut-être judicieux d'attendre qu'il réussisse, et qu'on lui confie de vrais rôles, non ?

— Ça viendra ; regarde pour nous, on a bien réussi, on a eu de la chance.

— On l'a un peu provoquée, tu ne crois pas ?

— Quand même, tout repose sur si peu de choses au départ.

— Soit ! Bon, où en êtes-vous tous les deux ?

— Où nous en sommes ? Eh bien…

— Tu lui as parlé de ton attirance pour lui, par exemple ?

— Non, pas encore, enfin pas vraiment.

— Bon, revenons-en au début. Qu'est-ce que tu voulais me dire exactement ?

— Seulement ça : que je crois que je suis amoureuse.

— Alors, tu l'es. Et ça te rend idiote. Mais où est-elle, ton idole ?

— Il doit être en route. Je l'ai invité à prendre un verre. D'ailleurs, il ne devrait pas tarder.

— Eh oui, il va monter, frapper à ta porte ; il n'y aura personne et il s'en ira dépité. L'histoire est finie.

— Tu as raison, j'y vais. Bon, alors, tu crois…

— Je crois que tu as bien raison de profiter de la vie. Fais attention tout de même, ne lui montre pas trop vite tes sentiments. Il pourrait en profiter, et tu serais malheureuse. Tu t'en es sortie, alors ne retombe pas.

— C'est ça qui me fait peur.

— Que veux-tu que je te dise ? Je me souviens, dans mon enfance, le vieil ermite, tu sais, il me disait : « Si tu rencontres un jeune homme, un jour, reste naturelle, c'est la clé de tout, la clé de la porte du bonheur : reste naturelle. » Tu n'as qu'à faire comme ça.

— Bon, bon, j'y vais ; ce serait trop bête de nous louper.

— Il n'y a pas de danger. Je crois que vous allez vous retrouver, et que tout ira bien. Mais reste naturelle !

— Merci du conseil ; je ne vois pas très bien ce que ça veut dire, mais j'y penserai. On va essayer. Bonne nuit, ma chérie.

— Allez, va !

Angélique était tout émue : Juliette, amoureuse ! Après tout, c'était sans doute logique. Après le succès remporté par leur pièce, les deux comédiennes avaient acquis des revenus substantiels. A l'abri du besoin, il leur restait peut-être à découvrir l'amour, à rencontrer un homme pour les accompagner dans la vie. Angélique n'en éprouvait pas le besoin immédiat ; mais, à l'évidence, Juliette venait de s'engouffrer dans cette voie-là. La jeune fille ne trouva pas le sommeil aussi rapidement qu'elle l'aurait espéré. Elle-même avait maintenant vingt-quatre ans, et sa carrière représentait sa seule occupation. Elle avait de nombreux amis, et appréciait particulièrement leur compagnie. Souvent seule le soir, ou même dans la journée, elle rejoignait un de leurs bistrots préférés, à Montparnasse ou même à Montmartre, où elle retrouvait une ou plusieurs connaissances. Elle se complaisait à faire la fête, c'était son expression. Après avoir partagé des heures d'amitié autour d'une table où l'on buvait, certes, mais aussi et surtout où, à chaque occasion, on refaisait le monde, on décidait de finir la soirée dans un lieu pittoresque. C'était un bal populaire, une animation artistique, un moment de music-hall… On s'amusait beaucoup ; chacun y mettait son grain de sel, la gaieté et l'insouciance auréolaient le groupe de joyeux drilles. Après le rire, la débauche d'enthousiasme, arrivaient inévitablement la fatigue et le besoin de repos. On rentrait, souvent seul, pour s'affaler sur sa couche et rejoindre instantanément le domaine des rêves ; mais on était aussi parfois accompagné, et on se laissait aller à une nuit de plaisir dans le partage de quelques heures édéniques de volupté. Angélique pensait à sa vie, à cette vie qui lui plaisait tant. Pourquoi changer, pourquoi, comme Juliette, toujours chercher à faire autrement, à trouver autre chose, ailleurs, et fuir, toujours fuir, comme si l'instant était trop brûlant d'angoisses et de craintes ? Pourquoi refuser le bonheur à portée de main ? Angélique pensait encore, elle pensait à Bardane, à Marc, au Ragoutin, à sa mère et à Gabriel, aux Aubrelles, à Alban de la Martinière. Elle était partie depuis déjà huit ans, presque neuf, neuf années d'action, de profonde mutation, de créativité et d'intensité peu communes. Pourtant, son enfance était si proche. Elle revoyait tout de son petit pays limousin, aux confins de la Creuse. Des images obsédantes hantaient souvent ses songes. C'était sœur Etiennette qui s'acharnait sur les claviers de son orgue, battant la mesure de sa jambe en délire ; c'était aussi Alban jouant précieusement du piano familial astiqué. Elle se décontractait doucement et allait s'assoupir, mais le Ragoutin dévalait soudain un chemin creux bordé de buissons géants où les passereaux s'égaillaient ; il se retournait, montrant son visage émacié et son œil malin, surtout son regard clair qui captivait les sens de la gamine. Enfin, elle était avec Marc, Maurice, Louise, Mélanie et Eugénie, sur la scène du grand théâtre du petit village de l'enfance heureuse. Le regard du Ragoutin s'était fait tendresse, et il vint enfin cueillir la conscience de la sauvageonne, dès lors emprisonnée dans ses certitudes citadines, berçant sa raison vers la déraison de l'intemporel, de l'univers onirique où planait bientôt son subconscient délivré.

En passant devant la porte de l'appartement de Juliette, Angélique hésita : étaient-ils là, tous les deux ? Cupidon, de ses flèches acérées, avait-il triomphé ? Elle hésita encore, presque à frapper, à appeler son amie pour lui dire : « Alors ? » Mais elle contint sa curiosité. Ils étaient forcément là, leurs deux corps enlacés, leurs chaleurs mélangées, leurs sensibilités unies pour l'éternité, main dans la main, bouche contre bouche. Elle résista et passa son chemin, se disant, dans un sourire, qu'après tout, c'était beau : il allait falloir apprendre à vivre à deux. Pas si facile sans doute, que de devoir supporter qu'on attente à sa liberté au nom d'une autre. En affirmant que le grand sentiment pouvait soulever ou remuer des montagnes, voulait-on dire qu'il était de nature à faire oublier le désir d'indépendance ? Non, vraiment, Angélique n'était pas prête à affronter cet état psychique qui avait des allures contre nature. Elle laissait cela, pour l'heure, à Juliette, sa chère Juliette. Puisse-t-elle y trouver l'apaisement et l'équilibre qui lui convenaient.

Angélique fit la connaissance de Lucien, tout naturellement, un soir, au rendez-vous des artistes, autour d'une table animée de conversations bruyantes et passionnées. Il y avait là, Fernand, hardi, cheveux ébouriffés, prônant la lutte des classes comme seul avenir de l'humanité ; Louis, qui en appelait au grand Jaurès et à son idéal de voir un jour le monde des opprimés se réunir au delà des frontières ; Jean était plus circonspect, relevant sans arrêt une mèche rebelle qui lui tombait dans les yeux, opinant à droite et à gauche, mais réservant son avis. Cette attitude avait le don d'énerver Fernand, qui voyait là un manque évident de franchise. Enfonçant le clou, il évoqua Lénine qui avait été un hôte de ces lieux. Rien n'y fit ; Jean éluda les provocations en émettant quelques théories philosophiques tenant à la raison et au respect des idées d'autrui. Hector souriait à l'emportement de Fernand ou de Louis pour exprimer toujours les mêmes idées et en arriver aux mêmes conclusions. Solennel, il se leva et hurla qu'il portait un toast à la liberté ! L'évocation de l'universelle utopie stoppa net les engueulades. Le silence se fit. Hector leva son verre d'absinthe à la façon d'un prêtre présentant le calice. Il but. Toute la tablée l'imita, sans commentaire superflu. La voix d'Angélique s'éleva enfin des décombres enfumés de la précédente échauffourée verbale :

— Et voilà, ça débouillonne !

Elle venait sans doute d'inventer l'expression pour la circonstance. Tous échangèrent un regard suspect. Pierre, qui n'avait pas pu encore mettre son grain de sel, intervint à propos, et sans doute pour relancer les débats sur d'autres terrains plus propices à sa propre érudition :

— Quel vocable maladroit ! Même s'il répond à une certaine évocation, à ma connaissance il ne peut se réclamer de la belle langue de Voltaire.

— Oh, je t'arrête là, mon bon Pierre. Tu as parfaitement raison, mais qu'importe. Tout le monde a bien compris de quoi il s'agissait. Débouillonner, s'il existait, signifierait qu'on se refroidit, qu'on laisse tomber les passions ! Ce serait le processus inverse du bouillonnement transposé aux cervelles promptes à démarrer.

— Soit, ma belle, mais le langage a ses rigueurs, et les mots ne manquent pas pour tout dire.

— Et lequel aurais-tu employé, pour la circonstance, gros malin ?

— Il n'aurait rien dit, débouillonnant lui-même de tout ce qu'il aurait voulu jeter à la tête de Fernand ou à la barbe de Louis.

— Oh, ça va, débouillonnons donc ! Débouillonnons en paix, mes frères !

Tous s'esclaffèrent et Rose se manifesta soudain :

— Juliette et son homme !

— Ah, voilà le casse-cou du septième art. Combien de côtes cassées aujourd'hui ? Pas d'œil au beurre noir ? C'est un miracle !

— Salut la compagnie ; aujourd'hui, j'ai eu de la chance, je n'ai reçu que quelques coups de pied au cul. Les marques sont moins voyantes, comprenez-vous ?

— Allez, les amoureux, venez vous asseoir.

— C'est que…

— Ah oui, pardon… Yvon ! Un coussin pour monsieur le souffre douleur des pauvres maris cocus !

— Lucien, tu connais tout le monde ici, ou presque. Mais voici Angélique, mon amie Ange. Ange, voici Lucien.

— Ton amour !

— Voilà.

— Eh bien voilà ; venez plus près, on pourra parler. Ces braillards sont dans une forme olympique, ce soir.

— Tu peux parler, toi, la court-bouillon !

— Dis donc, court-bouillon toi-même ! C'est haut comme trois pommes et ça se permet de traiter les autres de court-bouillon ! Non mais, voyez-moi ça, ce nain !

— Arrêtez de vous chamailler.

— Ton Lucien, au moins, il n'est pas petit. Il serait même du genre armoire à glace.

— Il a la silhouette idéale de l'acteur de cinéma.

— Ce n'est pas un peu dégradant de jouer toujours les durs, et d'en prendre plein la tête ?

— Il en faut, et ça paie bien. C'est bien vrai que ce n'est pas très amusant, mais je garde l'espoir de m'en sortir un jour et de décrocher un rôle plus sérieux. Je connais déjà beaucoup de monde dans le milieu. Oui, je crois que ça marchera, en aidant sans doute un peu la chance, mais j'y crois !

— Et le théâtre, ça ne te tente pas ?

— C'est différent, très différent même ; non, je pense que quand on a goûté au cinéma, c'est ça ou rien.

— N'exagère pas, tu as encore beaucoup à apprendre, et le théâtre te permettrait d'acquérir des bases très utiles pour devenir un véritable acteur.

— Elle me le dit souvent, et elle doit bien avoir raison.

— Ça parait logique.

Depuis un moment on s'agitait à la table voisine où se déroulait une partie de cartes acharnée. Lucien prit le bras d'Angélique :

— Regarde bien de quoi je suis capable.

Il se leva, bomba fièrement le torse et s'approcha des joueurs de poker. Il les observa un instant ; eux ne prêtèrent pas attention à sa présence, absorbés qu'ils étaient par leur rivalité.

— Passe.

— Je relance, deux cartes.

Lucien posa sa grosse main sur l'épaule d'un maigrichon qui lui tournait le dos :

— Vous trichez, monsieur !

L'autre sembla s'étouffer ; il se leva d'un bond, bousculant chaise et table. Les mises s'envolèrent alors que les autres joueurs tentaient désespérément de les rattraper.

— Je ne vous permets pas, malotru. Je vous demande réparation sur le champ !

Le petit se rebiffait, toisant son agresseur, l'œil sanguin, le regard furibond, blême.

— Je ne vous… Lucien ! Grand con ! Lucien, Lucien l'Intrépide, mais tu tombes du ciel !

— Alain la Gribouille, tu t'es recyclé dans le jeu de hasard, la peinture ne paie plus ?

— Ça, mon vieux, c'est une surprise ! Mais qu'est-ce que tu fais par là, à Montparnasse ?

— Monsieur, je suis artiste, et comme tel je m'invite à la table de mes éminents amis.

— Ah çà ! il n'y a pas à dire, tu es entouré de beau monde. Mais toi, qu'est-ce que tu fais ? Toujours sportif ?

— Cinéma ! Un métier d'avenir s'il en est. Mais je n'en suis qu'au tout début : des petits rôles et pas de tout repos.

— Ça paie ?

— Ça paie ! Au fait, je te présente mes amies : Juliette et Ange.

— Je les connais les deux sœurs, quelles merveilles !

— Merci, mais c'est trop !

— Si, si, je suis allé vous voir deux fois sur scène. Splendide !

— Moi, j'y suis allé treize fois : pour voir Juliette, mais je n'osais jamais lui adresser la parole. Il faut dire que la plupart du temps j'étais amoché : l'œil, le nez… alors, tu comprends, j'avais peur de l'effrayer.

— Et là, comme ça, il vous plaît, les filles ?

— A moi, oui.

— C'est catégorique.

— Oui, il n'est pas mal, mais un peu trop costaud pour moi, et puis, le cinéma… Je préfère les peintres !

— Nous sommes faits pour nous entendre, mignonne.

— Mais, venez donc à notre table ; à moins que vous soyez véritablement passionnés par les cartes.

— Non, non, c'est seulement pour tuer le temps.

— Et les provocateurs, à l'occasion.

— Ah çà ! tu peux te vanter de l'avoir échappé belle ; au pistolet, je n'ai pas mon égal.

— On aurait réglé ça aux poings, mon brave.

— Alors, je m'incline ; nous ne sommes pas dans la même catégorie, je n'avais aucune chance.

La soirée dura, le groupe s'élargit aux joueurs de poker dans un premier temps, puis à tous les clients noctambules de la Closerie. Tout le monde se connaissait plus ou moins, et chacun y allait de sa verve, de son humour, de son talent. On déclama des vers de grands poètes, de moins grands aussi. Angélique, après avoir ingurgité une nouvelle absinthe, se lança sur les traces d'Arthur. Elle monta sur une table et conta avec force gestes la triste histoire d'Ophélia, semblant voguer dans la brume stagnante des fumées de tabac en tous genres. N'y tenant plus, Alain s'écria : « Je vous vois, dame blanche des songes, je vous aperçois. » Et son bras, son poignet s'agitaient : il peignait sur le tableau invisible du rêve la silhouette éphémère d'un ange qui se sublimait vers le néant.

La fameuse soirée trouva son terme quand l'aube fit mine de poindre à un incertain horizon. Un à un, les artistes disparurent, comme des bougies se seraient éteintes, frêles lueurs si brillantes et si envoûtantes, et pourtant si fragiles. Angélique s'affala sur son lit, seule et trop lasse. Elle s'endormit d'un sommeil de plomb. Le réveil fut particulièrement dur. Elle jura mille fois, à sa tête martelée par les vapeurs éthyliques, à ses membres courbaturés, à sa mémoire infidèle, à tout son corps réduit à l'état de puzzle désarticulé, qu'elle ne toucherait plus jamais à l'absinthe.

A quelques soirs de là, elle fit une timide apparition au café des copains. Il n'y avait pas grand monde. Elle aperçut enfin Alain, seul à une table.

— Alors l'artiste, on cuve ?

— Pardon !

— Oh, excuse-moi, je ne voudrais pas paraître vulgaire.

— Mais non, c'est seulement que je n'ai pas compris ce que tu disais ; je ne voudrais pas paraître pédant.

— Je rigole.

— Assieds-toi, je suis content de te revoir. A vrai dire, je t'attends depuis l'autre soir.

— Je serais bien venue avant, mais l'alcool m'avait sonnée.

— Je connais ça. Il faut savoir se maîtriser. Voilà, je vais au but : accepterais-tu de poser pour moi ?

— Bof ! J'ai essayé une fois, mais je n'aime pas beaucoup ça.

— Je vais jusqu'au bout de ma proposition. Je désirerais vous peindre toutes les deux : les deux sœurs. Si vous étiez d'accord, ça m'arrangerait bien. Je n'ai plus le sou en ce moment, et plus beaucoup d'inspiration. Tandis que là, je suis sûr de mon coup, ça marchera, c'est obligé.

— Bon, écoute, je veux bien faire ça pour toi. Mais ne sois pas trop exigent, limite les séances au maximum. Comprends que ça ne m'amuse pas vraiment. Et puis je marche seulement si Juliette est d'accord.

A son tour, Juliette se laissa convaincre, peut-être amusée par l'idée, intéressée et enfin conquise, et persuadée de l'aboutissement de leur relation à travers l'œuvre du peintre. Elle s'en expliqua à son amie : pour elles, qu'on avait tant décriées comme lesbiennes notoires, qui avaient échangé tant d'intimité, partagé tant d'amitié, pour les deux sœurs de cœur qui s'éloignaient aujourd'hui au gré de leur destinée, c'était un aboutissement. Elle imaginait déjà la toile qui pour elle avait valeur de symbole. Elles étaient dos à dos, dans la même position, assises, une jambe tendue, l'autre pliée, les mains appuyées sur le genou. L'une blonde, l'autre brune, cheveux longs défaits, leurs regards se perdaient vers l'azur d'un ciel immaculé. On voyait naître leurs seins, le dessin de leurs jambes montrait la beauté, leurs silhouettes charmantes personnifiaient la féminité. Au delà de l'esthétisme, l'artiste communiquerait ses émotions par les courbes, par les couleurs, par un ensemble de lignes et de tons pour lui seul inspirés. Et chaque individu sensible à l'art dispensé qui contemplerait l'œuvre ressentirait à son tour ses propres sentiments, ses sensations, ses attirances et ses déchirements, sa force et ses faiblesses.

La vie à Montparnasse et à Montmartre aurait pu devenir lassante. Juliette organisait sa nouvelle existence et fréquentait moins souvent son amie. Les deux jeunes femmes n'avaient d'ailleurs plus tout à fait les mêmes aspirations, les mêmes désirs, les mêmes espoirs. Elles se comprenaient toutefois et leur amitié n'en était pas altérée. C'était ainsi. Il fallait savoir s'adapter à la situation, surmonter l'épreuve et emprunter d'autres chemins.

— Qu'est-ce que tu comptes faire, maintenant ?

— On voudrait s'installer tous les deux, mais Lucien n'a pas de situation stable. Et puis, s'il réussit dans la partie, comme il l'espère, il est appelé à voyager beaucoup ; alors je ne sais pas. Ça nous promet du mouvement. Dans l'immédiat, en ce qui me concerne, Louis monte une nouvelle pièce : un petit vaudeville sans grand intérêt, si ce n'est celui de retrouver la scène. Et puis je ne peux pas le laisser tomber, c'est un copain.

— Il ne m'a pas demandé, à moi. Ah ! on veut vraiment nous séparer !

— Là, ça peut se comprendre. On vient de faire un sacré bout de chemin ensemble. Il est peut-être sage de ne pas insister jusqu'à ce que le public nous lâche.

— Je comprends bien. Le monde est ingrat, mais c'est la vie !

— Et toi, alors ?

— Moi, je ne sais pas. Ce dont je suis sûre, c'est d'avoir envie de bouger. Les soirées se ressemblent toutes. Les hommes ne parlent que politique, et ça me fatigue à la longue.

— Je les comprends, remarque bien, avec ce qui se passe en ce moment. Un de ces jours, ça va péter. Ou alors ce sera comme chez les Allemands : un meneur viendra prendre les rênes, mais pour nous emmener où ?

— Tu ne vas pas t'y mettre !

— Non, non, mais avoue qu'il y a de quoi être dégoûtée de tout, dans cette société où les riches font scandale et où les pauvres se rebellent pour leur prendre leur place. Tu ne crois pas qu'un pauvre qui deviendrait riche serait tout aussi con, voire même plus, qu'un riche qui l'a toujours été ?

— Je dois avouer que ta logique m'échappe. Non, je ne crois pas ça, je n'ai pas d'idée préconçue sur la question sociale. J'étais pauvre, et même plus, si l'on peut dire. Aujourd'hui je suis riche, relativement riche, et je ne pense pas avoir tellement changé au fond de moi.

— Oui, bien sûr, mais l'exemple est mal choisi ; toi, tu es forcément une exception. Tu ne peux te comparer à tout le monde, tu es une artiste, et tu as tout fait pour t'en sortir.

— Ah non ! je n'ai pas couché !

— Si, avec moi !

— Dis donc !

— Mais si, rappelle-toi : tous ces yeux mâles curieux, rivés sur nous. Avec le recul, je suis certaine que notre réputation nous a servies, tu ne crois pas ?

— Sans doute, sans doute, mais il y a aussi et surtout le talent. Sans talent et sans la reconnaissance unanime de la presse pour la qualité de nos prestations, penses-tu que nous aurions pu durer ?

— Tu as raison. Pour ma part, ce que j'ai beaucoup apprécié, c'est de sortir de Paris. En province, le public est plus spontané, heureux de venir au spectacle. Il n'est pas blasé comme celui de la capitale, si tu vois ce que je veux dire.

— Tu as raison : c'est une très, très bonne idée que tu as là.

— Quoi ?

— Je te dis que tu viens de me donner la direction à suivre. Tu voulais savoir ce que j'allais devenir ? Eh bien, je viens de décider de me lancer dans une tournée sur toute la France.

— Toute seule ?

— Toute seule sur scène. Je pourrai dire des poèmes, m'amuser à jouer quelques morceaux choisis dans le répertoire classique, et puis chanter bien sûr. C'est décidé, et c'est bien toi qui vient de me donner l'idée. Le temps d'organiser tout ça, de mettre un programme sur pied, et puis je fonce.

Tout recommençait donc. Juliette se rangeait, en quelque sorte, et Angélique se reprenait de passion pour le piano, s'enflammait pour les textes où les mots si harmonieusement choisis formaient des phrases qui poétisaient le monde. Elle convint de s'isoler quelque temps pour préparer son spectacle de tournée. Généreuse et avide de partager son bonheur d'artiste avec son public, elle échafaudait une stratégie qui devait lui permettre de communiquer toute sa passion à ceux qui viendraient au devant de la dame blanche. Et c'est Arthur qui, pour elle, menait la danse. Son fantôme hantait ses songes les plus fous. Elle se voyait virevoltant avec cette lueur d'intelligence, tournoyant de plus en plus vite pour enfin se fondre à la lumière absolue de leur communion spirituelle. Ophélia ! Ophélia était un barde qui dirait chaque soir un poème différent, une autre chanson, des mélodies renouvelées pour le plaisir de tous. Et elle regardait le ciel : sur ce gros nuage, par les dieux conservé et entretenu, ils étaient tous. Ronsard, le poète des amours de Cassandre, de Marie ou d'Hélène, une rose à la main ; La Fontaine, le fabuliste génial, l'âme des bêtes, une morale acerbe au coin des lèvres ; Vigny et la mort du loup ; Hugo et la légende des siècles ; Musset et la nuit de mai ; Nerval et Aurélia ; et tant d'autres qui lui tiraient un sourire de connivence. Il y avait aussi Molière, le grand Molière qui tenait tant de place, mais qui, bon prince, montrait aussi Racine, Corneille ou Rostand, travaillant inlassablement à leur œuvre, se retournant pour adresser quelques tirades de salut à l'artiste.

De cette merveilleuse nébuleuse, chaque soir, Ophélia prendrait une page pour la dire et la chanter. La matière était là ; il convenait maintenant d'organiser, de préparer le rôle sublime. Angélique commença de travailler ses textes, mais à Montparnasse elle était souvent dérangée. Et si, par hasard, personne ne pensait à frapper à sa porte, c'est elle qui ne pouvait résister longtemps à son obsessionnel besoin de rejoindre la bande des copains libertaires. Elle se devait d'accomplir l'effort nécessaire pour assumer sa décision de remonter sur scène. Elle en conclut qu'elle devait se retirer, pour un temps du moins, afin de pouvoir travailler sérieusement à son projet. Elle en parla autour d'elle. Amie de longue date, comédienne attitrée des rôles secondaires, Rose en vint à lui proposer de disposer d'un manoir qui appartenait à ses parents et qu'ils occupaient de moins en moins compte tenu de leur grand âge, qui restreignait leurs possibilités de voyager. Soucieuse des usages, Angélique refusa dans un premier temps. Rose insista, et elle accepta. La fameuse résidence bourgeoise était située à proximité de Versailles, à une trentaine de kilomètres de Paris, à l'orée d'une forêt, quelque peu isolée, juste ce qu'il fallait pour ne pas être loin du monde tout en ayant la sensation d'avoir enfin trouvé un havre de paix, de sérénité, propice à la création. Rose l'accompagna pour lui faire les honneurs des lieux.

— Tu devrais être bien ici. On dit que Verlaine a séjourné quelque temps dans la maison, à la fin du siècle dernier.

— Tiens donc ! Encore un qui me débusque en pleine sensibilité romantique.

— Qu'est-ce que tu dis ?

— Rien, j'échangeais seulement quelques impressions avec ton hôte prestigieux.

— Ne dis pas n'importe quoi. Paix à son âme !

— Rose, ma Rose, vraiment tu ne changeras jamais.

— Eh non, viens donc que je te montre les pièces du haut : les appartements.

Angélique visita, derrière son guide, et tout ici rappelait l'architecture des Aubrelles. Décidément, les souvenirs étaient tenaces, au point de paraître plus présents que passés.

— Voici la salle de musique.

— Je m'en doutais.

— Comment cela ?

— C'est une longue histoire, et ça t'ennuierait de l'écouter tout autant que moi de la raconter. En résumé, ta maison est en tout point semblable à une autre que j'ai bien connue dans mon enfance.

— Par ici ?

— Non, en Creuse, dans mon pays.

— Ah ! tu n'es pas parisienne, toi ?

— Je suis creusoise, du pays des Combrailles, et même que je crois bien en être fière.

— Moi, je suis née en Espagne. On venait souvent à Versailles avec mes parents. J'ai un petit frère aussi. Enfin, il n'est plus petit, c'est un beau jeune homme. Tiens, il faudra que je te le présente.

— Oui, eh bien attends un peu. Je pense que tu as compris que je recherchais la solitude.

— Bien sûr, mais pour ce soir, je peux rester coucher là ?

— Tu es chez toi.

— Bien entendu, mais je ne voudrais pas te déranger.

— Sotte ! Je ne vais pas te chasser tout de même ! Tu pourrais même rester en étant très discrète, tu ne me gênerais pas.

— C'est vrai ?

— Non, pas vraiment ! Tu n'es pas capable de rester sage, je te connais trop bien.

Elles éclatèrent d'un bon rire amical.

— Bon, installe-toi. Prends la chambre bleue, je dormirai dans la verte. Je vais trouver quelque chose pour nous préparer à dîner. Après : dodo. Je te laisserai dès demain matin.

— Ça me va très bien.

Les journées se succédèrent et se ressemblèrent. Angélique s'astreignit à une rigoureuse organisation. Elle travailla beaucoup à choisir des textes, à en écrire aussi, à en adapter d'autres. Elle s'était aménagé un bureau dans sa chambre et se limita à disposer de cette pièce, de la salle de musique et de la cuisine. Elle ne manifesta d'ailleurs aucune curiosité à visiter le reste de la demeure, l'élaboration de son spectacle monopolisait tout son temps et la passionnait totalement. Elle sortait souvent dans le parc contigu au manoir mais, là aussi, elle travaillait, apprenant, récitant, chantonnant au rythme de ses pas.

Deux mois passèrent. Un matin, Angélique se réveilla en sursaut. Ne comprenant pas pourquoi, elle tenta de remettre un peu d'ordre dans ses idées embrumées, passa ses mains sur son visage, sens en éveil, assise en tailleur sur son lit : rien, aucun son, aucun mouvement. Délicatement, elle sortit de sa couche, s'approcha de la fenêtre, scruta le dehors au travers des interstices du volet de bois : toujours rien, et pourtant. Il faisait chaud, elle était nue, svelte, belle. Elle massa tout son corps de ses mains, s'étira, enfila une longue chemise et ouvrit discrètement la porte de sa chambre. La grande demeure dormait, et Angélique doutait encore d'une présence. Avait-elle rêvé ? Elle s'assit sur le bord du lit et tenta de reconstituer le cheminement de ses sensations. Un rossignol dispensait sa mélodie nocturne. La jeune femme ouvrit doucement la fenêtre, puis le volet. La pureté virginale du matin présageait d'une belle journée. A l'horizon, la clarté merveilleuse allait poindre, lentement envahir la campagne, puis épancher sa formidable force de vie. C'était bien cela, et rien d'autre qui venait bouleverser la conscience d'Angélique. Les oiseaux, le soleil, l'aurore, le printemps, la liberté… Un appel sourd et implacable émanait de l'esprit même de celle qui avait trop longtemps remisé ses sentiments originels au rang de l'oubli. Rapidement vêtue, elle se hâta de descendre. Quelques étoiles pâlissantes persistaient dans les cieux encore sombres ; une légère brise animait l'éveil. La jeune femme frissonna à la fraîcheur matinale, s'y habituant peu à peu. Elle prit le parti de marcher, pénétrant dans les bois par un large chemin. Elle respirait à pleins poumons, elle respirait enfin, une infinie sérénité amalgamait ce qu'elle était depuis toujours, une sauvageonne disciple de l'air pur et des champs, et ce qu'elle était devenue au service de sa passion artistique, Ophélia, séduisante et fascinante muse de Montparnasse. Des volutes d'effets lumineux peignaient un tableau extraordinaire de teintes pures et sublimes. Des mélodies paradisiaques berçaient l'environnement magique, envoûtant. Les vertes prairies, le ciel bleu immense, les grands arbres au feuillage renaissant, le cours limpide d'un ruisseau caracolant la joie de vivre, tout alentour concourait à prouver la toute puissance artistique de la nature.

Un mois plus tard, Angélique referma la porte de son antre. Elle rejoignit le petit bourg pour prendre l'autobus qui la conduirait à la gare, où elle prendrait le train pour Paris.

Montparnasse était gris, sans vie, fade à en mourir. Décidément, quelque chose avait changé en elle ; avait-elle vécu dix ans sans se rendre compte de ce qui l'entourait ? Comment avait-elle pu dormir aussi longtemps ? Elle monta les escaliers de son immeuble, ouvrit la porte de son appartement. Une forte odeur de moisissure la saisit. Elle se pressa d'ouvrir en grand la petite fenêtre qui regardait des toits gris et sales. Elle inspira une grande bouffée d'air. Ce n'était pas le même que celui de la campagne. Ici, il était vicié, chargé des relents des déchets d'une humanité grouillante et malpropre. Laissant son intérieur s'aérer, elle s'assit, décontenancée, et se dit à voix haute : « Demain, je pars. » Après avoir posé ses valises, remis un peu d'ordre, surmonté son désarroi, le soir venu elle rejoignit la Closerie. La table habituelle était complète et on s'étonna à peine de son retour. Il était d'ailleurs courant qu'un d'entre eux s'échappe pour quelque escapade et revienne sans qu'on en fasse grand cas. Angélique avisa Rose de son retour et lui rendit la clé du manoir, la remerciant encore mille fois de son hospitalité. Des oreilles traînaient qui captèrent quelques bribes de ces retrouvailles.

— Un manoir : c'est une véritable aubaine ! Et si on tournait notre film dans ces lieux pittoresques ?

— Quoi, quel film ?

— Ah, tu ne sais pas, toi, la pure et dure élève de Molière, toi, qui nous avais quelque temps oubliés. Tu ne peux savoir.

— Charles se lance dans l'aventure cinématographique : il a un scénario qui nous paraît intéressant.

— Intéressant ? Mais il est parfait !

— Je dois avouer mon manque d'expérience en la matière pour pouvoir en juger avec perspicacité. Mais, en tout cas, quelques-uns parmi nous sont tentés par l'aventure.

— Mais, ça ne s'improvise pas, le cinéma.

— Justement, Lucien, l'homme de ta Juliette, nous a mis en relation avec un metteur en scène et son équipe. C'est un garçon sérieux, qui a fait ses preuves. Et je crois bien qu'il a mordu à notre proposition. Nous attendons confirmation.

— Eh bien, dites-moi, vous n'avez pas perdu de temps !

— Et toi, ma mignonne, tu es redevenue farouche ?

— A quoi tu vois ça ?

— Oh, comme ça. Il y a des signes qui ne trompent pas. Tu arrives là, tu t'assois à la place du treizième homme et tu ne te fonds pas au décor.

— Là, tu exagères. Et puis, la chaise du treizième : pourquoi pas moi, ce soir ?

— Il est tôt, et le treizième peut encore arriver.

Angélique se leva, alla chercher un autre siège et se rapprocha. Fernand et Louis s'écartèrent pour mieux l'accueillir. La fameuse chaise restait vide : c'était une sorte de tradition à cette table, où l'on attendait toujours quelqu'un d'autre, que de laisser une place vide. Chacun adhérait à cette pratique qui dénotait un état d'esprit empreint de partage, de solidarité, de fraternité et de convivialité. Angélique avait failli à l'usage par mégarde et s'en voulait un peu. Mais on lui avait déjà pardonné. Plus tard, Rose la taquina par quelques questions indiscrètes :

— Alors, ma belle, as-tu trouvé quelque costaud paysan de l'Ile-de-France pour égayer tes nuits ?

— Non, je n'ai pas vraiment cherché.

— Si ce n'est pas malheureux, mais tu gâches ta jeunesse, mon Ange. Tiens, si tu te sens seule ce soir…

— Merci Fernand, j'y penserai. Et, à l'occasion, j'en parlerai à Jeanne.

— Tu ne ferais pas ça ?

— Ah, ah !

— Mais, dis-moi, si tu n'es pas allée là-bas pour la bagatelle, alors pourquoi ?

— J'y ai appris plein de choses.

— Mystérieuse !

— Plus que cela.

— Dis-nous quelque chose Ange ; allez, un aperçu de ce que tu as concocté, pour le plaisir et pour nous, tes amis.

L'argument était de poids, et Angélique ne pouvait se défiler ; c'était, là aussi, la tradition entre gens des arts que de montrer le sien en priorité dans les lieux sacrés, entre amis. Alors elle se leva et, le regard rivé vers un au-delà d'elle seule soupçonné, elle entonna un chant fascinant qui contait l'histoire d'un rai de lumière traversant l'univers pour venir sur terre caresser les fleurs épanouies d'un soupçon de poésie. C'était tendre et beau. La voix était, comme à son habitude, chaude, généreuse et mélodieuse. On s'était tu, on applaudit de toute sa reconnaissance. Un brouhaha s'ensuivit, des rires fusèrent. Juliette venait d'arriver, prenant un siège à la volée et poussant Louis pour s'asseoir à côté d'Angélique. Lucien, qui l'accompagnait et ne savait plus comment faire, s'était assis, à son tour, sur la chaise du treizième homme, attirant l'attention des autres. Son visage tuméfié, œil au beurre noir, nez épaté, lèvre enflée, laissa à penser qu'il était bien le treizième. On le congratula, le consola et lui offrit une absinthe salvatrice. La chanson d'Ophélia avait mis du baume au cœur de Montparnasse. Le spectacle de l'artiste Ophélia était prêt. Mais il restait à tout organiser. Bien que désireuse de rejoindre la province le plus vite possible, la chanteuse pensa qu'il était peut-être opportun de se produire d'abord à Paris, de faire parler d'elle dans la presse spécialisée. Elle imaginait, amusée, qu'elle devait prendre son élan depuis la capitale pour ensuite conquérir la France. Elle était décidée, c'était l'essentiel. Fernand et la bande lui conseillèrent de voir Albert, connu dans la place pour organiser des tournées. De plus, Albert possédait un des derniers cafés-concerts, qui portait d'ailleurs l'enseigne *Caf'Conc'*. Et si tout se passait comme on le prédisait à la table des copains, Albert l'engagerait, ne serait-ce que pour se rendre compte de quoi il retournait.

Bel homme, la cinquantaine annoncée par des tempes grisonnantes, Albert avait acquis l'allure altière de ceux qui ont su mener leur carrière vers les sommets mondains. Il toisa Angélique :

— Ophélia, c'est donc vous ? On vous prête une voix magnifique, et vous n'êtes à l'affiche d'aucun music-hall. On vous dit comédienne de talent et je n'ai plus de nouvelles vous concernant en matière théâtrale depuis votre coup d'éclat des *Sœurs*. Mais ça date. Seriez-vous marginale ? Ou bien en mal d'inspiration ? Dites-moi.

— Je suis Ophélia, et j'ai ma personnalité, mon caractère. Si vous voulez tout savoir, je privilégie ce que je crois être la qualité de vie pour l'artiste que j'ai la prétention d'être. J'ai sans doute eu de la chance, la chance de rencontrer des gens exceptionnels qui m'ont beaucoup aidée. Quoi qu'il en soit, je me suis fait un nom dans le milieu et c'est cela que je qualifie de réussite. En outre, ces derniers temps, j'ai beaucoup travaillé. J'ai mis au point un spectacle que j'aimerais bien produire ici, à Paris, et puis surtout en province. Si ça marche, je serai disponible pour aller partout où il sera opportun d'aller.

— Bon, bon, *a priori* je suis partant. Aurélie, qui est ma secrétaire particulière, vous communiquera les termes d'un contrat type. Vous verrez le détail avec elle. Que diriez-vous de monter sur scène dès ce soir, si vous êtes au point ?

— Je ne dis pas non, j'attends ça avec impatience. Mais je dois vous dire que je m'interdis de subtiliser la scène à un autre artiste. Je connais pratiquement tout le monde, et il n'est pas question que je trahisse une amitié.

— Tout de suite les grands mots ! Je joue franc jeu. Ce soir, c'est Edith qui passe !

— Alors ?

— Alors, elle ne chante que pendant une heure, de 9 à 10 en plus ! Vous passerez après elle. Pour l'instant, je ne connais personne qui accepterait.

— Ce n'est pas un cadeau.

— C'est un piège monstrueux. Derrière elle, qui voulez-vous qui puisse reconquérir la scène ?

— J'essaierai.

— C'est courageux. Mais je vous promets que si vous ne marchez pas ce soir, on essaiera à nouveau la semaine prochaine.

— Et si je marche ?

— Vous passez tous les soirs pendant trois semaines, et après, vous allez vous faire pendre à Marseille, Bordeaux, Toulouse, Lille même !

— Ça marchera.

Le soir venu, Angélique alla s'asseoir à une table, commanda une absinthe qu'elle but d'un trait, avant d'en commander une seconde. Edith arriva, sa voix d'abord, avant qu'on l'aperçoive en fond de scène. Elle enchaîna ses succès du moment, et les spectateurs comblés applaudirent à tout rompre. Une heure plus tard, elle tirait sa révérence, remerciant mille fois ses fidèles qui, entre eux, ne tarissaient pas d'éloges pour leur idole. Angélique attendit une bonne dizaine de minutes avant de se manifester. Apparemment, les gens présents ne s'en allaient pas, ils consommaient, leur émotion se dissipant lentement. Avalant prestement son deuxième verre d'alcool, Angélique bondit sur scène et s'annonça elle-même :

— Mesdames, mesdemoiselles, messieurs, chers amis, nous venons d'assister à un merveilleux spectacle d'une très grande dame de la chanson française. C'était beau, émouvant. J'étais près de vous, avec vous, et je ressens les mêmes sensations que vous.

Une voix encore émue se fit entendre :

— Ophélia !

— Oui, c'est bien moi. Je m'étais un peu éloignée de vous, de la scène, ces derniers temps. C'était pour préparer un nouveau spectacle que je vais donner en province.

Elle se tut, marcha le long de la scène, songeuse, s'arrêta d'un coup.

— Je me disais : tiens, si, comme ça, pour finir la soirée, tranquillement, entre amis ; si je chantais une ou deux chansons, si je disais un ou deux poèmes ? Qu'en dites-vous ?

La même voix sans doute, ou peut-être une autre qui lui ressemblait, s'exclama :

— Edith et maintenant Ophélia ! Deux soirées en une, c'est magnifique !

— Si vous le dites ! Je n'ai, bien sûr, pas la prétention de vous faire oublier la formidable interprète que nous admirons et que nous avons applaudie ensemble. Mais j'aime bien les ambiances amicales, les ambiances Montmartre ou Montparnasse, pas vous ?

— Si ! Une chanson !

Le tour était joué, la transition accomplie. Tous paraissaient conquis par le ton que prenait la soirée, et curieux d'écouter Ophélia.

— Je vous chanterai une chanson, et puis d'autres s'il vous sied, mais je vais commencer par vous dire un poème de ma composition. Avant, quelques mots de présentation, parce que vous ne me connaissez peut-être pas sous mon meilleur jour : celui de mon enfance. Il y a bien longtemps, eh oui, déjà, loin d'ici, en Limousin, au cœur de notre pays de France, je naissais, et puis je grandissais. Mes parents vivaient chichement. Mon père mourut et ma mère fut encore plus pauvre. Mais je n'étais pas malheureuse. J'ai vécu une enfance merveilleuse dans un pays envoûtant, pur, magique. Là-bas, les ruisseaux rigolent sans cesse, leur eau est fraîche et sauvage ; les oiseaux disent des mélodies qui enchantent la nature ; le vent, le soleil, la pluie, le ciel, la terre, tout décore les saisons d'images changeantes et merveilleuses. Une enfant se promène dans les chemins creux, elle parle aux arbres et aux cailloux, et, savez-vous que, par quelque sortilège ambigu, quelquefois ils lui répondent ; c'est ce que raconte ce poème charmant.

Albert lui-même était debout, bouche bée, écoutant, charmé par cette voix douce qui attirait, et que déjà tout le monde, ici, aimait. Ophélia était une artiste aux multiples facettes, mais une comédienne d'abord, formée à bonne école, douée sans aucun doute, et possédant l'arme fatale de l'élégance, de l'enchantement, un pouvoir de séduction sans égal.

Elle partagea l'affiche avec d'autres artistes trois semaines durant. Le *Caf'Conc'* ne désemplit pas et Albert se réjouissait. Il tenta bien quelques avances envers la belle Ophélia, mais elle sut, avec gentillesse, le repousser. Cette attitude, bien qu'efficace, lui donna à réfléchir. Pourquoi était-elle toujours sage, obéissante, aimable ? Elle aurait bien aimé être, rien qu'un peu, du tempérament de Fernand, ou de Louis. Après tout pourquoi ne pas l'être ?

Elle ne se sentait pas du tout formée de ce point de vue-là. Mais si, tout à l'heure, elle avait rabroué sévèrement Albert, ne se serait-il pas vexé ? Ne l'aurait-il pas tracassée dans ses projets ? Valait-il donc mieux savoir compromettre quelque peu, dans une mesure convenable, son sens de l'honneur pour atteindre son but ? Mais c'était cela même qui l'avait gênée, à l'instant. Naturellement, le cheminement de ses pensées l'entraîna vers les sujets fréquemment évoqués par ses amis au caractère bien trempé. La politique était le domaine de prédilection des grandes discussions. Là également, l'esprit de la jeune femme n'était point forgé. Quel jugement objectif avoir de tout cela, quand on en ignorait le sens véritable ? Pourtant, cette idée politique semblait bien être quelque chose que l'on portait en soi. Certains prônaient la défense du prolétariat, d'autre l'anarchie, et puis d'autres le capitalisme. Tout opposait les uns aux autres dans le fondement idéologique. Pourtant, tous buvaient à la même table, et bien que chaque fois s'engueulant, toujours ils se réconciliaient sans arrière-pensées. Ceci prouvait qu'il ne fallait sans doute pas attacher trop d'importance à l'ardeur doctrinale. Pourtant Angélique voulait savoir, savoir ce qu'elle-même avait dans la tête à ce sujet. Elle en parlerait aux autres, elle leur dirait sa façon de voir les choses du monde et de la société. Non, peut-être pas déjà le dire tout haut, mais avoir des idées arrêtées, et, un jour, les exposer avec calme et sagesse. Des convictions, d'ailleurs, elle en avait. Mais elle n'avait jamais éprouvé le besoin d'en délibérer. Angélique pensait que sur terre, tout le monde avait droit à sa chance, qu'il était honteux que certains possèdent trop alors que d'autres n'avaient rien. Elle ne supportait pas qu'on porte atteinte à la santé morale ou physique des enfants. Sa conscience foisonnait d'idées, elle s'en réclamerait le moment venu, quand il serait important qu'elle le fasse.

Si à Paris l'art se déclinait en majuscule, il n'en était pas tout à fait de même dès qu'on s'en éloignait. En province, en dehors de quelques exceptions notables, la chanson comme le théâtre étaient relégués au rang des frivolités. La réputation d'Ophélia était établie dans les grandes villes, et le début de sa tournée, qu'elle réserva à une dizaine de ces métropoles, fut un succès encourageant. Elle aurait pu en rester là, mais elle avait soif d'aventure. Au fond d'elle-même, une sorte de tentation, savant mélange de provocation, de curiosité, de volonté aussi de partager une passion avec son public, une recherche de vérité, l'encourageait à continuer, à aller jusqu'au bout de ses ambitions. Dans les deux petites villes de l'Est où elle commença son périple populaire, le public fut des plus réduits. Pour la première fois de sa carrière, les salles étaient presque vides. Quelques curieux peu amènes, quelques bourgeois pudiques, un auditoire restreint et sans enthousiasme semblait gêné d'applaudir celle qui usait de toute sa générosité pour enfin les dérider. Angélique se demandait bien s'il ne valait pas mieux arrêter là l'expérience. Par laxisme peut-être, ou par simple respect d'un engagement, elle décida d'assurer tout de même le troisième rendez-vous. Elle se rendit dans une ville ouvrière qui ne possédait pas de véritable salle de spectacle. Son théâtre était en cours de rénovation, et elle allait se produire sous une sorte d'immense hangar où l'on avait pris l'habitude d'organiser des rassemblements les plus divers, allant de la foire aux bestiaux à la présentation de cirques ou de pièces de théâtre. L'édifice était peu entretenu, de construction légère et ajourée sous l'effet des intempéries. La scène était rudimentaire et poussiéreuse. Le petit escalier d'accès grinça dangereusement sous le poids de l'artiste qui n'était pourtant pas excessif. La lumière jaillissait de partout, aveuglant à qui mieux mieux. Angélique toisa la foule qui semblait importante, bruyante, gaie, et peut-être chaleureuse. Elle aperçut quelques personnes qui avaient prévu d'apporter un parapluie, la couverture des lieux n'étant, à l'évidence, pas très fiable. Contrairement à ce que laissait présager le décor imparfait, un très beau piano ornait la scène. Après avoir salué, et sans obtenir le silence espéré, Ophélia tenta d'annoncer son spectacle. N'ayant pas l'assurance d'une parfaite compréhension avec son public, elle s'empressa d'aller rejoindre l'imposant instrument dont elle tira une mélodie à pétrifier les foules les plus excitées. Elle chanta deux textes qui furent très applaudis : le courant passait enfin. Le temps de l'interprétation d'un morceau choisi de *L'Avare* du grand Molière et le brouhaha incontrôlable recommença. Que se passa-t-il alors dans l'esprit de la jeune femme ? En proie au désir de ramener à elle toute l'attention de ces gens qui étaient là pour elle, elle aurait voulu leur jouer un air du pays, une ritournelle du folklore régional. Elle n'en connaissait pas. Ses doigts se promenèrent sur le clavier, et, sans qu'elle eût vraiment la volonté de le faire, elle joua les premières notes du refrain de *l'Internationale*. La salle parut quelques instants pétrifiée. D'un côté on cria au scandale, de l'autre on brailla les paroles de l'hymne des prolétaires. Angélique n'avait plus la maîtrise du spectacle, l'émeute était imminente. Visiblement dépassés par cet événement imprévu, les organisateurs hésitèrent à intervenir pour tenter de calmer les esprits. Quand les dernières huées se turent, tout de suite Ophélia descendit de scène, fit quelques pas parmi les gens présents, à l'instant excités, gouailleurs, et tout à coup muets de respect et d'admiration. L'artiste entonna alors, d'une voix puissante, que certains n'auraient pas hésité à qualifier de céleste, le fabuleux *Temps des cerises,* que le millier de personnes qui étaient là reprirent en cœur. Ophélia put remonter sur scène et terminer sa prestation. On lui prêta désormais la plus grande attention. Les applaudissements et les encouragements ne cessèrent que bien longtemps après son au revoir émouvant. Elle leur cria : « Je reviendrai, je vous le promets ! », ajoutant ainsi au délire des nouveaux adeptes de la dame blanche. Ce soir-là, l'artiste Ophélia avait acquis un public, mais aussi et surtout une réputation.

A l'aube de l'année 1936, le Front populaire grondait aux portes de l'histoire. Le prolétariat en général venait de se découvrir une idole. L'image ne la quitterait plus. Elle s'y familiarisa, éprouvant une réelle sympathie pour ce mouvement des humbles qui relevaient la tête contre l'oppression des classes dominantes. C'était dans l'air du temps, et Angélique suivit cette mélodie porteuse de stigmates révolutionnaires, d'un vent de folie soufflant la douce euphorie de la liberté enfin à portée de main. Elle put se rendre dans les contrées les plus reculées, on l'attendait avec intérêt et bienveillance, quelquefois avec frénésie. Pendant les grandes grèves de 1936, on l'invita à chanter au sein même d'une usine de confection, dans une ville du nord de la France. Elle se prêta avec un grand dévouement à tous les désirs de ceux qui la sollicitaient. Les cachets n'étaient pas toujours très importants, surtout lorsque le loueur de spectacle était une association caritative ou un comité d'entreprise. Ophélia négociait elle-même avec les organisateurs. Il lui arrivait de durcir le ton, mais, devant les arguments qu'elle jugeait sincères, elle était souvent amenée à faire quelques concessions. Au début du mois de juin 1936, elle avait enfin rejoint Paris pour prendre un peu de repos. Dès le 7, furent signés les accords de Matignon entre patronat et syndicats. Le monde ouvrier en liesse ne tarda pas à réclamer son idole, et celle-ci ne résista pas longtemps à ces appels enthousiastes. Elle fut la vedette d'une grande fête champêtre organisée par le Secours populaire. Ophélia avait maintenant une renommée certaine. Elle était chanteuse et comédienne engagée, acquise aux idées socialistes et communistes, au gré de ceux qui s'exprimaient sans avoir jamais eu l'occasion de rencontrer Ophélia. La jeune fille voyait son individualité lui échapper, elle devenait en quelque sorte une artiste qui appartenait à son public et ne pouvait être différente de ce qu'elle représentait sur scène. Elle aurait pu tenter de se défendre de l'image qu'on avait construite autour de sa propre personnalité, mais elle n'aurait rencontré aucun écho. Dans cette ambiance qui touchait au fanatisme, Ophélia échappait à Angélique : la vedette n'avait plus d'âme que celle virtuelle de ceux qui se réclamaient de ses admirateurs invétérés, que celle qu'on voulait bien qu'elle ait. Bien entendu, cette fatale oppression, cette atteinte paradoxale à sa liberté étouffait la jeune femme qui décida de prendre un peu de recul pour y voir plus clair. Il lui fallait s'évader. Elle décida de disparaître pendant quelques mois. On parla beaucoup d'elle au tout début de son absence, puis les commentaires s'estompèrent pour enfin se taire définitivement.

Le domaine politique monopolisa d'ailleurs les attentions, puisque le Front populaire ne dura pas. Aux frontières de la France, menaçait la bête immonde du nazisme ; le *Frente popular* espagnol était écrasé par la coalition nationaliste ; on assassinait des poètes… Le monde était malade.

Un matin d'été de l'année 1939, une femme jeune, à la silhouette élégante, harmonieuse, cheveux longs et blonds comme les blés, sourire aux lèvres éclairant un visage charmant, pénétra dans un grand café de Montparnasse. Le garçon la salua tout en croisant son regard, dont il eut peine à se défaire.

— Bonjour.

— Bonjour madame ; que prendrez-vous ?

— Dites-moi, à cette grande table, là-bas, y a-t-il toujours des réunions, en soirée ?

— Des réunions ?

— Oui, les artistes du coin y viennent-ils toujours, comme il était de coutume voilà une poignée d'années, chaque soir, chaque nuit, pour reconstruire indéfiniment un monde meilleur ?

— Utopie !

— Utopie.

— Il vient des gens, des habitués, tous les soirs le café est bondé. Vous êtes journaliste ?

Une voix interpella le jeune homme :

— Jouvenceau imbécile, je te présente la grande, la divine, la magistrale Ophélia !

— Ophélia ?

— On l'a écoutée chanter voilà seulement une quinzaine de minutes dans ta TSF.

— Ah oui ! je vois. Oh ! excusez, madame, mais j'étais tellement persuadé que vous n'étiez plus…

— Plus de ce monde ?

— C'est cela ; je ne sais pas pourquoi, une idée reçue, c'est idiot, vous êtes encore jeune et…

— C'est bon, garçon. Ophélia est de retour. Qu'est-ce qui nous vaut la surprise, ma chère ? Le mal du pays, peut-être ?

— Jean, j'ai eu envie de revoir les copains, tu sais, ça ne fait pas si longtemps.

— Quand même, au moins trois ou quatre ans !

— Un tout petit peu plus de deux ans, c'était hier.

— Tu nous as manqué.

— Tais-toi, flatteur ; tu n'as pas changé. Viens, on va s'asseoir, on attendra les autres.

— Ils vont venir. Mais, toi, où étais-tu pendant ces longues années ?

— Non, pas maintenant, je n'ai pas envie d'en parler. Tiens, écoute : *la Dame blanche,* la voix d'Ophélia.

Le garçon prêta l'oreille à la mélodie, il s'aventura même à fredonner quelques vers en même temps que la chanteuse. Il regardait Angélique plus intensément ; celle-ci, amusée, balançait sa tête au rythme de la musique magique. Quand Ophélia se tut, Angélique reprit la fin de la chanson, debout, une main sur son cœur, son regard perdu vers un ailleurs mystérieux. Ahuri, le serveur ne sut que dire : « Mais, c'est bien elle ! » Elle haussa les épaules et revint vers Jean qui applaudissait lentement. Plus tard arrivèrent Fernand et Louis, Rose, Hector, et quelques autres qu'Angélique connaissait moins mais qui étaient des habitués des lieux. Enfin, Juliette et Lucien firent une arrivée triomphale.

— Et voilà les artistes !

— Angélique ! Lucien, ce n'est pas vrai ! Lucien, pince-moi ! Ange, Ange, mon Ange !

— Remets-toi Juliette, c'est moi, rien que moi, en chair et en os. Me pardonneras-tu cette si longue absence ?

— Dis donc, chacun vit sa vie à sa guise. Qui oserait prétendre le contraire à cette honorable table ? Tu es revenue ma chérie, j'en suis heureuse, très heureuse.

— Alors, Lucien, on joue toujours les casse-cou ?

— Tu ne sais pas, Tu n'as pas su ?

— Non, je dois avouer que non. Tu vois bien : je suis impardonnable.

— Tais-toi donc. Eh bien voilà : Lucien a tourné un film avec un grand metteur en scène. Il a eu le rôle principal. Sa carrière est lancée, et le film est un succès, un véritable succès.

— Alors, adieu les casse-cou.

— Tu ne saurais pas si bien dire. Il joue les amoureux déçus, c'est très romantique. Le rôle de ténébreux, esclave de sa passion, lui va comme un gant, c'est impressionnant !

— Tu me sembles tout de même partiale. On verra ça, je te dirai ce que j'en pense, fais-moi confiance. Et toi, que deviens-tu ?

— Tu veux dire nous ?

— Oui, enfin si tu veux, je ne sais plus.

— Nous, nous tous, tu as devant toi la troupe au grand complet, la troupe la plus demandée sur les scènes parisiennes. En ce moment, on joue du Shakespeare, une adaptation des *Joyeuses commères de Windsor.* C'est truculent et plein d'intelligence.

— Et ça marche ?

— Comme sur des roulettes !

— Tout le monde semble heureux, et je suis heureuse pour vous.

— Et toi ?

— Je te le dis : je suis heureuse d'être parmi vous. J'ai l'impression de retrouver ma famille.

Le ciment de l'amitié lia bientôt les relations de ces êtres, au demeurant forts sympathiques. Et ce sentiment gagna l'ensemble de la clientèle qui fréquentait ce soir-là le lieu. L'ambiance fut à la gaieté, à l'allégresse. On évoqua l'art et son expression quotidienne dans Paris qui n'était ni plus ni moins que sa capitale universelle. La soirée s'avançait quand un grand gars blond, le cheveu court, le regard bleu, vint saluer l'assemblée.

— Et voilà Walter. Viens t'asseoir près de nous, mon ami. Faites-lui donc une petite place.

— Petite, petite, vu sa carrure, petite n'est pas le qualificatif qui convient le mieux à cette place ; enfin, poussons-nous, pour notre camarade d'outre-Rhin.

— Je te présente Angélique. Entre nous, c'est Ange !

— Comme un ange ; mademoiselle, je te présente mes hommages !

— Vous avez un accent terrible, Walter.

— Tu peux le tutoyer ; Walter est allemand.

— J'avais compris, merci !

— Lui, il ne comprend pas quand il faut dire vous ou tu, mais ici, ça n'a guère d'importance.

— Je suis acteur et je vous connais.

— Tiens donc ! Et que savez-vous de mon humble personne ?

— Je sais que tu es une sœur de Juliette. Je sais aussi qu'Ophélia joue et chante comme personne ne sait le faire.

— Là, Walter, tu exagères.

— Non, mademoiselle ; j'étais à Paris, un soir, quand tu es montée sur scène, et que tu as chanté *la Dame blanche*. Je n'ai jamais rien écouté de plus beau. Je crois que c'est un poème d'Arthur Rimbaud ?

— Décidément, difficile de cacher quoi que ce soit à monsieur Walter.

— Walter tout court : les amis des amis sont des amis !

— Merci de partager ce noble sentiment, Walter. Mais que fais-tu à Paris, loin de ton pays ?

— Je participe à un opéra, ici, au grand opéra de Paris.

— Eh bien !

— Je suis Don José, dans *Carmen*.

— Allez, Walter, donne-nous un aperçu de ton rôle.

— Pas ici, dans le café.

— Et pourquoi pas ?

— Il n'y a pas de spectacle, ici.

— Nous sommes entre amis.

— Tu sais, Walter, je suis arrivée à Paris il y a quatorze ans environ, et ce dont je me souviendrai toujours, c'est d'avoir chanté pour la première fois *la Dame blanche* au milieu des artistes.

— Ici ?

— Non, c'était à Montmartre, mais c'était avec tous ces gens-là, et depuis ils me considèrent des leurs.

— Alors pour toi, Ophélia de mes rêves, Ange, Angélique.

Il déplia son corps d'athlète, rejoignit le centre de la salle et entonna, d'une voix formidable, un couplet de l'œuvre de Bizet. Dès qu'il s'arrêta, Angélique applaudit généreusement le ténor qui revint vite s'asseoir. Tous le congratulèrent, et lui reprenait son souffle.

— Walter, tu as du coffre !

— Du coffre ?

— Oui, de l'air dans les poumons.

— Tout le monde qui est vivant a ça.

— Et toi, tu en as plus que les autres, d'où ton coffre, d'où ta voix, d'où ton talent.

— Mon talent, ah, ah ! mon talent !

— Walter a fui son pays.

La petite phrase jeta un froid crispant autour de la table. Les mines se ternirent.

— Que se passe-t-il donc en Allemagne, Walter ?

— Tu ne sais pas ?

— Si, mais je n'y suis pas allée, je sais seulement ce qu'on m'en a dit, mais toi…

— Moi, je suis allemand. J'ai vécu dans ce beau pays, j'ai fait mes études à Berlin, j'ai même aimé une Allemande.

— Une cantatrice ?

— Oui, une voix merveilleuse. Si tu nous avais écoutés tous les deux !

— Et tu es parti ?

— En Allemagne, les gens comme moi sont traités de communistes et sont emprisonnés dans des camps. Il y a, à la tête de la nation, un groupe de fanatiques autour d'Hitler, le chef suprême, le fou suprême. Les SS sont les maîtres, ils font régner la terreur.

— Et on met les opposants en prison ?

— Dans des camps, ce doit être une idée pour faire tenir plus de prisonniers. Tu comprends pourquoi je suis parti ?

— Bien sûr ; c'est terrible tout ça.

— Et ils ne vont pas s'arrêter là. Hitler veut devenir le souverain de l'Europe.

— Hé là ! pas si vite. Il faudra d'abord qu'il nous passe sur le corps.

— Malheureusement, il ne s'arrête pas à ces détails. Il faut bien comprendre que depuis qu'il est à la tête du pays, il a manœuvré l'opinion publique pour faire croire à tout le monde que le peuple allemand est d'une race supérieure.

— Mais, c'est absurde !

— Oui, c'est absurde. Vous pouvez mesurer tout le danger que représente ce personnage et son armée à la démence de son idéologie. C'est un fou, je vous dis.

— Il faut espérer que les Français sauront le contrer et le repousser dans ses desseins.

— Ce sera dur, croyez-moi. La machine de guerre allemande sera terrible.

— Tout de même, l'armée française a fait ses preuves.

— Il y aura beaucoup de morts, alors.

— Qu'est-ce que tu vas devenir, toi, dans tout ce merdier ?

— Moi, je ne désire qu'une chose : rester libre d'agir et de penser, de jouer au théâtre, au cinéma, ou de chanter à l'opéra. Mais je voudrais aussi que tous puissent partager cette liberté.

Hector était là, ses amis savaient qu'il ne pouvait rater si belle occasion. Ils étaient prêts. Et Hector se leva, jovial. Il présenta son verre d'absinthe :

— A la liberté !

Tous reprirent en cœur : « A la liberté ! », et ils vidèrent leurs verres d'un trait.

— Si l'Europe est envahie, je partirai en Amérique.

La conversation glissa outre-Atlantique, se passionna, ouvrant les portes du nouveau monde vers l'aventure, vers la délivrance de toute oppression éventuelle.

Juliette regardait Angélique. Elle lui prit la main, lui sourit. Les deux femmes ne pouvaient communiquer dans le brouhaha qui émanait des discussions enflammées. Elles se levèrent.

— On sort cinq minutes, on a à parler.

Main dans la main, elles se dirigèrent vers la rue. La nuit était très noire, et elles décidèrent de rester à proximité de l'enseigne du café.

— Alors, ma chérie, dis-moi ce qui t'est arrivé. Ta dernière lettre remonte à plus d'un an. Tu me disais que tu avais peut-être rencontré l'homme de ta vie.

— J'ai écrit ça ? Oui, sans doute. Je crois que depuis que tu as rencontré Lucien, je voulais forcer le destin et faire comme toi, en quelque sorte. Mais c'est bien vrai qu'après avoir parcouru la France en long et en large, après cette tournée que j'imaginais être la dernière, j'avais pour ainsi dire décidé de rentrer dans le rang, de fonder une famille.

— Tu dis ça avec une telle mélancolie.

— Eh oui, je pensais même, par moment, aux enfants qui naîtraient un jour.

— Ne sois pas triste, s'il te plaît ; je suis tellement heureuse de te retrouver.

— Je ne le suis pas vraiment. Mais la vie n'est pas le doux rêve qui a bercé mes années d'insouciance. Je suis donc partie avec ce garçon, dont je t'avais parlé dans mes lettres.

— Henri ?

— C'est ça, Henri. Mais le véritable Henri s'est révélé rapidement différent de celui que j'avais rencontré. Ah ! il m'en avait raconté, le malin. Enfin, il est inutile de revenir sur tout ça. Nous sommes partis dans le Midi, puis à Monaco.

— Monaco ? Ce doit être joli, là-bas. Lucien m'a promis de m'y emmener bientôt.

— C'est beau l'amour ! Tu iras, avec ta vedette ! C'est ravissant, en effet, et très dépaysant. Par contre, il y fait abominablement chaud l'été.

— Et alors, Henri ?

— Henri m'a fait croire plein de choses. J'étais amoureuse, j'aurais avalé des couleuvres.

— A ce point ?

— Oui, oui, bien sûr. Tu ne te souviens pas de ta rencontre avec Lucien ? Mais lui ne t'a pas menti.

— C'était si grave que ça ?

— Grave, peut-être pas. Henri n'était pas un repris de justice ni un quelconque escroc, ni même un maffioso. Non, Henri est seulement un habile imposteur, un mythomane de premier ordre, un félon qui n'avait que l'idée de profiter de moi et de ma petite fortune.

— Eh bien, ma pauvre, on peut dire que tu avais tiré le bon numéro !

— Je suis tombée en plein dans le panneau ; une vraie dinde que je suis ! Ma seule excuse, si l'on peut dire, c'est d'avoir été séduite par un bel homme ; on ne peut pas lui enlever ça.

— Et tu as mis tout ce temps pour te rendre compte ?

— Non, bien sûr ; on a tout de même passé un bon moment. Au début, c'était très agréable. Mais dès qu'il a commencé à dépenser mon argent sans compter, j'ai eu des doutes et je me suis méfiée. Il a eu des doutes lui aussi, il s'est calmé, a rusé, et a recommencé. A nouveau les inquiétudes, les soupçons ; et là, devant l'évidence, on se rend forcément compte de la dégradation des grands sentiments du départ. J'ai mis un certain temps à m'en sortir, à m'extirper des griffes du prédateur.

— Tu me fais peur.

— Il était habile. Je m'étais un peu laissée entraîner à lui accorder des faveurs qu'il m'a fallu reconsidérer. J'ai aussi pensé pouvoir récupérer un peu de ce qu'il m'avait dérobé, mais là, je me suis cassée les dents : il avait pris soin d'organiser et de protéger son insolvabilité.

— Tu as beaucoup perdu ?

— Un peu d'argent, mais ce n'est pas la catastrophe. Ce qui est plus dur, c'est la blessure, la remise en cause, la déconvenue. Mon amour-propre en a pris un sacré coup !

— C'est la vie ! Une leçon de plus : les hommes ne sont pas tous bons et loyaux.

— C'est le moins qu'on puisse en conclure. Mais je suis là pour oublier, alors, n'en parlons plus, c'est du passé.

— Tu as raison. Tu as bien fait de revenir vers nous, tes amis.

— Merci Juliette. J'ai souvent pensé à toi, tu sais.

— Et moi donc ! J'étais persuadée que tu reviendrais. Je t'attendais.

— Eh ! les filles, venez ! Lucien nous fait un numéro de Charlot, c'est tordant ! Venez vite !

La soirée dura, les verres d'absinthe se remplirent et se vidèrent. Walter s'essaya à chanter le répertoire de Maurice Chevalier, mais comme l'ivresse le gagnait, sa prestation fut plus qu'aléatoire. L'aube pointait sa prime clarté quand on décida de boire le dernier verre. Walter, qui serrait le bras d'Angélique, plus par besoin d'équilibre que par tendresse, l'invita à partager sa chambre, plus par politesse obligée que par attirance. Elle déclina l'invitation en prenant soin de préciser au ténor qu'ils se reverraient sans doute un jour. La jeune femme laissa bientôt la troupe pour rejoindre son hôtel. Elle fut la plus discrète possible bien que trébuchant souvent dans l'escalier, et ayant bien du mal à introduire la clé dans la serrure de la porte de sa chambre. Elle se jeta enfin sur son lit, et, comme jadis, après les longues, très longues nuits de Montmartre ou de Montparnasse, s'endormit instantanément et profondément.

LES POINGS SERRÉS

Quand la France et l'Angleterre déclarèrent la guerre à l'Allemagne, qui avait envahi la Pologne, Paris fut à peine surprise, tant les faits avaient préparé l'événement. L'ordre de mobilisation générale appela nombre de jeunes hommes à rejoindre la défense des frontières de l'Est. Hector et Louis furent de la deuxième vague de ce recrutement autoritaire. Ils partirent sans grande crainte apparente : la France donnait des garanties de sa force défensive, et l'Allemagne semblait incertaine à engager le combat. Les futurs soldats pensaient que le conflit ne durerait guère et qu'ils en reviendraient sans dommage. Fernand, qui était père de famille, ne fut pas concerné par l'engagement. Jean, un peu plus âgé que les autres, attendait son tour. Rose s'insurgeait contre cette hémorragie de mâles en pleine vigueur, et Juliette redoutait qu'on appelle Lucien à la rescousse.

Angélique observait la foule depuis la fenêtre de son appartement. Elle avait, depuis peu, élu domicile dans un immeuble de la rue Notre-Dame-des-Champs, où elle avait acquis un deux pièces relativement confortable. Deux jeunes hommes donnaient l'accolade aux épiciers, un couple d'honnêtes commerçants, ou prétendus tels, qui restaient les bras ballants, observant les deux garçons s'éloigner en devisant gaiement. Une jeune fille se pressait sur le trottoir opposé, une enveloppe à la main, retenant, de son autre main, un châle passé à la hâte sur ses frêles épaules. Plusieurs messieurs bien mis, costumés et chapeautés, sérieux, graves et sévères, apparurent. Ils passèrent en conversant. Un instant la rue fut déserte. L'épicier sortit jusqu'au milieu de la chaussée. Une cliente arriva. A nouveau la rue se vida. Angélique accrochait son regard à cette impression de désolation. Une immense mélancolie la paralysait derrière ce carreau qui s'obstinait à ne plus vouloir montrer la vie, seulement la tristesse de l'absence. On frappa ; elle tressaillit et dut bien réagir :

— Entrez, c'est ouvert… Walter ! Qu'est-ce qui me vaut cette bonne surprise.

— Bonjour Ange, je passais te dire au revoir.

— Tu pars ?

— Oui, je pars pour les Etats-Unis d'Amérique, avant que les Allemands arrivent ici, à Paris, et qu'ils me trouvent.

— Tu dis n'importe quoi. Nos soldats sauront bien les arrêter.

— Tu parles de la guerre avec légèreté.

— Je n'y suis pour rien si entre les hommes renaît toujours la haine. Quels imbéciles !

— Les pauvres bougres, ils n'ont pas le choix.

— Peut-être, mais si tous ensemble ils avaient dit non !

— Tu parles comme Louis. Il parle comme ça, et pourtant il est parti au front.

— Il parait que les armées s'observent sans attaquer.

— C'est ce qu'on dit.

— Alors, tu crois vraiment à la victoire des Allemands ?

— La victoire totale, oui, personne ne pourra les arrêter. Ils sont trop forts et trop brutaux, poussés par leur orgueil, transportés par la foi qu'ils ont en leur Führer, leur guide qui leur a promis la suprématie du peuple allemand, du peuple arien. Comme tu dis Ange : quels imbéciles ! Ce sont des hommes, rien que des petits hommes.

— On ne se sera pas connus très longtemps.

— Pas assez, c'est vrai. Dans ma naïveté de poète, je pensais que, peut-être, toi aussi, tu voulais rejoindre l'Amérique ?

— Non, Walter. Je reste en France. La guerre ne va pas durer.

— Vous disiez ça aussi en 1914.

— Sans doute, mais celle-ci n'aura peut-être même pas lieu.

— Toi aussi, tu es naïve, presque inconsciente. Mais, ma pauvre enfant, si tu voyais de tes yeux ces foules en délire devant un homme : Hitler ! Si tu voyais agir les SS : ce sont des brutes épaisses qui ne songent qu'à torturer ou à tuer. Non, tu n'as aucune mesure de ce qui se passe dans mon pays.

— Mais c'est l'Allemagne, un grand pays de culture, d'art, d'intelligence.

— C'est toujours ce pays-là, mais le mal a triomphé, pour l'heure, sur l'esprit. La bête qui couve en chacun de nous s'est réveillée à l'intérieur du cerveau de millions de Teutons. Ils ont perdu leurs repères raisonnables, leur personnalité, ils n'ont plus que l'idée d'obéir obscurément à leur nouveau dieu.

— Tu arriverais à me faire véritablement peur.

— Tu verras, si tu restes.

— Je reste, Walter.

— Alors, adieu Ange ; peut-être que le destin fera se croiser à nouveau nos chemins !

— Je ne t'oublierai pas.

Elle le regarda s'éloigner dans la rue grise, qui fut bien vite à nouveau déserte.

Durant les jours qui suivirent le départ de Walter, Angélique ne quitta pas son appartement ; elle avait la tristesse au cœur et s'enfermait dans cet état dépressif. Sa vie défilait devant son regard béant. Elle revoyait son père, dont elle ne savait que ce qu'on lui en avait raconté. Comment faire confiance aux commérages, qui plus est proférés à l'adresse d'un mort ? Cet homme avait pourtant vécu, aimé, aimé sa propre mère, et elle-même, sa fille, sa petite fille. Tout ça était sans doute de la sentimentalité excessive. Elle l'imaginait dans la boue des tranchées de Verdun, dans cet enfer si souvent décrit par la suite. Elle le voyait au moment de son rendez-vous avec la mort. Cet instant s'était gravé à l'intemporel, pour l'éternité. Une grande douleur affligeait Angélique face à cette pensée obsédante : Jérôme Terrage devant sa fatalité, Jérôme souffrant, puis franchissant la frontière impossible, dans un terrible déchirement. Elle aurait voulu prononcer le mot « papa », mais elle se ressaisit. Devenait-elle folle ?

Pourtant, son esprit reprit bien vite son vagabondage nostalgique. Un ruisseau rigolard chahutait ses eaux turbulentes, il emportait une jeunesse sauvage, avortée sur un départ en forme de chute libre dans l'abîme de l'oubli. Le Limousin était si loin. Petite fille heureuse malgré sa piètre condition, entourée d'une mère trop faible et d'une grand-mère résignée à ses idées reçues, Angélique avait dû s'éveiller à une réalité contrariante : l'enfance s'était terminée à douze ans, quand on l'avait bousculée sans précaution dans le monde des adultes. Il y avait eu les épiciers indélicats, sœur

Etiennette et ses paradoxes, Gabriel et son odeur mâle, les bourgeois précieux de Budelière. Restaient le souvenir chaleureux du Ragoutin et de sa chienne, et puis Marc et Maurice Cussejat : visages de l'amitié indéfectible, un lien inaltérable au même pays, des racines entrelacées dans le sol limousin. Angélique était persuadée qu'un jour ils se retrouveraient, avec cette forte impression de ne s'être jamais vraiment quittés. Quelque chose en elle le disait. Elle ne doutait pas un instant qu'il pût en être autrement pour ses deux amis. Un orage avait grondé sur son adolescence tumultueuse, et elle s'était muée en Ophélia adoptée par Montmartre : l'univers merveilleux du théâtre, la première scène, le public euphorique, les artistes saluant main dans la main, le sourire de Juliette, la tendresse infinie, le grand amour de deux âmes errantes, la folle liberté, les deux sœurs adulées du public, réunics à jamais par le sacre de la scène. Montparnasse, aujourd'hui, était-il un aboutissement ? Ophélia était une brume des songes qui se sublimait vers un ailleurs inconnu, insaisissable.

Angélique pleurait doucement, une larme coulait sur sa joue, comme la pluie dégoulinait maintenant sur la vitre qui reflétait le présent banal, ordinaire. La jeune femme sursauta quand elle supposa une présence à ses côtés. Elle étouffa un cri.

— Juliette ! Excuse ma surprise, je ne t'avais pas entendue arriver.

— Ta porte est toujours ouverte ; je n'ai pas fait de bruit, je voulais te surprendre à regarder la rue vide. Si tu savais comme je l'ai côtoyé souvent ce néant.

— Juliette.

Angélique éclata en pleurs trop longtemps contenus. Juliette lui ouvrit ses bras.

— Pleure, pleure ma chérie, pleure tant que tu voudras.

Les yeux mouillés de son amie la fixaient. Dans un simple sourire d'amitié, elle lui dit :

— Allez, viens, je t'emmène.

Et elle l'entraîna vers la vie. La sensibilité à fleur de peau, Angélique dut faire un effort considérable pour surmonter sa détresse. Juliette l'y aida, et puis le théâtre, un certain Molière et son irrésistible *Don Juan*. Angélique soupçonna bien quelque ressemblance entre le célèbre personnage et l'homme qui l'avait tant déçue, mais elle eut la force morale de refouler définitivement son trouble. Le théâtre était toujours le reflet de la vie quotidienne, et Molière avait du génie. Fernand montait la pièce, ignorant désormais des affaires militaires, désirant plus que tout continuer son œuvre en dehors des aléas politiques. A ses dires, l'art seul avait un sens et une raison d'être. Il accueillit le retour d'Angélique avec ferveur. Il lui proposa immédiatement le rôle d'Elvire qu'il avait promis à Rose. Méfiante à l'égard de l'enthousiasme exacerbé du metteur en scène, vigilante au respect de chacun des acteurs, Angélique suggéra qu'on se réunisse préalablement à la distribution des rôles, afin de discuter de la pièce elle-même, de sa préparation et, bien entendu, des vœux, des aspirations de chacun des comédiens concernés. Elle devina bien vite l'exaspération de son amie, momentanément écartée d'un rôle important. Fernand débuta la discussion en exprimant toute son admiration pour Molière, toute sa passion à vouloir produire *Don Juan*. Dès qu'il baissa le ton, Angélique emboîta le rythme de la conversation :

— Je connais bien la pièce. Je l'ai étudiée de près, dans le détail, en d'autres occasions sur lesquelles je ne m'étendrai pas vu qu'elles n'ont aucune importance. A mon avis, le rôle d'Elvire est destiné à Rose, celui de Don Juan à Fernand. Juliette et moi pourrions incarner Mathurine et Charlotte, les deux paysannes. Pour les autres rôles, je te laisse proposer, Fernand, je ne connais pas assez nos jeunes collègues.

Un instant embarrassé, Fernand enchaîna, se ralliant à l'avis formulé, qui semblait être l'expression de la raison, du bon sens et du compromis qui mettait tout le monde d'accord. Avant de se quitter, les acteurs s'adressèrent un salut amical. Rose se précipita vers Angélique :

— Ange : merci !

Et, saisissant son visage à deux mains, elle l'embrassa bruyamment sur les joues. La regardant s'éloigner guillerette, Fernand ne put s'empêcher de glisser entre ses dents :

— Elle n'est pas fine !

— Tu es injuste, Fernand. Je suis certaine qu'elle sera excellente.

— Pas fine, mais très bonne sur scène, je suis d'accord avec toi, Ange. Il va falloir que je supporte ses simagrées, c'est tout !

— Tu la connais.

— Un peu trop !

— Ça va aller.

— Il faudra bien.

En quelques jours, Angélique avait repris goût à la vie. Un espoir entretenait sa convalescence, elle se confia à son amie :

— Alors ma chérie, ça va mieux ?

— Je me sens mieux, en effet, et c'est grâce à toi, je ne t'en remercierai jamais assez.

— C'est bien normal ; il n'y a pas de remerciement à faire ou à dire. A quoi serviraient les amis, s'ils n'étaient pas là quand ça va mal ?

— Il y a bien des fois où ils ne peuvent pas être là.

— Ça arrive forcément. Alors il est bon d'avoir plusieurs amis.

— Tu as réponse à tout.

— Non, mais je me souviens bien que c'est toi qui m'a tendu la main.

— N'en parlons plus, si tu veux bien.

— Oui ; alors, cette pièce, comment la vois-tu ?

— Bien, bien, mais il va falloir convaincre Fernand de ne pas jouer Don Juan. A mon avis, ce n'est que mon opinion, bien sûr, il faudrait un bel homme pour jouer le séducteur. A Fernand, c'est le rôle de Sganarelle qu'il faut, c'est évident.

— Alors qui pour Don Juan ?

— Là aussi, c'est évident : il faut ton Lucien.

— Lucien ! Mais il n'est jamais monté sur les planches !

— Je suis certaine qu'il en brûle d'envie.

— Tu crois ?

— Je crois.

— Il faut en parler à Fernand.

— L'argument de poids, c'est de lui rappeler que Molière lui-même incarnait Sganarelle, alors qu'il confiait le rôle principal à son ami Lagrange.

— Et Lucien, il va vouloir jouer ça comme au cinéma.

— Il s'adaptera. Et l'expérience lui sera salutaire, il le comprendra de suite. Et puis, il jouera avec nous : ça, c'est le second argument de poids

— Eh bien, si tout marche comme ça, tout ira pour le mieux dans le meilleur des mondes.

— Je voulais te dire, Juliette : j'ai bien envie de retourner dans mon pays, en Creuse.

— Je te comprends ; je me suis d'ailleurs souvent demandée pourquoi tu n'y avais pas pensé plus tôt.

— C'est la vie, ça va trop vite. Je n'étais pas prête.

— De ce fameux pays, voilà quinze ans que tu en parles comme d'un paradis.

— C'est un peu ça, dans mon esprit. Après tout ce temps passé à Paris, j'ai envie de revoir mes arbres, mon herbe, mon village.

— Et ta mère.

— Ma mère aussi. Quand nous en aurons fini avec *Don Juan,* j'y retournerai.

— Sage décision ; mais, dans tes tournées, tu ne m'as pas dit que tu étais allée dans une ville proche ?

— Si, si, à Montluçon : deux fois même, mais je n'ai pas eu le temps, ou pas assez de courage pour retourner à Bardane.

— Tu nous fais une crise de sensibilité.

— Ce doit être un peu ça.

La troupe s'activa, dès lors, à préparer le *Don Juan* de Molière, qui était déjà annoncé à l'affiche du théâtre Montparnasse comme dans plusieurs autres salles parisiennes. Depuis qu'elle avait exposé à Juliette son intention de retourner au pays, Angélique laissait libre cours à une certaine frénésie qui la transportait inévitablement vers son enfance, la nature épanouie, une foule de souvenirs qu'elle aimait à faire partager. Les soirées qui réunissaient les copains autour de la table du café habituel, au cœur de Montparnasse, s'animaient d'histoires creusoises dans lesquelles la conteuse évoquait la dame blanche et son mystère, la bête faramine plus forte que plusieurs loups garous réunis, le Ragoutin et son errance poétique, mariant l'humain à la toute-puissante nature par une alchimie tentant le merveilleux. Angélique chantait aussi quelques ritournelles folkloriques, ainsi que des textes de sa composition où elle mettait en scène, au hasard des chemins creux, un ruisseau, un chien, un hérisson, un papillon, quelquefois un chevreuil bondissant, ou encore un habile renard. Ophélia renaissait maintenant chaque soir pour le plaisir des noctambules parisiens qui fréquentaient assidûment le lieu. Quelques artistes lui emboîtaient le pas ; il était fréquent que Lucien et Fernand se donnent la réplique d'une scène de leur pièce ; certains déclamaient des vers subtils et très beaux, d'autres n'hésitaient pas à fredonner une chansonnette. Le temps des caf'conc' était bien loin, et pourtant la ruche bourdonnait des airs nouveaux.

Quand l'armée allemande lança l'offensive décisive, Paris semblait avoir un peu oublié l'état de guerre. Les informations circulèrent rapidement. L'événement était de taille. On annonça des renseignements contradictoires. Et personne ne crut vraiment à une défaite aussi expéditive de l'armée française avant de voir déferler sur la capitale les populations et les soldats en déroute. Un vent de panique envahit alors Paris, et nombreux furent ceux qui décidèrent instantanément de fuir au plus loin, sans but réel : seulement le plus vite et le plus loin possible.

Le 14 juin 1940, les premières unités allemandes pénétraient dans la ville. De sa fenêtre, Angélique aperçut de fiers cavaliers sur des montures superbes et dociles, hautains, dominateurs, conquérants. Emanant des rues proches, à l'aide d'un porte voix, dans un français parfait, l'accent guttural annonçait les règles imposées, notamment le couvre-feu, et demandait de déposer sans délais toutes les armes au commissariat de police le plus proche. Angélique était outrée. Comment allait-on pouvoir supporter l'outrecuidance de cet envahisseur ? Elle devait rejoindre la troupe pour une répétition dans une petite salle du quartier de la Madeleine. Décidée, presque téméraire, elle descendit dans la rue. Le grand boulevard était désert. Les habitants se terraient, ou bien s'étaient exilés. Angélique se sentit un peu perdue dans ce décor qui prenait tout à coup des airs de gigantisme. Elle se hâtait sur le trottoir de la rue Vavin quand un convoi de plusieurs camions, précédé d'un engin tout-terrain, passa à allure soutenue. Elle s'était arrêtée pour observer ces militaires maintenant maîtres des lieux. Une motocyclette vrombissante s'immobilisa à sa hauteur. Un être hirsute l'invectiva dans un langage qu'elle ne comprenait pas. Elle lui adressa un signe d'incompréhension. Il haussa le ton. A cet instant, le haut parleur qui circulait à proximité sommait tout un chacun de rester chez lui jusqu'à nouvel ordre. Dépitée, la jeune femme dut rebrousser chemin, tournant énergiquement le dos à l'aboyeur imbécile qui continuait de lui proférer des menaces qui ne l'impressionnaient pas.

Seule et sans plus d'informations, Angélique faisait les cent pas, tentant de réfléchir pour mieux appréhender la situation. Tout était pourtant d'une grande simplicité: l'occupant était en place, et c'était lui qui commandait. Il eût été raisonnable et facile de s'en remettre à la soumission obligée, mais il n'était pas dans le tempérament de la jeune femme d'obéir aveuglément et d'accepter qu'on lui dicte ses actes. Elle avait de surcroît à l'esprit la mauvaise expérience de sa première sortie. Que faire ? De toute façon, la présentation du spectacle était compromise, et sans doute impossible. Angélique jeta un œil à l'extérieur et décida de rejoindre le café des copains, en se faisant la plus discrète possible. Son besoin d'agir était le plus fort.

Elle parvint à son but, sans encombre. La porte était fermée. Elle cogna à la vitre, cogna encore, insista. Enfin, le patron, la reconnaissant, vint lui ouvrir, la pressant d'entrer et de gagner le fond de la salle, afin de ne point se faire remarquer.

— Mais enfin, qu'est-ce qui se passe ? Qu'est-ce qui te prend ? Toi d'habitude si hardi !

— Oh, ça va, ne fais pas la maline ! Mais tu es folle, tu ne te rends pas compte !

— Quoi encore ?

— Enfin, Ange, c'est la guerre, l'occupation ! Il n'y a pas une heure, des soldats ont débarqué pour faire évacuer mon bistrot, et ils m'ont imposé de fermer sur le champ.

— Ça, ils n'ont pas l'air de rigoler, nos ennemis les Goths. On n'est pourtant pas bien méchants.

— Bon, qu'est-ce que tu veux ?

— Je voulais prendre des nouvelles, parler à quelqu'un, est-ce que je sais, moi ? Tu ne voulais tout de même pas que je reste à tourner en rond entre mes quatre murs ?

— Bon, ça va, qu'est-ce que tu prends ?

— Donne-moi un alcool, j'en ai bien besoin, bon sang ! Que d'émotions !

— Tu n'es pas prudente. Ce n'est quand même pas difficile de comprendre qu'il vaut mieux rester chez soi et obéir au plus fort.

— Le plus fort que je connaisse, c'est Lucien. Tiens, tu ne les as pas vus, lui et Juliette ?

— Tu ne sais pas ?

— Je sais qu'on devait se retrouver tout à l'heure au théâtre de la Madeleine.

— Mais non, ils sont partis.

— Partis ?

— Oui, oui. Tiens, elle a laissé ce message pour les copains.

Angélique se saisit énergiquement du papier, doutant des propos de son interlocuteur embarrassé. Le courrier était pourtant éloquent, il précisait que les deux amants allaient tenter de rejoindre l'Angleterre, puis l'Amérique. Ils disaient : au revoir et à bientôt. La nouvelle terrassa littéralement la jeune femme, qui ne pouvait admettre que Juliette soit partie sans même la prévenir.

— Mais ce n'est pas possible, pas Juliette, pas ma grande sœur, partie comme ça.

— Je crois qu'elle a cherché à te joindre, mais tu n'étais pas chez toi, et le temps leur était compté, apparemment.

— Mais comment ont-ils fait ?

— Je crois qu'ils ont pris le train, après ?

— Après : la côte atlantique, le bateau et l'Amérique ! Et puis j'abandonne. De toute façon, je ne serais pas partie ; elle le savait bien.

Fortement désappointée, Angélique prit congé. Elle retourna vers son appartement, choquée par ce qu'elle venait d'apprendre trop brutalement. Elle rivait ses pensées sur le souvenir de son amie ; elle la sentait encore toute proche. Où était-elle donc ? Se retournant machinalement, elle aperçut deux militaires qui se dirigeaient vers elle.

— Ça y est, je vais encore y avoir droit ! Comment leur faire comprendre que je n'entends rien à leur jargon ? Et puis que je me fiche et contrefiche de leurs salades !

— Mademoiselle, rentrez chez vous.

— C'est ce que je fais.

— Merci, c'est bien. Vous serez autorisée à sortir dans les rues dès demain, mais pas aujourd'hui, compris ?

— Oui monsieur.

Elle s'éloigna rapidement. Les deux soldats échangèrent quelques mots, un rire gras accentua leur niaiserie affichée.

Quelques jours passèrent avant que les comédiens puissent se retrouver autour de leur table favorite. Aucun n'était très loquace. Les sièges habituels de Juliette et Lucien restèrent vides. Fernand et Rose se regardaient, pensifs. Jacques, Gilles et Philippe, trois jeunes artistes ayant récemment rejoint la troupe, échangeaient quelques sourires, quelques boutades, sans grand enthousiasme. Angélique arriva bientôt, accompagnée de Catherine, elle aussi nouvelle. Il avait bien fallu palier à la décimation des effectifs par l'accueil de jeunes talents.

— Alors ?

— Alors on est cuits ! Plus d'armée, un gouvernement provisoire administré par un vieux singe. C'est la fin du monde !

— Il ne faut peut-être pas exagérer. Ils n'ont pas l'air si terribles que ça, ces Allemands.

— Tu ne saurais pas si bien dire. Pas plus tard que tout à l'heure, il y en avait deux, assis à la petite table, près du comptoir, là.

— Eh bien ?

— Ils riaient.

— Ils s'amusaient ? On aura tout vu ! Bon sang, ce que c'est con de perdre une guerre.

— La guerre n'est peut-être pas perdue ; la bataille des armées, certes, mais on dit, parmi nous, les jeunes, qu'il faut garder l'espoir ; on va organiser la résistance.

— Ah, la jeunesse ! Grands sentiments mais petites cervelles ; et comment allez-vous faire, mes gaillards ?

— D'abord s'organiser, après se rallier aux communistes, ils sauront bien nous entraîner avec eux.

— Et vous entraîner où ça ? Est-ce que vous vous rendez compte que ces fameux cocos sont à la botte des Russes, qui sont eux-mêmes alliés aux Allemands ?

— Ouais, Fernand, tu as raison ; mais tu parles des vieux communistes. Moi je veux te parler des jeunes, qui n'ont rien à foutre, mais vraiment rien à foutre, du Staline et de ses manigances. Le communisme c'est autre chose que les magouilles politiciennes des chefs d'Etat, c'est un état d'esprit, et c'est le nôtre : celui de nous défendre.

— Voilà qui est bien dit. Tu as de l'idée, garçon, et j'espère que les Teutons t'épargneront. N'oublie pas qu'ils sont armés ; et toi ?

— Moi, j'ai ma foi et ma conscience, et je saurai me rendre utile à la reconstitution de notre République !

— Arrête, arrête ! J'approuve et j'aime bien ce que tu dis, mais tu me fais peur. Ils vont te massacrer, tu es trop naïf, trop innocent. Ce sont des militaires, et ils ne te feront pas de cadeaux.

— Je m'en doute bien.

— Alors, écoute-moi, s'il te plaît. Ne fanfaronne pas devant eux ; fais-toi le plus discret possible. C'est vrai que ce qui compte dans l'immédiat, c'est de s'organiser. Ensuite, on décidera de l'action à mener. Je pense qu'il faut que ce soit une action collective. Il doit y avoir des dizaines de mecs comme nous, qui croient à la revanche, à la révolte. Peu à peu, on va se connaître, se reconnaître et se regrouper.

— J'en suis.

— Quoi ?

— J'en suis : vous n'êtes pas qu'entre mecs comme tu dis. Tu peux compter sur nous, les femmes.

— J'en suis aussi.

— Rose !

— Et moi aussi.

— Bon, bon, ça va, pas de pagaille.

— Ecoute, Fernand, tu repousses d'abord les jeunes, ensuite les femmes. Mais regarde autour de toi, qui reste-t-il, à ton avis ? Et puis, comprends que dans ta fameuse organisation, il y aura forcément des tâches à nous confier.

— Je reprends. Nous sommes un groupe uni, et nous pouvons *a priori* nous faire confiance ; c'est un début indispensable, la confiance. Il va falloir savoir garder le secret, c'est une question de vie ou de mort ; attention, on ne joue plus. On va commencer par recruter, c'est-à-dire trouver d'autres personnes, qui, comme nous, sont prêtes à se défendre. Triez bien vos relations : pas de gens douteux, rien que des amis sincères pour lesquels on peut se porter garants. Et puis on se réunira, dans le secret, pour décider de ce que l'on doit faire. Ça vous va ?

— Oui. Quand penses-tu nous réunir ?

— On pourrait organiser la première rencontre dans dix jours. En attendant, on continue notre vie pépère, on se voit ici quand bon nous semble, comme d'habitude. Moi, j'y serai tous les soirs, et je vous communiquerai les renseignements à l'occasion : ni vu ni connu !

Le ton monta quelque peu dans le brouhaha du café. Les deux militaires entraient à nouveau. L'un d'eux tentait de se faire comprendre dans un français très approximatif. Le patron leur servit deux cognacs à leur demande plusieurs fois répétée.

— A croire qu'ils ne connaissent qu'un seul mot.

— Oui, ils ont dû l'apprendre par cœur.

— Ça va les réchauffer, c'est au moins le cinquième qu'ils s'enfilent, mes salauds !

Ils apostrophèrent Catherine, qui sortait :

— Mademoiselle !

— Eh bien mes cochons, vous donnez un bel aperçu de votre grande armée !

Interloqués par le ton assuré de la jeune fille, ils échangèrent quelques paroles, s'étonnant sans doute et se demandant bien ce qu'elle avait voulu leur dire. L'un d'eux croisa le regard intéressé du patron qui ne put contenir une réponse adaptée à son air ahuri :

— Cochons, elle a dit : « Cochons ! »

— Ah ! cochons, cochons. Ah, ah ! cochons…

Et les deux acolytes partirent d'un rire forcé, répétant encore le mot suggéré, au grand plaisir de l'assemblée qui se délectait de la gauloiserie. La péripétie n'eut pas d'autre conséquence que de privilégier l'ironie et, en fin de compte, la bonne humeur. Mais elle était aussi révélatrice d'une volonté d'opposition à la force des armes. Etaient-ce là les prémices de la résistance déjà présente à l'esprit de bien des Parisiens ? On fit par le bouche à oreille la publicité de l'anecdote, laquelle amusa nombre d'esprits libertaires. Dès lors, on n'eut de cesse de provoquer de telles circonstances pour railler l'envahisseur. Les habitants de la capitale rivalisèrent de prouesses verbales envers leur ennemi, dans le seul but de rassurer leur amour-propre, un moment mis à mal par l'arrivée dans leur fief des troupes victorieuses.

La réunion clandestine se déroula comme prévu au local où les comédiens de la troupe de Fernand avaient l'habitude de répéter leurs rôles. Quand Angélique arriva, il y avait déjà là une trentaine de jeunes gens : des garçons et quelques filles, sagement assis et attendant. Fernand conversait avec un autre homme qui n'était autre que Louis, qu'on avait perdu de vue depuis son départ pour le front. Angélique se rapprocha mais n'osa déranger la discussion. Apercevant Rose et Catherine qui entraient à leur tour, elle prit le parti de les rejoindre. Toutes les trois s'installèrent au premier rang, que les autres avaient laissé libre.

— Bon, on va commencer. D'abord, merci d'être venus aussi nombreux. Je suis Fernand, mais vous allez oublier ce prénom tout de suite et ne plus m'appeler que le Blaireau. Je serai votre interlocuteur unique. Le Mistral, qui est là aujourd'hui, travaille déjà à la résistance. Vous devez l'oublier, le chasser de votre souvenir. Mais, exceptionnellement, il va intervenir pour nous expliquer le sens de notre action. Des questions ?

Tous attentifs, ils firent signe de continuer.

— Bon, à moi ; mon nom : Mistral ! Les noms d'emprunt sont impératifs pour égarer les recherches éventuelles de l'ennemi. Entre vous, dans la vie de tous les jours, vous gardez votre identité, et surtout ne prononcez jamais les surnoms des chefs des réseaux. Vous comprenez bien que la plus extrême prudence est nécessaire. Il est aussi évident que certains ou certaines d'entre nous se feront prendre, ou seront seulement soupçonnés. La Gestapo fera tout pour vous coincer, et s'ils y arrivent, non seulement vous êtes perdus, mais aussi bon nombre de vos amis. Là, je ne peux vous conseiller que la plus grande précaution et, bien sûr, le silence, même sous la torture, et ça, c'est une autre histoire. Où je veux en venir ? C'est bien simple, avant de vous engager, il faut bien réfléchir à tout ça. L'affaire est très risquée. On y risque la prison, la torture, la déportation et la mort, bien entendu. L'ennemi ne fera aucune concession, nous sommes en état de guerre. D'autre part, nous avons peu de temps. Il faut dès aujourd'hui nous décider à agir. Le choix est grave : que ceux qui ne se sentent pas la force de devenir partisans sortent. Personne ne les jugera. Mais, comprenez bien que nous ne pouvons tolérer aucune défaillance : la survie de la résistance sera en jeu de façon permanente.

— S'il te plaît, une question : admettons que je sois décidé à partir avec toi et les autres ; mais aujourd'hui, comment affirmer ne pas être amené à céder sous la torture ?

— Il faut au moins en être convaincu.

— Alors je suis des vôtres.

— Je vous laisse cinq minutes. Vous avez peut-être des choses à vous dire, entre amis, ou simplement à réfléchir, à vous confronter à votre propre conscience.

Aucun des participants ne quitta les lieux, et Fernand s'en félicita. Mistral, alias Louis, reprit la parole :

— Bien, dans un premier temps, pour vous rôder en quelque sorte, vous allez distribuer des tracts ou des journaux, tout document expliquant au peuple de Paris que la résistance existe et qu'elle a besoin de son soutien, expliquant aussi que plus nous serons nombreux, plus vite nous chasserons les Chleuhs de notre ville. Votre rôle à vous sera essentiellement stratégique. En dehors des distributions de tracts, il conviendra de recueillir et de transmettre beaucoup de renseignements à notre organisation. Le Blaireau va établir un plan d'action dont il vous communiquera les détails, en fonction de vos tâches respectives. Attention, toujours pour respecter la prudence de base, vous ne connaîtrez que le Blaireau. Et ne cherchez jamais à en savoir plus, ce serait extrêmement dangereux pour tout le réseau, en cas d'arrestation. Même les plus durs, les plus costauds peuvent craquer sous la torture. En ne sachant pas, on ne peut rien avouer qui mette la vie des copains en danger. En cas de pépin, il y aura à respecter un plan précis que votre chef vous expliquera aussi. Pas d'écrits : tout dans la tête, c'est encore une règle à suivre de manière stricte et rigoureuse.

— On pourrait avoir sur nous des écrits destinés à mettre les Allemands sur de fausses pistes.

— Oui, peut-être, c'est à vous de mettre tout ça au point, mais pensez aux risques : avec des indications sur vous, vous êtes découverts et condamnés ; sans rien, le doute peut peut-être vous sauver. Le Blaireau est un fin stratège, je lui fais entièrement confiance, et à vous aussi, maintenant. Il va vous donner les premières directives organisationnelles. Nous ne devons pas rester rassemblés trop longtemps pour éviter de nous faire repérer, d'autant plus quand on est aussi nombreux. Vous déciderez également d'une prochaine réunion, dans un autre lieu. Encore une règle à suivre : ne jamais se réunir plusieurs fois au même endroit, toujours penser à brouiller les cartes. Enfin, vous constituerez des groupes et déciderez des façons les plus appropriées pour communiquer les renseignements. Très bien, à vous de jouer et bon courage. Salut à tous, et merci encore : ça fait chaud au cœur de voir autant de partisans volontaires.

On se sépara bientôt. Angélique rentrait vers Montparnasse en compagnie de Rose et de Catherine. La journée se terminait, et les trois jeunes femmes hâtaient le pas afin de ne pas risquer d'enfreindre le couvre-feu. Elles parlèrent peu, tant leur esprit restait concentré sur toutes les recommandations qu'on leur avait faites. Une nouvelle éthique de vie allait devoir être respectée, et il convenait de s'imprégner de cet état particulier qui permettrait d'avoir toujours le bon réflexe. Rose arriva la première à son appartement.

— Bonsoir Rose.

— Tu parles, on n'a même plus le droit d'aller passer la soirée au *Caf'Conc'*.

— Il faut espérer que ça ne durera pas.

— C'est la guerre !

— Tout de même.

— Allez, bonne nuit les filles, et à demain ; n'oubliez pas qu'on répète demain matin à neuf heures.

— Je vais finir d'apprendre mon rôle. Allez, viens Cathy, on a tout juste le temps de rentrer. Si tu veux, tu peux venir dormir chez moi, ce serait moins triste.

Catherine ne répondit pas, elle baissa les yeux. Toutes les deux se hâtaient à nouveau sur le trottoir.

— Tu sais ce qu'on dit de Juliette et de toi ?

— Encore ! Décidément, les réputations sont tenaces, et ces rumeurs imbéciles. Mais fais comme si je n'avais rien dit ; rassure-toi, mon intention n'était pas le moins du monde inspirée de lubricité, crois-moi. Si tu savais comme ces ragots ont pu nous faire du mal, à Juliette et à moi. C'est vrai que nous étions les meilleures amies du monde, et puis on s'est évertué à nous salir. D'un autre côté, ça nous a aussi rapprochées un peu plus, ça nous a confortées dans notre dualité, si l'on peut dire. On a affronté ce nouveau combat ensemble, ça créé des liens.

— Ange, il ne faut pas m'en vouloir.

— Je ne t'en veux pas. Mais, sais-tu ton rôle, au moins ?

— Pas complètement.

— Alors, viens chez moi, et on répétera ensemble. On y gagnera en temps et en qualité, et tu verras que tout ira bien.

— Mais je n'ai rien, pas d'affaires.

— Je t'en prêterai, j'ai tout en mille exemplaires. Je t'en donnerai même, si ça te plaît. Et n'oublie pas que tu pourrais être ma fille, presque.

— Je sais, ma mère est à peine plus âgée que toi.

— Eh bien, voilà, je t'adopte. Je vais faire de toi une artiste, voilà tout !

— Tu me pardonnes, alors ?

— Est-ce que tu es décidée à partager ma nuit ? En toute honnêteté !

— Si tu insistes !

— Ça me fera plaisir, je te jure. Je me sens terriblement seule, et ta présence me rassurera.

— Moi aussi, je suis seule ici, et mon logement est si petit.

— Oh, tu sais, c'est Paris, c'est la débrouille. Avec Juliette, on a vécu dans une mansarde à peine plus grande que ta chambre pendant plusieurs années. C'était Montmartre, c'était la bohème, la vraie liberté.

— Et maintenant ?

— Maintenant, la vie continue. Et c'est toi qui arrive. Peut-être que ta bonne étoile t'a menée dans mes bras pour nous mettre à l'épreuve, toutes les deux. Et peut-être bien qu'on va arriver à faire quelqu'un de bien de ta personne, si les petits cochons ne te mangent pas, comme on dit en Creuse.

— Tu n'es pas parisienne ?

— Non, je suis du pays des Combrailles, en Limousin ; même que dès que je pourrai, je retournerai dans mon pays natal.

— Mais, tu ne pourras plus jouer au théâtre ; et tu ne pourras plus t'occuper de moi !

— Ouais, je n'y avais pas pensé jusque-là, mais tu débarques dans ma vie.

— C'est toi…

— Chut ! J'assume. Allez, entre, on reparlera de tout ça à un autre moment. Pour l'instant, on a du travail. On va manger un morceau et on s'y met sérieusement, d'accord ?

— Bien, patronne !

— Non, pas de ça entre nous ! Appelle-moi Ange, comme d'habitude.

— Ange, c'est beau, Ophélia aussi. Je ne chante pas très bien, mais peut-être que tu m'apprendras aussi ?

— Ça, je ne sais pas. Mais de toute manière, on verra ce qu'on peut faire.

Elles se donnèrent la réplique jusqu'à une heure tardive. Quand Catherine sombra dans un sommeil profond et réparateur, Angélique resta un long moment à la contempler dormir. Se voyait-elle à une quinzaine d'années de là ? Elle ne trouva pas facilement le sommeil. L'objet de son tracas résidait beaucoup plus dans son nouveau rôle de partisane que dans celui qu'elle porterait bientôt sur scène. La gravité du ton de Louis ou de Fernand lors de la réunion l'obsédait. Il lui fallait admettre les risques annoncés, et une angoisse sordide l'étreignait.

A la réunion suivante, le nombre des résistants en herbe avait fondu. Quelques-uns n'avaient pas encore la force morale suffisante pour affronter la responsabilité imposée. D'autres n'avaient pas saisi l'importance de l'enjeu, dominés par leur insouciance trop longtemps cultivée et entretenue. D'autres enfin n'avaient été que de simples curieux en mal d'aventure, finalement rebutés par le risque. Seuls restaient les durs, les purs qui avaient accompli le pas fatidique sur lequel ils ne reviendraient jamais. Ils étaient douze et se regardaient sans se parler, comme des bêtes curieuses se dit Angélique, pour reprendre à nouveau une expression usitée dans son pays de Creuse. Assis, silencieux, ils attendaient. Une chaise était restée libre, à côté d'Angélique. L'esprit narquois, pour tromper son anxiété, elle se dit que c'était celle du treizième homme. Légère, discrète, une ombre s'approcha de la jeune femme. C'était Catherine qui arrivait et qui s'assit près de son amie.

— C'est la chaise du treizième.

— Oh, ça porte malheur !

— Pas du tout, c'est seulement la place réservée à celui ou celle qui arrive en retard. C'était devenu une habitude, pour nous, à la Closerie, que de toujours laisser un siège vide à notre table pour montrer qu'on attendait toujours quelqu'un ; mais je te raconterai tout ça un jour.

— Moi, je préfère m'asseoir à côté de toi.

— Chut, voilà le Blaireau.

Fernand prit place devant le petit groupe :

— Vous avez réfléchi, c'est bien. Nous allons pouvoir travailler.

Et le travail ne manqua pas. Ce fut, comme prévu, d'abord un exercice de communication. Chacun des disciples du Blaireau fut chargé de distribuer tracts ou journaux censurés à la sortie d'une usine, d'un cinéma, d'un stade. Pour éviter que Catherine, qui était bien jeune, et sans doute vulnérable, milite seule, Fernand proposa à Angélique qu'elles fassent équipe. Subtile et intelligente à leurs yeux, la stratégie leur convint tout à fait, et elles acquirent très vite une grande habileté dans l'exercice de leur fonction proscrite. La jeune fille s'amusait même de la situation :

— C'est un peu comme sur scène : on joue un rôle.

— Fais attention, Cathy, je ne voudrais pas qu'il t'arrive quelque chose, tu es si fragile, si insouciante.

— J'assume, ne t'en fais pas pour moi. De toute façon, je cours très vite, j'étais championne à l'école. Alors, si la police arrive, je fuis ; le salut dans la fuite : c'est ma devise !

— C'est ça, fanfaronne !

— Ne t'en fais pas, je te dis, et puis s'ils m'arrêtent, ils m'arrêtent, c'est tout, ça ne te concerne plus.

— Oh que si, je suis persuadée que si tu es là, avec nous, avec les partisans, à faire partie de la résistance contre le pouvoir établi, c'est un peu à cause de moi, de la fascination que tu éprouves pour mon personnage.

— Eh là ! ne sois pas si sérieuse, si grave. C'est vrai que je t'admire, que je t'aime beaucoup, et c'est un peu pour ça que je suis avec toi. Tout le monde a envie d'essayer de faire les mêmes choses que ceux qu'ils aiment et admirent, c'est naturel. Mais il y a autre chose: tu m'as sans doute aidée à comprendre l'importance de la Résistance. Aujourd'hui j'en suis consciente et persuadée; dorénavant je ne reculerai plus.

— N'empêche qu'il faut faire attention.

— Mais oui, ne t'en fais plus, je vais te protéger !

— Dis donc, n'inverse pas les rôles, petite effrontée.

A quelque temps de là, le Blaireau fit savoir que la Résistance avait besoin de renseignements concernant certaines entreprises industrielles. Catherine et Angélique furent chargées de recueillir les informations souhaitées auprès d'ouvriers employés dans une usine de produits chimiques. Catherine se présenta à l'embauche mais ne fut pas retenue. Les deux amies adoptèrent alors une autre stratégie. Elles observèrent les ouvriers sortant de leur usine, et remarquèrent que beaucoup d'entre eux avaient pris l'habitude de fréquenter un café à proximité de la firme. Elles s'installèrent à une table pour tenter de capter le sens des conversations. Très vite, elles repérèrent un groupe de sympathisants communistes. Innocente en apparence, Catherine ne tarda pas à se faire remarquer de ces messieurs. Dès qu'un climat amical se fut installé, elle s'empressa de présenter son amie Angélique à ses quatre nouveaux camarades.

— Mais je vous connais, vous; vous êtes une chanteuse.

— Décidément, pour passer inaperçue, ce n'est pas gagné.

— Excusez-moi, je ne voulais pas…

— Ne t'excuse pas, après tout, c'est peut-être mieux comme ça. Cathy vous a exposé de quoi il retournait ?

— Elle est prudente.

— Elle a raison. Bon, j'explique : nous avons besoin de renseignements, et rapidement. Je ne comprends rien à la chimie, mais je vais vous réciter ce qu'ils m'ont dit.

Les quatre copains saisirent instantanément l'importance de ce qu'on voulait savoir. Ils promirent de donner les informations dans le moindre détail.

Le temps passa ; on continuait allègrement la distribution sauvage de la presse expliquant la nécessité de rentrer en résistance, de saboter la production économique, et surtout de ne pas prêter main-forte à l'ennemi, ou même seulement sympathiser avec lui. Une fois par mois, l'une ou l'autre allait chercher le précieux rapport auprès des ouvriers de l'entreprise chimique.

Ce jour-là, c'était Catherine qui avait enfourché sa bicyclette pour se rendre au café où elle devait rencontrer ses indicateurs. Toutefois, la jeune fille tardait à rentrer de sa course. N'y tenant plus, très angoissée, Angélique se rendit sur place. Elle apprit rapidement qu'il y avait eu du grabuge. Un des camarades avait été abattu pendant la bagarre, les trois autres arrêtés, de même que Catherine. Tous étaient tombés dans un piège tendu par la Gestapo. Angélique ne put en savoir plus dans l'immédiat. Elle prévint le Blaireau qui l'écarta tout de suite de cette mission. Un espion put être contacté pour connaître le sort réservé aux détenus. On apprit ainsi que deux d'entre eux avaient été fusillés alors qu'ils tentaient de se soustraire à la surveillance des SS. Le dernier avait dû subir la torture ; on n'entendit plus jamais parler de lui. Catherine avait elle-même été interrogée. On ne la revit pas non plus, mais on supposa qu'elle n'avait pas parlé, puisque aucun membre du groupe ne fut inquiété à la suite de son arrestation. On sut aussi qu'elle avait été déportée vers l'Allemagne, sans plus de précisions. Angélique fut très perturbée par l'événement. Elle se confia à Fernand, qui lui conseilla de se reposer pendant quelque temps. Il la contacterait à l'occasion. Cette mise à l'écart provisoire s'imposait afin de reprendre force et conviction pour pouvoir affronter à nouveau l'ennemi.

1943 : Paris était plus que jamais sous domination allemande. Une de leurs âmes bien pensantes inventa le Service du travail obligatoire. Par contrecoup, les jeunes Français, peu enclins à se rendre outre-Rhin, au service du Reich, rejoignirent en grand nombre les rangs des partisans. Angélique désirait, elle aussi, reprendre du service. Fernand, qui savait son groupe surveillé et menacé, lui conseilla de se faire oublier loin de Paris. Durant l'été, elle décida de partir pour le Limousin. Mais la police l'appréhenda à la gare d'Austerlitz et la conduisit dans un commissariat.

— Asseyez-vous ici, l'adjoint du commissaire vous verra dans un moment.

— Mais, qu'est-ce que j'ai fait ?

— Ça, vous le savez mieux que moi.

Les lieux étaient bruyants, on y venait et allait sans cesse. Angélique avait envie de crier, de fuir, de disparaître. Elle observait l'endroit, cherchant à en repérer une sortie discrète : pas facile *a priori*. Elle était pourtant résistante et devait être apte à prendre ses responsabilités. Tant de gens passaient par là qu'il ne paraissait pas inconcevable de se lever et de s'en aller, mine de rien, avec assurance et sérénité. C'était jouable ! Pourtant, une inertie incontrôlable retenait la jeune femme sur son siège. Comment faire ? Elle pensa au Ragoutin et à ses conseils, il lui disait : « Quand tu hésites, quand ton corps refuse d'obéir, il convient de te jeter à l'eau : tu te penches jusqu'à ne plus pouvoir retenir le poids de ton corps, et là, tu es bien obligée d'improviser, de suivre le mouvement. » Au moment même où elle se décidait enfin, deux policiers passèrent devant elle. Le même souvenir disait aussi : « Avant d'agir, tourne sept fois ta langue dans ta bouche : c'est le temps qu'il faut pour réfléchir. » Et si les policiers ne savaient vraiment rien ? En prenant la fuite, elle s'exposait à des conséquences plutôt néfastes. On la considérerait alors comme une contrevenante, et on voudrait savoir. Et s'ils savaient tout ! Ils savaient qu'elle était inactive depuis quelques mois, et qu'elle n'était pas en mesure de leur communiquer quoi que ce fût. Mais alors, ils savaient aussi ce qu'elle avait fait avant.

— Ah, mademoiselle Terrage, allez-y, entrez. Asseyez-vous.

— Bonjour monsieur ; pourriez-vous m'informer sur les raisons de mon arrestation ?

— Pas de ça avec moi, mignonne, tu sais très bien pourquoi tu es là.

— Mais, monsieur…

— Suffit ! Bon, je te mets au parfum.

— Je vous prie d'être poli.

— Et merde ! Mais ferme-la, pour qui tu te prends ? C'est la guerre, la terreur, la torture, la Gestapo ! Estime-toi heureuse de ne pas être tombée sur eux. A l'heure qu'il est tu serais allongée dans une cave, sur la table des supplices. Tu sais ce qu'ils leur font aux jolies filles comme toi, quand ils les interrogent ? Non, tu ne peux même pas te douter ! Ils les déshabillent et les rossent ; ensuite ils les font mettre à quatre pattes et les font sauter par leurs chiens-loups. Il paraît qu'après ça, elles avouent tout ce qu'on veut.

— Vous êtes horrible.

— Pas moi, eux !

— Vous êtes français.

— Et alors ? Réveille-toi : depuis quatre ans, il n'y a plus de frontière entre l'Allemagne et notre cher pays. Jusqu'à nouvel ordre, nous sommes tous teutons.

— Je vous en prie, dites-moi ce que vous voulez.

— Bon, on va s'expliquer. Il y a un an environ, on a arrêté ta petite protégée. Je ne fais pas dans la dentelle : tu es connue et fichée, ma grande. Connue comme homosexuelle dégénérée et perverse, ta copine n'était même pas majeure, et fichée comme communiste active et convaincue. Alors tu comprends, ça fait beaucoup, tout ça. Et nos amis, les Allemands, n'aiment pas du tout, mais alors, pas du tout les salopes de ton genre.

— Mais tout ça est faux ; vous le savez bien, si vous êtes renseigné. Je ne suis pas homosexuelle, et jamais je n'ai fait partie d'un quelconque mouvement politique.

— Mon œil ! Bon, ce que j'en dis, c'est ce qui est marqué là, dans cet épais dossier, un des plus gros dossiers des services de renseignements, alors arrête, s'il te plaît ! Ces choses-là ne s'inventent pas, tout de même.

— Et c'est quoi ce dossier ?

— C'est ton dossier. Si tu es bien sage, je te montrerai quelques-unes des pièces qui le composent. On t'a sur toutes les coutures : sur scène, dans les bras de ta Juliette, tu te souviens, n'est-ce pas ? Juliette, la belle brune, voluptueuse, avec des yeux, des formes. Juliette qui a déserté son propre pays pour aller avec un juif rejoindre d'autres juifs au bout du monde. Qu'ils restent au diable ! Mais revenons-en à toi, ma grande. Il y a beaucoup de coupures de journaux là-dedans ; il me semble avoir lu quelque part que tu chantais *l'Internationale*. Je te ferais bien danser maintenant ! A poil la gueuse, à poil on t'a aussi, à poil ! Tu as dû en faire de ces orgies avec tes copains les artistes ! Comment vous faites ça, à plusieurs ? Ils t'enfilent par tous les bouts, la garce !

— Vous êtes trop vulgaire. Laissez-moi partir, toutes vos histoires n'ont aucun sens. Je suis comédienne et je vis sainement. Je n'ai aucune attirance pour le vice, je…

— Tais-toi, tu m'exaspères. J'ai là mille raisons de t'incarcérer : le Blaireau, le Mistral, ça ne te dit rien ?

— Si, j'avais assisté à une réunion de jeunes gens, en 41. Des partisans nous avaient contactés. Catherine avait dû rester avec eux puisque vous l'avez arrêtée ; mais moi, je ne me sentais pas la force, ni la conviction de les suivre. Je n'y suis pas allée.

— Tu mens !

— Non monsieur, je vous dis la vérité.

— Suffit ! Je vais te laisser une chance, une seule. Tiens-le-toi pour dit, tu n'en auras pas une deuxième. Je sais que tu es très habile à collecter et transmettre les renseignements. Je veux savoir où et quand aura lieu la prochaine réunion de votre petit groupe.

— Mais…

— Pas de mais, je sais tout sur toi, tu n'as pas compris ? Si tu ne m'aides pas, c'est la Gestapo et ses chiens. Je te donne quarante-huit heures. Si, dans ce laps de temps, tu ne m'as pas renseigné, je te livre aux fauves. Va, tu peux disposer. Je t'attends.

Très choquée par cette entrevue musclée, la jeune femme rentra chez elle. On devait surveiller le moindre de ses mouvements. Elle regarda dans la rue, mais ne remarqua rien de suspect ; pourtant, elle avait la certitude qu'on l'épiait. Le piège dans lequel on la tenait était sans doute installé depuis longtemps. Il en était peut-être de même pour d'autres de ses amis. Ce que voulait la police ou la Gestapo, c'était remonter la filière pour démanteler tout le réseau ;

c'était l'évidence. Angélique réfléchit longtemps à la situation délicate dans laquelle elle se trouvait. Elle en conclut qu'elle n'avait plus le choix : il lui fallait ruser. Elle pensait : « L'adresse et la finesse sont mille fois plus efficaces que la force et la brutalité. Le commissaire collaborateur devrait mettre cette maxime à son profit. Mais il n'a pas la chance de connaître le Ragoutin, lui, il ne peut pas savoir ; d'abord, il ne sait rien, rien du tout sur moi. Il a tout inventé, c'est du bluff pour me coincer. C'est terrible, ce sentiment d'impuissance : on a véritablement l'impression qu'ils peuvent faire ce qu'ils veulent de nous, quand ils veulent et comme ils veulent. Bon sang, j'en ai froid dans le dos ! Quel abruti, ce policier ! Il n'a pourtant pas tort : je suis bel et bien une résistante de la première heure. Je n'ai encore tué personne, mais ça pourrait bien arriver. Lui, par exemple, je le tuerais bien, ce goujat, ce traumatisé du sexe, et sans aucune pitié. »

La nuit avançait. Une ombre glissa sur les toits, se faufila dans les cours, rasa les murs sombres de la ville partout surveillée. Elle arriva bientôt au 10 de la rue Pierre-Nicole. Elle frappa à la manière du code secret. Sans réponse immédiate, elle frappa à nouveau. La porte s'ouvrit lentement.

— Qu'est-ce que c'est ?

— C'est moi, mais ouvre, laisse-moi entrer, j'ai peur.

— Vite ! Comment voulais-tu que je te reconnaisse. Qu'est-ce que tu t'es mis sur le visage ?

— Du charbon ; je ne pense pas qu'ils m'aient repérée.

— Vas-y, accouche, qu'est-ce qui se passe ? Mets-moi au parfum.

— Ah non, Louis, ne parle pas comme les flics, s'il te plaît.

— Je t'écoute.

Elle narra rapidement son aventure.

— Bon, il va falloir songer sérieusement à te faire émigrer, tu es grillée.

— Faites-moi passer en Creuse ; chez moi, je saurai me cacher.

— Trop dangereux, pour toi comme pour ta famille, tes amis, ton village. On a des exemples. S'ils te retrouvent, ce sont les représailles.

— Décidément, quelle bande de fous furieux !

— Tu tombes du ciel !

— Presque. Je n'avais jamais imaginé que des êtres humains puissent réagir de la sorte.

— Tu en verras d'autres.

— J'ai mon compte pour aujourd'hui.

— Tu vas finir la nuit ici, moi, je vais aller chez Rose, c'est à deux pas, elle comprendra. Et puis, il va falloir qu'on organise ton départ. C'est elle qui est en contact avec les passeurs. Je te laisse. Surtout, tu n'ouvres à personne : personne ! Je suis le seul à avoir la clé, et personne ne sait que je vis ici, hormis Rose et toi. Ça a d'ailleurs été un sacré coup de chance que tu sois au courant, sinon je ne sais pas où tu serais allée.

— Je serais allée chez Rose !

— Oui, je suis bête, oui, bien sûr ! Tu m'as réveillé en pleine nuit, aussi…

— Allez, va vite rejoindre ta Rose, Louis. Je vous attendrai sagement.

Elle resta là deux jours durant, dans la pénombre du petit appartement. Elle avait trouvé quelques produits alimentaires, était restée plus que discrète, et en aurait même profité pour prendre un peu de repos. Elle s'impatientait toutefois.

Au plus profond de la seconde nuit qui suivit son arrivée dans les lieux, la clé tourna dans la serrure de la porte de son refuge. Rose apparut, attendit quelques secondes afin que sa vision s'adapte à l'obscurité :

— Tu es là ? C'est moi, Rose.

— Je t'ai bien reconnue.

— Ah ! Angélique ! Mon amie ; tu sais que tu me causes bien du soucis. Tout le monde est sur le pied de guerre, après ta mésaventure. Le Blaireau veut attaquer le commissariat pour récupérer les éventuels dossiers personnels.

— J'y ai réfléchi : c'est du bluff tout ça, pour vous faire sortir et mieux vous mettre le grappin dessus. Qu'est-ce que vous avez décidé pour moi ?

— On va essayer de te faire passer en Angleterre. Ça te dit ?

— Si je n'ai pas le choix.

— C'est à toi de voir ; mais si ce que tu as raconté à Mistral est vrai, à ta place, je n'hésiterais pas une minute.

— Et je ne lui ai pas donné tous les détails.

— Peu importe les bavardages. Ce qui est sûr, c'est que tu es repérée et recherchée : tu ne pourras plus t'exposer. D'une manière ou d'une autre, ils te prendraient un de ces jours, et Dieu sait ce qu'ils feraient de toi ? Sans doute comme la petite Cathy, la pauvrette !

— Tu crois qu'elle a parlé ? C'est peut-être depuis son arrestation qu'ils nous surveillent ?

— Je ne sais pas. Ce qui est certain, c'est qu'elle a dérouillé, la gamine !

— C'est terrible, c'est dégueulasse toute cette violence. Mais pourquoi les hommes sont-ils ainsi faits ?

— C'est certain, même les animaux n'agiraient pas comme ça entre eux.

— C'est bien l'homme le pire de tous ! Et pourtant, tout pourrait aller si bien, dans le meilleur des mondes.

— Ce n'est pas d'actualité !

— Pas vraiment.

— Allez, viens avec moi, je t'emmène chez des amis et, dans deux ou trois jours, les passeurs te prendront en charge.

Elles descendirent l'escalier sans bruit. Rose devançait Angélique. Elle poussa la porte d'accès à l'immeuble. A cet instant, une main saisit le bras d'Angélique qui poussa un cri d'effroi. Une voix qu'elle reconnut instantanément l'apostropha.

— Alors ma mignonne, on pense à nous fausser compagnie ? Je t'avais prévenue, je ne peux plus rien pour toi.

— Rose ?

— Un de nos meilleurs agents de renseignements. Ne cherche pas à comprendre. Tu t'es faite avoir. Comment crois-tu que nous ayons eu autant d'informations sur toi, et sur votre réseau, d'ailleurs ? Ta petite amie a été la première victime : une idéaliste comme toi, mais c'est fragile une gamine.

— Mais, Rose ?

— Remets-toi ; elle a peur des chiens, voilà tout. Allez, assez tergiversé, amène-toi, on va faire une petite balade.

Le commissaire était accompagné de deux hommes, grands, costauds, qui poussèrent Angélique à l'arrière d'une automobile. L'un des sbires s'installa à ses côtés, l'autre prit le volant.

— Je te laisse avec ces messieurs, Angélique Terrage. Adieu ! Emmenez le colis chez le « Bonze » ; nos amis prendront livraison. A demain.

— A demain, chef.

L'automobile démarra. Les deux policiers étaient austères, ils n'échangèrent aucune parole durant tout le trajet. Ils s'arrêtèrent devant un immeuble qui n'était pas le siège militaire allemand. La rue était déserte.

— Où m'emmenez-vous ?

— Tais-toi petite, et suis-nous. La Gestapo te récupérera demain matin.

— Oh, Charlot, un colis pour toi.

Angélique tenta le tout pour le tout :

— Laissez-moi partir, je vous en supplie ; vous êtes français.

— Vois-tu petite, j'étais en prison pour le restant de mes jours : la guerre est arrivée et on m'a fait sortir sans problème. Tu comprends que je sois reconnaissant envers mes libérateurs ? A ton tour d'en chier maintenant. Avec un joli petit cul comme le tien, tu n'as pas fini d'en voir ma belle ! Alors Charlot, ça vient ?

— J'arrive, j'arrive. Oh, mais c'est le père Noël qui m'envoie ce cadeau-là, un joli petit bout de femme.

— Tu ne l'abîmes pas, Charlot. C'est un colis pour ces messieurs.

— Tu me connais, Michel, avec les dames le « Bonze » est toujours correct ; allez ma grande, entre par là.

— Ne me touchez pas !

— Ne sois pas ridicule, on va faire que ça de te toucher, à partir de maintenant. Tu es juive ? Ou mieux, terroriste ? Ah, ah, la belle affaire !

Angélique perçut le vrombissement du moteur de l'automobile des policiers qui partait. Charlot, alias le « Bonze », la répugnait. La cinquantaine, il était bedonnant, de petite taille, épais, vulgaire, et ses grosses mains menaçaient de tripoter sa prisonnière à tout instant.

— Rentre par là, voilà ta chambre, mets-toi à l'aise !

Un ricanement débile accompagna le ventru qui s'éloignait. La pièce était sombre, malodorante, froide. Angélique en fit le tour, tâtonnant le long des parois pour se guider. Il n'y avait aucun meuble. Elle résolut de s'accroupir dans un coin et d'attendre en silence. Elle craignait le retour de son geôlier. Elle retenait même son souffle pour mieux percevoir ce qui se tramait autour d'elle. Avait-elle rêvé ? Elle avait cru entendre une plainte, un gémissement. Tendant l'oreille, plus aucun bruit ne lui parvenait. Elle se hasarda :

— Il y a quelqu'un ? Je suis Angélique, je suis prisonnière, et vous ?

Elle répéta une seconde fois sa phrase, mais sans obtenir de réponse. Quelques minutes plus tard, la porte s'ouvrit brutalement :

— Tu m'as appelé, ma cocotte !

— Laissez-moi ; ils vous ont dit de me laisser.

— Ils sont partis bien loin, tes copains. Et puis, je ne te ferai pas de mal, ma petite poule. Où es-tu, montre-toi donc.

Il l'aveugla bientôt avec sa lampe torche. Elle protégeait son visage de ses mains. Il la saisit par un bras et la souleva d'une seule impulsion de ses muscles puissants. Elle se débattit. Il la saisit par la taille. Malgré ses soubresauts, elle ne put se libérer de l'étreinte monstrueuse. Le gros homme bavait de désir.

— Calme-toi ma cocotte, là… Ne pleure pas, on va faire ça par derrière, il parait qu'on y gagne quelques centimètres.

— Laissez-moi, arrêtez.

— Le problème, c'est que je préfère les petites femmes aux cheveux courts, ta tignasse m'emmerde !

Il la plaqua au sol, la chevauchant dans une oppression encore plus forte. Elle poussa un cri d'angoisse ultime. Il venait de soulever sa tête en tirant brusquement ses cheveux, et appliquait la lame froide d'un coutelas sur son cou. Angélique râlait. Elle ressentait toute la chaleur de ce corps de mâle plaqué contre son dos et ses fesses, la lame glaciale de la mort sur ses chairs. Hurlant à son tour, le tortionnaire trancha d'un coup l'épaisse chevelure de sa victime et lança négligemment la touffe de cheveux blonds sur le sol.

— Merde !

D'un bond, le ventripotent s'élança vers la porte qui claqua sur son départ précipité. Angélique pleurait, elle avait mal jusque dans son âme ; elle porta une main sur son cuir chevelu qui la brûlait terriblement. Elle était humiliée, terrassée, et ses cheveux sur le sol qu'éclairait l'aube naissante étaient le symbole de sa chute vertigineuse vers l'enfer. Aux bruits de pas et de voix qui approchaient, elle se recroquevilla dans un coin de sa prison. Deux hommes vêtus de noir la dévisagèrent. Apercevant la touffe blonde, ils jetèrent un œil mauvais en direction du bourreau. L'un d'entre eux fit signe à la jeune femme de les suivre. Elle obtempéra, maintenant soumise et résignée. Dans la rue, on la bouscula vers un camion qui stationnait là, moteur en marche. Un soldat la poussa sans ménagement à l'arrière du véhicule, où se trouvaient d'autres captives. Aucune ne parlait. Certaines semblaient en piteux état, le visage tuméfié, les membres douloureux. Pourtant, toutes affichaient un regard où se lisait la résistance, ce même regard qui auréolait maintenant le visage d'Angélique. Après une demi-heure de trajet, le véhicule s'immobilisa. Les deux gardes sautèrent à terre, enjoignant à leurs prisonnières de les suivre. Elles descendirent à leur tour, hagardes, maladroites. Les militaires les pressèrent, toujours les injuriant, les menaçant. Toutes furent rassemblées dans une pièce, au rez-de-chaussée d'un immeuble. Elles se regardaient souvent, mais aucune n'osait prononcer une parole, traumatisées qu'elles étaient par la brutalité de l'interrogatoire que la plupart d'entre elles avaient dû subir. Quand on fit signe à Angélique de passer dans une pièce contiguë, elle crut devoir affronter la torture. Dans cette pièce plus petite, on avait disposé une table et deux chaises. Un homme en uniforme se tenait au centre du lieu. Il accueillit la jeune femme :

— Mademoiselle Terrage.

Son accent prononcé identifiait ses origines allemandes. Sans paraître aimable, il ne manifestait pas d'agressivité :

— Vous avez un passé chargé ! Asseyez-vous, je vous prie. Voyons.

A son tour, il compulsait un dossier qui ressemblait fort à celui que lui avait montré le policier français à l'origine de son arrestation.

— Vous avez des mœurs contre nature : vous êtes lesbienne. Vous avez longtemps fréquenté des juifs, bien que vous ne le soyez pas vous-même. Et, en plus de tout ça, vous êtes communiste. Savez-vous que pour un seul de ces griefs vous risquez la peine de mort ?

— Je ne suis pas…

— Taisez-vous. Vous n'avez pas la parole. Ce que je dis est vrai.

Il tourna un moment autour d'elle. La toisant, il ajouta :

— Si j'avais le choix, je vous garderais avec moi, mademoiselle Terrage. Vous pourriez m'être très utile. Mais je ne suis que votre juge, et pas votre maître. Comme j'ai de l'estime pour votre talent de comédienne, je vous évite la mort, pour l'instant. Nous avons besoin de beaucoup de main d'œuvre, en Allemagne, pour surmonter notre effort de guerre. Vous serez déportée dans un camp où vous travaillerez pour les Allemands. Passez par là.

Il lui désignait une des deux portes de sortie. Angélique supposa que l'autre était celle des condamnées à l'exécution capitale immédiate. Une femme en uniforme lui montra la direction à prendre : au bout d'un long couloir, elle lui ouvrit la porte d'une nouvelle pièce où se trouvaient déjà plusieurs prisonnières. Angélique les dévisagea une à une : c'étaient des passagères du camion. Elles ne parlaient pas, et Angélique s'en étonna à nouveau :

— Pourquoi ne parlez-vous pas ? Personne ne peut nous entendre ici, tout de même.

Pas de réponse ; la jeune femme crut comprendre. Ces femmes avaient été battues et leurs blessures en témoignaient. Sans doute avaient-elles été arrêtées suite à une dénonciation, comme elle-même, mais Angélique n'avait pas subi de sévices apparents, hormis sa chevelure tailladée.

— Vous vous méfiez de moi ? Bon, je vais parler la première, après, vous ferez ce que vous voudrez. Je vais parler bas pour que les Chleuhs ne risquent pas de m'entendre.

Les autres se regardèrent, elles formaient déjà un cercle et Angélique se plaça au centre :

— Je m'appelle Angélique Terrage. Je suis comédienne et chanteuse de music-hall, vous avez peut-être entendu parler de moi : mon nom de scène était Ophélia. Une amie de longue date, en qui j'avais mis toute ma confiance, m'a donnée, enfin je crois. Je militais avec le groupe du Blaireau, à Montparnasse. On distribuait la presse interdite, et je servais d'agent de liaison pour recueillir et transmettre des renseignements concernant une usine chimique. Enfin, me voilà ; vous vous demandez pourquoi je ne suis pas plus amochée ? Je n'en sais rien moi-même, je n'ai rien compris. C'est un commissaire français qui m'a d'abord arrêtée ; et puis il m'a emmenée dans un immeuble où un dégénéré, un gros plein de soupe, qu'ils ont nommé Charlot, je crois, m'a séquestrée. Ils m'ont laissée un long moment seule, dans l'obscurité. J'ai entendu des plaintes ; j'en suis certaine, maintenant. Et puis j'ai appelé. Mais c'est le Charlot qui est arrivé, il m'a coincée sous lui et m'a menacée d'un coutelas. Alors que je croyais bien qu'il allait m'égorger, ce cinglé m'a coupé les cheveux que j'avais attachés en catogan. Je dois être belle maintenant ! Mais ça n'a sans doute plus d'importance. Les Allemands sont arrivés à ce moment-là, et ils m'ont emmenée au camion, avec vous. Je l'ai échappée belle : cinq minutes de plus et le gros me faisait mon affaire.

— Oh, et puis ça va. Qu'est-ce que ça peut faire, maintenant qu'on est prises ? C'est vrai, on se méfiait de toi. Arlette et moi sommes des prostituées. Ils nous ont ramassées hier soir par surprise, parce qu'à l'occasion on aidait les Résistants. Les flics, ils t'avaient emmenée chez le « Bonze ». Il n'aime pas les femmes, c'est pour ça qu'il t'a scalpée, il voulait que tu ressembles à un homme pour te faire ta fête !

— Le salaud ! Et en plus, ce sont des policiers français qui nous arrêtent !

— Le « Bonze » est un de leurs meilleurs indics ; ils le paient en lui livrant de la chair fraîche, si l'on peut dire.

— J'ai eu de la chance.

— Moi, je suis Eve, je faisais partie d'un groupe de Résistants, avec Jeanne et Gisèle, que tu vois là : le groupe de Milan, à Saint-Germain. Nos gars ont déjà tué plusieurs Boches, alors tu comprends pourquoi ils nous ont arrangées comme ça. Gisou n'a pas tenu le coup. Elle a craqué.

— Vos copains vont trinquer ?

— Non, je crois qu'on a gagné suffisamment de temps pour qu'ils échappent aux représailles, pour cette fois-ci, en tout cas. Mais il n'y a plus de groupe, il faut tout réorganiser.

— Moi, avec Rose qui a cafté, j'ai bien peur qu'on soit tous dans de beaux draps. Je me demande pourquoi elle a fait ça ?

— Sans doute la tenaient-ils au chantage. Elle aura eu peur, pour elle ou pour un proche.

— De toute façon, pour nous c'est fini.

— Que croyez-vous qu'ils vont faire de nous ?

— On a eu la bonne porte.

— Si on peut dire !

— Pourquoi ?

— Si tout ce qu'on raconte est vrai, il aurait peut-être mieux valu mourir tout de suite.

— On n'a même plus ce choix-là.

— Moi, je préfère vivre. Je veux vivre la tête haute et les poings serrés.

— Une idéaliste : c'est bien pour toi, si tu as la force d'encore et encore résister. Pour nous deux, ça va être moins drôle, je crois qu'ils vont nous garder pour se soulager. C'est encore le bordel qui nous attend, mais dans quelles conditions ? Je n'ose même pas imaginer.

— Ça ira peut-être, va, ce sont des hommes comme les autres, après tout.

— Tu crois ça !

La porte s'ouvrit brutalement, et un soldat énergique bouscula les six filles jusqu'au camion, où d'autres s'entassaient déjà. Plus tard, on les fit descendre dans une gare et, sans ménagement, on les pressa de rentrer dans un wagon déjà bien rempli. Toutes les six restèrent groupées. Elles se frayèrent un chemin jusqu'à la paroi opposée à la porte d'accès, qui, bien vite, coulissa dans un grincement métallique sordide. Le claquement de la fermeture se fit entendre comme une fracture définitive sur le passé. Le train s'ébranla. Angélique se remémora les paroles de l'officier : « Où vous travaillerez pour les Allemands. » Elle gardait aussi en elle la détermination d'Eve : « Je veux vivre la tête haute et les poings serrés. » Rapidement, il fit très chaud dans le container bondé. Certaines se déshabillèrent, d'autres tendaient leur visage vers le plafond afin de capter un peu d'air plus frais. Quelques-unes s'évanouirent. On tenta de s'écarter un peu pour les secourir. La peur tenaillait les esprits au rythme infernal du chemin de fer pour l'apocalypse. L'épreuve du voyage fut terrible, dans des conditions sanitaires insupportables, le désespoir au ventre, la soif et la faim montrant leurs tourments, l'horreur du néant en appelant à la mort lente et torturante. Après des heures et des heures de descente en enfer, le convoi s'arrêta brusquement. Les regards s'emplirent d'inquiétude. Au dehors, des cris incessants se répondaient, des hurlements dans la langue allemande, qui prenait ainsi des allures grotesques et débiles. Aux vociférations humaines, se mêlaient des aboiements, des grognements féroces de molosses à l'unisson de leurs maîtres. La porte coulissa, plusieurs femmes tombèrent sur le quai. Les Allemands criaient encore. Ignorant le sens des ordres hurlés, certaines hésitaient, et les militaires, armés de gourdins, les molestaient pour accélérer le débarquement. Les hommes enragés distribuaient les coups et quelquefois lâchaient les chiens qui semblaient vouloir dévorer les captives prises pour cibles. Un immense désordre envahit le quai. Des officiers intervinrent et les soldats s'employèrent à ramener le calme et un semblant d'organisation. Toutes les prisonnières s'alignèrent dehors, en piteux état, souvent très peu vêtues alors que la température était très fraîche. Quelques ricanements se firent entendre. Les chiens gémissaient maintenant. Le convoi se mit en marche. Angélique et ses cinq acolytes avaient pu éviter les débordements de violence au cours de cette arrivée tourmentée. Elles suivirent le mouvement, dociles, au paroxysme de l'angoisse, mais forcément serviles. La marche dura une demi-heure environ. Elles pénétrèrent dans un espace concentrationnaire où s'alignaient nombre de blocs identiques. On les parqua dans la cour, les gardes et leurs chiens les surveillaient. Un officier, que tous saluèrent avec un zèle affirmé, se présenta devant les centaines d'arrivantes. Il commença à trier les prisonnières en deux groupes. Deux femmes en uniforme le secondaient dans cette tâche. Eve, Gisèle, Jeanne et Angélique furent dirigées vers la gauche ; les deux prostituées vers la droite. Quand cette répartition fut terminée, le groupe de droite fut conduit plus loin. Celui de gauche fut rassemblé. Un gradé hurla des ordres ; un autre militaire traduisit :

— Vous allez être rasées et lavées. Déshabillez-vous ! Allez, posez vos vêtements, immédiatement. Bien, ceci étant fait, je vais vous expliquer, une fois seulement. Ensuite, à la moindre désobéissance, vous serez exécutées sur le champ et sans tergiversations. Il n'y a pas d'autre loi ici. Vous n'êtes plus des femmes. Vous n'êtes plus des êtres humains. Vous serez des numéros que nous allons tatouer sur vos avant-bras. Et il faudra toujours répondre à l'appel de votre numéro. Vous serez des travailleuses pour l'Allemagne. Vous irez, pour dormir, dans le bloc numéro 15. Avancez maintenant en ordre, nous allons procéder à la désinfection.

D'un naturel rétif, Angélique aurait voulu réagir, se révolter devant tant d'injustice et d'inhumanité. Mais Eve avait serré les poings et regardait le ciel, bien au delà de l'univers carcéral. La jeune femme imita sa compagne. Gisèle et Jeanne firent de même. Deux femmes attrapèrent Angélique par les bras, la poussèrent sous une douche rapide, l'assirent sur une chaise en métal, lui rasèrent le crâne, puis, la relevant, passèrent grossièrement la tondeuse sur son pubis. Toutes subirent le même sort. On les aligna sans qu'elles puissent se sécher, toujours nues, dans le froid mordant de l'extrême est de l'Allemagne. Angélique serrait poings et dents. Elle contractait tous les muscles de son corps dans sa sensation de résistance. Elle suivait Eve, longue et mince, à la peau très blanche, comme elle-même devait apparaître à sa suivante. On leur désigna enfin des vêtements, sortes de pyjamas rayés à la façon de ceux des bagnards. Des ordres fusèrent. La file reconstituée se mit en marche dans une autre direction. Il y avait maintenant, devant elles, un amoncellement considérable de chaussures.

— Choisissez dans votre pointure des souliers pour le travail.

Ainsi fut fait, puis toutes se retrouvèrent dans une pièce immense qui servait de réfectoire. On y distribuait des rations de soupe claire et un morceau de pain noir et dur. Chacune avala sa part de liquide insipide et prit son pain. Enfin elles rejoignirent le bloc 15, où elles durent s'entasser à trois par couchette étroite. Angélique partagea la sienne avec Gisèle et Jeanne. Eve avait été retenue par un militaire qui l'avait emmenée ailleurs.

— Ça ira ?

— Il faudra bien.

— On est en enfer.

— C'est pire que ça !

— Les filles : il va falloir résister ; et Dieu sait ce qui nous attend encore.

— Ces derniers temps, on a eu notre compte.

— En effet, le « Bonze » a dû drôlement tirer sur ta tignasse, il t'a carrément arraché du cuir chevelu, ce sadique !

— Oui, j'ai encore mal, et tout à l'heure, avec leur tondeuse, ça m'a brûlée. C'est bizarre, quand j'ai vu mes cheveux par terre, à côté de moi, j'ai cru que j'étais un peu morte ou que quelque chose en moi mourait. Je garderai toujours cette image dans mon souvenir. Mais vous, ça va ? Ton œil, Jeanne, il n'est pas trop douloureux ?

— Non, ça va aller, ce n'est rien. Un œil au beurre noir, la belle affaire ! Mais j'ai surtout mal aux côtes, ils m'ont tabassée à coups de pieds, je m'en suis évanouie ! Pour tenter de me faire avouer, ils me plongeaient la tête dans une baignoire pleine d'eau ; j'étouffais, et j'ai bien cru que j'allais y passer. Quand ils ont vu que je ne parlerais pas, ils se sont énervés et ils ont cogné, cogné.

— Après, ça a été mon tour. Ils m'ont arraché mon chemisier et ensuite m'ont pincé les tétons avec des sortes de pinces de forgeron. J'aurais avoué tout ce qu'ils voulaient si j'avais su quelque chose.

— Tu ne savais rien ?

— Enfin si, mais j'avais décidé d'oublier. Ensuite, alors que je me tordais encore de douleur, ils m'ont rentré les doigts dans un truc à serrer, avec une grosse vis, et ils ont serré jusqu'à m'écraser les phalanges. Ce qu'il y a de terrible avec la douleur, c'est qu'à partir d'un certain stade, on a tellement mal que ça endort les réactions. Là, j'aurais bien dit, mais je ne pouvais plus parler tant je souffrais. A la fin, quand ils ont su que j'étais mûre, ils m'ont jetée sur le sol et m'ont traînée par les pieds jusqu'au couloir. A demi inconsciente, j'ai assisté à la torture sur Eve. Ils ne l'ont pas ménagée, les salauds. Ils l'ont humiliée, battue, violée. Elle criait, criait.

— Elle n'a pas parlé non plus ?

— Eve ? Bien sûr que non ! Ils ont bien failli la tuer. Là, je n'en pouvais plus de la voir dans l'état où ils l'avaient mise. J'ai crié que j'allais tout leur dire, pourvu qu'ils la laissent vivre. Ils ont ri ; et puis l'un d'entre eux les a enfin arrêtés. Je crois qu'il a réussi en les persuadant qu'il fallait la conserver pour plus tard. Allez savoir ce qu'ils avaient encore inventé, pour plus tard ?

— Le sexe, toujours le sexe, ces gros cochons !
— Tais-toi, ne parle plus comme ça, ici. S'ils t'entendaient…
— Et alors, qu'est-ce que tu crois ? De toute façon, on n'en sortira pas vivantes.
— Moi, je veux vivre, les filles. Et je voudrais que vous viviez aussi toutes les deux.
— Ça !
— On résistera, les poings serrés, la tête haute, et on s'en sortira.
— Il nous faudra une sacrée dose de chance, alors.
— On a encore été du bon côté : celui des travailleuses.
— Ah bon, et les autres ?
— Ce que tu es naïve ! Les autres, toutes au bordel !
— Arrêtez les filles, pas ça.
Une quatrième jeune femme venait d'intervenir.
— Je suis là depuis trois mois, comme la plupart des occupantes du bloc 15. Ici il y a beaucoup de Françaises. Vous avez peut-être raison : le tri vous a été favorable, vous êtes en vie.
— Tu veux dire…
— Oui, ils les ont gazées.
— Quoi ?
— Gazées, et ensuite brûlées. Les chaussures que vous avez aux pieds, elles leur appartenaient peut-être bien.
— Mais, ça n'a aucun sens ; pourquoi font-ils ça ?
— Ce sont des assassins. Ils tuent d'abord systématiquement les juives, et puis toutes celles qui ne leur plaisent pas, celles qui sont chétives ou qui ont une mauvaise gueule à leur jugement. Allez savoir ? Surtout, faites attention, à la moindre tentative de rébellion ou d'évasion, ils ne vous rateront pas ; c'est la pendaison, en public bien sûr, ou la fusillade dans le couloir de la mort, ou le gaz, ou encore la piqûre empoisonnée, mais ça, c'est plutôt réservé à celles sur lesquelles ils tentent des expériences chirurgicales. Ils ne manquent pas de moyens, ni d'imagination. Le pire, ce sont les chiens, ils sont dressés pour tuer.
— Moi, j'aime bien les chiens, et en général ils m'aiment bien.
— Arrête ça ; nous ne sommes plus sur terre, avec des humains. Ici, c'est l'enfer, avec des monstres. Imagine : si un chien avait

l'idée de se faire caresser, ils le tuerait sur le champ. Je te dis qu'ils sont complètement fous. Enfin, vous verrez bien assez tôt. J'espère que vous vous en tirerez. Ah oui, aussi, à n'importe quel moment, et pour n'importe quel prétexte, ils peuvent vous attraper pour vous rouer de coups sur une sorte de chevalet. C'est la schlague, ça les amuse terriblement. Et je pourrais encore vous en raconter : par exemple qu'ils apprécient particulièrement de nous voir nous battre entre nous. Et quand une bagarre éclate, après le spectacle, si les rivales s'en sortent, ils leur font la peau. Il y a trois jours, je crois, ils ont pendu une Russe parce qu'elle avait pris la pelle d'une de ses collègues. Vous ne l'avez pas aperçue, elle est encore pendue. Ils vont la laisser jusqu'à ce qu'elle pourrisse.

Les trois jeunes femmes restèrent prostrées, silencieuses, terrorisées. Angélique, la première, s'allongca. Ses deux compagnes l'imitèrent bientôt ; toutes les trois serrées les unes contre les autres, peut-être pour partager la chaleur de leurs corps, et sans doute pour conserver des sensations d'humanité. Elles s'assoupirent un peu, mais ne trouvèrent pas le chemin du sommeil. Des visions cauchemardesques hantaient leur imagination, assaillaient leur sensibilité.

La vie s'organisa sans que son déroulement démentît les avertissements proférés. Le camp rassemblait plusieurs milliers de détenus : essentiellement des femmes, mais aussi quelques centaines d'hommes parqués dans un quartier isolé. Les travaux consistaient principalement en du terrassement destiné à agrandir le camp. Quelques-unes étaient affectées à des tâches *a priori* moins dures, mais un jour, elles disparaissaient, sans doute immolées à leur tour ou dirigées vers d'autres camps. Celles-ci avaient pour rôle de récupérer, trier et stocker les habits, les chaussures, les cheveux même, des prisonnières. Quelques-unes, enfin, étaient réquisitionnées aux cuisines ou à l'infirmerie. On sut qu'Eve, étant médecin, avait été admise à cette unité particulièrement sollicitée. Seules les blessures légères étaient soignées ; les plus sérieuses donnaient lieu à une euthanasie expéditive pratiquée par les gardiens eux-mêmes.

Gisèle, Jeanne et Angélique piochaient, pelletaient pendant une douzaine d'heures, quotidiennement. La peau sensible des mains, les muscles dorsaux et lombaires furent mis à dure épreuve. Les travaux étaient pénibles et la nourriture plus que chiche. Dans ces conditions, les forces s'épuisaient rapidement ; seules les plus robustes résistaient. Angélique fut de celles-ci, peut-être par harmonie physique, mais aussi et surtout par acharnement mental à vouloir survivre.

Un matin, alors que les femmes accomplissaient leur travail de titans, le gardien que l'on nommait William éprouva-t-il un excès de tendresse envers Jeanne ? Il s'approcha du numéro 15334, l'observa un bon moment, puis, sans retenue, la saisit par les reins. Surprise, elle eut le mauvais réflexe de se débattre. De sa pelle, qu'elle avait bien en mains, elle asséna un coup dans les jambes de son agresseur qui hurla sa douleur, puis sa colère. Il se rua alors sur la jeune femme et la contraignit à le suivre. Jeanne criait sa peine et sa peur, mais aussi sa haine et sa révolte. Un élan insoupçonné de solidarité traversa les consciences de la dizaine d'ouvrières qui travaillaient dans ce secteur. L'une d'entre elles se saisit d'une pierre qu'elle lança sur le soldat, bien vite suivie par ses collègues qui se ruèrent à l'assaut de leur cerbère. D'autres gardes accoururent instantanément et maîtrisèrent tout aussi rapidement la mutinerie. William reconduisit lui-même les révoltées jusqu'au camp. Averti du désordre, l'officier supérieur intervint :

— Déshabillez-vous, immédiatement ! Vous, les Françaises, vous n'êtes jamais domptées. Eh bien, nous allons voir si vous avez encore la force de courir. Rangez-vous ici. Bien ! Vous voyez la mitrailleuse, là-bas ; je compte jusqu'à cinq et elle se met en marche. La vie sera épargnée à celles qui arriveront au bout du couloir. Alors, courez mes gazelles !

Le couloir des fusillées, le couloir de la mort : jamais aucune condamnée n'arriva au bout. Couloir du supplice, antichambre du néant, mues par une sourde volonté de vivre encore une seconde, encore une foulée, les femmes s'élancèrent. Une silhouette fine, poings serrés, le regard rivé vers les cieux, ne bougea pas. Elle s'effondra la première sous l'atroce crépitement.

Toutes étaient alignées dans la cour, c'était l'hiver, il faisait très froid. Les Allemands faisaient l'appel du soir, qui durait quotidiennement deux longues heures. Quand la voix gutturale prononça le numéro 15335, Gisèle ne bougea pas. La voix répéta le nombre fatidique. Personne n'avançait. Une gardienne se précipita vers Gisèle, examina son bras et l'entraîna à l'écart. Elle lui fit poser ses vêtements puis la projeta contre le chevalet maudit, plaqua sa poitrine sur l'engin, coinça ses jambes à l'aide d'une traverse, attacha ses poignets, ses chevilles. La schlague commença dans un bruit sourd et sordide. On n'entendit aucune plainte. Angélique serrait les dents, retenait des pleurs de désespoir. Quand le bourreau cessa enfin d'asséner les coups de nerf de bœuf, il délia sa victime dont le corps s'affaissa. Apercevant le rictus figé sur le doux visage de Gisèle, Angélique comprit que la vie l'avait abandonnée.

Le temps avait passé. Angélique, ou ce qui restait d'elle, résistait encore. Elle était là depuis approximativement vingt mois. Le printemps pointait son nez : un pinson, un merle dispensaient leurs chants d'amour. Amaigrie, voûtée, tremblotante, la jeune femme souffrait d'une main ; elle demanda à une gardienne la possibilité de se faire ausculter à l'infirmerie. L'autre la toisa, un sourire suspicieux aux lèvres. Puis, peut-être enfin apitoyée par le rachitisme, la laideur, la faiblesse de cette femme sans âge, elle lui fit signe qu'elle pouvait y aller. On l'accueillit donc dans l'hôpital improvisé. Une grande femme approcha de la malade :

— Je te connais toi, regarde-moi.

Une larme coulait sur les joues creuses.

— Mais oui, tu es la chanteuse parisienne ! Ma pauvre, viens vite par là, vite, je te prends en main. Mais, tu es une véritable miraculée. Tu sais que tu dois être une de celles qui as tenu le plus longtemps.

Avec le peu de forces qu'il lui restait, Angélique serra ses poings et perdit son regard vers l'infini. Eve lui sourit :

— Je suis fière de toi. N'aie crainte, je vais te sortir de là. Dès que tu iras mieux, dans une quinzaine de jours, je t'expliquerai, tu feras comme je te dirai. Accroche-toi, on va y arriver.

Angélique ne savait rien de l'évolution de la guerre, mais Eve avait quelques renseignements qui lui permettaient d'espérer que, bientôt, l'armée russe écraserait son homologue allemande. Elle savait que ce n'était plus qu'une affaire de quelques semaines pour enfin retrouver la liberté. Elle s'appliqua à soigner Angélique qui, après une vingtaine de jours, pouvait à nouveau s'alimenter normalement, marcher, sourire même.

— Je crois pouvoir m'occuper de toi encore une petite semaine. Chaque jour te sera profitable, crois-moi. Je te résume la situation : on sera vite libérées maintenant. Les Russes approchent. Mais je ne veux pas que tu retournes au travail, tu ne tiendrais pas longtemps, et une rechute te serait fatale. On a réussi toutes les deux à recréer un équilibre dans ton corps, mais il est précaire, et le restera un certain temps. Tu as déjà une chance inouïe de ne pas avoir attrapé le typhus ou une autre maladie.

— Le typhus, ce sont les bêtes qui le transmettent, d'après ce que j'ai compris, et je n'ai jamais eu de poux ou de puces. Un vieil homme qui connaissait beaucoup de secrets des choses de la nature m'avait enseigné la façon de procéder pour que les chiens ne soient jamais contaminés par les parasites : il suffit de leur confectionner une paillasse avec des feuilles de noyer. Il y a plusieurs de ces arbres dans un coin du camp. C'est un endroit interdit, mais je me suis cachée pour cueillir les feuilles protectrices. Le gros problème a été de les empêcher de moisir. Je crois que ce procédé m'a sauvé la vie.

— J'en suis certaine.

— Et puis, avec Jeanne et Gisou, on avait un truc pour récupérer l'eau de pluie et pouvoir la boire avant qu'elle ne soit souillée.

— C'est la débrouille, ça t'a réussi ! Mais avec tes feuilles répulsives, tu me surprends et je te félicite. Il faut croire que ton vieux sorcier était près de toi dans l'épreuve.

— Le Ragoutin des Combrailles est toujours avec moi, je veux dire avec mon souvenir.

— J'espère que le cerveau n'est pas atteint ?

— Je te jure…

— Mais je plaisante ! C'est ce mot que tu viens de prononcer, ce n'est pas très français.

— Non, c'est limousin.

— Bon : mon plan maintenant. Rappelle-toi, tu étais comédienne.

— Oui, et alors ?

— Alors, il faut que tu joues le rôle d'une infirmière confirmée, et je me fais fort de te garder ici pour m'aider. J'ai vraiment besoin de quelqu'un. Mais ils ne s'y tromperont pas, il faut absolument que tu sois convaincante : ils t'observeront. Nous avons quelques jours pour nous entraîner, pour répéter. Je vais t'apprendre quelques astuces et rudiments. Si tu réussis ce coup-là, tu as gagné et tu t'en sortiras, sinon c'est la fin.

Ce quitte ou double avait des allures de jeu macabre, mais Angélique n'avait pas le choix. Ce rôle la passionna d'ailleurs plus qu'un autre, et Eve parvint a la garder à ses côtés.

Pendant trois mois, la jeune femme, transformée par nécessité en soignante, prodigua son aide précieuse à nombre de ses congénères malades ou blessées. Elle fut souvent surprise de constater le formidable pouvoir thérapeutique que représentait l'amélioration psychologique des patientes. Angélique possédait une capacité particulière et formidable à transmettre l'espérance. A certaines, elle faisait serrer les poings, à d'autres, elle fredonnait l'air d'une chanson qui enivrait les consciences réceptives. Enfin elle transmettait la solidarité rassurante, la fraternité réconfortante, une humanité à toute épreuve qu'elle avait su garder intacte en elle.

Un matin d'avril 1945, une grande agitation perturba la vie du camp. Les prisonnières ne furent pas conduites aux chantiers. Après l'appel, les Allemands avertirent que toutes partaient vers un autre camp, que la marche serait longue, mais qu'il était désormais vital de quitter les lieux. L'impressionnant cortège entama bientôt son périple à travers l'Allemagne, encadré par les gardiens et leurs chiens. Eve était du voyage, mais on crut bon devoir laisser Angélique à la garde de la centaine de malades soignées à ce moment-là. Deux jours plus tard, les soldats russes arrivaient à Ravensbrück, et avec eux la délivrance.

LES COMBRAILLES

Une année avait passé. Angélique avait reçu des soins intenses dans un hôpital de l'est de la France, après son rapatriement. Plusieurs mois durant, son organisme fut l'objet d'une reconstitution progressive et rigoureuse. Quand elle put rentrer à Paris, elle retourna à son appartement. Elle en trouva la porte scellée, et dut accomplir des formalités administratives compliquées et contraignantes pour récupérer son bien. On lui demanda ses papiers d'identité qu'elle avait forcément égarés après son arrestation et sa déportation. Elle se fit adresser un certificat de naissance des services de la mairie de Biaule. Ensuite, on lui demanda de prouver son identité sur déposition de deux témoins.

Afin de retrouver des personnes aptes à se porter garantes de sa personne, elle se rendit à Montparnasse. Pendant toute la journée, elle rechercha d'anciens amis, en vain. Elle se rendit au café des copains, mais le trouva bien changé. Les copains n'étaient plus là. Enfin, elle pensa à Roland, mais il ne vivait plus à Paris. En désespoir de cause, elle revint vers les services administratifs de la préfecture afin de tenter d'expliquer à nouveau son cas. Un jeune homme la reçut :

— Voyons, vous êtes déjà venue. Oui, c'est cela, il vous faut des papiers d'identité, perdus pendant la guerre. Votre nom : Terrage Angélique. J'ai connu… Non, ce n'est pas possible !

Il leva les yeux, de grands yeux bleus éclairant un visage très pâle. Ces yeux, ce regard :

— Philippe ! Philippe ! La troupe Marvejol, Philippe !

— Ophélia !

Ce prénom résonna de la force du souvenir qui semblait tout à coup étourdir les deux amis qui se reconnaissaient.

— Ange, mais tu es morte ! La Gestapo t'a torturée et assassinée.

— Ni l'un ni l'autre : arrêtée, déportée, oui, mais ni torturée ni assassinée.

— Pourtant, c'est Rose qui nous a prévenus.

— Rose, qu'est-elle devenue, celle-ci ? C'est elle qui m'a dénoncée, et sûrement que c'est elle aussi pour Cathy.

— Je l'avais presque oubliée, la douce Cathy. Comme le temps passe. Rose, elle a disparu comme toi, prise par les Boches. Je suis le seul à m'en être tiré. Dès que j'ai su pour toi et Fernand, j'ai déguerpi avec Gilles et Jacques. On est passés en Angleterre. Tous les deux sont morts pendant le débarquement. J'ai eu de la chance, je m'en suis sorti avec les honneurs d'une simple blessure, légère même. Et toi, la déportation, tu reviens de loin.

— N'en parlons plus, laissons le passé où il est. Il y a tellement de zones d'ombre en plus ; je ne comprendrai jamais le rôle de Rose dans tout ça.

— Comme tu dis, essayons d'oublier, on ne refait pas l'histoire.

— J'ai besoin de papiers, Philippe, et puis il faudrait que je puisse rentrer dans mon appartement.

— Rassure-toi, tes problèmes sont terminés. On va trouver un bon serrurier ; je vais même t'accompagner jusque là-bas. Je te le dis : plus de problèmes. Rien ne vaut l'amitié.

— Comme tu dis ! C'est que des amis, je n'en ai plus beaucoup de vivants.

— Tu peux compter sur moi, si tu as besoin de quoi que ce soit.

— Je sais. Je te remercie, Philippe, tu es très brave, et je suis heureuse que tu sois en vie. Je veux seulement récupérer mon bien. Je vais tout vendre, et puis je rentrerai dans ma région natale, en Creuse. C'est décidé, je suis restée bien trop longtemps loin de mes racines.

— On ne résiste pas à l'appel du pays. Quand tout s'est écroulé, quand tout a changé, il reste ce lien profond qui nous unit à notre origine.

— Ce doit être ça. Tu es d'où, toi, je ne me souviens pas.

— D'ici, Ange, je suis cent pour cent parisien. Si tu savais comme ma ville, mon quartier, m'ont manqué quand j'étais en Angleterre ! Je suis trop sentimental.

— Tu me laisseras tes coordonnées. On ne sait jamais, si je revenais dans le coin, je te ferais signe, histoire de parler du bon vieux temps !

— C'est ça ; mais tu vas peut-être reprendre le théâtre, ou le music-hall ?

— Non, non, tout ça c'est fini.

— Mais alors, qu'est-ce que tu vas faire ?

— Je ne sais pas encore, on verra bien. Je garderai des chèvres, ou bien des oies.

— Des chèvres ou des oies ? !

— Pourquoi pas ? Il n'y a pas de sot métier. Et puis, j'ai besoin de retourner aux sources, j'ai besoin de respirer l'air pur des Combrailles, de boire son eau limpide, de voir ses aubes mystérieuses, ses crépuscules magiques, j'ai besoin de tout ça.

— Alors, si tu ne joues plus et ne chantes plus, tu vas écrire.

— Bonne idée, très bonne idée.

— Allez, on y va ? Attends-moi en bas, dans le hall. Je demande à ma collègue de préparer tes papiers pour cet après-midi ; et nous, on va ouvrir ta porte.

Après avoir recouvré une santé à peu près normale, Angélique se rendit compte qu'il lui fallait aussi réapprendre à vivre. L'univers concentrationnaire laisserait à jamais des traumatismes qu'il faudrait surmonter chaque jour. Quand une cloche sonnait, c'était l'appel des prisonnières qui allait débuter, l'appel interminable dans le dénuement total, dans le froid glacial, les poings serrés, la tête haute. Quand une fumée épaisse s'élevait de la cheminée d'une usine, c'étaient les âmes des martyrs qui rejoignaient l'errance des cieux abandonnés de l'espérance. Et puis la foule, la foule et la terrible angoisse de la sélection ; chaque jour, des dizaines de numéros étaient dirigés vers la porte de l'oubli.

Angélique devait partir. Elle devait rejoindre Bardane, le seul endroit où elle pourrait retrouver la paix. Elle dut toutefois attendre encore deux mois avant de pouvoir vendre son appartement. Cette période, pendant laquelle elle marcha dans les pas de ses premières années passées à Paris, lui permit de retrouver une certaine sérénité, de maîtriser sa peur chronique, de ressaisir un semblant de normalité parmi ses congénères.

Elle prit le train un matin de mai 1946, le train du retour, vingt et un ans après son départ précipité d'Evaux-les-Bains. Le nom de la bourgade creusoise résonna. Le chef de gare annonça : « Evaux-les-Bains, deux minutes d'arrêt. » Angélique descendit précautionneusement. Le jeune homme qui la suivait lui adressa un regard compatissant, celui qu'on échange avec une personne handicapée pour lui communiquer que l'on comprend et que l'on sera patient et bienveillant. C'est qu'Angélique foulait le sol creusois avec une émotion qui l'avait un instant paralysée.

— Voulez-vous que je vous aide à porter votre bagage ?

— Oh merci, vous êtes gentil, mais ce n'est pas très embarrassant, merci encore. Je vais bien me débrouiller, ma valise est si petite.

— C'est bien normal de se rendre service, je vous voyais là, tellement hésitante.

— Excusez-moi, mais il y a si longtemps que j'avais quitté mon pays.

— Vous êtes creusoise ?

— Oui.

— Et vous êtes partie ?

— Loin et longtemps !

— Vous avez bien fait de revenir : la Creuse, c'est le plus beau pays qui soit, mais il ne faut pas trop le répéter, tout le monde y viendrait.

— Vous m'amusez, jeune homme. Ça fait du bien de plaisanter un peu.

— Il faut sourire et rire, c'est bon pour la santé.

— Si vous le dites.

— Je m'en vais par là, je vous laisse ; peut-être à bientôt.

— Sans aucun doute, dans notre si beau pays !

Il s'éloignait déjà et Angélique souriait. Elle aurait bien voulu avoir quelques années de moins et partager encore l'enthousiasme de la jeunesse. Elle ressassait, depuis sa convalescence, qu'elle n'était pas très âgée : trente-sept ans, c'était bien encore jeune ! A cet instant, par une espièglerie du hasard, elle aperçut son image dans une vitre de la gare. Elle s'approcha d'un pas, regarda plus précisément et se dit : « Comment est-ce possible d'avoir été une aussi jolie rose et d'être devenue un aussi vilain gratte-cul ! » C'était une réflexion qu'elle avait souvent entendue dans la bouche du Ragoutin évoquant quelque femme du village ou des alentours. La dure constatation s'appliquait-elle aujourd'hui à elle ? La vitre était poussiéreuse et sa surface imparfaite ; elle ne pouvait honnêtement servir de psyché. A peine rassurée, Angélique se demanda si l'esprit du vieil homme ne venait pas de l'accueillir ici, en ses terres, par ce clin d'œil du souvenir.

— Bonjour madame, vous avez besoin d'un renseignement ?

— Je dois me rendre à Biaule, mais il y a bien longtemps que je ne suis revenue par ici. Je ne sais pas bien ce qui m'attend là-bas ?

Le chef de gare lui sourit :

— Biaule, c'est un joli village.

— Oui, si on veut. Mais je vais devoir trouver un logis.

— Vous avez de la famille là-bas ?

— Ma mère, mais je ne vais pas l'embêter, j'irai à l'hôtel.

— Voilà : à l'hôtel à Chambon, ce sera plus près.

— Oui, oui, c'est ça, je vais faire comme ça. Bon, il faut que j'aille à Chambon.

Tout en parlant, elle était sortie du bâtiment. Le soleil brillait de tous ses feux. Le printemps creusois avait des airs de paradis terrestre. La gorge d'Angélique se serra quand elle aperçut, appuyée contre le mur de la gare, une bicyclette. Allait-elle l'enfourcher et, cheveux au vent, descendre jusqu'à Chambon ? Non, tout de même !

— Je vais appeler le taxi avant que vous ne voliez mon vélo !

— Je n'en ferai rien.

— Vos yeux disent le contraire !

— Laissez-les dire, ils sont facétieux.

— C'est bien ce que je me disais.

Il revint quelques minutes plus tard :

— Le Marcel arrive, il termine une course et sera là d'ici un petit quart d'heure.

— Il ne faut pas être pressée.

— Oh, excusez-le ; mais ici, un quart d'heure, ce n'est pas très long. Et puis, vous pouvez aller prendre un verre chez Léon, en face, pour patienter.

— Je plaisantais l'ami, allons : qu'est-ce qu'un petit quart d'heure quand on a l'éternité devant soi ?

— L'éternité ?

— Oh oui, l'éternité.

En un instant, les images d'apocalypse affluèrent à son esprit : les lourds nuages du tourment incessant, la peur, l'angoisse, la douleur — la sienne et celle des autres — la spirale obsédante du néant, et puis les poings serrés, le regard tourné vers l'infini, encore et toujours l'espérance, au delà de l'horreur de la nuit sans fin.

Elle ouvrit ses mains tout de suite caressées par la douce chaleur des rayons du soleil merveilleux. Ophélia était-elle là aussi pour accueillir sa disciple, dame blanche mythique, enfant de la terre et du ciel ?

La chaleur, la lumière, l'air pur et limpide, comme la vie était belle. Angélique décida de marcher un peu pour occuper son attente. La fin de matinée conservait quelque fraîchcur aux endroits ombragés. Elle atteignit bientôt les faubourgs de la petite ville. Chambon était tout près. Elle pensa à Eve et à toutes ces femmes qu'on avait alignées et forcées à marcher à travers l'Allemagne. Chambon n'était qu'à cinq petits kilomètres, et elle avait retrouvé ses forces physiques. Volontaire, encouragée par une légèreté enfantine, elle entama le périple. La gorge creusée par les rivières s'ouvrait devant elle. Le paysage était charmant : la bourgade se cachait au fond de la vallée, au confluent de la Voueize et de la Tardes, surmontée de plusieurs bosses d'un relief arrondi et verdoyant. C'était cette couleur chatoyante, voluptueuse, avec ses tons pâles, crus, sombres, qui ornait le tableau triomphal de la nature embellie. Marquant un arrêt devant le site enchanteur, Angélique ne put empêcher son bras de décrire un vaste geste vers l'horizon, et son souvenir de lui faire prononcer, entre ses dents, d'une voix juvénile de sauvageonne : « Tu es l'enfant des Combrailles ! » Un gros nuage blanc dessinait à cet instant une masse moutonneuse que la jeune femme interpréta comme un signe de son passé qui assaillait ses sentiments.

— Ragoutin, peut-être es-tu dans les nuages ? Me vois-tu ? Je reviens vers toi, vers tes champs et tes bois, vers nos chemins creux.

Elle repartit d'un bon pas, ajoutant à son monologue :

— Comment ai-je pu rester si longtemps loin de toi ?

Le village de Bardane n'était pas très loin du bourg de

Chambon. Arriver à Bardane, aller voir aux Aubrelles, la maison des communs du château, Antoinette. La dernière lettre reçue de sa mère datait d'environ une dizaine d'années. Elle lui avait répondu et lui avait adressé quelques autres courriers, avant 1940, mais n'avait pas reçu de réponse. Que trouverait-elle là-bas ? Peut-être serait-il plus judicieux d'aller à Biaule et de s'instruire de la situation présente ? Devant tant de doutes, Angélique hésitait et ne savait comment s'y prendre. Il lui fallait sans doute le temps de la réflexion. S'asseoir sur un banc public, faire une pause, regarder jouer des enfants, regarder passer les gens… Il faudrait pourtant prendre une décision. Il faudrait, de toute façon, y aller. Alors pourquoi attendre plus ? Elle continua, puis s'arrêta devant le café de la Promenade. Elle s'assit en terrasse.

— Bonjour madame, vous prendrez ?

— Je ne sais pas. Donnez-moi un jus d'orange.

— A cette heure-ci ?

— Oui, un jus d'orange.

— C'est comme vous voudrez.

A l'intérieur, plusieurs hommes étaient appuyés au bar, ils discutaient, enthousiastes, heureux de vivre et de partager un moment de détente devant un verre d'apéritif.

— L'eau va monter, ça va être bon !

— Un peu mon neveu. Il y a un moment que j'attends ça. Avec cette fraîcheur du vent d'est, il n'y avait pas moyen. L'orage aura fait du bien.

— S'il faut ça pour avoir de l'eau, ma foi, ce sera toujours ça.

— Le vent d'est, c'est le vent de la misère. Il y avait au moins trois mois que ça durait. Avec cette saloperie de matins froids, rien ne poussait ! Je n'ai même pas encore planté mes patates.

— Oh, il y a bien le temps de faire les patates, les saints de glace ne sont pas passés, alors !

— Oui, c'est vrai, mais quand même…

— Quand même, quand même, vous, les vieux, vous voulez toujours commencer les jardins trop tôt. Après, ça gèle, et ça cause.

— Et ça boit, et ça fait gagner des sous à la Josette.

— Ma foi, c'est toujours ça !

— Tu n'as pas vu l'Albert ?

— Eh non, j'ai su qu'il avait perdu une vache. Il doit s'en vouloir, lui qui aime tant ses bêtes. C'est des choses qui arrivent, malheureusement ; c'est la faute à pas de chance.

— Ah, il faut dire qu'il a un beau domaine, un des plus beaux du pays.

— Salut la compagnie ! Qu'est-ce que je vois : les hommes dedans et les jolies filles dehors ? Bonjour mademoiselle !

Elle répondit par un sourire, fixant celui qui l'avait remarquée.

— Approche donc par là, toi, l'artiste, en première page de *La Montagne*. C'est qui là, oui, oui, là !

— Bon sang, ils parlent de nous.

La vie intense de ce lieu de rencontres, ces palabres auxquelles elle ne comprenait rien, mais qui semblaient rassembler les hommes, cette ambiance chaude et conviviale, c'était, au fond, la même qu'à Montparnasse, qu'à Montmartre, autour de la grande table du café des copains.

— Je dois combien ?

— Cinq francs, merci. Vous n'êtes pas d'ici, vous ? Vous voyagez ?

— Je suis arrivée tout à l'heure, par le train, à Evaux.

— Vous êtes descendue à pied ?

— Oui, ce n'est pas très loin, et il fait si beau ; le pays est magnifique.

— Quand même, vous auriez pu prendre le taxi de Marcel.

— Je l'ai fait demander, mais je ne l'ai pas attendu.

— Ah ! et maintenant vous allez jusqu'où ?

— Jusqu'ici ; d'ailleurs, il va falloir que je prenne une chambre d'hôtel. Vous pourriez peut-être me conseiller dans mon choix ?

— Oh, vous n'avez pas beaucoup de choix, mais l'hôtel des Voyageurs n'est pas mal. C'est tranquille et propre, ça a bonne réputation.

— Allons-y pour les Voyageurs. Il est où cet établissement déjà ?

— Sur la route de Biaule, à deux cents mètres, vous verrez, juste après le virage, à deux pas d'ici.

— Merci encore et à bientôt.

— Bonne journée.

Après avoir réservé sa chambre et posé son humble bagage, Angélique décida d'aller jusqu'à Biaule.

En milieu d'après-midi, le bourg était désert, calme, serein.

— Je n'ai pas mangé depuis ce matin, et je n'ai même pas faim. C'est grave ! Eve me gronderait, elle qui me forçait à avaler les rutabagas du camp ! Si elle n'avait pas été là, je serais morte. Et je ne sais même pas ce qu'elle est devenue. J'espère vraiment qu'elle s'en est tiré ; après avoir sauvé tant de vies, ce serait terriblement injuste. Mais y a-t-il une justice ? Celle des hommes ? Mais là, c'est celle de Dieu. Et qui oserait aujourd'hui prétendre qu'il existe, celui-là, après tout ce qui s'est passé, après ce que j'ai vu ?

— On radote !

— Oh, pardon, excusez-moi, je ne vous avais pas remarqué.

— Ce n'est rien. Ici, tous les vieux parlent tout seuls ; mais vous, vous n'êtes pas d'un âge…

— Merci, n'en rajoutez pas. C'est justement à mon âge qu'une femme commence à se poser des questions.

— Bon, bon, je n'engagerai pas la conversation sur le sujet. Vous cherchez peut-être quelqu'un ?

— Eh bien, il faut que j'aille aux Aubrelles. Je dois voir madame Terrage, Antoinette Terrage, je crois qu'elle habite aux communs du château.

— Ah non, vous vous trompez. Madame Terrage habite bien sur la commune, mais pas aux Aubrelles.

— Ah bon, on m'aura mal renseignée, ce n'est pas grave. Dites-moi où elle réside, alors.

— Au Sureau, c'est juste à la sortie du bourg, sur le chemin qui mène à Bardane.

— Je sais, je sais, mais elle habite seule ?

— Oui, mais vous êtes bien curieuse. Vous la connaissez ?

— Excusez-moi, encore une fois, j'aurais dû commencer par me présenter : je suis Angélique Terrage, la fille d'Antoinette. Je ne l'ai pas revue depuis une vingtaine d'années, alors, avant de débarquer chez elle, j'avais besoin de quelques renseignements. Je ne savais même pas si elle était encore en vie. Je suis heureuse qu'elle le soit, j'ai tellement envie de la revoir, et tant de choses à lui dire. Bon, je vais y aller. Mais, vous, je ne vous connais pas.

— Euh, non, je suis un émigré, si l'on peut dire. Je suis originaire de Limoges. Pendant la guerre, ma famille est venue se réfugier ici. Nous sommes des Doucet, mon père était cousin germain avec le défunt Octave.

— Octave : une figure du pays ! Il est décédé ?

— Il y aura deux ans, cet hiver : le cœur. J'ai repris sa petite entreprise, je travaille dans le bâtiment.

— C'est bien, c'est très bien ; la vie continue. Octave a dû être content que son neveu lui succède.

— Je crois, oui, lui qui disait qu'il aurait bien aimé avoir un fils.

— Bon, j'y vais, à bientôt sans doute.

— Vous restez longtemps ?

— Je vais voir ; bonne soirée.

— Merci, à bientôt.

La demeure d'Antoinette n'était plus qu'à une centaine de mètres. Angélique aperçut une femme vêtue de noir, courbée vers le sol, dans le jardin contigu à la maison du Sureau. Son rythme cardiaque s'accéléra, un frisson la parcourut, elle aurait juré voir Adeline, sa grand-mère. La femme en noir s'était redressée et regardait arriver l'étrangère qui se dirigeait franchement vers elle. A quelques enjambées l'une de l'autre, elles se fixaient. Antoinette était encore un peu courbée ; était-ce là une contrainte de son corps face à l'usure du temps, ou bien était-elle prostrée devant celle qu'elle hésitait à reconnaître ? Angélique se tenait droite, plantée là, devant sa mère, le cœur battant la chamade, les poings serrés, la tête haute. L'émotion fit couler une larme qui glissa sur la joue de la jeune femme. Dans un effort surhumain, Antoinette réussit à prononcer : « Ma petite fille ! » Elles s'étreignirent enfin, et la chaleur de leur amour retrouvé retint longtemps, très longtemps, cet instant sublime. Elles n'échangèrent pas de paroles dans l'immédiat, tant le trouble était grand et oppressant, mais leurs mains unies ne savaient plus se séparer.

Plus tard, assises toutes les deux à l'intérieur, elles se racontèrent. Antoinette expliqua que Gabriel avait décliné, rongé par la maladie, qu'il était devenu irascible, violent même parfois. Quand il avait dû quitter le service de monsieur Jacques, et donc le logement des Aubrelles, tous les deux avaient sagement décidé de ne pas maintenir leur union. Antoinette avait été recueillie par les frères Cussejat, qui ne voulaient pas la laisser dans la misère. Ils louaient les terres de la petite ferme du Sureau, mais habitaient Bardane. La maison du Sureau était donc libre, et ils avaient trouvé un arrangement avec monsieur Jacques, le propriétaire, pour qu'Antoinette puisse l'habiter.

— Elisabeth vous a laissés faire ?

— Elle est morte, voilà bientôt dix ans de ça. Jacques a été généreux et reconnaissant envers moi.

— Mais tu vis comment, avec quel argent ?

— Je n'ai pas le sou, mais je me débrouille. Je ne suis pas impotente, tu sais, et j'ai très peu d'exigences.

— Tout de même ! Mais je suis revenue, je t'aiderai.

— Pas question, ma chérie. Je vis très bien comme ça ; j'ai ma petite pension de veuve de guerre : pas grand chose, mais ça va.

— Nous verrons cela, tu ne vas pas m'empêcher de m'occuper de ma mère !

— Angélique, j'ai beaucoup pensé à toi, j'ai très souvent espéré que tu reviendrais, mais je ne veux d'aide de personne. Je suis bien ici, je ne désire qu'une chose : être tranquille. Je suis heureuse de te revoir. Et si tu décidais de rester là, j'aimerais bien que tu me visites de temps en temps, ça me ferait très plaisir.

— Nous verrons cela, je te dis, maman. Je vais sûrement rester, alors nous aurons tout le temps pour nous organiser. Et je te promets de veiller sur ta tranquillité.

— Alors, c'est bien ma petite. Comme la vie est curieuse : te voilà revenue. J'aurais bien aimé que tu aies un enfant, une petite fille, pour pouvoir la tenir dans mes bras.

— Dis donc, comme tu y vas ! Je n'ai pas d'homme pour ça. Et avoue que ce n'est plus de mon âge.

— Ah ! vraiment ?

— Maman, je ne veux pas t'embêter avec mes histoires. Mais, pendant la guerre, j'ai été arrêtée et déportée, j'ai beaucoup trop souffert. Mon corps a vieilli trop vite. Aujourd'hui, ça va mieux ; je me sens bien dans mon pays, mais la jeunesse ne reviendra pas.

— Ma pauvre petite, on a tous notre lot de malheur. Tu voudrais m'aider, et c'est moi qui aurais dû le faire.

— Et comment, maman ? Tu n'y peux rien, et moi non plus, c'est la folie des hommes.

— Je n'aurais jamais dû te laisser partir.

— Rien n'aurait pu m'arrêter. C'était mon destin. Je te raconterai, tu verras, c'était passionnant, et tellement extraordinaire ! Je te jure : ça valait vraiment le coup !

— Oui, mais tu as vu où ça t'a entraînée.

— Ça n'a rien à voir. Les Boches m'ont prise parce que mes amis étaient juifs, et puis parce que je participais avec eux à la Résistance.

— Mon Dieu ! Ma pauvre petite…

— Laissons le passé où il est, et ton Dieu du même coup !

— Après-demain, il y aura une cérémonie au monument aux morts, pour l'anniversaire de la fin de la guerre. Tu voudras peut-être y assister ?

— Je ne sais pas. J'ai pris une chambre d'hôtel à Chambon. Je ne savais pas ce que j'allais trouver.

— Viens donc passer quelques jours avec moi, j'aurai grand plaisir à t'avoir près de moi, après si longtemps.

— Difficile de refuser, mais je ne voudrais pas gêner.

— Comment veux-tu ? Tu es ma fille, et je suis seule, toute seule.

— Bien maman. Ce soir je coucherai à Chambon, j'ai payé d'avance. Et puis, ce serait tard pour revenir. Mais dès demain matin, j'accepte ton hospitalité.

— C'est bien ma fille, c'est bien.

En rentrant vers Chambon, toujours à pied, Angélique tentait de remettre un peu d'ordre dans ses pensées. Tant de choses en même temps, tant de souvenirs, tant d'émotion, et puis cette impression d'un passé tellement proche qu'il semblait rattraper le présent. La jeune femme se sentait débordée, ivre d'une sérénité retrouvée.

Deux garçons d'une dizaine d'années progressaient à sa rencontre. Quand ils se croisèrent, elle leur adressa un bonsoir enthousiaste. L'un ne prit pas la peine de répondre, l'autre lui lança :

— Bonsoir madame.

Puis, courant à perdre haleine, il lança :

— La catin, la catin !

— Eh ! garçon, tu me connais ?

Celui qui n'avait pas répondu à son bonsoir aurait bien voulu fuir maintenant, comme son camarade l'avait déjà fait, mais cette femme encore si belle, si impressionnante, le charmait tellement qu'il profita de son intervention pour rester à proximité.

— Je ne vous connais pas, madame, mais c'est la Marie Tarasson qui a dit ça en parlant de vous.

— La mère de Louise ?

— Vous connaissez la Louise de Bardane ?

— Je connais beaucoup de monde ici. Mais, dis-moi, sais-tu pourquoi ils disent « la catin » ?

— Non madame ; je crois qu'ils se moquent de vous parce que vous êtes partie vivre à Paris. En tout cas, moi j'ai votre photographie à la maison.

— Quoi ?

— Dans un tiroir de la grande armoire, il y a un livre où vous êtes en photographie avec votre sœur Juliette. Et vous, c'est Ophélia. Vous êtes drôlement belles toutes les deux.

— Tu as la langue bien pendue, en tout cas. Et dis-moi, tu es le fils de qui ?

— Je suis le fils de l'Eugénie.

— Ce n'est pas vrai ! Eugénie Mégnan ?

— Eugénie Cussejat, comme mon père. Bon, il faut que j'y aille, François Doucet m'attend.

— Oui, va vite le rejoindre, l'autre malotru ; et dis-lui de ne plus m'appeler catin, ce n'est pas très bien. Et nous sommes amis, maintenant. J'ai bien connu ton père, et ta mère aussi. Attends. Une dernière chose : François, c'est le fils du maçon ?

— Oui, de Pierre Doucet, le maçon de Biaule ! Au revoir madame.

— Au revoir petit, à bientôt.

Cet enfant était donc le fils de ses amis d'enfance. En forçant son imagination, elle crut même pouvoir lui reconnaître une ressemblance avec Marc. Marc : tant de tendresse à la mémoire d'une idylle de l'adolescence, les prémices de l'amour, la pureté des sentiments, la sincérité puérile et naïve. Mais le temps avait passé, c'était là maintenant une certitude. Des enfants étaient nés, et c'étaient eux qui, aujourd'hui, couraient les chemins creux des

Combrailles. La catin ! Quelle drôle d'idée ; ces vieilles langues de vipères n'avaient donc rien d'autre à faire ? Mais la colère d'Angélique s'estompa bien vite. La Marie Tarasson devait être toujours aussi grosse, vieille, laide, et sa mauvaise humeur se justifiait par tant d'acharnement de la nature à lui refuser les avantages de la féminité. Qu'importait d'ailleurs ? Elle voulait bien être la catin ! Ce terme, tout péjoratif qu'il était, désignait une fille de mauvaise vie, de mauvaises mœurs. Et pour les gens de la campagne creusoise, ces critères définissaient la vie même qu'elle avait menée durant ses années parisiennes, à traîner les cafés en bohème, à partager la débauche avec l'élu d'un soir, à vivre. Et Angélique ne reniait rien de cet éden, de cette liberté. Elle revoyait la scène, Juliette plus belle que jamais à ses côtés, et le public, son public… tant de générosité, d'euphorie, tant d'amour en fait. Après les réminiscences tumultueuses, le calme revenait doucement dans l'esprit d'Angélique. Oui, Juliette était là, près d'elle, en elle, complice, souriante, présente.

Le crépuscule descendait inexorablement sur la contrée. Quand Angélique atteignit les premières maisons du bourg de Chambon, elle perçut le vol ouaté d'un oiseau de nuit qui lui fit lever les yeux, scruter la pénombre. Une chouette effraie passa plusieurs fois devant elle, très près d'elle. La dame blanche venait la saluer à sa façon.

Le lendemain matin, de très bonne heure, Angélique revint à Biaule. Le patron de l'hôtel, qui se rendait à Guéret, la conduisit en automobile jusqu'au petit bourg. Au Sureau, la maison était ouverte, mais Antoinette n'était pas là.

— Elle sera partie acheter son pain,

Angélique en profita pour faire le tour du petit domaine. L'intérieur était humble et sobre, propre et rangé. A l'extérieur, un petit jardin voisinait avec plusieurs parterres de fleurs.

— Décidément, ma mère me surprend. Elle s'occupe et c'est bien. Je suis persuadée que le Jacques, malgré son grand âge, vient la voir en cachette, en secret. Et si c'est cela, tant mieux. Tiens, je vais aller jusqu'au cimetière.

Une idée obsédait Angélique depuis quelque temps. Elle voulait savoir ce qu'était devenu le Ragoutin. Il était forcément décédé, ou très, très vieux. Allait-elle trouver sa tombe dans le cimetière de Biaule ? C'était peu probable, lui qui disait quelquefois qu'il n'aimerait pas être enterré auprès des autres du village. La jeune femme se promena longtemps dans les allées bien entretenues. Elle déchiffra nombre d'inscriptions funéraires : toutes les familles du pays étaient réunies en ce lieu du dernier repos. C'était presque apaisant de se remémorer untel ou unetelle, d'échanger un sourire avec le souvenir hilare d'Octave Doucet, avec le doux regard de Félicie Chanteau, ou de la Mélie Bigouret, avec toutes ces âmes bien nées qui avaient rejoint leur terre, leur chère terre des Combrailles. Un grand caveau trônait au centre du cimetière : celui des de Gourgaud. A l'intérieur de la petite maison de verre, des photographies étaient apposées. Elle put lire, sous l'une d'elle : « Julien de la Martinière, héros de la Patrie, 1888-1914. » Un court extrait de prose était reproduit, il était indiqué entre parenthèses : « *Les Croix de bois,* Roland Dorgelès. » Angélique eut à nouveau un sourire évocateur. Comme le monde était petit, tout à coup rétréci au déroulement de sa propre vie.

— Ce lieu est triste, il inspire trop de mélancolie ! Et je n'ai pas trouvé trace de mon Ragoutin. D'ailleurs, je n'ai même jamais connu sa véritable identité, alors.

Le portail grinça derrière elle. Sursautant, elle se retourna et aperçut un homme âgé, semblant toujours alerte. Il s'approcha, la dévisagea :

— Mademoiselle Terrage ?

— Oui, bonjour monsieur.

— Bonjour, tu ne me remets pas ?

— Félix ! L'instituteur !

— Je ne le suis plus, mais j'ai le grand honneur d'être le maire du village. Ça occupe la retraite, sois en sûre.

— C'est très bien, très bien.

— Alors, de retour au pays, petite ?

— Il y a bien longtemps que j'aurais dû revenir, peut-être que la vie se serait mieux déroulée.

— Bon, j'ai à te parler. Mais viens donc avec moi jusqu'à la mairie. Ici ce n'est pas qu'on soit mal, mais nos morts n'ont rien à faire avec nos histoires de vivants.

— Je vous suis, Félix.

— Ne me suis pas, marche à mes côtés. Je suis fier de remonter le bourg avec une des meilleures élèves de Biaule. Si, si, je me souviens très bien des félicitations de mademoiselle Jeanne.

— Vous me flattez !

— J'ai pourtant souvenir d'une anecdote, que ma collègue m'avait contée. Il s'agissait d'une histoire de guide-chant.

— On n'oublie rien.

— On n'oublie pas ces choses-là. Entre donc et assieds-toi par là. Voilà, Pierre Doucet, le neveu d'Octave, m'a prévenu de ton arrivée.

— La catin !

— Ne dis pas de sottises. C'est vrai que les commères t'ont traitée de ce vilain sobriquet, et je voudrais bien leur donner une petite leçon en réhabilitant à jamais ta personnalité. Pierre m'a donc dit qu'Angélique Terrage était de visite chez nous, chez elle aussi. Si tu restes quelques jours, j'aimerais bien que tu sois demain à la cérémonie de l'anniversaire de l'armistice.

— Félix, sans vouloir vous offenser, je n'ai aucune envie de renouer avec ce passé douloureux pour moi, ni avec les affaires militaires.

— Tu ne m'as pas bien compris, laisse-moi t'expliquer, s'il te plaît. Après, tu feras comme tu voudras. Voilà, il ne s'agit pas d'une cérémonie militaire, pas du tout. Il y aura là les enfants des écoles qui liront les noms des jeunes du village tués à la guerre. Ça, c'est le protocole. Mais il y aura aussi les gars du maquis de la région. Je dirai un mot sur leur action, qui a été très importante et courageuse, plus que ça, même. Je voudrais que tu chantes pour eux.

— Non, Félix, tout le monde peut chanter *la Marseillaise,* ce sera d'ailleurs bien mieux si tous chantent ensemble.

— Il n'y aura pas que *la Marseillaise*. Je te demande, comme un service, entre amis, de chanter, toi seule, *le Chant des partisans*.

Angélique fut troublée. Elle avait appris cette chanson au camp de Ravensbrück, de la bouche de prisonnières. Sa gorge se noua un instant. Elle fixait Félix, qui ajouta :

— Le groupe de partisans dont je veux honorer le souvenir en présence des rescapés s'appelait le groupe Ophélia.

La voix quelque peu étranglée, Angélique lui répondit :

— Dans ce cas, je ne peux qu'accepter.

— Merci ma petite, tu me fais un très grand honneur. Je dirai aussi quelques mots, non sur toi, mais sur les femmes, toutes les femmes qui ont souffert de la déportation.

— Il y aurait tant à dire.

— Ta chanson en dira assez long, et ta présence parmi nous sera un magnifique espoir de paix et de vie.

— Merci, Félix, j'essaierai d'être à la hauteur de la situation. Bon, je vais retourner chez Antoinette. Je ne l'ai pas vue tout à l'heure, et j'ai posé mes bagages sans laisser de message. Elle va bien se demander où je suis passée.

— Elle a été courageuse, ta mère.

— Je me doute bien. Je crois qu'elle est contente de me revoir.

— C'est un bonheur bien mérité.

— Oh, dites-moi, Félix, vous vous souvenez sûrement du Ragoutin ? Savez-vous ce qu'il est devenu ?

— Bien sûr. Monsieur Jehan de Chilperic, dit le Ragoutin, est décédé il y a une quinzaine d'années environ. C'est moi-même qui ai transcrit la mention à l'état civil : j'étais encore simple et dévoué secrétaire de mairie, à l'époque.

— Jehan de Chilperic ? Mais c'était qui celui-là ?

— Tu m'as bien entendu, c'était le Ragoutin de Bardane. Il est enterré dans le caveau familial, dans le département de l'Aisne, si mon souvenir est bon.

— Mais…

— Ne cherche pas à comprendre. C'était un vieil original, de noble et très riche famille. Il faut croire qu'il avait choisi sa vie d'ermite ici, en Creuse.

— J'ai peine à y croire.

— C'est comme ça, l'état civil en est la preuve flagrante.

Angélique retrouva bien vite sa mère. Elle s'installa chez elle avec ses quelques effets.

— Tu n'as pas beaucoup de bagages pour une vedette !

— Une ancienne vedette ; j'ai tout vendu ce que j'avais à Paris. Comme ça, j'ai un peu d'argent pour recommencer la vie, peut-être ici ? Mais il me faudra trouver un emploi. Ce n'est peut-être pas évident.

— Non, je ne vois pas.

— Oh, je chercherai. J'irai à Chambon, dans le commerce, il y a peut-être besoin de bras, ou bien monsieur le curé voudrait-il de moi comme bonne à tout faire ?

— Mais ce n'est plus le père Sébastien qui est curé à Biaule, il était trop vieux. Maintenant c'est un tout jeune curé qui s'est installé.

— Justement !

— Ah, ne dis pas ça !

— Maman, c'était pour plaisanter, voyons.

Elles passèrent une grande partie de la journée, puis de la nuit à discuter des potins du village et de sa région. Angélique fut rassurée d'apprendre que, d'après la rumeur, le fameux Jehan de Chilperic n'avait pas grand chose à voir avec le Ragoutin. Le noble défunt était bien le propriétaire de la maison de la brande et de quelques parcelles avoisinantes ; il était bien mort et enterré en ses terres de Picardie, mais il paraissait peu probable qu'il eût été le vagabond des Combrailles. Cette thèse pour le moins hasardeuse reposait sur la seule conviction de Félix, que personne ne partageait. Le mystère du Ragoutin restait entier. Et d'aucun ne savait ce qu'il était advenu de sa personne après son départ de Bardane. D'après Antoinette, il avait dû retourner en enfer, auprès de son père qui était certainement revenu faire un tour sur terre pour le chercher. Angélique préféra imaginer que dans l'aube brumeuse d'un matin d'automne, il était parti rejoindre sa muse Ophélia, sublimé par l'esprit de la terre des Combrailles, porté par un rayon de lumière, perdu dans les songes étranges de la légende creusoise.

Elle apprit également que le nouveau notaire de Chambon n'était autre qu'Alban de la Martinière, digne successeur de Julien. Alban avait disparu de la région durant toute la période de la guerre, au grand dam de son grand-père qui ne comprenait ni n'admettait son attitude. L'officier public s'était brouillé avec ses parents des Aubrelles. Il ne les fréquentait plus, depuis son retour inopiné et la reprise de ses activités professionnelles. Personne dans le pays n'était en mesure de dire où il avait bien pu se cacher pendant si longtemps. Bel homme, élégant et avenant, il n'était pourtant pas marié et n'avait pas de liaison connue. Antoinette alla jusqu'à suggérer à sa fille de lui faire une visite de courtoisie. Dans l'esprit de la mère, cette rencontre pouvait être de nature à réveiller les liens de lait qu'il avait en commun avec Angélique. Celle-ci fut amusée par la proposition, qu'elle jugea tout de même un peu saugrenue. Mais au fond, et sans aucune arrière-pensée, l'idée de revoir Alban n'était pas pour lui déplaire. Elle en gardait une impression de grande tendresse et d'amitié : une expression romantique très sensible au cœur des femmes, en général. Elle parla des frères Cussejat qu'Antoinette traita de bandits, comme lorsqu'ils étaient gamins. Quand Angélique lui dit avoir rencontré le fils d'Eugénie et de Marc, sa mère eut un sourire, mais n'en rajouta pas. Et la soirée dura, et les commérages allèrent bon train. Ces deux femmes si différentes réapprenaient à se connaître. Chacune déployait d'incommensurables efforts pour réaliser le rapprochement ultime et définitif. Elles se quittèrent, bien lasses, pour aller rejoindre leurs couches. Angélique s'était confectionné un lit avec des vieux coussins qu'elle avait dénichés dans le grenier. Elle s'enroula dans un grand drap de lin, rugueux, mais parfumé des odeurs de son enfance. Avant de s'endormir, elle lança encore :

— Demain, le Félix voudrait que j'assiste à la cérémonie et que je chante *le Chant des partisans*.

— Tu ne vas quand même pas faire ça !

— C'est difficile de refuser.

— Mais c'est quoi, cette chanson ?

— Le chant des Résistants, des Maquisards, le chant de ceux qui sont prêts à donner leur vie pour la liberté, la leur et celle des autres.

— Eh bien, ma fille, comme te voilà faite !

— Le dernier couplet, c'est : « Chantez compagnons ! Dans la nuit la liberté nous écoute. » Je connaissais l'air — elle le fredonna pendant quelques secondes — mais, les paroles, c'est une détenue de Ravensbrück, une petite Française qui nous les a apprises. La pauvre, elle est morte du typhus, une terrible maladie qui a tué des dizaines et des dizaines de prisonnières.

— Pas toi, heureusement.

— Avec mes deux amies, nous avons chapardé des feuilles de noyer pour en garnir notre paillasse, on a ainsi évité d'être contaminées par les poux et les puces, ça a été très efficace. Je me suis rappelée que le Ragoutin faisait comme ça pour éviter les puces à sa Chopine.

— Il y a des secrets qui peuvent sauver la vie.

—Au camp, quand j'ai chanté *le Chant des partisans* aux autres de mon bloc, j'ai été punie: cinquante coups de nerf de bœuf, là, j'ai bien failli mourir. Mais je n'ai jamais crié, ni gémi, j'ai serré les poings, et j'ai résisté, résisté.

— Ma pauvre petite. Il faut peut-être essayer de dormir, maintenant. Je sais bien que c'est l'heure où les cauchemars reviennent. Mais tu as été si forte, si vaillante, tu dois pouvoir t'en sortir.

— Oublier les cauchemars, ce n'est pas possible, si tu savais... Mais tu as raison, maman. La guerre est finie, nous sommes à Biaule, et tout va bien; bonne nuit, maman.

— Bonne nuit, ma petite.

Malgré sa conscience à jamais torturée, Angélique savait autoriser le repos à son corps. C'est Antoinette qui ne put trouver le sommeil, tant elle pensa à toutes les horreurs que sa fille avait dû subir, mais aussi à tous les péchés qu'elle devait avoir à expier pour avoir mérité pareil châtiment.

Le lendemain matin, la jeune femme fut levée à l'aurore. La matinée s'annonçait belle et rayonnante; dans un proche buisson, le rossignol chantait encore sa mélodie nocturne, et le merle, au faîte d'un grand frêne, appelait déjà le jour. D'autres passereaux, plus discrets, s'en mêlaient: un troglodyte, un pinson, une mésange. Angélique se promena jusqu'au chemin des Mailles, un hameau voisin. L'air était pur et frais, la nature s'épanouissait sans retenue, elle semblait vouloir envahir la contrée d'une verdure universelle. Scrutant les environs, Angélique aperçut la vallée de la Voueize, d'où montait une brume épaisse. Elle se dit que la dame blanche des rêves de son enfance devait somnoler encore un peu dans ce refuge ouaté. Cette allégorie l'enchanta; peu à peu, le désir de vie reprenait corps en elle. Elle se surprenait à croire à nouveau en l'avenir, réfugiée dans son pays des Combrailles. Après quelques ablutions, elle se vêtit d'un ensemble gris, sobre, qui lui conférait une allure altière et révérencieuse.

— Te voilà habillée en femme du monde !

— Ça impressionne, mais, à vrai dire, c'est un costume de scène. Je le prenais pour jouer *Les Sœurs* avec Juliette. Elle est en Amérique, ma Juliette ; j'espère que nous trouverons à nous rapprocher un jour.

— Ah ! c'est tout de même bien beau, et très classique.

— Bon, j'y vais, Antoinette. Tu ne veux vraiment pas m'accompagner ?

— Non, je ne peux pas y aller. Ce serait la première fois qu'on me verrait à ce genre de cérémonie. Les gens n'auraient pas fini de causer ! Vas-y toute seule, tu es bien assez grande !

— Ah oui, je voulais te demander encore une chose : Félix m'a parlé du maquis Ophélia ; sais-tu pourquoi ils avaient pris ce nom ?

— Non, mais tous les maquis avaient des noms secrets. Allez, va ma fille, tu vas te mettre en retard.

De nombreuses personnes étaient déjà réunies sur la place du bourg, où se trouvait le monument aux morts érigé en 1921. François Doucet et Francis Cussejat, l'apercevant, vinrent à sa rencontre.

— Bonjour madame.

— Bonjour les enfants ; eh bien, je suis contente de constater que vous avez fait des progrès en matière de politesse.

— Justement, madame, Félix nous a dit, à mes parents et à moi, qui vous étiez réellement. Maintenant, je comprends mieux, et je voulais vous dire que je m'excusais.

— Si toi tu t'excuses, le tour est joué. Et moi je veux bien accepter tes excuses. Alors n'en parlons plus et soyons copains maintenant.

— C'est vrai que vous allez chanter toute seule, sans la musique ?

— Je crois bien, oui.

— Moi je ne pourrais pas, devant tout ce monde, comme ça !

— Il faut que je te dise : chanter, c'était mon métier avant la guerre. Un jour, sur scène, j'ai chanté une chanson que tout le monde connaissait, sans musique. Je me suis avancée, bien devant le public ; il y avait beaucoup plus de monde qu'aujourd'hui, et tous se taisaient. J'ai commencé et, dès le deuxième couplet, le public entier a repris avec moi. C'était beau, et tellement émouvant !

— C'est un beau métier, chanteuse ; mais il faut savoir chanter, quoi !

— Eh oui.

Le tambour du garde champêtre se fit entendre, rassemblant la foule autour du monument. Félix déposa une gerbe de fleurs au pied de la stèle. Le silence dura. Puis il prit la parole, relatant les événements locaux de ces dernières années. Angélique reconnut bon nombre de personnes présentes. Elle aperçut Eugénie et, derrière elle, Maurice Cussejat. Mais elle ne put distinguer Marc. Sans doute était-il masqué par un autre ? La voix de Félix en vint à rappeler le rôle héroïque du maquis Ophélia, citant plusieurs noms, dont celui de Cussejat à deux reprises.

— Aujourd'hui, une enfant du pays, qui nous revient, va rendre hommage à ses amis d'enfance qui ont si bien honoré et défendu la liberté de tous. Avant qu'elle intervienne, je voudrais vous parler d'Angélique Terrage, puisqu'il s'agit d'elle. Angélique était artiste et vivait sa vie d'artiste à Paris, dans le monde du spectacle ; chacun sa vie. Dès que l'envahisseur est entré dans la capitale, dès la première heure, Angélique a rejoint les partisans, avec lesquels elle s'est rendue utile en militant dans un groupe dénommé Marvejol. Trahie, comme ce fut le lot de beaucoup d'autres, et bien malheureusement, elle a été arrêtée, torturée et déportée. Oui, mes amis, devant nous, se présente aujourd'hui une rescapée du régime concentrationnaire nazi. A Ravensbrück où elle était internée, c'est près de quatre-vingt-douze mille femmes qui ont trouvé la mort ; quatre-vingt-douze mille !

Sur ce verdict, le silence plana encore un long moment. Angélique approcha de Félix, apparemment détendue et sereine. Elle ferma les yeux, peut-être pour mieux revoir tous ces regards des prisonnières de Ravensbrück rivés à l'espoir contenu dans la chanson de Druon et Kessel. Elle fredonna l'air du *Chant des partisans,* augmentant le ton jusqu'aux paroles transportantes : « Ami entends-tu le vol noir des corbeaux sur nos plaines… »

Personne ne reprit le chant de vive voix, mais nombreux furent ceux qui accompagnèrent Angélique en leur for intérieur. Quand elle eut terminé, elle salua dignement en signe de profond respect. Les regards du souvenir restaient accrochés à sa conscience, pour l'éternité.

Félix toussa avant de reprendre la parole :

— Merci, Angélique. Je voudrais délivrer à tous un dernier message. La guerre est finie. La terrible violence qu'elle a engendrée ne quittera jamais nos mémoires. Mais il a fallu les armes pour faire taire les armes. Puisse l'homme tirer la leçon de cet incommensurable carnage. Je fais le vœu que demain, il comprenne enfin qu'il n'y a qu'une force qui pourra le sauver de l'apocalypse : celle de l'intelligence. L'intelligence ne peut triompher par les armes, mais par la paix et la tolérance. Au travers du nazisme, du fascisme, l'homme a montré ce qu'il avait de pire en lui. Mais l'humanité n'a pas disparu pour autant. Les Résistants du Maquis, les Résistants des camps de concentration ont su garder en eux ce que l'homme ou la femme ont de meilleur. Angélique Terrage en est l'exemple et le témoin. Elle est de celles et ceux qui le diront et le feront comprendre aux générations futures.

A nouveau, le silence obligé entretint la solennité de l'instant. Enfin, Félix invita tout son monde à rejoindre le café pour prendre le verre de l'amitié offert par la municipalité. Angélique s'excusa. Elle était troublée et prévint Félix qu'elle était lasse et encore convalescente de sa trop longue et trop cruelle captivité. Il compatit et s'excusa à son tour d'avoir provoqué un si grand émoi en elle, qui paraissait maintenant fragile et vulnérable.

— Ce n'est rien, Félix, il faut bien que je m'habitue. Ça n'ira pas tout seul, il faut que je surmonte mes terreurs, que je sois capable de vaincre mes démons.

— Si tu as besoin de parler, de te confier, n'hésite pas, je ferai tout mon possible pour t'aider.

— Je ne crois pas que vous puissiez, Félix. Mais je vous remercie du fond du cœur. L'épreuve a été contraignante pour moi. J'ai besoin de me reposer, de me retrouver seule, avec moi-même. Je vais aller faire un tour dans la campagne. Je vais aller jusqu'à Bardane, c'est peut-être là la meilleure thérapie à mon mal !

— Tu es sûre ?

— J'en suis certaine, Félix. Merci encore, et continuez bien votre cérémonie.

Sur le chemin de Bardane, Angélique reprit un peu d'assurance. Les fantômes de Ravensbrück, tout à l'heure si présents, reprenaient leur place dans le souvenir. Le présent, le concret, c'était ce chemin creux qu'elle descendait, bordé de haies exubérantes où les plantes rivalisaient de vitalité ; c'étaient ces oiseaux qui animaient de leurs chants insouciants la campagne euphorique. Le ciel était dégagé, le soleil brillait. Il faisait chaud quand elle atteignit le village. Rien n'avait sans doute tellement changé. Les maisons étaient les mêmes, les parcelles aussi. Pourtant, à ses yeux, tout semblait rétréci. Dans sa mémoire, les distances et les volumes n'avaient aucune mesure avec la réalité qui se présentait à elle. Sans doute les yeux d'enfants ne voient-ils pas les choses de la même façon que ceux des adultes. Et puis, le souvenir doit être de nature à embellir, à idéaliser, recréant un monde à l'échelle des sentiments. Tout était à sa place : la ferme des Mégnan, la fontaine, le lavoir, et puis, là-haut, la maison du Ragoutin. Elle parcourut le chemin qui traversait le hameau sans apercevoir âme qui vive. Elle poussa son périple jusqu'à la brande. Les volets de la bâtisse étaient clos. Sur la porte, un écriteau indiquait : « A vendre, s'adresser à l'Etude de Maître de la Martinière, 23, Chambon-sur-Voueize. » De là, elle offrit son visage à la brise légère, douce et presque joyeuse. Qu'elle était bonne cette sensation magique de liberté ! Elle aperçut le majestueux château de la famille de Gourgaud. Son austérité apparente lui rappela l'expression d'Elisabeth, qui pourtant n'était plus depuis déjà longtemps. Il fallait croire que la sévérité de la femme perdurait au delà du trépas, ancrée aux vieilles pierres des Aubrelles.

Que faire maintenant ? Peut-être aller frapper à une porte, reconnaître une amie, passer un moment de retrouvailles. Ou alors, descendre le chemin du Rio, celui qu'empruntaient souvent les pas du Ragoutin. L'appel était trop fort, Angélique n'y résista plus, amusée par cette obsession qui ressemblait à la renaissance des sentiers de la vie. A franches enjambées, elle s'engouffra dans la sente qui desservait les prairies traversées par la Voueize. La rivière enchanteresse dispensait la mélodie limpide de l'eau vive, caracolant de pierres en racines, de remous en cascades. La jeune femme s'assit sur un rocher. Elle quitta ses chaussures pour plonger ses pieds dans l'eau fraîche. Un instant, le froid la saisit, mais bien vite elle s'y habitua, laissant le cours sauvage caresser sa peau. Elle baissait ses paupières, jouissant d'un plaisir secret partagé entre la rivière et ses sens. Elle sursauta. Une main venait de se poser sur son épaule. Se retournant vivement, son regard rencontra celui de l'homme qui la surprenait. Ces yeux, ces yeux dont le souvenir restait intact, surgissant tout à coup du fond de la mémoire, attachés au sentiment profond des prémices de l'amour…

— Marc !

— Tu me reconnais ?

— Tu m'as fait peur.

— Vraiment ?

— Non, pas vraiment, mais mon esprit se perdait, saoulé par tant de sensations retrouvées, tu m'as surprise !

— Il y a longtemps.

— Oui, Marc, longtemps.

Elle se releva, aidée par la main du grand homme.

— Tu es fort.

— Tu es toujours belle.

— J'ai tant souffert ! Si tu m'avais vue, il y a seulement un an : je ne pesais pas lourd.

— L'air de la Creuse va terminer ta guérison.

— Je l'espère.

— Tu remontes avec moi ?

— Si tu veux. Tu m'avais suivie ?

— Oui, je t'ai aperçue depuis les quatre chemins.

— Les quatre chemins.

— Oui, je suis toujours agriculteur ici, j'exploite une petite ferme. Je travaillais sur la côte. Je t'ai vue.

— Tu es marié, tu as des enfants ? J'ai fait connaissance avec un garçon d'une dizaine d'années, je crois qu'il se prénomme Francis.

— C'est mon neveu, le fils de Maurice et d'Eugénie. Non, moi, je suis resté célibataire ; mais peu importe. Maurice a repris la suite du grand-père Mégnan, après sa mort. Enfin, c'est toute une histoire, l'histoire d'un village.

— Il a dû s'en passer, des choses depuis vingt ans ?

— Bien sûr, on ne vit plus de la terre comme avant, et ça changera encore beaucoup : le progrès…

— Marc.

— Oui.

— C'est curieux, dans ma conscience, je t'avais presque oublié, je veux dire qu'il ne me semblait pas avoir un souvenir très précis ; et puis maintenant, là, c'est comme si je ne t'avais jamais quitté.

— Tu exagères. Ce sont tes sentiments qui te mènent, mais tu as toujours été comme ça.

— Ah bon !

— Angélique, dans mon esprit à moi, tu as toujours été présente. Avec Maurice et Eugénie, on s'est amusés à te suivre dans ta vie d'artiste, on collectionnait les journaux qui parlaient de toi et de Juliette. Oh, je ne vais pas te raconter d'histoires ; je ne vais pas te dire que l'amour de jeunesse que j'avais pour toi a obnubilé ma vie au point d'en faire un calvaire de mélancolie. Ce n'est pas dans ma nature de refuser les plaisirs qu'offre le présent. J'ai vécu, et toi aussi, bien sûr. Mais je suis sincère quand je te dis que j'ai gardé un morceau de mon cœur pour toi toute seule.

— Ce que tu me dis là me touche profondément. Tu te souviens. Bien naïvement, tu m'avais dit que tu serais là si vraiment j'avais besoin de toi. Eh bien, un jour, un jour où j'ai côtoyé la mort de très près, je t'ai appelé. Je savais bien que tu ne pouvais pas être là, mais je t'ai appelé quand même. Il faut croire, Marc Cussejat, que moi aussi j'avais gardé une place pour toi, là, dans mon cœur.

— On remonte, sinon le romantisme finira par t'ennuyer.

— Je ne crois pas.

— On remonte quand même ?

— Allons-y ; dis moi, le maquis Ophélia ?

— C'est notre idée à tous les deux, à Maurice et à moi. Nous avons formé dès 1941 un groupe affilié aux FTP, c'est une longue histoire. Il est arrivé un moment où il a fallu nous dénommer pour les besoins de la communication de renseignements. Ce nom nous est venu en même temps.

— Le Maquis, ici, ça a été quelque chose !

— Oui, une grande aventure. Il y a eu des moments très chauds, très périlleux, dramatiques aussi. Et puis, en fin de compte, la Libération nous a donné raison. Tu sais, ça n'a pas toujours été facile. Nos actions n'étaient pas toujours comprises et appréciées comme elles auraient dû l'être. La propagande nous a fait énormément de tort.

— Ça me fait rire, quand j'ai parlé des Cussejat à Antoinette, elle m'a dit : « Ces bandits ! », comme quand on était gamins.

— L'Antoinette, de ce côté-là, elle ne change pas.

— Ah, j'y pense, la maline, quand je lui ai parlé de Francis, je croyais que c'était ton fils, elle ne m'a même pas contredite.

— Elle n'a jamais apprécié que tu me fréquentes ; va savoir pourquoi ?

— Elle préférerait que j'aille voir le notaire.

— Et toi ?

— Devine !

Elle avait pris sa main. Un peu surpris, il l'avait tout de même gardée dans la sienne. Ils arrivaient au village.

— Le Ragoutin, qu'est-il devenu ?

— On dit qu'il est mort et enterré loin d'ici. On lui attribue des origines nobles. D'autres prétendent qu'il n'en est rien ; ta mère et d'autres vieilles du village disent qu'il est parti en enfer.

— Et toi, qu'est-ce que tu en penses de tout ça ?

— Je crois bien qu'il a disparu, mais pas aussi loin qu'on voudrait le faire croire.

— Tu sais quelque chose ? Qu'est-ce qui te fait dire ça ?

— Eh bien, tu te souviens de Chopine, sa chienne ?

— Si je m'en souviens ? La Chopine !

— Un jour, dans un café à Budelière, où tu étais louée chez les Duverger, peut-être un an après ton départ, j'étais en permission et un gars de là-bas a parlé d'un chien errant adroit et rusé comme un renard. A la description qu'il en faisait, j'ai bien cru reconnaître la Chopine. Je me suis intéressé à l'affaire, et le gars a bien voulu me montrer où la chienne venait voler un œuf ou un peu de pâtée des cochons, apparemment pour se nourrir. Et j'ai surpris Chopine ! Elle m'a reconnu, je crois. Elle était en piteux état. Je l'ai suivie dans les bois, mais sans résultat. Alors je l'ai emmenée avec moi, ici, à Bardane, mais comme j'ai dû repartir pour rejoindre ma garnison, elle en a profité pour fuguer à nouveau. Plus tard, à mon retour, je l'ai recherchée, mais en vain. Je ne l'ai jamais revue.

— Tu crois que le Ragoutin est mort seul, au fond des bois ?

— C'est ce que je crois. Il a dû se sentir partir, et il a choisi son tombeau en pleine nature, comme il a toujours vécu.

— Pauvre Chopine.

— Oui, c'est triste pour elle. Un drôle de nom : Chopine !

— Un jour, le Ragoutin m'a raconté son origine. Il avait trouvé un chiot abandonné et, pour s'amuser, ne vérifiant même pas son sexe, il l'avait immédiatement baptisé Chopin, comme le musicien ami de George Sand. En fait, très vite, il a bien dû se rendre compte et admettre que le chiot était une chienne. Tout simplement, il a féminisé le nom, et a appelé sa petite chienne du doux sobriquet de Chopine.

— Le vieux farceur ! C'était bien lui, ça.

— Oh, Marc, s'il te plaît, accompagne-moi jusqu'au plateau du champ Torsu.

— Le champ Torsu ?

— Oui, le champ Torsu.

Elle le devançait maintenant, il la suivit. Ils atteignirent bien vite le lieu en question. Elle s'arrêta, contempla les environs. Le bocage s'étalait devant eux, jusqu'à l'horizon, en un relief accidenté, enveloppant de verdure. Angélique fit un large geste du bras, comme autrefois le Ragoutin saluait son pays des Combrailles, sans rien dire. Marc, qui partageait son impression, conclut :

— Il est beau, notre pays des Combrailles.

— Oui Marc, c'est un beau pays !

Leurs mains s'étaient à nouveau unies. Leurs silhouettes se détachaient à la limite du plateau qui surplombait leur village de Bardane. La nature tout entière semblait célébrer leur amitié retrouvée.

L'aube point. De la vallée profonde où coule la Voueize s'élève une brume, au-dessus des verts feuillages, au-dessus des prairies. La brume s'étale en volutes ondoyantes, jouant aux reflets du soleil levant. La lumière se répand partout, vers la vie. S'allongeant vers le ciel, la vapeur se sublime en formes mystérieuses.

Un petit village, en pays des Combrailles, s'éveille. Les coqs hirsutes se répondent. Peu à peu, les brayauds sortent de leurs logis.

Etirant sa carcasse, un homme à la stature imposante respire un grand bol d'air frais en guise de petit déjeuner. Il tapote ses paumes sur l'herbe drue, recueillant la pure et vierge rosée pour en débarbouiller son visage buriné par les affres du temps. Un sourire aux lèvres, il regarde s'approcher sa compagne, qui serre les poings et scrute l'horizon.

Ils marchent côte à côte, empruntant le sentier du Rio ; un jeune chien gambade près d'eux, s'étonnant de l'envol d'un papillon, regardant l'homme et la femme suivre leur destinée, se hâtant de les rejoindre pour partir avec eux.

Cet ouvrage
a été achevé d'imprimer
sur Roto-Page
par l'Imprimerie Floch
à Mayenne en septembre 2003

Dépôt légal : octobre 2003
N° d'impression : 58073
Imprimé en France